牛奶工

Milkman

安娜・伯恩斯（Anna Burns）—— 著
謝瑤玲 —— 譯

獻給凱蒂・尼克遜、克萊兒・戴蒙以及詹姆斯・史密斯

目次 CONTENTS

推薦序

直視暴力

黃涵榆（國立臺灣師範大學英語系教授）

北愛爾蘭作家安娜・伯恩斯（Anna Burns）以她在貝爾法斯特（Belfast）的成長經驗為創作素材寫成小說《牛奶工》（*Mikman*），榮獲二〇一八年布克獎的作品，成為第一位獲此殊榮的北愛爾蘭作家。

小說以不知名的敘述者受到一位綽號「牛奶工」的民族主義武裝團體高階成員引誘與騷擾的情節為骨幹，勾勒出整個一九七〇年代北愛爾蘭動盪的情境，那是一段充滿政治狂熱與各種形式的暴力、偏執與不信任的年代。但是作者選擇一種低調略顯隱晦的敘述風格，沒有交代人事時地物的名稱，因此保留了模糊但開放的詮釋空間。小說不乏黑色幽默，像是敘述者把《大法師》和《浮士德》當做床邊故事讀給年幼的妹妹聽，頗有同為愛爾蘭作家貝克特

（Samuel Beckett）作品裡的荒謬感。而敘述者的敏感而飄忽不定的敘述與思考方式也為小說增添一些意識流的色彩。

小說敘述者總喜歡閱讀十九世紀的「老書」，那是她逃脫與安靜地反抗她不喜歡的二十世紀和周遭種種恐怖情境的策略保有自己的感受、想像和生存意志。小說透過敘述者描繪的性與國族政治的壓迫，總是糾葛著宗教、父權與族群意識壓迫，以及社會對立與分化、無所不在的監控、猜忌與恐懼。馬路這邊與馬路那邊、海這邊與那邊、反叛者與愛國者，連日常生活中的茶與奶油都難逃這敵我、忠誠與背叛的區分和排除。

「牛奶工」儼然是性與政治暴力的象徵，正值花樣年華的敘述者的經歷反映了女人孤立無援的共同生命情境與命運。即便如此，我們還是能從書中看到敘述者如何透過閱讀、上課、日常生活細節的觀察與感受，建立個人的生存策略和生命世界，在看似陰暗的小說世界裡散布一些救贖的光，不論有多麼微弱。

《牛奶工》的時代意義並沒有因為北愛局勢和緩而消失。小說即便有特定的時空背景，它關照的是人們面對動蕩年代各種形式的暴力壓迫的普遍存在情境，可以是中古世紀到前現代歐洲的獵巫，也可以是近日南韓爆發的N號房事件。

1

麥××*用槍抵住我的胸部，說我是一隻貓，又威脅說要開槍射我的那一天，牛奶工死了。他被軍方的狙擊隊擊斃，而我一點也不在乎。其他人倒是很關切，有些可以說是「認識我所以想知道但沒有熟到能跟我說話」的人，於是我成了議論紛紛的話題，因為這些人，或者更可能是大姊夫，造謠說我跟這個牛奶工有不倫之戀，雖說我才十八歲，而他四十一歲。我知道他幾歲，不是因為他被射殺所以媒體會報導，而是因為在狙殺之前這些造謠的人早就

* 愛爾蘭人姓氏不少以MC開頭，如大家熟知的「麥當勞」（McDonald）。原文中的名字 Somebody McSomebody 就像「張三」或「陳某某」。

議論了好幾個月，因為四十一歲和十八歲很噁心，二十三歲的差距很噁心，因為他已婚，不要被我蒙騙了，因為有很多安靜又不起眼的人其實虎視眈眈。而且這段不倫之戀，似乎是我的錯。但我跟牛奶工並沒有戀情。我不喜歡牛奶工，對他的追求並試圖與我發生關係感到既害怕又困惑。我也不喜歡大姊夫。他衝動之際就會對別人的性生活瞎編故事。對我的性生活。我年紀較小時，十二歲的時候，我大姊交往已久的男友背叛她就把她甩了，這個新男人適時出現，讓她懷了孕，所以他們立刻就結了婚。打從一開始，他見到我就會對我說下流話，或用下流話說我——我的格格不入，我的馬尾，我的土氣，我的盒子，我的罐子，我的故意作對，我用單音節的字回話——我聽不懂他的用字，一些跟性有關的字眼。他知道我聽不懂但足以猜出那些字跟性有關。他引以為樂。他三十五歲。十二歲和三十五歲。這之間也有二十三歲的差距。

……他就這樣亂說我，而且覺得他有權利這樣說我，而我沒說話，因為我不知道該如何回應這個人。他從不當著我姊姊的面這樣說我。只要她一離開，他內心的開關就會開啟。從好的一面來說，我並不怕他會對我怎樣。在那個時代，那個地方，暴力是每個人用來衡量四周所有人的尺規，而我立刻就看出他並不暴力，他並非從那個觀點出發。然而，他的掠奪與好色本性還是每次都讓我呆住。他就是這樣一個爛人，而她卻倒楣地懷了孕，且其實還愛著跟她交往很久的前男友，難以相信他那樣對待她，不相信他不想念她，因為他並不想念。他已經離開，跟別人在一起了。她並沒有真正看到眼前這個人，她所嫁的這個年紀大一些的男人，因為她自己太年輕了，太難過了，而且仍深深愛著——只不過不是愛著他——所以不會去注意他。我不再去探望她，雖然她很傷心，因為我已經無法忍受他的話和他的表情。整整六年，他用這種方式消磨我和我另外兩個姊姊，而我們三人——直接的，間接的，禮貌的，去他的——不斷拒絕他，然後牛奶工就不知從哪冒了出來，同樣不請自來，但更可怕，更危險。

我不知道他是誰家的牛奶工。他並不送牛奶到我們家。我不認為他送牛奶到任何人家。他不接受牛奶訂單，他完全不像牛奶工，他從沒送過牛奶。他也沒有開送牛奶的貨車，而是開著轎車，不同輛的轎車，常常是很搶眼的，雖說他本身並不搶眼。儘管如此，只有當他開始在我面前坐上他的車子時，我才注意到他。接著是那輛箱型車——平凡且說不上外型的白色小車，他偶爾也會開那輛車。

有一天我邊走邊讀著《劫後英雄傳》（*Ivanhoe*）時，他出現了，開著他其中的一輛車。我常常邊走邊看書，我不覺得這有什麼不對，但這卻變成是另一個對我不利的證據。「邊走邊看書」確定被列為一項。

「妳是那誰家姊妹中的一個吧？某某人是妳爸爸，對吧？妳的兄弟，甲，乙，丙，和丁，以前打過棒球隊，對吧？上車吧，我載妳一程。」

他漫不經心說著，車門已經開了。我嚇了一跳，不再看書。我並沒聽到這輛車開近的聲音，也沒見過這個開車的男人。他靠向車門，望向車外的我，熱心地表示友善且面帶微笑。只不過現在已經十八歲的我，「面帶微笑、友善、樂於幫忙」必會讓我立刻警覺。搭便車這件事本身沒什麼問題。本地有車的人常會停下來讓要進出這一區的人順便搭個便車。當時有車的人不是很多，而公共運輸由於炸彈威脅和劫持層出不窮而不時會誤點。沿著路邊緩慢行駛（為了要找娼妓）或許大家聽說過，但沒人看過有人這樣做。至少我就從來沒看過。再說，我並不想要搭便車。一般而言我不想。我喜歡走路——邊走邊看書，邊走邊想。就這點而言，我也不想上這個男人的車。但我不知道該怎麼說，因為他並不無禮，又知道我們家，說得出我們家男人的名字，而我又不能沒禮貌，因為他並不無禮。所以我遲疑了，或是呆住了，那很無禮。「我走路。」我說：「我在看書。」並把書舉起來，彷彿《劫後英雄傳》可以解釋我為什麼走路，必須走路。他說：「妳可以在車上看書。」但我不記得我如何回答他了。最後他笑著說：「不要緊。妳不必擔心。妳好好看書吧！」然後他關上車門，開走了。

第一次就是這樣而已——就已經引起謠言了。大姊過來找我，因為她丈夫——我那個現在四十一歲的大姊夫——要她過來找我。她要來評估我，並警告我。她說有人看到我和一個男人說話。

「去你的！」我說：「什麼意思——有人看到？誰看到我？妳丈夫嗎？」

「妳最好聽我的話。」她說。但我不願意聽，因為他和他的雙重標準，也因為她的容忍。我當時並不知道因為他長久以來對我的批評而在怪她，一直在怪她。我也不知道我因為她並不愛他也不能尊敬他卻嫁給他而怪她，因為她一定知道他私底下怎樣耍弄我們，她不可能不知道。

她堅持想要繼續勸我守規矩，警告我那樣做對我自己沒有好處，說所有的男人都——但是夠了。我氣昏了，繼續咒罵，因為她不喜歡聽，所以那是讓她離開任何地方唯一的方法。接著我探出窗外對著她的背影大叫說如果那個懦夫有話對我說，他自己過來當面對我說。那是個錯誤：那麼激動，被人看到並聽到我那麼激動，隔著窗對著外頭街道吼叫，讓自己激動不已。通常我會想辦法冷靜下來。可是我很生氣，我好氣——氣她，氣她當個小女人，總是聽他的話，也氣他，氣他自己可鄙卻輕賤別人。我已經可以感覺到自己的固執，那種「少管閒事」的怒氣。不幸的是，每當這種時刻，我會變得乖僻，拒絕從經驗中學習並跟自己過不去。至於有關我和牛奶工的謠言，我完全不加理會。愛管別人閒事在本區司空見慣。流言蜚語來來去去，不斷轉移目標。所以我對這個和牛奶工有曖昧的八卦毫不在意。然後他又出現了——這次他走路，當我在自來水廠公園跑步時。

我單獨一人，而且這次沒有在看書，因為我跑步時從不看書。他又一次不知從何處冒了出來，在我身旁，緊跟隨著我的腳步。剎那間我們一起跑步，看起來好像我們總是一起跑步一樣，而我又再次被嚇到，正如每次碰到這個男人我都會被嚇到那樣，只有上一次除外。剛開始他沒有開口，而我開不了口。然後他說話了，以對話的方式，好像我們總是在對話一樣。他的句子很短，且因為我的步伐而讓他有點急促，他提到我工作的地方。他知道我的工作——在哪裡，我做什麼，工作時刻和日期，以及我每天早上八點二十分搭公車到那裡去，如果公車沒有被劫持的話。他也直接跟我說從來沒有搭這班公車回家。那是真的。要上班的日子，無論晴雨，有槍擊或炸彈，有對峙或暴動，我都寧願走路回家，邊讀我最近的一本書。這可能是一本十九世紀的書，因為我不喜歡二十世紀的書，因為我不喜歡二十世紀。現在回想，我認為牛奶工一定也知道這一切。

我們沿著上端水庫的一側向前跑時，他說了那些話。在下方盡端兒童遊樂區附近還有一個比較小的蓄水池。這個男人在對我說話時直視前方，沒有一次轉向我。在這第二次的見面中他沒有問我任何問題。他似乎也不想要任何反應。我也沒有任何反應。我仍在想著「他是從哪兒冒出來的？」還有，為什麼他要裝作像是認識我，像是我們認識，但實際上我們根本不認識？為什麼他認定我不介意他跟在我旁邊而其實我介意他在我旁邊？為什麼我無法停止跑步跟這個人說不要煩我？除了「他是從哪兒冒出來的？」之外，其他想法是我後來才有的，而且不是一個小時之後，而是二十年之後。當時，十八歲的我，在一個一觸即發的社會中長大，其基本規則是如果沒有人強力碰觸你的身體，沒有人對你暴粗口，沒有人給你臉色看，那就是沒發生什麼事，所以既然沒事你怎會受到攻擊呢？十八歲的我並不明瞭逐步侵犯的含意和方式。我有感覺，一種直覺，對某些情況和某些人的厭惡感，但我並不知道直覺和厭惡感也算數，更不知道我對任何人或任何靠近的人有權利不喜歡或不需要忍受。那時候我能做的頂多就是希望對方可以快點說出他或她自認為是出於友善而必須要說的話，然後快點走開。要不然就是我自己在我可以這樣做的那一刻有禮貌且快步走開。

從這第二次見面，我知道牛奶工對我感興趣，想要對我採取某種行動。我也知道我並不喜歡他對我感興趣，而且我對他並沒有同感。但他並沒有直說出任何話來表達他的興趣。而且，他也沒要我做什麼。他也沒和我有肢體碰觸。況且在這第二次的見面中他連一次正眼看我都沒有。再說他年紀比我大，大很多，所以，我心想，有沒有可能是我搞錯了，這情況並非如我想像那樣？至於跑步，我們是在公共場所。這是兩座相連的大公園，而且是在光天化日之下。晚上這是個危險的地方，雖說其實白天也很危險。人們不想承認白天危險，因為每個人都想要至少有個地方可以去。我並不擁有這個地方，所以這就表示他可以在這裡跑步，就像我可以在這裡跑步一樣，就像七〇年代的孩童都有權利在這裡喝酒，就像後來在八〇年代時年齡大一些的孩童可以在這裡吸膠一樣，就像九〇年代時年紀大一點的人會來這裡注射海洛因一樣，就像現在警察會躲在裡面偷拍反叛者*的照片一樣。他們也會拍那些和反叛者有關係的人，包括已知的和未知的，那就是在這個節骨眼發生的事。當牛奶工和我跑過一個樹叢時，「喀嚓」一響，而我多次跑過這個樹叢都沒聽過任何「喀嚓」聲響。這次我知道被拍是因為牛奶工和他牽涉到的事，我說「牽涉」是指關聯，而我說的「關聯」是指公然反叛，而所謂的「公然反叛」是指因為政治問題而存在此地區的國家公敵叛國者。所以我現在會被放到某個檔案裡，在某處的一張相片中，身為一個原本未知但現在成為已知的相關人士。這個牛奶工本人對那「喀嚓」響聲隻字不提，雖說他不可能沒聽到。我的處理方式是加快腳步好快點結束跑步，並假裝我自己也沒聽到那個響聲。

不過，他的腳步放慢了，再放慢，直到我們用走的。這並非他的體能不夠好，而是因為他不是跑者。他對跑步不感興趣。我之前沒看過他會沿著這個水庫跑步，但他現在跑的這些步從來都不是為了跑而跑。我知道，他一路跑是為了我。他向我暗示他之所以放慢腳步是為了調整步伐。但我知道什麼是調整步伐，而對我而言，跑到一半變成走路並非調整步伐。不過我當然不能說出口，因為我的體能不可能比這個男人好，也不可能比這個男人更了解我們的政權，因為這裡對男人和女人的調教絕不可能允許那種狀況發生。這裡是「我是男的而妳是女的」之地，這裡是如果妳是女孩可以對男孩說什麼，或一個女人可以對一個男人說什麼，或一個女孩可以對一個男人說什麼，以及你不被允許說什麼——至少是非正式的，至少不在公共場所，至少不常。在這裡某些女孩無法被容忍，如果她們被認定沒有讓男人替她們作主，沒有認同男性的優越地位，甚至過分到違逆男性，基本上她們就會被視為難以管束的女性，傲慢無禮、過於自信之流。不過，並非所有的男生或男人都像那樣。有些會一笑置之，並覺得那些自覺受辱的男人很可笑。我喜歡那些人——「我的也許男友」也是其中之一。當我提到我認識的一些男生明明彼此厭惡卻一致對美國歌星芭芭拉·史翠珊（Barbra Streisand）的高亢歌聲感到憤怒；對女明星雪歌妮·薇佛（Sigourney Weaver）在那部新片†

---

* 小說的背景是一九七〇年代爭取獨立的北愛爾蘭，所以「反叛者」是指反對英國當局的北愛爾蘭革命分子。

† 這裡指的是一九七九年上映、由雪歌妮·薇佛主演的科幻片《異形》。片中女英雄的形象打破了以往好萊塢動作片中的男英雄形象。

中殺死了電影中沒有任何男人可以殺得死的怪物而火冒三丈；那些討厭像貓一樣的英國女歌星凱特・布希（Kate Bush），而貓又像女性一樣的男生時，他笑著說：「別逗我了。不會那麼糟吧？有那麼糟嗎？」雖然我並沒有告訴他那些貓被發現被弄死、肢解，以致於我所住的地區已沒有剩下多少貓了。我對他說的是，只要佛萊迪・墨裘瑞（Freddie Mercury）＊沒有被證實是同性戀，他還是很棒。「我的也許男友」聽了之後，放下咖啡壺——我認識的人中只有他和他的朋友，廚子，有咖啡壺——然後坐下來，又一次放聲大笑。

這是我「將近一年的也許男友」，我們每星期二晚上碰面，還有星期四晚上，大多數星期五晚上直到星期六，以及每個星期六晚上直到星期天。有時候這看起來像是固定約會。但有時候並不像約會。他的一些朋友認為我們是一對，不過多數人都認為我們是那種不算一對的一對，就是可能經常見面但還是不能被視為合適的一對的那一種。我很願意被視為合適的一對，可以正式約會，而且也曾對也許男友這麼說過，但他說不對，那不是真的，我一定忘了，所以他提醒我。他說我們曾經嘗試過——他成為我的固定男友，我成為他的固定女友，就像合適的一對那樣碰面、安排、似乎一起向某種未來的目標前進。他說我變得很奇怪，他說他也變得很奇怪，但他從沒看過我那麼恐懼。當他那麼說時，我隱約記起他說的某些情況。但是另一部分的我卻在想著，這是他捏造的嗎？他說為了我們曾經有過的不管是什麼，他當時就建議我們不要再當固定的男女朋友，他說那樣只有我會想要「談論感情」，而我就會驚慌，而事實是他比我還更常談論感情，所以我一定從來就不信固定男女朋友這一套。所以他就直說我們應該回到不知道我們是否在約會的那種也許境地。因此我們真做了，而他說我就不再驚慌了，而他也沉著下來了。

至於那種正式的「男性和女性」的境地，以及女性可以說什麼又永不能說什麼，當牛奶工克制、放慢、然後阻止我跑步時，我什麼也沒說。又一次，或許不是故意的，他並不無禮，所以我也不能沒禮貌地繼續跑步。所以我讓他放慢腳步，這個我並不想要他靠近我的男人，就在這時他說了我只要沒在跑步時就在哪裡走路的一些話，這些話是我希望他沒說過或我從來沒聽到的。他說他很關心，說他不確定，但同時他還是不看我一眼。「不確定，」他說，「這樣跑步，還有走那麼多路。跑步太多，走路太多。」說罷，他沒有再多說一個字，就在公園的角落轉彎消失了。就像上次開著那輛顯眼的車一樣，這一次也是——突然出現，

＊ 佛萊迪・墨裘瑞（Freddie Mercury，一九四六～一九九一）是英國搖滾樂團皇后合唱團的主唱和主創。他的同性戀身分一直未被證實，但他的事蹟在二〇一八年被拍成電影《波希米亞狂想曲》，飾演他的男主角雷米・馬立克一舉奪下二〇一九年的金球獎與奧斯卡金像獎最佳男主角。

靠近，自以為是，相機的喀嚓聲，他對我跑步和走路的評語，接著又再次突然消失——令人困惑，受到驚嚇。驚嚇，沒錯，但好像是為了某件微不足道、毫不重要、甚至於太過正常而不該感到驚嚇的事。然而因為這樣，我要等到過了幾小時回到家後，才意識到他對我的工作瞭若指掌。我也不記得我是怎麼回家的，因為他離開後我本來還想再跑步，繼續做我原來要做的事，假裝他根本沒出現過或他的出現沒有任何意義。接著，因為我心不在焉，因為我很困惑，因為我自我欺騙，我滑了一跤，因為踩到了一張被丟掉的雜誌脫落而出的光面紙。這是跨頁的一個女人，有一頭蓬鬆的黑長髮，穿著絲襪和吊帶，還有什麼的，黑色和蕾絲邊。她對著我微笑，向後仰靠迎接我，就在此時我滑了一下，失去平衡，就在我摔倒在小徑之際清楚看到了她說的一個單音節的字。

2

那次跑步後的隔天早上，我比平常更早出門，沒有告訴自己為什麼，繞路到本區的另一端去改搭另一路公車進城。而且我也搭了同一路公車回家。我第一次沒有邊走邊看書，第一次沒有走路回家。我又一次沒告訴自己是為了什麼。另一件事是，我取消了下一回的跑步。我必須，以防他又在公園和水庫旁出現。不過，如果你是個認真的跑者，又是個長跑者，而且來自本市有某種特定信念的某特定地區，你就得把這整個區域都劃進你的範圍中。要不然，根據宗教地理學，你只剩一條減縮路線，也就是說，為了要達到大約相同的效果，必須重複繞著小了很多的區域跑步。我雖然喜歡跑步，單調的輪子跑法卻告訴我其實我沒有那麼喜歡，所以我連續七天都沒有去跑步。我好像再也不會出去跑步了，直到我受不了強烈的衝動驅使。到了沒跑步的第七天傍晚，我決定回到公園和水庫去，但這次由我的三姊夫陪同。

三姊夫和大姊夫不同。他比我大一歲，而且我從小就認識他：他瘋運動、瘋街頭打架，基本上就是個瘋狂的人。我喜歡他。別人也喜歡他。他們習慣他之後就會喜歡他。另外，他不喜歡說長道短，從不說下流話或髒話或任何輕蔑的話。他也不會問操控性的、多管閒事的問題。事實上，他很少問問題。至於打架，這個男人和男人打。他從不和女人打。社區的人認為他心智不正常，因為他認為女人應該要強悍、勵志，甚至神祕、有超自然的力量。我們應該要和他爭辯，而且要否決他。這雖然不尋常，卻是他無法撼動的女人守則。如果一個女人並不神祕之類的，他對她就會以有點獨裁的方式，往那方向微調。雖然他會因此感到困窘，卻深信一旦她在他即興專制的幫助下而清醒過來時，就會想起她是誰，並憤然回復原貌。本區的某些男人，可能所有的男人吧，說他「有點怪怪的。」但本區所有的女人都說：「但如果他必須要有點怪，我們覺得他這樣怪最好。」因此，他對所有女性事物的這種非典型的高度尊敬讓他受到所有女性的歡迎，但他對自己受到歡迎卻又毫不自覺——這又讓他更受歡迎。更重要的是——我是說以我目前針對牛奶工的問題而言，對我很重要——本地區所有的女人都是這樣看待三姊夫的。不是只有一個女人，兩個女人，或三個或甚至四個女人。一小群的女人若想要引導集體行動或想要影響輿論讓情況對她們有利，都不可能得逞，除非她們是嫁給本區有權勢的男人——我指的是正規軍成員——或是他們的母親，或跟他們有某種關聯的女人。然而，本地所有的女人若受到號召，在罕見的情況下起身對抗市政、或社會、或當地的狀況，她們就會形成一股強人的力量，讓其他一般認為更強大的勢力都無法忽視。這些女人都欣賞她們的冠軍，也就是說她們保護這個冠軍。那就是三姊夫和女人。至於他和本地區的男人——或許出乎他們意料——大部分的男人也都喜歡且尊敬三姊夫。他體型絕佳，又本能地理解本地男性的戰鬥準則，所以就算男人覺得他對女人的舉止已達到極端不正常的地步，他還是得到認可。因此，他在本區是完全被接受的，包括我在內。以前我曾經和他一起跑步，但有一天我停止了。他對於體能運動的暴虐做法，超越了我自己對體能運動的暴虐做法。他的做法太過激烈、太過窘迫、太脫離現實。不過我還是決定重新開始和他一起跑步，不是因為牛奶工會被他的體型嚇到，怕三姊夫會和他打架。他當然比不上三姊夫的年輕力壯，但年輕和體力不代表一切，而且常常一文不值。例如，你並不需要年輕又會跑步才能開槍，但我確信牛奶工對槍枝非常在行。他的粉絲群——三姊夫受到跨性別的尊重——我認為這對牛奶工而言可能造成威嚇。他要是忽視三姊夫對我的陪伴，不僅會受到整個社區的責難，而且他在社區被視為一個聲望極高的異議分子的名聲就會驟降，直到他被所有安全的居所摒除在外的地步，他會被推擠到所有任何軍方巡邏車經過的路徑上，彷彿他並不是一個對我們具有重大影響力的英雄，而只是某個敵方的警察，某個敵方的士兵游水過來，或甚至只是敵方非法軍事組織的一個成員大老遠跑到這裡來。身為極端仰賴社區支持的反政府分子，我猜測他不可能為了我而選擇疏離。那就是我的計畫，而且是個好計畫，我對這個計畫很有信心，唯一遺憾的是沒有在七天六夜之前就想到要這麼做。但我現在想到了，所以接下來就是付諸行動。我穿上跑步的裝備後，便出發前往三姊夫的住處。

三姊夫的房子就在往公園和水庫的途中，而當我到達時一切都如預期：三姊夫在花園的小徑上，裝備妥當，正在做暖身運動。他在低聲咒罵，但我不認為他知道自己正在低聲咒罵。他低聲說了幾次「幹」，同時先伸展右邊的腓腸肌，再伸展左邊的腓腸肌。接著他又說了幾聲「幹」，並伸展右邊和左邊的比目魚肌，接著他側過身又說了幾聲，因為伸展必須集中注意力，所以也沒注意到我來了，在上次與他一起跑步之後經過一段相當長的時間，我又回來和他一起跑步了。「我們今天跑八英里。」「好，」我說：「就跑八英里。」這讓他驚愕。我知道他指望我會皺眉、然後以女神般的威嚴姿態對他說我們應該要跑多少英里才對。不過我一心想著牛奶工，所以並不在乎我們要跑幾英里。他挺直身體，望著我說：「小妹，妳聽見我的話了嗎？我說九英里，我們要跑十、十二英里！」這又是要我接招、挑他骨頭的信號。平常我會遵從，但此刻就算我們要跑過全國、直到最小的一聲咳嗽——甚至是別人的咳嗽——就會讓我們的雙腿斷掉的地步，我都不在乎。但我還是試了。「呃，不行，姊夫，」我說：「不能跑十二英里。」「對，」他說：「十四英里。」顯而易見的，我的努力不夠。更糟的是，我的女性典型的漫不經心，顯然激怒了他。他狠狠地瞪著我，也許是在猜測我是不是病了什麼的。我不知道三姊夫在想什麼，但我知道並不是他不想跑十四英里或沒法跑十四英里。對需要被否決的他，和對一心想著牛奶工的我，里程數是全世界最不重要的事。而是因為我沒有嚇唬他，所以他開口說：「我並不想和妳閒聊，」意思是接著我們會繼續一面倒地爭論，但這時他太太，我的三姊，踏上小徑。

「跑步！」她呼嚕道。這個姊姊穿著緊身長褲和夾腳拖，每根腳趾都塗了不同顏色的指甲油。這是在除了古埃及每個人的腳趾都塗上不同顏色指甲油的年代之前。她一手握了一杯布什米爾威士忌，另一手握了一杯百加得蘭姆酒，因為她仍在決定第一杯酒該喝什麼的階段。「你們兩個笨蛋！」她說：「他媽的控制狂。莫名其妙的神經病——總之，什麼樣的混蛋會去跑步？」然後她就離開了，因為她的五個朋友已經到達他們的門前。其中兩人用腳推開這個小房子的花園小門，因為她們的雙手都抱了一大堆酒。另外三人直接穿過樹籬進來，這表示樹籬再次被踩得亂七八糟的。這樹籬很矮小，大約一尺高，我姊姊稱之為「一個特色」，只不過它無法成為一個特色，因為人們忘記有樹籬在那兒，不是穿過就是踩過，就像現在這三個朋友所做的那樣。因此，當這些女人穿過樹籬來到草地上時，這片青翠的樹籬又一次慘遭推擠變形。在她們擠進那間小房子之前，她們照例嘲諷我們兩個跑者一頓；一邊朝屋子走，一邊嘲弄正在伸展的我們——這是每次她們經過正嚴肅做暖身動作時的我們必須進行的傳統。最後，在她們關上前門之前，而我們已經跳過樹籬準備出發之時，我已經可以聞到從客廳傳來的香菸味，聽到笑聲和咒罵聲，也聽到酒從長酒瓶被倒進長酒杯裡的聲音。

我們沿著上方的水庫跑，離我上次和牛奶工一起跑隔了七天之後，這次和一直低聲咒罵的三姊夫。我自己保持警戒觀望，雖說我並不願去想那個人。我想要去想我的也許男友，因為我本來在想著他，那麼溫馨，直到因牛奶工引起的擔心將他的影像推開。這一天是星期二，等我跑完步而他也修完最近那輛老爺車之後，我就會去和他碰面。我說最近那輛車是灰色的，他說是銀色零X什麼的，而且把已經修好的那輛白色車晾到一旁，立刻動手修這輛灰色車。但我上星期二走進他的客廳時，地板上卻有「一輛」完全不同的車。我說：「你把車放在地毯上。」他說：「對啊，我知道，很棒吧？」然後他解釋，說他們所有的人——修車廠裡的技工們——全都經歷了一場高潮，因為某夢幻車廠製的某輛超特別的車被丟進他們的修車廠裡，丟進他們的懷裡——「操他的！不要錢！他們不要半毛錢！」他喊道：

「妳可以想像嗎？不要豆子，不要香腸！」表示車主不要任何錢。他好像很震驚，所以我也不確定與這輛夢幻車的邂逅到底是好事還是壞事。我想要問他，可是他還沒說完。「那些把車開來的人，」他說：「還說：『我們的舊電鍋，我們的冰箱，我們的乾衣機，都給你們。還有舊地毯，其實還好，只是有點味道，洗一洗後丟到廁所裡用就好。你們也可以拿我們的破玻璃、水泥磚、和好幾袋的碎石子去蓋一個堅固的溫室基地。』所以我們就想說，」也許男友說：「這些可憐的老人把我們當成墳場而不是修車廠，所以也許我們不應該收他們的賓利布洛爾（Blower Bently），因為他們神智不清，不知道自己在做什麼，或許也不知道那輛車——儘管那種車況——價值多少。不過我們有些人就推推其他人，低聲說：『不要多說了。他們不想要車子，所以我們接收就是了。』但我們有些人還是說了話，換了一點瘋顛的說法，當然，是要避免傷感情。」他說那兩個人立刻轉變，說：「你們認為我們很蠢是嗎？你們認為我們很窮是嗎？你們到底想說什麼？什麼？」接著他們破口大罵：「如果你們這些王八蛋認為我們瘋了，那我們就離開，把我們的白色家具、我們的碎石子、我們的木材、我們的賓利布洛爾、我們的地毯、和所有我們好心好意帶來給你們的東西，全部一起帶走。所以要就留下，不要就拉倒，我們才不在乎。」我的也許男友說：「我們當然就留下啦！」此時我張開口想問他什麼是——但他已搶先說「跑車」——認為省了我的麻煩。通常他不會想到為我省麻煩——不是故意的，而是因為他會得意忘形，雖說他又一次在談論車輛時誤判他的聽眾，而我就是他的聽眾。他會說個不停，用一堆技術用語鉅細靡遺地解釋，雖然多餘卻有幫助，但我明白他必須利用我，因為他對這輛車感到興奮，而房間裡只有我一個。他當然沒有想過要我記住，就像我不會想要他記住《卡拉馬助夫兄弟們》（*Brothers Karamazov*）、《項狄傳》（*Tristram Shandy*）、《浮華世界》（*Vanity Fair*）、《包法利夫人》（*Madame Bovary*）一樣，只因為有一次我在很興奮的狀態下對他說了這些書。雖然我們的關係只是「也許」，而非合適的、有承諾的、有未來的關係，但我們兩人都可以在興奮之時說得很詳盡，而對方必須至少努力聽進一部分。再說，我也不是完全無知的。我看得出他對發生在修車廠的事感到高興。我也知道賓利是一種車。

現在他愛不釋手，對目前放在客廳地毯上的那東西。他站在車子旁，向下凝視，面帶沉醉的笑容。他那樣——讓我心動，他那樣讓我心動，當他全神貫注，毫不做作，神態自若，修理那輛老車，一臉的專注和愛，告訴自己這真的令他為難，如果他不認真敲打的話這輛老車可能不會復原，還有當人們可能聳聳肩說一些人生哲理時：「啊，不必再試了，可能沒有用，所以我們必須放棄努力，堅強面對痛苦和失望。」但也許男友會說：「呃，說不定有用，我覺得有用，所以我們還是盡力試試吧？」那樣就算沒用吧，他至少沒有在未嘗試之前就自甘悲慘。如果真的沒用，他的失望已因經過一段時間的沉澱後被全新的活力取代了，在縱使沒用時抱著「有用」的心態，讓他可以接續去做下一件事。好奇，投入，渴望——因為有熱情，因為有計畫，因為有希望，因為我。就是那樣。對我也是一樣，不加算計，透明，沒有欺騙，總是坦然以對，不會裝酷，有所保留；他不會設計，傷害，有時自作聰明，總是壞心眼，操控。不縱容，不玩遊戲。他不會那樣做，不屑那樣做，也沒興趣那樣做。「那些都很無聊。」他會說，不認為迂迴做作可以保護他的心。所以他夠強大。也很忠實。在小事情上不被收買，就表示可以做大事。那很特別。那也是我被他吸引的原因。那也是為什麼我站在那裡，看著他注視他的車，聽他大聲說出心裡的想法，我就濕了，而且——

「妳有在聽我說話吧？」他說。「有啊，」我說：「聽得很清楚。你在說車子內部。」

我指的是地毯上那一部分，但他說看起來我好像沒聽懂最基本的，所以他可以再說一次。我這才得知這外部的一部分也是內部的一部分，就在這輛車最前端。他又說那輛車開進修車廠時幾乎是一塊廢鐵。「妳猜怎麼著，那輛車受損嚴重，因為某個白癡在油不夠的情況下還猛踩油門，把引擎給毀了。重要的零件不見了，差速器不見了，活塞穿過搖桿蓋，幾乎完全穿過，也許女友，真是慘。」據我所知——因為地板上那東西看起來並不特別，很普通——這輛車曾經被垂涎，二十世紀初，爽快、野蠻、快速、吵鬧、很難停住的車。「難以救贖。」也許男友說，意思是無法修復，然而他還是滿臉笑容地望著它。他說他和其他人，在經過一番爭論、分歧、和最後投票後，決定將車子拆開，所以他們把它拆了，接著抽籤，而也許男友就得到地板上的這一部分，此刻讓他無比快活的那一部分。

他說：「增壓器。」我說：「是的。」他說：「不，也許女友，妳不懂。很少車有增壓器，所以這是先進的技術，別人難以競爭——就因為這個。」他指著地板上的東西。「是的。」我又說了一次。然後我想到：「誰抽到座位了？」這讓他大笑說：「那不是一個恰當的問題，親愛的，過來。」然後他用手指——喔天啊！——按住我的頸背。這很危險，總是很危險。每當他把手指放到那裡——在我的脖子和頭骨之間——我就會忘掉一切——不只是手指之前的時刻發生的事而已——而是一切——我是誰，我在做什麼，我的記憶，所有的一切，除了我在那裡，在那一刻，和他在一起。接著，當他用手指摩擦我的頸背，那凹陷的部位，在骨頭上方柔軟的部位，那甚至更加危險。此時我的腦袋因為甜蜜和時間感的混亂中化為一團糨糊。我會後知後覺地想，喔，如果他開始摩擦那裡呢?!我會整個癱軟，意思就是他必須用雙手抱住我以免我跌倒，也就是我必須讓他抱住。但即使到那時候，幾秒鐘之內，我們還是會倒在地上。

「不要管座位了。」他低喃：「座位很重要，但不是最重要。這才重要。」我不清楚他仍然在說車子呢，還是已經將注意力轉到我身上了。我猜是車子，但有時你不能為了要爭論就停止，所以我們親吻，然後他說他很興奮，我是不是也很興奮，我說他可不可以不要看我什麼樣子，然後他低喃說這是什麼，而我低喃說什麼是什麼，然後他把一樣我之前忘記的東西塞進我的手裡，一看是俄國作家果戈理（Gogol）的小說《外套》（*The Overcoat*），所以他說他就把書放在那兒，就是桌子上，所以他放了，那很好，然後我們或許可能倒在地毯上，或長椅上，或某個地方，但這時傳來了說話聲。說話聲往他這邊傳來，接著是敲門聲。

在門階上的是幾個男人，他的鄰居。他們到他住處來是因為賓利布洛爾的事已經傳開了，而每個人都不信，想要親眼看看。考量他們的人數和堅持，這不是「有點忙，你們可以晚點再來嗎？」的那種時刻。他們似乎比我們更興奮，更激動。當他們解釋他們的出現時，在門階上不斷向前推擠，踮起腳尖，想要越過也許男友的肩膀去看一眼那輛珍貴的車子。也許男友必須解釋——因為大家都知道他把車放在他的住處，他的住處有車——這一次並不是整輛車，而是那輛車的增壓器，不過那似乎仍是令人驚嘆的好消息。他們一定要進來，只要一下子，只要看一眼這個了不起的、不尋常的發展。他讓他們進來，而當他們擠滿了客廳時，他們的渴望化為沉靜，敬畏地凝視地板上那東西。

「真不尋常！」某人說——那表示確實如此，因為那不是我們的日常用語。還有其他的形容詞也是——「太神奇了！」，「了不起！」，「厲害！」、「令人驚歎！」、「正點！」、「無與倫比！」、「不得了！」、「超炫！」、「奇特！」、「好屌」、「棒透」——甚至還有「不過」、和「的確」，雖說我自己和姊妹們也會說「不過」和「的確」——很情緒化的形容詞，有點誇張、虛偽、裝腔作勢，基本上誇大其詞，「精髓」也是其中之一。這些形容詞一說出口，通常會讓本地人緊張、困窘、或害怕，因此另一個人就會說：「幹！誰想得到！」這與本地社交容忍度比較相當，讓情況緩和一些。接著有更多社交容忍，然後有更多人來敲窗和敲門。不久屋子裡擠滿了人，我也被這些愛車狂擠到角落，聽他們談論經典車款、歷史車款、謎樣車款、表演車款、肌肉車、無裝甲車、有質感的車和不應該被打理而總是該看起來很粗獷的車。接下來是馬力、線條獨特、喇叭大、加速快、超級加速、煞車力不足（是好事）、動力夠（也是好事），讓人貼著椅背會有一種「爽快的爆裂感！」這些談話持續，絲毫沒有停止的意思時，我看看時鐘，心想：我的果戈理呢？接著，當他們轉向一些刺耳的子音，數字，字母加數字的名稱——NYX，KGB，ZPH-Zero-9V5-AG——可能是也許男友偏愛的這些名稱時，我再也無法承受，必須讓自己和果戈理離開這個房間。我正要擠過人群出去時，某人，一個年輕人，也許男友的一個鄰居，在這場爭取呼吸空間的戰爭暫停的一刻，他突然說出的評論讓我停下腳步，讓所有人都停住：「鄰居，這很不錯，」這個鄰居說：「得到這所謂經典車的一部分，而且我也沒有找碴的意思，只不過——」此時所有人都屏息等待一波攻擊：「你們修車廠裡面是哪個人抽中有那面國旗的部位？」

在這個時間點，這個地方，談到政治問題，包括炸彈和槍和死和殘廢，一般人會說：「他們那邊做的」或「我們這邊做的」，或「他們的宗教造成的」，或「他們做的」或「我們做的」，而其實真正的意思是「愛國者做的」或「反叛者做的」或「國家做的」。偶而我們會盡點力說「愛國者」或「反叛者」，但只有試著要讓外地人知道時才會那樣說，只有我們自己時我們多半不會那麼費力。「我們」和「他們」已是第二天性：方便、熟悉、內行人，脫口而出，不需費力去想別有含意的用詞或好聽的外交用語。在大家的默契下——外地人不會懂，除非是個人權宜之計——所有人都明白當本地人用「我們」和「他們」，或「我們的宗教」和「他們的宗教」這種部落識別符號，而不必說「我們所有人」和「他們所有人」。就這麼簡單。無知？傳統？現實？戰爭持續，人們很匆忙？隨你挑選，但答案多半是後者。在早期的那些日子裡，在黑暗的日子裡更黑暗的時期，沒有人有時間去留心用字，去理會政治正確性，去想「如果……我會被視為一個差勁的人嗎？」或「如果……我會被視為狂熱分子嗎？」或「如果……我支持暴力嗎？」或「如果……我會被視為支持暴力嗎？」而且每個人——每個人——都懂。所有的普通人也都明白基本上什麼被允許和什麼不被允許，什麼是中性和什麼不能被接受、不能說出口、不能是象徵，也不能是願景。想要描述這些默認的規則或法令，最好的辦法之一就是來關注一下名字這個主題。

有兩個人握有不准在本區出現之名字的名單，但那些名字不是他們自己決定的，而是由歷時長久的社區精神來認定哪些名字被許可而哪些名字不被許可。握有遭禁名單的兩個人，一個教士和一個女教士，頻繁地登錄、調整、更新這些名字，對自己證明他們是有效率的教士，但他們這麼做卻被社區視為心理不正常。他們的努力是不必要的，因為我們居民本能地固守這份名單——遵守而不深入思考。他們的努力不必要，這也是因為多年來在這兩個教士出現之前，這份名單就有能力延續、更新、維持它原本的資訊。那兩個保衛著名單的教士有一個很普通的男人名字和很普通的女人名字，但社區的人稱呼他們為「奈吉爾」和「潔森」，就連善良的他們本人也聽得懂這個笑話。那些不被允許的名字之所以不被允許是因為他們太屬於「海那邊的」*，無論那些名字中有一些並非起源於那個國家，而是被那個國家的人挪用或使用。大家都知道那些被禁的名字已被注入了能量，歷史的力量，歷時長久的衝突，許久以前被那個國家制訂而迫使這個國家接受的命令和遭到抵制的過分要求，使得名字原本的國籍早已完全喪失了。這些被禁的名字包括：奈吉爾、傑森、賈斯柏、藍斯、普西佛、威爾柏、威爾弗雷德、裴萊格林、諾曼、亞弗、雷吉諾得、賽德瑞克、歐內斯特、喬治、哈維、阿諾、威爾伯倫、崔斯特藍、克萊夫、尤斯塔斯、歐白隆、菲利克斯、佩弗利爾、溫斯頓、戈德弗雷、赫克托爾、還有赫克托爾的表親修伯特，同樣被禁。另外，還有藍伯特或勞倫斯或霍華或羅倫斯或萊諾或藍道夫，因為藍道夫就像賽羅，賽羅就像拉莫特，而拉莫特就像梅莉狄絲、哈洛德、阿爾吉農、和比佛利。麥爾斯也不行。還有艾芙琳、埃佛、墨提瑪、基斯、羅尼、羅傑、厄爾、魯波特、威勒、賽門、或馬利爵士或齊貝第或昆汀，雖說現在因為美國製片家昆汀很有成就所以「昆汀」大概可以。或亞伯特。或特洛伊。或巴克利。或艾瑞克。或馬可斯。或賽夫頓。或瑪莫度克。或葛瑞佛。或艾德嘉。因為這些名字全部都不被允許。另外還有克利佛，還有萊斯利。裴佛洛被禁過兩次。

至於女生的名字，那些「海那邊的」名字是被容許的，因為女生的名字——除非是龐普或瑟康斯坦——並無政治爭議，因此有轉圜餘地，沒受到任何法條飭令。錯誤的女子名，不

* 指英國。以下的名字都是英國人常有的名字，因此長期厭惡英國統治的愛爾蘭人對這些名字很敏感或甚至反感。

像錯誤的男子名那樣，隱含了嘲諷、記憶長久的、追溯性、我們必不會忘、歷史性的厭惡等含意。但如果你以為正好相反而選擇「馬路那邊的」，那你就完全允許自己接受所有被我們禁止的名字。當然，你不會允許自己有一個在我們社區很流行但在你們自己的社區裡卻必會令人瞪眼的名字，你不大可能會因為那樣而失眠的。所以像路德亞、艾德溫、伯特倫、萊敦、庫斯伯特、羅德里克、以及某某公爵等這些名字，都在我們被禁止的名單上，被奈吉爾和潔森看管著。不過被允許的名字並沒有一份名單。因為每個居民應該都可以依據被禁止的名字而得知被允許的名字。你為你的寶寶取名字，而如果你很有冒險精神、很前衛、很有波希米亞風格、或只因一種意料之外的人為因素冒著風險去嘗試一個未經公認或合法化的名字，那你和你的寶寶經過一段時間後就會發現你是不是犯錯了。

這種心理政治氣氛，包含其忠誠度的規則、部落認同、以及被接受和被禁止的事物，並不僅限於「他們的名字」和「我們的名字」、「我們」和「他們」、「我們社區」和「他們社區」、以及「馬路那邊的」和「海那邊的」而已。其他議題也附帶類似的指令。有些中立的電視節目可以被標為「海那邊的」或「馬路那邊的」，然而不管是「馬路這邊」還是「馬路那邊」的人都會收看，不會被社區視為不忠。也有些電視節目能被其中一邊的人看且不會被認為是背叛，但該節目卻被馬路另一邊的人厭惡和憎恨。有些電視執照審查人員、分級人員、在非平民環境中工作的平民和公務員，全都受到一個社區的包容，但只要有一根腳趾頭跨入另一個社區就會被槍殺。還有食物和飲料。對的牛油。錯的牛油。效忠的茶。背叛的茶。有「我們的商店」和「他們的商店」。地名。你念的學校。你說的禱告。你唱的聖歌。「H」這個字母你怎麼發音。你要在哪裡工作，當然還有公車站。事實是，不管你到哪裡或不管你做什麼，都會製造一種政治聲明，就算你並不想。還有一個人的外表也是。因為大家相信從一個人的外表就可以看出他是「馬路那邊來的他們」還是「馬路這邊的你們」。還有壁畫、傳統、報紙、國歌、「特殊節慶」、護照、貨幣、警察、公民權、當兵、輔助軍。在不能讓逝者已矣的時代裡，有非常多的事例和各種無聊的關聯。兩者之間還有中立和例外，而發生在也許男友家——當所有其他的鄰居都在場之下——他那個鄰居瞄準的正是那一切的協議和煽動性的象徵。

他瞄準的是國旗的議題，國旗和象徵，既本能又情緒化，因為國旗的發明正是出於本能和情緒化——病態又自戀的情緒。他指的是海那邊的那個國家的國旗，也是馬路那邊社區的國旗，在我們社區不太受歡迎的一面國旗。在我們社區一點也不受歡迎的一面國旗。在馬路這邊完全不受歡迎。我雖然對車輛一竅不通，對國旗和象徵卻很在行，因此我當時想到的是，那些上流的經典車賓利布洛爾是在「海那邊的」那個國家製造的，所以上面會有「海那邊的」那個國家的國旗。因此，也許男友的鄰居這句評論所暗示的是，也許男友到底在做什麼，他不只是參加可能贏得上面有國旗的這個部位的抽籤，更是他在做什麼，竟然參加可能贏得任何有「海那邊」愛國象徵——不管是不是國旗——車子部位的抽籤？歷史的不公不義，他說。壓制立法，他說。其施行和契約，他說。人為的界線。貪腐的支撐，他說。沒有指控就逮人，他說。宣布解嚴，他說。未經審判就入獄，他說。禁止集會，他說。禁止查究，他說。制度化地侵犯主權和領土，他說。熱和冷待遇，他說。任何事物，他說。以法律和秩序之名，他說。他說了那麼一大堆，雖說即使他當時也並非出自真心。他真心要說的——在那面國旗所有的詮釋背後——是「海那邊的」國旗也就是「馬路那邊」的國旗。我們的社區視「馬路那邊的」比「海那邊的」更是「海那邊的」，所以認為那國旗在比它原本所在之處更要靠近、更要誇大的在那飄揚。身為馬路這邊的人——我們這邊——把那國旗帶進來，就是製造分裂，而且也意味著反叛者的臣服，更是最可怕的出賣行為，比告密者和嫁出去的人更可鄙。這當然都是我不喜歡介入的一些本地的政治問題。雖然令人驚訝的是，再誇張的暗示都可在幾句評論後化解。但即使如此，那個人卻沒有就此打住。

「我是有什麼話就說什麼，」他說：「所以不要誤會我的意思。而且我是從很謙卑的地位說的，並不是我沒有參與過對自己社區不忠的任何事情的經驗，例如可能贏得某樣上面有那面國旗的東西，然後把它帶回家，然後驕傲地放在社區，而不是為它出現在本社區而感到羞愧。我也絕不是要汙衊任何人或任何東西，或種下仇恨的種子。我不是推翻規則或隨意下結論的人，不是煽動者或偏執狂。事實上，我雖然無知，發表意見時總是很遲疑很緊張，可是……」接著他重複說無論那個有國旗的東西多有名或多令人垂涎，他自己是絕對不會對這樣一面代表壓迫、悲劇、暴政的旗子屈服，更別說與其是面對「海那邊的」國家還不如說是面對「馬路那邊的」社區而感到沒面子的不快經歷。更重要的是，他說，把那面國旗帶進一個堅決反政府地區來的人，可能會被指控是叛徒或告密者。所以說，沒錯，國旗是很情緒化的。自古以來。至少在本區是如此。

追根究柢這就是那個人要說的——也許男友是個叛徒——而也就在此時，也許男友的朋友們開始為他仗義執言。「他沒有有國旗的那個部位。」他們說：「任何人都可以看到那個增壓器並沒有國旗。」他們很生氣，而非嗤之以鼻。不管那面國旗有多不可能會出現在「馬路這邊」和「海這邊」，這是個有妄想症的時代。處境不穩定的時代，原始的時代，人人都疑心重重。你可以和某人很愉快地聊了一下後走開，想著剛才的閒聊友善且不需什麼防衛。直到你後來又回頭去想。那時你就會開始擔心你是不是說了「這個」或「那個」，並不是因為「這個」或「那個」是有爭議性的。是因為即使在和平時期人們都喜歡指責別人、評斷別人、添油加醋，因此在這種亂世很難想像沒有指責、沒有無中生有、或沒有評論。結果當你發現別人在談論你的時候，不是會感到受傷而已，而是像某個帶了頭套或萬聖節面具的人拿著已經上膛的槍在三更半夜時來到你家門口。到現在，也許男友的朋友們指著增壓器，顯而易見的上面並沒有國旗。「再說，」他們說：「那種車款也不見得都有國旗在上面。」有一個鄰居——比起先前很熱烈但現在全都沉默的其他鄰居們，這個鄰居算是很勇敢的——更說：「而且，因為這是很稀有的名車，就算如果你抽中了有國旗的部位還是可以拿，把它帶回家後再用一個轟炸機的貼紙把國旗蓋住，例如B29超級堡壘喬西轟炸機的貼紙，或超級堡壘女孩超辣轟炸機，或B17堡壘轟炸機的貼紙，或一個米妮老鼠或奧麗薇或布魯托的貼紙，或甚至於你媽的小照片或瑪麗蓮夢露大一點的照片，難道不行嗎？」他很努力，這個外交官，很強調地提到例外，那些豁免，那些免於偏執、偏見、排除的個人和狀況，包括搖滾巨星，電影明星、文化明星、運動明星，那些非常有名或極端努力的某些人。他暗示，這個跨界的類別，難道不包括賓利布洛爾的增壓器嗎？他指出，慾望和稀罕難道不足以讓這個增壓器有某種退路，還是說那國旗是個很大的障礙，使分界的一邊——在這件事中指的是我們這一邊——無法忽視和放過呢？

他不知道答案，而我覺得只有一個人知道。我看著他。人人都看著他。「我要說的只是，」他說：「如果涉及自我放縱的含意，如果那影射到我對統治者的權利、國家和宗教認同的同化，就算這輛車並沒有這些含意和對其所有車種和範圍的認同，不管它有多獨特，我不確定我會屈服，會想要這輛車的一部分。」他強調：「我只是很困惑，『我們這一邊』的任何人會讓他們對車輛部位的癖好掩蓋我們對那一邊的象徵和標誌本能的嫌惡。而且，如果本區的年輕人聽說了這件事」——他指的是反叛者，而且這表示他們一定會聽說，因為他自認有義務告訴他們——「那個拿走有國旗部位的人可能會發現自己面對沉重的街頭正義。況且那些死去的人呢？到目前為止所有為這些政治問題失去性命的人？難道說，他們所有人都是白白犧牲嗎？」

聽他說話，讓人覺得，一個人只要下定決心，可以把黑的說成白的，而他現在說的是，把那面國旗帶進來是不正常的。好吧，那確實不正常。可是，也許男友並沒有把國旗帶進來啊。在這當中，也許男友什麼話也沒說。不過他臉上蒙著一片烏雲，一種陰影，而也許男友是很少有陰影的。他是個愉快、活潑、敏捷的人，那也是他迷人的另一點，如他在二十分鐘之前，當屋裡只有我跟他的時候那樣。那時他對增壓器那麼高興，那麼興高采烈，甚至後來這些人都進來後他還是很高興，就算不同於之前他覺得安全時對我展現的驕傲和興奮。跟這群人在一起，他很謹慎——不只是禮貌、不吹噓，因為人們可能因為羨慕而突然對你翻臉，沒理由地想要報復。那是炫耀獎品的時刻，是的，但也要對獎品感到謙卑，所以也許男友在面對他的鄰居時必須壓制他的亢奮。但我看得出來他現在也很固執。每次他和一個他並不尊敬的人在一起時他就會這樣，所以他不想解釋。我覺得他這時這樣是很愚蠢的，因為國旗和象徵這檔子事相當嚴重，所以當他的朋友們為他說話時我很高興。他自己天性不善爭論或跟人吵架。只有當別人找廚子的碴時，會惹他生氣且不惜打架，因為廚子是他從小學就在一起、歷時最久的好友。但是現在他瞪著他的鄰居，這個聳肩且行為不佳的鄰居：他不請自來，跟其他人一起進入也許男友的家，然後卻說那種話，打破待客的規則，因為嫉妒而製造麻煩。怪不得接著在「我絕不同意」的另一人干預下，他被一拳狠揍打到鼻梁上。那是也許男友的一個朋友——他很衝動，但反對別人說他魯莽，雖說大家都知道甚至為了任何他高興的事他也會和人打架——他揍了他。不過那個人並沒有還手，反而是拔腿狂奔，拋下一句也許男友把國旗的恥辱帶到他自己身上和整個社區。接下來，他喊道，一定會有報應的。然後他消失了，在門階上撞到剛剛下班、正好抵達也許男友家的廚子，令廚子面露不悅和困擾。

現在屋裡有一種沒人願意承認的感覺：不好，不祥，灰暗。整個氣場已經轉變，把先前和車輛有關的熱烈討論都扼殺了。雖然有幾個人試著回到先前的話題，但沒有人能夠再恢復談話了。也許男友最久的好友，一如尋常的，在幾秒鐘內便把房間清空了。這就是廚子——一個有膽識的人。我說的膽識是指他很有勇氣，很有魄力，百分之一百，不是普通而已。他很執著，不苟言笑，眼睛深陷，而且總是精疲力盡。即使在他想到要當一個廚師之前他就是這樣了。實際上，他並沒有成為一個廚師，雖說當他喝醉時常常都說為了成為一個廚師他要去上烹飪學校。在他的工作生涯中，他是個砌磚工，但在工地開始被稱為廚子，算是因為他喜歡烹飪的一個笑話，因為男人不應該喜歡烹飪，而他也就此擺脫不了這個綽號。還有其他的侮辱——他對美食的鑑賞力，他和食譜上床，他對胡蘿蔔最深處的本性著迷，他是個考究過度精緻的女人。不過，這些和他一起工作的工人從來都看不出他們是否有惹惱他，因為廚子從早上到達的那一刻開始到傍晚回家為止，似乎都理所當然的緊張焦慮。即使是在他開始工作之前，回到在校的期間，都是因為他似乎不夠有男子氣概的理由，有些男生會想要找他打架。跟他打架似乎是個成長的儀式。直到有一天，也許男友開始罩他之後，這種情況才停止。廚子不知道自己被罩，而且即使在他被揍過很多次後也不明瞭他需要被罩。然而在也許男友——以及由也許男友延伸出去的他的其他朋友——加以干涉之後，那些想要找廚子打架的人多半都知難而退了。偶爾，即便是現在，會有「你的朝鮮薊怎樣了？」接著是一場暴力邂逅的突發事件。我就會在也許男友家的廚房發現廚子——有時是他一個人，但更常是和也許男友一起——處理他最新被攻擊後的傷口。至於成為一個廚師的念頭本身呢，在也許男友的地區，還有我的地區，有一種認知：男廚師沒需求且在社會上也不被接受，尤其是這個廚子所擅長的麵包餅乾蛋糕之類的「甜點」。與世上其他有名廚的地方不同，在這裡男人可以當廚師，但最好是在船上或男性拘留營或其他都是男人的環境裡工作。不然他就是「廚子」，就是一個想要徵召異性戀男進入同性圈的同志。因此，這些廚師如果存在，就是隱藏的物種，人數稀少，而我們的廚子——雖然他根本不是同志——是周圍一百萬英里方圓內我所知道的唯一一個。他有一種邊緣性人格、複雜的情緒狀態，毫不困窘或挑釁地展現出來——而且是為了無聊的東西，例如量杯或量匙。一般而言，當他沒有為了食物或廚房裡的東西而在失控邊緣時，他可能會喃喃自語：「石榴糖漿，柳橙花水，焦糖奶油，法式火焰薄餅，熱烤阿拉斯加……」通常是在深夜，更常是在週末時，獨自一個人在某個角落裡喝酒。他談食物，看有關食物的書，借這些書給也許男友（嚇死我）看（更嚇死我）。他也實驗食材，始終自認是個一般人，但沒有一般人（包括喜歡他的朋友）會認為他是。現在他走進也許男友陷入一片尷尬沉寂的客廳裡，光是他的存在就讓氣氛更加緊繃。

但另一方面，或許沒有。這一次，第一次以尋常的開始「喔，不妙——是廚子！」有些人準備要落荒而逃，但接著卻發現看到他令人鬆了一口氣。他絕對勝過先前那場引發爭議的國旗風波。在他走進來之前，也許男友的鄰居們已經從談論車輛的輕鬆自在轉移到「我們」和「他們」的政治老調。而且他們與也許男友之間的距離也持續增加中，因為這牽涉到不只是增壓器，還有袋鼠法庭（kangaroo court）*、勾結串通、不忠、和告密。所以廚子立刻幫忙把每個人喚醒。一如尋常。他並沒有注意到氣氛，也沒看一眼增壓器或現在在增壓器周圍的幾滴從也許男友鄰居的鼻子濺出的血。他只是環顧四周，看起來很驚訝，眉毛聳得半天高。「沒有人跟我說有這麼多人。一共有多少人？恐怕有一百個人吧？我沒有算。不可能。」他搖搖頭。「我不可能為你們所有人煮晚餐啊！」但是他弄錯了。要是那個鄰居沒有製造問題，可能就是繼續談論車輛，接著大家一起喝酒，接著聽音樂，接著是喝醉酒後叫炸魚店或咖哩店外送。廚子的精緻美食和小蛋糕並不在需求內。不過廚子已經在想他不會為他們做的開胃菜，他不會為他們燒的主菜，以及他必定不會為他們做的甜點，因此鄰居們都立刻站起來。「廚子，沒事的。」他們說，而且盡可能地佯裝愉快。「不要擔心。沒問題。我們要走了。反正本來就要走了。」說罷，他們對增壓器又看了最後一眼，有點含糊不明的一

＊「袋鼠法庭」是指在監獄、工會、或其他組織中私設的非正規法庭，暗示採取不合法的法律措施或濫用法律原則與公正進行審判的法庭。

眼。也許有點太過典型了？不用說，當然沒有人出價要買了。他們跟也許男友說再見，然後又跟他幾個多留一會兒的好友說再見。接著有幾個突然想到，又對角落裡的我點頭再見。

混蛋。蠢人。白癡。低能。蠢貨。狡猾的垃圾。沒有冒犯之意不過。我只是說但是。沒有不敬之意只是。這些是也許男友的朋友在那名惹禍的鄰居和其他人都離開後對那個鄰居的咒罵。廚子、也許男友、和三名也許男友的朋友、以及我留在屋內。廚子說：「但他們要去哪？他們為什麼要走？他們是誰？他們是不是要我——」「別說了。」也許男友說，不過他有點心不在焉，因為他對那些替他向那個鄰居提出理由和解釋的人有點不爽。我知道他尤其對他們試著擺脫國旗的批評很不爽。他認為，他們那樣做正中那個鄰居的下懷。此時其他人也對廚子說：「別說了。」接著很衝動的那個朋友警告也許男友要留意。「那個骯髒的畜生一定會瞎攪和，亂編一些說辭出來。」其他人點點頭，也許男友最初也點點頭。然後他說：「不過，你不該揍他的。你們三個都不應該被他激怒，或跟他說我的事。我的事不是他的事。我不需要勸服他或用花言巧語得到他的認可。我也不需要你們去幫我說服他。」其他人不喜歡聽他這麼說，更可能感到受傷。他們開始爭論，意思是也許男友自己必須要跟上。他當然必須為自己解釋，他們說，倒不是對那個人，畢竟他就是嫉妒罷了。而是他為了別人必須要開口說話，阻止流言擴大。也許男友說謠言不需要爭議或不爭議，根本不需理會。「是你們讓我失去力量。」他說，於是又繼續爭論，直到其中有一人說：「事情不會到此為止。」他的意思是，如果增壓器的議題最後變成是也許男友從「那邊」帶進了無數的國旗來，他們都不該太驚訝。說到這兒他們都大笑，但那不表示他們相信這種說法不會發生。他們說他不該這麼固執，而我雖置身事外且什麼也沒說，但我完全同意。此時，丈二金剛摸不著頭緒的廚子一直在腦中盤點想像的櫥櫃，回嘴說：「誰？什麼？」其他人就開始推搡他。「老小子，」他們說：「老是狀況外。」但廚子沒在聽了，轉身上樓梳洗乾淨好下樓弄點東西給每個人吃。說了最後幾句輕蔑的玩笑話：那是沒錯但是，我沒這麼想不過，我雖不是專家可是，他沒再說出更多部落主義的話，以免被我聽到，然後其他人也忙了起來，把車的部位搬到樓上去。

這也是稀鬆平常的事，因為也許男友會把車的零件放在每個地方——在工作的修車廠，在他家這裡，在室內，在室外，在前面，在後面，在櫃子裡，在櫃子上，在家具上，在每級梯階上，在階梯上方和樓梯平台上，也可當作門擋，還有在每個房間裡，除了廚房和他的臥室——以防晚上我留下來過夜。所以他的家不像一個家，而比較像一個舒心的把家當車廠的工作環境。現在他和他朋友在「重新布置」，翻成白話就是「挪出空間來放更多車」的意思。「有新車要來嗎？」我問。「不只一輛呢，也許女友。」也許男友說：「幾部化油器和汽缸、保險桿、散熱器、活塞杆、車體側板、擋泥板之類的。」我說：「嗯。」「馬上回來」也許男友說，指著幾塊正要運送的車板。「現在先把這些送到我一個兄弟的房間去。」也許男友有三個兄弟，都沒有死，但也都沒跟他一起住在這裡。他們以前和他住在這裡，但這些年來已經都搬出去另外住了。此時也許男友和其他人都忙了起來，而廚子在樓下，從種種聲響聽來，他也在廚房裡忙。他在自言自語，但這司空見慣。他常常這樣，我會聽到，因為廚子甚至比我還常待在也許男友家過夜。一如尋常地，我可以聽到他和顯然是他徒弟的隱形人說話，不管他在做什麼都和燒這頓飯有關。他常常會說：「這樣做就好。你知道，有更簡單的做法。別忘了我們可以發展出個人風格和技巧，不需要裝腔作勢和做作。」每當他自言自語時，他的聲音很輕柔，也比跟現實生活中的人互動時要和善多了。他喜歡這個隱形徒弟；從廚子讚美和鼓勵的聲音聽來，他是個用心又乖巧的學徒。「我們現在來加一點這個。不對，這個。然後我們那樣做，那樣。我們要有技巧，記住——乾淨、俐落，所以不要用那片葉子。為什麼要用那片葉子呢？它對質地、特色、或元素都沒有加分。現在——嚐一嚐。你想要吃吃看嗎？」有一次他在邀請隱形徒弟試吃時，我探頭偷看：只見他一個人，將湯匙舉到他的嘴邊。那是我第一次看見廚子這樣做。這讓我想到我在心裡註記地標的時候，那是我在邊走邊看書時會一邊做的事。我會在讀完一、兩頁後停下腳步，標記環境，這對偶爾某個出現在我腦子裡問路的人會更準確、更有幫助。我會自己指出方向說：「喔，目標就在那裡。」表示那個人必須繞過那個轉角。「往前走，」我會說：「在那裡轉彎。看到這個轉角了嗎？繞過去，等你走到郵筒旁的十字路口，在十分鐘地區的起點時，就到平常地區吧。」平常地區是我們的墳場，而我這樣指引是要幫助某個迷路但會感激的人。廚子在他的廚房裡做的是類似的事。沒有歇斯底里的發作，沒有創傷，只有沉思、吸收、放鬆。這是他在一個欣賞他的人相伴之下所玩的遊戲。所以我悄悄走開，不想讓廚子因羞愧而停止想像，因為在這個地方有太多人因玩遊戲而感到羞愧，因放鬆防備而感到羞愧。這就是為什麼所有人都要揣測別人的想法——要不然事情就會很複雜。就像這裡很多人為了自我保護選擇隱藏真正的想法，當他們知道別人在揣測他們的心意時，他們也可以學習對那些揣測的人說出心靈層面的最表面，同時卻在意識深處告訴自己他們真正的想法是什麼。因此，當也許男友和他的朋友們在樓上，廚子和他的學徒在廚房裡，我就在沙發椅上躺了下來，思考下一步。我指的是住處的選擇，因為也許男友最近問我要不要和他同住。當時我覺得有三點讓這個提議行不通。第一，我不認為我媽可以一個人撫養小妹妹們，雖說我在撫養小妹妹們這件事上並未擔任積極的角色。只是我好像應該在那兒，待命，當個背景的緩衝器，防止她們的早熟、她們難以克制的好奇心、和她們已準備好做任何事的失控感。我反對的第二點是，搬去和他住有可能毀滅對我和也許男友本已微妙、容易被摧毀的也許關係。第三個反對點是，看這個地方這副模樣，我怎麼可能搬進來呢？

在我和也許男友分手許多年後，我在電視上看到一個關於囤積者卻不認為自己囤積東西的節目。雖說沒人囤積汽車，我卻忍不住注意到這些人在這麼多年後的心理啟蒙時代所做的事情，和也許男友多年前啟蒙根本不存在的時代所做的事情十分類似。有一對夫婦，其中一個（他）是囤積者，另一個不是（她）。每樣東西都被分成兩半，而他那一半從地板到天花板堆滿了東西，淹沒每個房間一半的空間。過了一陣子，他的東西開始從最高處向下滑落，潑散到她的東西上。那是無可避免的，因為他停不下囤積的腳步，所以空間一定會不足，侵犯到她的空間。至於也許男友房裡的囤積，沒有後來那個電視娛樂節目裡的那麼壓縮或造成障礙。然而，他無疑在持續增加。至於我的反應，我在他家過夜時可以忍受「請進，歡迎，但妳可能要稍微擠一擠」的擁擠狀態，因為廚房和他的臥室是正常的，還有浴室也算半正常。不過，我之所以可以忍受主要是因為我們關係的「也許」層面，意思就是我並沒有正式和他同居，沒有正式對他有承諾。如果我們的關係合乎正統，我真的和他同居，而且我對他也有正式承諾的話，那我會做的第一件事就是離開。

這就是也許男友的房子，而且是整棟房子，在當時這對二十歲的男人或女人——尤其是未婚的男人和女人——而言，是很不尋常的。不僅在他的地區，在我的地區也很不尋常。情況會變成這樣是因為他十二歲，而他的三個兄弟分別是十五、十七、和十九歲的時候，有一天他的父母離開家全心投入他們專業國標舞的事業。起初他們的兒子們沒有注意到他們已經走了，因為這對父母常常不告而別，成功地參與拼死拼活的國標舞競賽。但有一天，當兩個較大的兒子下班回家，匆忙從炸魚店叫了晚餐給他們四個人，坐在沙發上的老二，盤子放在膝蓋上，轉頭對坐在他旁邊的老大說，「不大對勁，好像有東西不見了。大哥，你不覺得有什麼東西不見了嗎？」大兒子同意道：「是啊，有什麼東西不見了。」又對兩個小弟說：「嘿，你們兩個，有什麼東西不見了嗎？」老三說：「是爸媽。他們走了。」老三說罷繼續吃晚餐和看電視，七年後變成我的「到那時已將近一年的也許男友」的老么也一樣。老大又說：「可是他們什麼時候走的？是去參加他們一天到晚都報名參加的跳舞比賽嗎？」不過那不只是一次跳舞競賽而已。最後是鄰居告訴四兄弟，他們的父母在幾個禮拜前就永遠離開了。他們寫了一張紙條，鄰居說，但忘了留下來；其實應該是他們原本忘了寫，後來寫了然後從他們已到達但沒公開的目的地轉寄過來，不是故意不公開，而是他們沒有時間或忘記或不知道在信封上寫回郵地址。根據郵戳，那不是海那邊的國家，而是很多很多海那邊的一個國家。而且，他們也忘了之前的地址，那棟自他們結婚住了二十四年，一直到他們離開前的二十四小時的房子。最後他們冒險寫下地址，希望光是街名也許可以寄達，也多虧這條街的足智多謀，這封信真的寄到了。這封信，在輾轉經過多位鄰居手中後，被轉到四兄弟那裡。信上寫著：「孩子們，抱歉。我們現在明白，我們根本不應該有小孩。我們現在永遠離開去跳舞去了。再次抱歉——但至少你們現在都長大了。」然後，又有一個後記：「呃，還沒長大的孩子可以讓已經長大的孩子照顧成長。還有，一切都給你們——包括房子。」這對父母堅持要兒子們接受房子，說他們自己不想要了，他們想要的他們已經有了——就是他們彼此、他們的舞蹈狂、和他們許多箱美麗的舞蹈服裝。信的最後寫著：「再見，老大，再見，老二，再見，老三，再見，老么——所有親愛的兒子們，再見！」但沒有署名「父母親」或「你們親愛但不上心的母親和父親」。他們的署名是「舞者」，以及四個親吻標誌。此後這四個兒子就再也沒有他們父母親的消息了。除了在電視上。這對夫妻愈來愈常出現在電視上，因為他們證明了儘管已步入中年，他們仍是非常青春的國標舞冠軍。他們是世界級的、光彩炫目、無比專注，而且，也許因為他們的魅力、璀璨、以及國際明星的聲譽，他們被連結到他們的國家——只不過是哪個國家，「邊界那邊」或「海那邊」，卻很有技巧地從不被提及——不久，他們便跨過了那道危險的政治分際。這表示他們已是那些例外之一——如同此地的音樂家、藝術家、舞台劇演員和電影明星，還有運動明星，在大眾眼裡，他們都已超越了在一個社區裡得到完全的認可但同時在另一個社區卻受到非難和死亡威脅的層次。這對夫妻，是少數上帝的選民，得到所有人的讚許。他們被全體人民接受、讚賞。不只在政治上、宗教上和反偏執的陣線上而且在正常的舞蹈用語下，他們因帶給喜愛舞蹈的人歡樂和魔力而受到禮讚。就算他們的兒子沒半個想要或對國標舞有一點認識，熟知國標舞的人對他們卻極端尊敬。不過，也許男友曾經在電視上指出他們給我看。有一晚他在轉台時突然看到他們，便隨意指給我看：國際雙人組。這時他們在狂熱的里約熱內盧冠軍杯中遙遙領先，而站在國際國標舞委員會前面的主持人喊道：「老天爺！歷史時刻！喔！歷史時刻！」要每個人拉緊帽子觀賞前所未見的華爾滋舞步。在我說了：「哇靠！她是你……！那是你……！她是你……！那是……！她是你媽！那是你媽！」以及「他是你爸！」之後，我想看那華爾滋舞步。雖說很明顯的，那雙眼睛，那張臉，那個身材，那種靈活度，那種自信，那種感性，以及，當然，那些服裝，我其實是說她，我當然會想看。我想都沒想到，但也許男友說他不想看。因此我瞪大眼睛張著嘴呆坐不動，摳著指甲，說：「他看起來像她。他看起來像她嗎？他的背跟她很像嗎？還是他爸爸像她——我是說他——不是，是他像他爸爸嗎？」也許男友走出去修車。

至於那房子，就變成「男人住在這裡」的那種建築物，四個兄弟高興時就回來睡，過著男生會過的生活。偶爾會有他們的朋友，還有愈來愈多的女生，會來這裡過夜，或女朋友來過一個禮拜，或女朋友來住一陣子，來來往往。然後隨著時間消逝，三個兄弟一個個搬出去了。他們流落到任何人生讓他們停駐的地方，然後那房子就成了也許男友的。然後，也許是因為放車輛或車的部位，房子又成為四分之三的修車廠。這時他問我要不要和他同住，因此我才提出三點疑慮，而他說，關於其中一點：「我不是說這裡。我是說我們可以在紅燈街上租一個地方。」

紅燈街在我這一區馬路盡頭和他那一區馬路盡頭交會的一個行政區裡。紅燈街之所以得名並不是因為那裡會亮紅燈，而是因為不想結婚或依照規矩安定下來的年輕人都會去那裡同居。他們不想和大多數的父母親一樣，在十六歲時結婚，十七歲開始生孩子，坐在電視機前的沙發上過生活，二十歲時就死去。他們想要試一試，不確定是什麼，但就是不一樣的生活。所以，未婚的男女朋友就去住那裡。甚至有謠言說有兩個男人在那裡同居。然後另外還有兩個男人也住在那裡的另一棟房子裡——也是同居。沒有女人在那裡同居，雖說有個很有名的女人和兩個男人一起住在二十三號。大多數是未婚的男女朋友，雖然只有一條街。最近新聞報導說快要蔓延到下一條街了，而那條街本來就很有名，因為在那之前就有很多宗教信仰不同但結為夫妻的人住在那條街上。同時，在那個地區，不只是在紅燈街而已，正常人，正常的已婚夫婦，都在陸續搬遷中。他們說，有些不是反對紅燈的現象，只是不想傷害老親戚們的情感，例如他們的父母親，他們的祖父母，他們已逝去的先人，他們早已過世許久的祖先，都可能輕易感到冒犯，尤其是被媒體的男高音大聲斥責為「腐敗、頹廢、悖德、散播悲觀主義、違反禮數、違反道德的事」所冒犯。新聞又說，下一個大問題就是，那些未婚同居的男女是不是也有不同的宗教信仰？因此正常的夫妻搬出去，為敏感的老一代憂慮，而且也上電視：「我搬家是為了我的媽媽。」一個年輕的人妻說：「因為如果我過不誠實的生活，我想我媽媽不會快樂的，我如果住在一條人們都沒有婚約的街上，就是過不誠實的生活。」「我不想批評別人，」另一人說：「可是沒有結婚就該被批評，而且嚴厲批評，還有譴責，因為難道這是我們要的嗎？當妓女？肉慾？不貞潔？我們是這樣教育下一代的嗎？」還有更多腐敗、頹廢、悖德、散播悲觀主義、違反禮數、違反道德的事。「接下來，」另一對正要把物品裝到搬家貨車上的夫妻說：「就會有一條半的紅燈街，然後會有兩條紅燈街，接著就會有一堆三人行*到處冒出來然後整個地區就都成了紅燈街。」「我搬家是為了我媽

* 三人行（ménage à trois），此字源於法語，指的是三人發生性關係並同居。

媽。」另一個人妻說，雖然有好幾個都說：「啊，當然，那有什麼不對？像部落意識和偏執行為，這些你需要歷史，但有關性的這些議題，要翻轉比較快，也就是說你必須跟著現代的潮流走。」接著繼續說：「我們不允許這種現象。」以及「人不能隨便和別人睡」和「婚姻和領域界線是一個國家的基礎。」尤其還有：「如果我不搬出去，我媽媽會死掉的。」許多母親未來可能會死的報導，也大量出現在街頭民調的電台訪問秀和報章雜誌中。

因此在該區——其實不大的一個地方，那個我不會說的語言，對此區另有獨特的稱呼，翻譯成我會說的語言是「溫柔鄉」。雖然現在也許男友提議我和他搬到那住，我從沒到過那裡。我拒絕了他，因為除了媽和小妹妹們的問題，以及可以想見他的囤積在紅燈街的住處一定會像現在他的住所一樣不斷累積之外，還有另一個有所保留的問題，就是可能我們的關係會變得太親密太脆弱，直到我們受不了的地步。就是這麼回事。這種情況總是會發生。我總會建議透過親密讓我們的關係再向前邁進，結果就會發生完全相反的效果，然後我就會忘記是我建議更進一步，接著等到下一次我又建議更親密時，他就得提醒我。然後情況逆轉，換成是他神經錯亂，提議我們更親密。我們不斷經歷失憶症，一種「舊事如新症」，忘掉我們原本記得的，於是就得提醒彼此我們的遺忘和親近對我們不管用，因為我們脆弱的也許關係。現在輪到他遺忘，說他認為我應該考慮兩人同居，因為我們進入「也許」的關係已經快一年了，所以我們可以透過同居進入正式的伴侶關係。他說，又不是我們之前曾經討論過親密或兩人一起住——他一說完，我就必須提醒他其實我們談過。同時，在他要我與他同住的這段時期，他提議我們在下個星期二開車出去兜風，看日落。於是我心想，為什麼我認識的人之中沒有一個——尤其是男生，和女生，還有女人，和男人，當然還有我——會想到要去看日落，但他會想到要去看日落？這很新鮮，但話說回來，也許男友總是會有新鮮事，我在別人身上不會注意到的事物，不只是我以前認識的男生而已。他像廚子一樣，喜歡烹飪，而這不是一般男生會做的事，而我不確定我是不是喜歡他對烹飪的喜愛。他也像廚子一樣，不喜歡足球，又或許他喜歡但不喜歡像一般男生被要求到處說他喜歡，因此他成了本區眾所皆知的一個雖不是同志卻不喜歡足球的男生。私底下我有點擔心也許男友可能不完全是個正常男人。在比較黑暗的時刻，在我複雜、難以自持的時刻，這想法會迅速升起，迅速消失，然後我不承認——尤其是對我自己——曾經有這個想法。當我有這個想法，我會進一步察覺相反的念頭會跟著來，因為我已經可以感覺到這些湧現的念頭——挑戰我莫名其妙的想法。我跟所有人一樣，當這些內心衝突浮現時，我就盡量迴避。不過我注意到，也許男友卻是自己把衝突帶出來，尤其當我和他在「也許、不知道、說不定」的情況下愈久，他就愈會這樣做。我喜歡他做的菜，雖說我覺得我不應該喜歡，也不應該以喜歡來鼓勵他做菜。我也喜歡和他在床上，因為和也許男友睡覺感覺好像我一直都會和他睡覺，而且我喜歡和他到任何地方去。所以我說好，我星期二會和他出去，那是下星期二——在我與三姊夫到公園和蓄水廠裡跑步之後的那個傍晚——去看日落。我當然不會對任何人提起這件事，因為我不確定對任何人談夕陽這個話題是不是可以被接受。不過，我本來就很少對任何人提起任何事。不提就是我保持安全的方法。

然而，媽卻聽到了風聲。她聽到的不是夕陽或也許男友，因為他不是我們這一區的人，而我也不會帶他到我們這一區，這表示我們在一起的時候大部分都在他那一區，不然就是到市區裡幾個不分社區的酒吧和夜店。她聽到的是個令她焦慮的謠言。所以我和三姊夫去跑步的前一晚，也是我和也許男友去看日落的前一晚，她上樓找我。我聽到她上來的聲音，心想，喔，天啊，現在又怎麼了？

自我兩年前十六歲生日以來，媽就折磨她自己和我，因為我還沒結婚。我有兩個姊姊結婚了。我有三個兄弟也結婚了，包括死掉的那個和跑路的那個。我那個離家出走、從地球上消失的大哥，很可能也結婚了，雖說她並沒有證據。我的另一個姊姊——不能提及的二姊——也結婚了。那為什麼我沒結婚？她說，我這樣不婚很自私，違反天意，而且對妹妹們也造成困擾。「看看她們！」她繼續說，她們就站在媽後面，眼睛明亮，快活地笑著。從她們的外表，我看不出任何一個有困擾。「妳立下一個壞榜樣，」媽說：「要是妳不結婚，她們會認為她們不結婚也沒關係。」這三個妹妹分別是七歲、八歲、和九歲，沒有一個接近適婚年齡。「而且，等到有一天，」媽繼續說，每當我們有這種一面倒的對話時，她通常會說個不停：「妳已經人老珠黃，沒人要的時候呢？」我已經受夠再說類似的回答了，如：「我才不告訴妳，媽，我永遠不會告訴妳。不要管我了，媽。」因為我說得愈少，她就愈沒有著力點。這對於她和我都覺得厭煩，但媽努力的背後是有支撐的。本地區有一大群不餘遺力要把她們的女兒嫁出去的母親。她們是出自內心的驚慌。對她們而言，這確實不是陳腔濫調，不是喜劇，不能被忽視，也並非不尋常。如果她們之中竟有一個母親獨排眾議，那才是不尋常。所以這成為我和媽的一場意志力戰鬥，看誰先讓另一方認輸。她只要聽到一點我在約會的風聲（絕不會是我說出去的），我一進門就會聽到：「他的宗教信仰對嗎？」或是「他還沒結婚吧？」宗教正確之後，最重要的就是他還沒結婚。又因為我一直不透露任何訊息，這就證明了他的宗教信仰不對、他已經結婚、以及他不僅很可能是準軍事組織的一分子，甚至還是敵方愛國準軍事部隊的一分子。她為自己編造恐怖故事，在我拒絕提供訊息的地方自行填空。這表示她自己寫了整部劇本。我活潑可愛的妹妹們告訴我，她開始去教堂禮拜並拜訪神父，打定主意要我放棄我一次又一次愛上的那些無神且重婚的恐怖分子，並且這次終於愛對了人。我聽任她去做，尤其在我和也許男友交往之後，我更讓她愛做什麼就去做。我說什麼也不會把他交給她。她會進行一個程序，讓他通過整個體系，一個評估的問題接續另一個評估的問題——加快腳步，加快腳步，試著完成某些事，結束某些事（指約會這件事），開始某些事（指婚姻這件事），了結某些事（指生小孩這件事），天可憐見，要我像其他人一樣有所行動。

所以去教堂禮拜和拜訪神父——後來也拜訪教會婦女——持續進行，加上她三點鐘的禱告、她六點鐘的禱告、她九點鐘的禱告、和她十二點鐘的禱告。每天下午五點半有另外替現正處於煉獄裡無法為自己禱告的人各別請願。這些鐘點的禱告都不會干擾到她每天早上和晚上固定的禱告，尤其是她特別花心思替我作的代禱，希望我放棄那些他認定我在這城裡的「這裡那裡這裡」各個地方的幽會。媽總是會把她不贊成或她確定她會不贊成的地方說出來，「這裡那裡這裡」的地方，讓我姊姊們和我偶爾會覺得她年輕時說不定自己也去過那些地方。至於她的禱告，她下的命令，全都在她的請求中更變本加厲，直到某天會因為粗心才整個逆轉。那是必然的。由於她的假設都是憑空捏造的——為我除去那些除了在她腦袋裡但根本不存在的男人——現在看來她所展現的根本是我們兩人都不想要的。

我和牛奶工第二次在公園和蓄水庫碰面之後，好管閒事的大姊夫——他當然會聽到風聲——要他太太，我的大姊，叫我們的母親跟我談一談。尤其在大姊先前與我的談話並不如預期之後，這特別值得推薦。於是她跑來找媽，而這個姊姊根本不愛她丈夫因為她仍為前男友感到哀傷。不過她現在哀傷不是因為他不但欺騙她，而且還交了新女友。現在她哀傷是因為他已經死了。他在工作時被汽車炸彈炸死了，因為他信錯宗教又在錯的地方，而那又是另一件事。他死了。姊姊呢？我姊姊。他活著時她都忘不了他了，現在他死了，我不知道她怎麼辦——

然而，即使在哀傷中，大姊還是聽從指示。她把牛奶工的情況告訴我們的母親，而媽又透過附近的虔誠婦女們以相反的方式證實。她們每個人現在都已聽說了這件事。這些婦女，像媽一樣，都是一天到晚禱告、真心追求、思考縝密、甚至重視法律規定的人。她們對天上權威的乞求如此嫻熟，她們的處理方式和表達如此融入平凡的生活中，以致於你可以聽到這個姊妹會的成員一邊數著念珠喃喃自語，但同時又可以進行日常的對話。就是這些婦女，還有媽，和大姊及大姊夫，以及本區所有的閒言閒語，捲入了我和牛奶工的情況中。接著有一天，根據小妹妹們所說的，這些鄰居一堆人跑來我們家找我媽。她們說，我的情人似乎是個牛奶工——雖然她們也說他好像是個修車技工。她們說，他已經四十多歲了——雖然也有說二十幾歲的。她們說，他已經結婚了——也有說還沒結婚。他絕對有「關聯」——雖然同時也「沒有關聯」。一個情報人員：「啊，鄰居，妳知道的，」這些鄰居們說：「那種偷偷摸摸的人，盯梢、跟蹤、尾隨、分析你的那種人，蒐集目標情報，然後交給刺客的那種人，然後——」「上帝啊！」媽喊道：「你們是說我的女兒和這種人交往！」她雙手緊握椅子的扶手，小妹妹們說，同時腦中又出現另一個想法。「他不是那個牛奶工吧——那個開著貨車，白色小轎車，常常改變形狀——」「抱歉，鄰居，」這些鄰居們說：「我們只是覺得妳最好知道。」然後他們說，至少我的情人是個反叛者，而不是愛國者，這值得謝天謝地了。當然這是暗指我二姊，她因為嫁給某個國家警力的男人又搬到海那邊的某個國家，甚至就是海那邊的那個國家，而讓我們家和整個社區蒙羞，本區的一些反叛者還警告她永遠不能回來。甚至在這個國家警力者死亡之後——我們都沒見過且已經死去的二姊夫，不是被反叛者殺害，而是死於一般非政治性的普通病症——二姊仍不被允許回來——雖說我認為她根本就不想回來。「至少這個女兒不會被指控是個叛徒。」鄰居們說：「不過，鄰居，妳要知道，有很多人說妳女兒牽扯上的那個牛奶工可不是玩玩而已，是個心狠手辣的人物。」「我的老天啊！」我媽低聲喊道，但小妹妹們說她聲音單調，似乎以了無生趣，連做做樣子的驚嚇都沒了。她不快活地環顧四周，她們說，就像二姊被驅逐的那件事發生時一樣。「當然啦，」鄰居們繼續說：「那些都可能不是真的。也有可能妳女兒並沒有跟那個反叛者有任何關聯，而是和一個二十幾歲、每天從九點工作到五點或五點半、而且宗教正確的修車廠技工交往。」媽不相信。修車廠這部分聽起來像是她的好友潔森和這些好心的鄰居們在這一陣爆炸性資訊中為了要讓她開心一點而捏造或虛構的。她選擇那個重裝士兵，那個無懈可擊、從容應戰，直到完成任務為止的特務人員。再說，這些鄰居們對這個牛奶工的描述與她在禱告中反對的人像拼圖完全吻合——除了宗教錯誤之外。在這種偏見之下，我媽早已下定論就是我竟會有一個如此危險、致命的情人，而從沒想到這個男人還可能是兩個男人。

她找我談話，一開始用的是撫慰的口吻。就是哄騙的方式。就是「妳何不放棄這個男人，反正對妳來說他年紀也太大了，現在妳可能很佩服他，但總有一天妳會看清楚他不過是另一個想要腳踏兩條船的自私男人罷了。妳何不去找個本區的好男孩，和妳的宗教信仰、妳的婚姻狀態、和妳的年紀比較相當的？」媽所謂的好男孩就是他們有正確的宗教，他們很虔誠，單身，最好不是準軍事組織成員，大致上比起她所說的那些「快速、令人喘不過氣來、想像中很來勁，但是，女兒，卻很早死的反叛分子」更穩定也更持久。「他們是什麼都擋不住的，」她說：「直到死為止。女兒，當妳發現自己陷入準軍事組織那種誘人、改變人心、難以控制卻不正當的夜生活時，妳會後悔的。那不像表面看起來那樣。那是在逃亡，那是戰爭，那是殺人，那是被殺，那是被迫要負責，那是挨揍，那是受酷刑，那是絕食抗議，那是讓妳自己被變成一個完全不同的人。看看妳的兄弟。我告訴妳，最後下場會很慘。如果他沒有先帶著妳跟他一起死，妳也會重重落地而死。而且妳身為女人的天命又怎麼辦？例行工作？家事？生孩子且讓孩子有個父親而不是妳每星期帶他們去墓園看某個墓碑一次？看看街角那個女人。妳可以說她愛她所有的嚴肅陰沉的丈夫們，可是他們現在哪裡去了？大多數那些女人的憂鬱、一心一意、懷抱仇恨的丈夫都到哪裡去了？一樣，埋在自由鬥士平常墓地六尺深處。」接著她話鋒一轉，講到婚姻的責任，對愛情的渴望和真實生活中正常女性的目標和意圖搞混的愚蠢。婚姻可不是玫瑰花圃。那是一種神聖的法令，一種公共義務，一種職責。那是適婚年齡該做的事，生出宗教信仰正確的孩子，有義務、限制、拘束和障礙。有人向妳求婚但最後妳早已成為晾在被遺忘的滿是灰塵與蜘蛛絲的架子上，一個蠟黃、乾巴巴、有點害羞卻充滿決心的老處女，那不算是失敗。她永不會從這個地位上翻身，雖然我漸漸老去時不免會思忖，媽真的相信女人和她們的命運是這樣嗎——躲在她自己灌木叢裡的隱身之處？此刻她又回到她的解決之道，回到小帥哥，回到對我有利的適當婚配。說到這兒，她扳著指頭指出本區的一些例子，讓我品嘗一下她許可的是哪一種。這份名單，我敢保證，如果媽願意好好傾聽，這些人沒有一個是如她所描述的那麼適當或速配。有些根本就不好。有些也並不虔誠，而且有不少已經結婚了。有幾個和他們的女友未婚同居，住在社區所謂的「紅燈街」，我媽如果聽說了也會同樣稱為「××」街的地方。其他的不是反叛者就是眾所皆知即將成為反叛者，想要透過政治議題提升私人議題，要不就是真心投入政治議題。媽挑選這些人，但根本不知道自己挑選這些人。但我選擇不告訴她，因為我仍在自我防衛、保護、「什麼都不說」的情緒中。我是故意有所保留，因為我從沒有對我媽毫無保留過，因為她從沒有想要從我這得到任何訊息或相信我說的任何話。直到她沒有直接建議「那個小帥哥，叫什麼名字來的？」——那個喜歡用「我們」代替「我」的——那個，呃，你知道，那個麥××，可以是我結婚的候選人，而是說「妳姊姊說她丈夫說他聽每個人說妳——」時，我覺得我的火氣直衝腦門。又來了。「他是個癩蛤蟆，媽，」我說：「是一等一的王八蛋，妳不要聽他的。」

媽垮下臉。「我希望妳不要說那種話，那種罵人的話。我覺得很奇怪為什麼妳們兩個會說這種話，而妳其他的姊妹們都不會。」她指的是我和三姊。那是真的。我們會說這種話，雖說三姊說得比我凶。「唉呀，媽。」我說。而且我是不加思索，不管事實上——因為事實上——我很生氣、不屑，對我媽感到不耐煩，為她住在另一個星球上又無知地堅持要我去和她住在那裡感到挫敗，所以我認為她就是一種刻板印象模版，一種諷刺畫的形象，而我是絕對不會變成那樣的。所以我就說「唉呀！」那很沒禮貌，真的很沒禮貌。不過我若加以思索，可能會認為她不會聽懂，不會明白我的輕蔑之意，不會理解我的嗤之以鼻。但是媽聽懂了，並出乎意料地卸下她丑角的角色，那個「媽媽急著要聽結婚鐘聲」的角色——一種陳腔濫調消失了，瓦解了——她真實的自我站了出來。現在，她有血有肉有力量，而且突然有一種滿含憤怒的自我。她彎身抓住我的胳臂。

「妳少對我耍嘴皮子，自以為是，藐視我的冷嘲熱諷。女兒，妳以為妳媽沒活過嗎？妳以為我很笨，在這裡生活這麼多年什麼也沒學到嗎？哼，我學到很多事，我知道很多事，而我現在要告訴妳其中之一是什麼。妳亂說話是一回事，但是妳若自以為是地嘲諷別人，那是很糟的一件事。我寧願妳下半輩子出口說亂七八糟的髒話，也不要妳變成跟那些懦弱的人一樣，不敢說出真心話，還遮遮掩掩、偷偷摸摸地低聲發洩。女兒，那些人並不像他們自己腦子裡或以他們誇張自戀的方式想得那麼聰明或可敬。注意妳的用字和口氣。我很失望。我以為我把妳教得更有禮貌才對。」說罷，她放下我的手臂，轉身似乎要離開——這令人吃驚，因為我們兩人之間從未發生過這種事。通常我會是那個已經受夠、變得氣憤難平、惱怒地說了最後一句話，然後轉身離開她。但是這一次，我跟在她後面，伸手拉住她。「媽。」我說，雖然我根本沒想過接下來要說什麼。

我不知道羞恥。我是說「羞恥」這一詞並未進入社區的詞彙中。我當然知道羞恥的感覺，也知道我周遭每個人也都知道那種感覺。那不是一種微弱的感覺，為那種感覺比氣憤、比憎恨、甚至比最會被掩飾的感覺——懼怕，都更有力。我那時候根本無法去對抗或超越它。另一件事是，那通常是一種公開的感覺，要增強那種感覺會需要很多人，無論你是羞辱人的人、目睹有人羞辱別人的人、還是被羞辱的人。由於那是如此複雜、牽涉甚廣、又非常高深的感覺，本地多數人以各種排列組合的方式去規避它：殺人、用言語傷人、傷人情感，更尤其常用這些手法對待自己。

我母親的改變讓我清醒過來。讓我不再相信她像是硬紙板切出的人形，不再誤會她是出於愚蠢而是可能出於憂慮而禱告，不再看輕她是一個生了十個孩子的五十歲婦人，因此她此生不可能有新的生活方式所以已經無望。在那一刻，我為說出「唉呀」而難過，也就是我為貶低我媽而感到羞恥，儘管她對我聲嘶力竭地長篇人論。所以從來不哭的我突然很想哭。然後我很想用咒罵來壓制想哭的感覺。接著我意識到我可以想辦法補償。這可能是可以說「對不起」的時刻——當然，不必真的說「對不起」，因為「對不起」就和「羞恥」一樣，本地還沒人知道該怎麼說出口。我們也許覺得抱歉，但同樣就像「羞恥」，我們不會知道該如何表達。因此我就決定跟她說她一直在追問的，告訴她有關牛奶工和我之間的一切。我說了。

我跟她說，我肯定沒有和他交往，我也不想和他交往，而且正相反，是他單方面對我糾纏不放，看起來是要我和他交往。我說他接觸過我兩次，並解釋了這兩次見面的情況。我也說他知道關於我的事——我的工作，我的家人，我下班後做什麼，我週末時做什麼，但是，我說，他完全沒有碰過我，甚至除了第一次碰面外，沒有正眼看過我，而且，我又說，我也沒上過他的車，雖然別人說我常坐他的車。最後我承認我並不想說出這一切，不只是對她而已，而是對任何人。我現在說出來是因為本地到處傳著扭曲的話、捏造的話、和誇大其詞的話。如果我試著解釋，想要說服所有說我閒言閒語的人，那我會失去力量，而這就是我的力量。因此我保持沉默，我說。我不問問題，不回答問題，不確認，不否認。那樣，我說，我原本希望就可以維持一條界線讓我保有自己的想法。那樣，我說，我原本希望可以讓自己面對現實並保護自己。

我在解釋這一切時，媽只是看著我，沒有插嘴，但一等我說完，她便毫不遲疑地罵我說謊，說我這樣騙她是進一步嘲諷她。接著她談到我和牛奶工其他次的見面，除了我承認的那兩次以外。社區讓她了解現狀，她說，亦即她知道我和他固定不道德地幽會，她也知道我們在比×××更不正當的地方做些什麼事。「妳算是個太妹，」她說：「不正常。失去了辨別是非的能力。女兒，妳讓我很難愛妳。要是妳可憐的爸爸還活著的話，他對這件事一定有話要說的。」我覺得懷疑。爸活著時，幾乎沒跟我們說過話，而他臨死前對我說的話——可能也是他最後的遺言——竟然完全專注在他自己身上。「我小時候被強暴過很多次。」他說：「我跟妳說過嗎？」當時我能想到的回答只是：「沒有。」「沒錯。」他說：「很多次，他對我做了很多很多次——我，一個男孩，他穿著西裝戴著帽子，解開他的扣子，把我拉回去，在後面的棚子裡，那黑色的棚子，一次又一次，事後給我幾分錢。」爸閉上眼睛，全身發抖。當時和我一起在醫院內的小妹妹們都靠攏過來，扯扯我的臂膀。「什麼是『強暴』？」她們低聲問我：「什麼是『克龍比』？」因為此時兩眼依然緊閉的爸喃喃說著「克龍比大衣」。「許多次。」他說著，又一次睜開眼睛。他好像聽到小妹妹們的問話，雖說我不認為他看得到她們。不過他看得到我，雖然可能不確定我是排行老幾。當然那跟他快死了並沒有關係，因為當爸還活著時，總是在一種心不在焉的狀態中，花很多時間讀報紙，看新聞，聽收音機，在街上，聽和他同樣想法的鄰居說最近的政治紛爭，再說給別人聽。他是那種除了政治問題之外什麼都接收不了的人。如果不是政治問題——那就是戰爭，任何地方，任何加害人，任何受害者。他也花了很多時間和這些跟他有同樣癖好、一樣偏執的鄰居們在一起。至於我們兄弟姊妹的名字，他從來就不記得，除非在他腦袋裡按照排行先跑過一次才有可能。當他這樣做時，他會把兒子們的名字也包括進來，雖然他要找的是女兒的名字。反之亦然。只要都跑過一次，遲早他會找到對的名字。不過就連那樣到後來也讓他招架不住，所以他放棄在心裡的目錄搜尋，直接以「兒子」或「女兒」稱呼，那比較容易。他是對的。那比較容易，所以連我們其他人也以「兄弟」或「姊妹」來稱呼我們自己。

「我的屁股。」他接著說。小妹妹們都咯咯笑。「我的腿。」他說：「我的大腿，但尤其是我的屁股。每次都很可怕，那種感覺，揮之不去，那種顫抖，那種悸動，那種持續的小抖動。一直來，一直重複，總是那麼可怕，我一輩子。但也有一種不顧一切的感覺，太太，」他又說：「一種管他去的，一種很多年前就開始的自暴自棄——反正我早晚會死，反正也活不久，任何一天我都會死，任何時刻，被殘忍地殺害——所以他想要我就給他吧，因為他知道他會得到我，阻止不了他得到我。我變得麻木。快點完事就好。我不願再重新進入那恐怖的境地，太太，這就是為什麼妳和我之間就是不大對勁的原因。」小妹妹們又笑了，這次是笑他說「太太」，但是笑聲中夾雜著一絲緊張。然後爸生氣地說：「那件克龍比大衣，那些西裝，那件克龍比大衣。沒人穿克龍比大衣，兄弟，」小妹妹們這次對我咯咯笑。「他有沒有，」爸問道，看了我一眼，似乎完全了解我，「他有沒有……兄弟……也強暴過妳？」「四姊？」小妹妹們低聲說：「為什麼爸爸說——」但她們沒說完，只是移動到我身後愈躲愈後面。那晚在我和小妹妹們離開後，媽和其他幾個人出現在醫院陪他時，爸就過世了。我得到的遺物是他的圍巾和他的工作帽，以及一輩子討厭「克龍比」這幾個字——我原本以為是「克郎比」，直到那晚我回到家後查了字典才找到「克龍比」這個詞。

現在媽很生氣，用已過世的爸威脅我，因為我在不該說謊時說謊，因為我的欺騙和狠心同時貶低了我們兩人，她說，事實是我們彼此不信任。她說：「妳不聽我的話。」我說：「妳不聽我說話。」於是我又選擇封閉，為了得到青春期的自滿，於是我放棄去尋找可能存在於我們之間的平衡點。我心想，這是我的人生，我愛妳，也可能是我不愛妳，但我就是這樣，這是我的界線，母親。我沒有說出口，因為如果我說了，我們一定會再吵架，而我們一天到晚吵架，一天到晚互相攻擊。所以我選擇封閉，想著唉呀，唉呀，唉呀，唉呀，唉呀，而且從那一刻起我不在乎她會不會責備我了。從現在起，她不會從我這裡得到任何訊息。但以後就會是這樣了嗎？我像她說的那樣，那麼狠心？而她，也像我說的那樣，全身都是刺嗎？

第二天，我和三姊夫到公園和蓄水庫去跑步。他照舊喃喃自語，而我努力想著——不是像媽所想的，像他們每個人想的，牛奶工——而是想著也許男友，因為當天傍晚我要和他一起去看夕陽。至於牛奶工，似乎不見蹤影，那並不表示「太棒了！擺脫他了！讚！」因為，他當然仍可能在附近徘徊。隱蔽的國家安全人員，隱蔽的軍事情報人員，假裝不是便衣人員的便衣人員，加上普遍的「看一眼，眼光移開一下，下一秒又看回來」的本地不正派的活動，讓公園和蓄水庫成為徘徊的最佳場所。但是，沒有。沒有他的蹤影，因此這有點令人振奮，表示我可以放鬆，可以平靜地執行我難以抑制的運動癮，而且也在執行運動癮的三姊夫在我身旁助陣。通常我們除了實用的「妹子，我們從這裡開始加快腳步吧？」或「姊夫，我們最後再加跑一英里如何？」或其他類似的運動用詞之外，我們跑步時不會交談或聊天或鼓勵交換任何話語。然而這一次，熟悉、可靠的三姊夫卻沒有像他以前一樣那麼的熟悉、可靠。

他問：「我可以打斷妳一下，和妳私下談幾句話嗎？」這使我惴惴不安，因為三姊夫以前從沒像這樣打斷過我。我立刻想著，一定是牛奶工。他是要談牛奶工，因為他一定也聽說了一些傳言，雖說三姊夫——是最不可能這樣做的人——竟會受本地的流言引導而動搖，實在令人難以置信。不過，結果他並沒有也並不是。他開始謹慎地論述我猜已經在他腦子裡有一段時間的想法。他談的是我邊走邊看書的事。書和走路。我。走路。看書。又是那回事。「你在跟我談話嗎？」我問：「你想要說什麼？你這輩子從沒跟我談過啊！」「是這樣的，」三姊夫說：「我覺得妳不該那麼做，那樣不安全，不自然，對自己不盡責，而且妳那樣做等於與外界隔絕，妳投入書的世界中，那就好像妳在一群獅子和老虎之間散步一樣，妳讓自己暴露在堅固、狡猾、難以控制的黑暗勢力當中，妳還不如把雙手插進口袋裡走路——」「那樣我就不能拿著書本了——」「不好笑。」他說：「那樣任何人都可以挨近妳。他們可以追過來。」他強調：「開車過來。老天爺啊，妹子！他們可以騷擾妳，因為妳——沒有防衛，不再警覺，不再努力偵察和斟測四周環境。而且妳如果大聲唸出來——」「啊，不能大聲唸出來，天啊！」這真的太荒謬了。「可是如果妳做了像邊走邊看書那樣不安全的事，沒有意識，不加注意，忽略妳四周的環境……」從一個完全不了解政治問題已經十一年的人說出這些話，實在有夠可笑。那是一個我用來遏制牛奶工的另一個方式。除了對女性異常的觀點之外，在本區謠傳三姊夫的另一項脫序行為就是他為了要嚴格遵循運動和打架的時間表，所以沒有注意到政治問題已經持續十幾年。也就是說，因為這實在太怪了，我相信一定可以防止牛奶工靠近。

我自己對這個問題也不太關注，但由於滲透，我還是不可避免地會注意一下。可是三姊夫對滲透，對他所處的時間與空間中非常引人注目的社會和政治問題，都毫不關注。他只是依然故我，漠不關心，而這真的很怪，非常怪。我也覺得這很怪，所以牛奶工——對這個意識形態的夢想者，遠見的帶動者，為某個蠻橫的人奉獻一生的人，投入難以堪比的個人戰鬥與運動時間表，也是一個不知現實的人——一定會認為這種疏忽令人不安，更不用說這顯示三姊夫可能是瘋了。這和心智失常的問題有關，因為在我們這裡心智失常有兩種：比較輕微、社區可以接受的一種，和不太輕微、無法接受的那種。前者被包容能融入社會，其實差不多所有人都是，包括在本區所有不同類型的酒鬼、打架的人和暴徒。喝酒、打架和暴動是稀鬆平常且必要的，甚至不太被視為是心智失常。另外還有閒言閒語、遮遮掩掩、社區巡察，加上本區極其重視的什麼被許可和什麼不被許可的規則也不太被視為是心智失常。對於輕微的心智失常，一般就是和睦相處、視而不見，因為便宜行事才有辦法過下去；因此百分之百的投入是不可能的。你可以投入百分之五十，你可以投入百分之十五，你可以投入百分之五，也許只投入百分之二。至於那些被視為嚴重而無法接受的那種，他們投入的機率是零。那些嚴重失常的人就是有一些奇怪的小地方被社區認為太奇怪了一點；他們已無法符合要求，再也無法完全適應人類的神祕心智，而且這是在加強自我意識的團體、改善個人的工作坊、強化意志力計畫的時代之前，基本上就是在你可以起立承認你的腦袋可能有點不對還能獲得一輪掌聲的現代之前。在那個時代，你最好低調再低調，而不是承認你個人的辨識能力已低落到社會的正常基準之下。要不然你會發現自己被標記為心理不正常的人，被推到社會邊緣和其他無法融入社會的人一起。有一個誰都不愛的男人，有問題的女人，有原子男孩和藥片女孩和藥片女孩的妹妹。還有我自己，是的，我好一段時間才意識到自己也在那份名單上。三姊夫並不在那份名單上，但這不表示他不應該在上面。光是他發誓對女人忠心，他偶像崇拜的任務，他對女性的極端景仰、神格化、和認為世上的女人是一切物質的生命和廣度、是萬物的循環、本質，更高的層面、最好的、最原始的和最神祕的——別忘了，這是一九七〇年代——在正常的情況下，他就不可能不被放在本區心智嚴重失常的範圍裡。他之所以沒有，是因為他很受歡迎。至於他對我們政治情況的一無所知，尤其在他批評我的此刻，我立刻緊抓住這一點。

「請見諒，姊夫，」我說：「但有關政治問題。你聽說過政治問題嗎？」「什麼政治問題？」他問：「妳是說傷心、失去、麻煩、悲哀嗎？」「什麼傷心和悲哀？」我反問：「什麼麻煩？什麼失去？很抱歉，但是你沒頭沒腦的。」接著是我得知了兩件事。第一，說三姊夫對政治問題全然不知的長期謠傳是不正確的，因為他知道政治狀況。第二，本社區，也許雙方社區，甚至也許「海那邊」和「邊界那邊」的地方在政治問題上有所牽動，因此這裡現在被稱為傷心、失去、和他剛才說的其他一切之地。「我對政治狀況，」他說：「似乎比妳知道的還多。」他又說：「所以，妹子，就像我說的，妳邊走邊看書所以顯然不是很機警。上星期三晚上，我親眼看到妳失去理智，進入那個對低下勢力和影響完全盲目的地區——妳低著頭，用最小的照明燈投射到妳的書頁上。沒有人會那樣做。那等於是——」「你知道政治問題？」我問。「我當然知道。」他說：「難道妳認為我是原子男孩，沉浸在美蘇原子彈錯置的情況中，所以對我自己的兄弟爆頭死在我身邊全然不知嗎？」他說的是本區一個心智嚴重失常的人。原子男孩正好是麥××的弟弟，麥××是我媽認為我可以嫁的男人之一，也是在牛奶工遭突襲死去後想要在本區最受歡迎的酒館廁所內用他藏起的那把槍殺我的那個男生。嗯，他弟弟，原子男孩十五歲，有嚴重的軍械問題。他執迷於美蘇兩國的武器競賽，沒人可以叫他閉嘴不談。他為此煩惱不已。大家認為，如果他是為了自己國家的政治問題而為儲藏武器煩惱不已的話，那也無可厚非。但不是的。他談的是被儲存在很遠的地方的核子武器。他指的是美國。他指的是俄國。他很擔心，而且對每個人說個不停，毫不自制地談著某個迫在眉睫的可怕事件。他會說，這個災難都是因為兩個不成熟又自私的國家，危及其他國家的所有人，而他永遠只談美國和俄國，對眼前的情況卻一無所知。從不擔心，當他最敬愛的哥哥的頭在星期三下午的街道中心，就在他眼前被轟下來時，他也不擔心。前一秒鐘，他最愛的這個哥哥，老二，十六歲，是這一家中最沉穩最受喜愛的人，正要過馬路去跟他那個緊張、驚慌的弟弟說話，又一次想要安慰沉溺在原子彈狂想中的弟弟。下一秒鐘，這個青少年已經倒在地上，整顆頭被轟掉了。即使在整場騷動平靜下來之後，都沒人找到那顆頭。大家確實認真找過。那個不愛任何人的男人——另一個心智嚴重失常的人——和其他幾個人，還有許多男人，甚至我爸，日以繼夜找了幾天。不過，就在爆炸過後，原子男孩因為爆炸的驚嚇，停滯了一段時間後才恢復過來，想起他對美國和俄國的核子武器講到哪裡了，然後從中斷之處接續下去。在眾人的尖叫聲中，他卻回頭去擔心，直接回頭去擔心。不只他應該擔心，他說，不只他。我們都應該擔心。沒有人可以忽視瘋狂的俄國和瘋狂的美國造成的危險。這就是為什麼原子男孩是遭社會拒斥的人之一，因為他對冷戰的奇特著迷讓他被認為是心智嚴重失常的人。這表示如果你看到他走近，就要快如閃電地往另一個方向閃躲。而此時三姊夫宣稱他不是原子男孩，他對政治和社會狀況都很清楚，因為他每天對環境例行巡視和偵察，他與原子男孩正好相反。而且，他說，只因為你知道某事，不表示你要到處去廣播。「至於小道消息，」他說，「我必須說，妹子，我不認為妳會讓閒言閒語延續下去，更不用說透過如此廣泛又扭曲的媒體傳送。」說罷，我們沉默地跑了一會兒，我任由他去想，無論三姊夫會想什麼，而我想著，怎麼變成我是說閒話的人？還有，他真的知道政治問題。還有，若非社區給他的特許和縱容，原本眾所皆知屬於心智嚴重失常的他，竟然批評我。接著三姊夫又一次打斷我的思緒，又一次很不尋常地提起看書這件事。「是的。那些書。」他說：「還有走路。」他開始從另一個角度切入，這次的角度是，如果我不當心，我會被放逐到最偏遠的黑暗處，在心智嚴重失常區域，受到無情的排擠。他警告，別人說我是「邊走邊看書」的人。廢話，我心想。但他如此誇張的說法簡直太超過了。「好。」我說：「那如果我不再邊走邊看書，兩手插在口袋裡，點著小夜燈，然後左顧右盼，注意看有沒有危險和奸詐的人，那就表示我最後會幸福快樂嗎？」「這跟幸福快樂無關。」他說，而這是當時，和現在，我所聽過最可悲的一句話。

但他沒提到牛奶工，一個字都沒提。三姊夫，謝天謝地，根本沒在聽謠言，完全符合我尊敬他不是一個聽信謠言的人。當然我也不會主動提及牛奶工——我和也許男友，為了避免冒昧，只有在被誤解時會試著解釋，或在別人不認真看待我們時會想要解釋——在那時候，我不知道該如何去談我所處的困境。當時的我不會對任何人談任何事——部分原因是我不習慣對任何人談任何事情，另一個原因是我不知道該如何說或說什麼，還有一個原因是這件事情並非清晰可談。畢竟，他做了什麼？我當然覺得這個牛奶工做了什麼，他打算做什麼，策略上他正要採取某種行動。而且我覺得本區一定有其他人跟我有相同的想法——要不然為何要說這麼多閒話？重點是，我和他沒有任何肢體接觸。而且上一次他連看都沒看我。所以我有什麼前提可以說他對我有非分之想？但那就是本地的狀況。一切都以身體接觸為準，都必須合情合理才能叫人明白。我不能跟三姊夫提起牛奶工，不是因為他會急著要保護我而把牛奶工痛揍一頓，結果讓自己被槍殺，這樣會讓社區轉而與牛奶工為敵，導致本區非正規軍的反叛者反過來掐住社區的喉嚨。然後社區就會回頭掐住反叛者的喉嚨，拒絕藏匿他們，提供房屋讓他們躲，給他們吃的喝的，為他們運送武器。而且也不再警告他們有危險，或當他們的臨時外科醫生。這件事會造成分裂，為了要克服敵國要共同努力團結合作的也會因此停止。不行。不能這樣。只不過，三姊夫不可能相信兩人之間沒有任何肢體接觸會有任何事情發生——事實上，正在發生。我也相信，和其他所有人一樣——如果某人沒做什麼，他怎可能在做什麼——我怎麼可能自己開口結果造成威脅，然後讓眾所皆知的現狀瓦解？尤其是在政治問題的背景下這根本就不可能——巨大的事物、身體的、吵鬧的事物，每天，每小時，在二十四小時播放的電視新聞中持續發生。至於有關我和牛奶工的謠言，為什麼該由我來驅逐？由我來駁斥顯然是從造謠的人說出且他們對於謠言被否認會很不高興的人？至於警覺或不警覺呢？排斥或不排斥？我的看法是，我邊走邊看書是同時做兩件事。為什麼不應該？我知道當我邊走路邊看書時，我失去重要的社區即時感，而這的確很危險。隨時知道最新情況是很重要的，尤其是此地的狀況瞬息萬變。另一方面，知道、明白、判斷一切——不管是謠言或現實——並不會防止事情發生或被干擾，或讓已經發生的事情逆轉。知識並不保證是力量、安全和放鬆，反而常常和力量、安全、和放鬆無關——而且沒有為散播留下出口，因為高漲的刺激早已營造出來了。因此，我邊走邊看書就是故意不想知道。不警覺就是警覺的一種。我只要繼續過濾他對我前所未有邊走邊看書的攻擊，也美化他認為自己過度邊運動邊說話——在我看來他只是建立自我保護的屏障而已。我就可以和三姊夫一起跑步，而不必單獨一個人在公園和蓄水庫這裡。而且我會和一個男人在一起，這很有幫助，因為我察覺到牛奶工最會在你落單時行動。因此，和三姊夫一起跑步，我就可以對牛奶工和前兩次的碰面嗤之以鼻，或假裝根本沒那回事。

所以，剩下的就是書本，只有書本，我邊走邊看書這件事，而我決定原諒三姊夫和他反常的批評。就在這時，上方水庫旁的一棵樹在我們跑過時拍了我們的照片。這個隱藏照相機「喀嚓」一響，只有一響，國家勢力的一響，和一星期前同一座水庫的樹叢用類似的方式運作，喔，天啊，我心想。我沒想到這一點。我的意思是，我沒想到國家現在把跟我有關的人與牛奶工聯想在一起，就像他們現在把我和牛奶工聯想在一起一樣。自從第一次的「喀嚓」響聲後，一個星期內我又被喀嚓了四次。一次是在市中心，一次是要走進市中心時，另外兩次都是我要從市中心走出來的時候。他們從一輛車裡，一幢看起來廢棄的建築物，和其他的綠樹叢中把我拍下；也許還有當時我沒有察覺的喀嚓聲響也不一定。但我有聽到的每一次，攝影機都是在我經過時按下，所以，沒錯，看來我已落入叛徒感染這種疾病的結構中，可能是中央系統。現在，和我在一起的人，例如貧窮又無辜的三姊夫，都受到與相關者有關的牽連。不過，三姊夫和牛奶工一樣，對那喀嚓聲響完全無動於衷。我問他：「你為什麼不理會那喀嚓聲？」他說：「對於照相我從來都置之不理。妳認為我應該怎麼做？生氣嗎？寫信？寫日記？抗議？請我的私人祕書聯繫聯合國特赦國際人權監察處和平示威者？妹子，妳告訴我，我該和誰聯繫又應該說什麼，而且既然我們討論這回事，妳自己對於被拍照又要怎麼做呢？」嗯，我乾脆得健忘症好了。事實上，我現在已經得了。「我不知道你在說什麼。」我說：「我忘了。」他的直率立刻把我推入「未視感」中。那就是我的回答——某種熟悉的東西將變得陌生——雖說照相這件事也有點令人振奮。三姊夫沒有對被拍照表示驚訝，也沒有完全忽視。實際上他承認這回事，而且不只這次喀嚓，還有可能跟我或跟牛奶工無關的其他次對他的喀嚓。「他們一直都是這麼做的。」他說：「人們常被拍照存檔。」這表示我可以停止擔心，停止為國家對三姊夫起疑而感到愧疚。所以我就停止擔心了。我不再去想，而我們繼續跑步。三姊夫現在跨步向前跑，那不只是他慢跑的步伐，也是他再次說明為什麼我應該停止邊走看書的步伐。我沒有聽他的。我不可能停止邊走邊看書的。不過，我保持沉默，因為一個人既已打定主意，又何必為此傷了和氣呢？

於是我們繼續向前跑，最後他不再提邊走邊看書了，恢復他平常運動癮的節奏。這回是我應該要分體鍛鍊還是整體鍛鍊。如果是分體鍛鍊，那應該是分成兩部分還是分成三部分。我都可以接受，因為我有足夠的體力可以過濾掉他累人的堅持。不過這不表示我不理會三姊夫。因為我和本區所有的女人一樣，非常非常喜歡他。我很感激他，不只因為證明我反撲牛奶工的計畫成功後我可以再次跑步。也因為我覺得跟他在一起很安全——我了解他，熟悉他，和他在一起相當放鬆，而且我知道通常他不會管我和誰在一起。他沒有隱瞞：反而是我有所隱瞞。我也忘了和他跑步有多愉快了——因為我們對於跑步和跑步的禮儀很有共識。最後他漸漸不再全身鍛鍊了，我們又回到在沉默中跑步的常態。他只說了一次：「我們跑快一點吧，妹子？我們不要用走的，對吧？」至於牛奶工以及我為了要驅逐他的目的，而再次恢復和三姊夫跑步，完全依照計畫成功了。

3

牛奶工第三次出現是在我上完晚上的成人法文課不久之後。這個班開在市中心，有不少令人驚訝之處。通常這些驚訝都跟法文無關，而且還常常多過跟法文相關的事情。最近的這一堂課是在星期三晚上，老師正在唸一本書。這是一本法文書，很正規的一本法文書——是法語母語人士會讀的書，不會讓人覺得太簡單。老師說她唸那本書給我們聽是要讓我們習慣真正的法文一整段唸出來時會是怎樣的——這是一篇文學敘述的段落。只不過，她唸的這一段當中，天空並不是藍色的。最後她被打斷，因為班上某個人——全班的代言人——當然受不了了。那一段有些不對勁，而他依照平常的習慣，必須提出來。

「我很困惑。」他說：「那個段落是關於天空嗎？如果是關於天空，為什麼作者不直接說出來呢？他根本只要說天空是藍色的就好，為什麼卻偏要用花俏的手法弄得那麼複雜？」

「聽他說！聽他說！」我們喊道。儘管有些人，像我，並沒有喊——但也同意這種感覺。許多人叫道：「*Le ciel est bleu! Le ciel est bleu!*（法文：天空是藍色的！）那就很清楚了，為什麼他不那麼寫就好？」

我們都很困擾。可是老師笑笑——她常常那麼做，她那麼做是因為她很有幽默感——但這是令我們不安的另一件事。每當她笑的時候，我們不知道是否要跟他一起笑呢，還是感到好奇、關切，問她為什麼笑呢，還是快快不樂、武裝對抗。這一回，和平常一樣，我們選擇武裝對抗。

「真是浪費時間，而且混淆主題。」一位女士抱怨：「那個作家不應該被放入法文課裡，儘管他是法國人，但他對教法文並沒有幫助。這堂課是『學習外語』而不是讓我們用我們的語言去拆解東西才能決定到底那是一首詩還是什麼的。如果我們是要弄懂修辭學，就是某樣東西代表另一樣東西，而這被代表的東西原本就已經是它自己，那我們一開始就和走廊另一端那些怪人一起去修英國文學不就好了。」「對呀！」我們都喊道：「鏟子就是鏟子！（有話直說之意）」有的喊更受歡迎的「*Le ciel est bleu!*」以及「什麼意思？沒有意思！」我們持續喊著。每個人都在點頭、拍桌、低喃、宣告。我們覺得現在應該是為我們的代言人和我們自己鼓掌的時候了。

「那麼，同學們，」當鼓掌停歇後，老師說：「你們難道認為天空只可能是藍色的嗎？」

「天空是藍色的。」我們說：「不然它還會是什麼顏色呢？」

我們當然知道天空不只會是藍色的，但為什麼我們要承認呢？我自己就從來都沒承認過。就連在上星期我第一次和也許男友去看日落時，我也沒有承認。雖然那天傍晚天空的顏色不只有平常被接受的三種——藍色（白天的天空）、黑色（夜晚的天空）、和白色（雲）——我還是緊閉嘴巴。現在，班上其他人——年紀都比我大，有些已經三十歲了——也都不承認。不承認是習慣性做法，不能接受這種細節代表選擇，而選擇代表責任，但萬一我們沒有善盡責任呢？萬一我們因為看到能應付之外的其他東西而受到質問卻挺不住呢？尤有甚者，萬一那東西很好，萬一我們喜歡，變得習慣，因此而開心，變得依賴，到頭來這東西卻消失，被搶走，再也不會回來了呢？大家都覺得，最好一開始就不要有比較好，所以我們的天空就是藍色的。可是老師就是不願接受。

「就是那樣，是嗎？」她說，並假裝很訝異。這證實了我們對她的猜疑。也就是，我們疑心她也是心智嚴重失常者之一。因為，我雖然在市區，表示我不在自己的地區內，我不在自己的宗教圈裡，也表示我們班上確實有人名叫奈吉爾和潔森，但那並不表示混亂、紛爭、和心智嚴重失常者不可能出現在這裡。例如，你必須知道誰是正常紛爭的人，誰又是把人推下水的人。老師似乎是屬於後面這一類。很清楚的一件事就是，只要她是法文老師，法文就不可能持久。今晚也一如尋常，英文又取而代之了，這也代表著，一如尋常的，法文已經被拋出窗外了。她騎在一匹身掛華麗馬鞍的駿馬上，大步跨過法文，並開始用她的筆比劃著。

「好吧，同學們，」她說：「你們必須去看看天空。你們必須現在就去看看夕陽。多麼瑰麗！」說到這兒，她暫停下來，敲敲窗子，好好「吸入」天空。她令人困窘地深吸一口氣後，她吐氣時發出大聲的「啊——！」令人更加困窘。接著她回頭比劃。「告訴我，同學們，」她說：「你們現在看到哪些——注意，是『哪些』——顏色？」

我們聽她的話看了，雖說夕陽並不在我們的教學內容中，但我們還是看了。我們覺得天空一如尋常的正從淺藍色轉變為深藍色，而這就表示，天空是藍色的。不過，由於我最近和也許男友剛看過令人吃驚又震驚的夕陽，我知道那晚法文課的天空沒有那些藍色色調。一個故意作對或根深蒂固的人可能會硬要在我們所有的窗子上找到任何一點點的藍色。我們就是那樣，執拗不靈。

「藍色！」

「藍色！」

「也許有一點——不對，是藍色！」我們所有人都回答。

「我可憐的、缺乏想像力的學生們！」老師喊道，再次虛張聲勢，假裝為我們缺少色彩、我們被擋住的地平線、和我們的心智景象感到哀傷，但很明顯她只是一個早已有既定想法、不可能受到任何事物侵擾的人。為什麼她要這樣呢？為什麼她要這樣折磨我們，要對我們的文化呈現這樣的反文化？明明她也是我們文化的一部分，而這個文化對於色彩的喜愛，無論屬於那個宗教，是一體適用的，對我們和對她皆然。但她又笑了。「窗子上反射的色彩沒有一絲藍色。」她說：「請再看一次。請努力看一看。還有，同學們！」她停頓一下，變得嚴肅，雖然只有一下子。「雖然外面沒有缺少任何色彩，*其實外面什麼東西都沒有*。但為了現實目的，請注意看——外面似乎存在的天空有可能是任何顏色。」

「懶趴！」幾位先生和女士用法文說——這是今晚除了「*le ciel est bleu*」和書中那個人的文學瞎扯之外唯一的法文——為我們帶來某種興奮感。我們似乎覺得，無論她說什麼，都不可能是真的。如果她說的是真的，天空——在外面——不存在外面——隨便——可能是任何顏色，那表示任何事物可能是任何顏色，任何事可能是任何事，任何事都可能發生，在任何時間，在我家，在全世界，發生在任何人身上——而且可能已經發生了，只是我們沒注意到。所以，不行。經歷過一代又一代，先祖到父親，先祖母到母親，幾世紀和幾千年以來，正式的顏色只有一個，非正式的顏色只有三個。所以天空有許多色彩是不被允許的。

「看啊！」她堅持：「為什麼不轉身看呢？」因為我們已經轉身背對窗子：那是出於本能和保護。但她要我們再一次轉身面對天空。這一次她進一步指出好幾片窗玻璃上的天空並非藍色，而是淡紫色、紫色、各種不同的粉紅色——還有一片綠色加上一點金黃色。那綠色呢？怎麼會有綠色呢？接著，因為從這扇窗戶看不太到天空，她帶我們走到教室外，沿著走廊進入文學教室。那一晚他們的教室是空的，因為他們拿著筆、手電筒、和小筆記本到劇場去看和評論《西方世界的花花公子》（*Playboy of the Western World*）。老師在這裡命令我們從這全新的視角看天空；沒有一絲藍色的天空上還有一個橘紅色的大太陽，從一扇窗玻璃後方下沉到一排建築物後面。

至於天空，現在混合著粉紅色和檸檬黃，後方還有一點淡紫色的光芒。我們從走廊走過來的短暫時間裡，天空的顏色已經改變，在我們眼前呈現改變中的色彩。淡紫色上方金色乍現，延展到一線銀色，還有各種不同的淡紫色從角落漫向另一邊。接著有更多的粉紅色。然後有更多淡紫色。然後一片寶藍色將雲朵——不是白色的——推開。一層又一層的顏色堆疊、混合、形成、轉變，跟一星期前我去看日落時是同樣的景象。也許男友在我耳邊向震驚的我說：「我們去看夕陽西下吧？」我控訴道：「為什麼？」他說：「因為是太陽啊。」我說：「好吧。」彷彿那不是前所未聞的，彷彿在我這種環境裡的人們時常彼此建議去看日落。所以我說好。因此我和疲憊的三姊夫跑完步後就回家去，沖了澡，換衣服，化妝並穿上高跟鞋，然後也許男友就在平常他來接我的地方接我，在馬路這邊我們這一區的邊界處。這條悲哀又孤寂的馬路分隔不同的宗教信仰，而我會在那裡和他碰面不是因為他信的是敵對的宗教，因為他不是，而是因為那樣比他來敲我家的門容易。不過，在那第一次去看夕陽不久之後，他開始抱怨我們的碰面安排太複雜也太危險，說我不要他直接上門找我或讓我們兩個在我的地區做任何事情是因為我羞於讓人看到我和他在一起，這在我聽來簡直難以置信。我說我們這地區沒地方可以去，但那不是真的，而他也知道不是真的，因為大家都知道我們的宗教中有十一家最棒的酒吧就在我們這一區，包括最受我們這種信仰者歡迎的那一家。因此他說我在逃避問題，那是真的，但我逃避不是因為羞於讓人看到我和他在一起，而是因為我媽，我不要他直接上門來。媽會問很多問題，接著是婚姻的說教，接著是生孩子的說教。如果不然，就是他會被指控為牛奶工。而且她隨時會迸出她的禱告，這表示我能感受的挫折是有限的。因此我讓他在黑暗且祕密的暴力活動地區和我見面，搞得迂迴複雜，並不是我為他感到羞愧，而是避免我必須尷尬地向她解釋。

和也許男友去看日落那次，是在他為了接我的地點向我抱怨之前，他開著最近拼裝起來的一輛車，照常在馬路分界處接我。我們開車出城到海邊的某處，他買了些飲料。然後我們和一些陌生人一起站在外面，全都等著這個事件，等著太陽落下，這事我不懂。我不懂的不只是落日。我也不懂星星或月亮或微風或露珠或花朵或天氣或某些人——年紀大一點的人——渴望幾點上床睡覺，第二天幾點要起床，還有室外的氣溫是攝氏幾度和華氏幾度，室內的氣溫是攝氏幾度和華氏幾度，以及他們的大便狀況，他們的消化系統，他們的腳，他們的牙齒，在擁擠的公車上他們其中一人大聲說：「你知道嗎？我回到家時要先吃一大片土司再吃晚餐。」如果不是這樣說，就是：「昨天你在家有吃一大片土司嗎？」「有啊，不過之後你有吃任何東西嗎？」「喔，我不吃。吃了一點炒蛋。我有個朋友叫潘，但如果我已經跟你說過就阻止我說下去，但我們以前常一起出去買茶壺和燙衣板……」這些我不懂的事並沒有照順序排列。同樣的，日落也是，因為那並沒有被貼上心智嚴重失常之年輕人的標籤，而也許男友很年輕——只比我大兩歲——所以他不應該懂或能夠欣賞我們這個年紀的人會懂或欣賞的，他竟會注意到就已經很奇怪了。面對他的行為和眼前這片天空，以及我應該在天空上看到、注意到、參與到什麼和有某種適當反應的期待，我站在他身旁，觀看，點頭，雖說我也不知道我到底在看什麼和為什麼點頭。那時我又一次思忖：也許男友是不是應該去看夕陽，他是不是應該擁有咖啡壺，他是不是應該要喜歡足球但要表現出他並不喜歡，不管我自己並不喜歡足球，但我不喜歡足球——除了「今日賽事」（*Match of the Day*）＊的音樂之外——這些都不重要。他會修車，而男生修車、想要開車、而且如果買不起車會夢想要開車而不是瘋狂到去偷車來開，都是正常的。然而，我還是擔心也許男友以某種男人的方式拒絕融入社會。這又一次令我困惑，因為我是在說我以他為羞恥嗎？那些主流的男孩，那些想要揍朱利・寇文登（Julie Covington）一頓的男孩，只因為他唱〈只有女人會流血〉（Only Women Bleed），因為他們以為那首歌是在唱女人有月經而其實那首歌並不是關於女人的月經，儘管所有人——包括我自己在內——都以為那是一首和月經有關的歌；那些男孩如果對你有興趣，會為你對這件事有興趣而責怪你——我是在說我寧願跟像那樣的男生交往嗎？每次我想到這個都會感到不安，但我並不喜歡這樣想，因為那會暴露出我的矛盾又難以控制的

＊「今日賽事」（*Match of the Day*）是是英國《BBC》的一個電視節目。於每年球季期間的禮拜六晚間在《BBC One》播出。節目的主要內容是英格蘭足球超級聯賽的賽事集錦。「今日賽事」是《BBC》最長壽的節目之一，自一九六四年八月二十二日就開始播出，被金氏世界紀錄列為世界最長壽的體育節目。

不理性。我知道我喜歡現在的也許男友勝過任何以前的也許男友們，而每星期我最喜歡的日子就是和也許男友共度的那幾天，而且到目前為止唯一一個和我上過床也是我唯一想要跟他上床的男生就是也許男友。此外，自從他提出我們應該住在一起的想法而我加以拒絕之後，我就發現自己常在遐想和也許男友同住會是什麼光景——和他在同一間屋子裡，分享同一張床，每天在他的身邊醒來——如果是那樣的生活，真的有那麼糟嗎？

所以我對著夕陽、對著地平線點頭，雖然沒什麼道理，但同時我卻如此百感交集，而也許男友就站在我身旁，那些陌生人站在我四周，一起凝視落日，就在我心想著，真是見鬼了的那一瞬間——外面的某種東西——或是我內心的某種東西——改變了。我恍然大悟，因為此刻，我感受到真相——而不是藍色，藍色，和更多藍色——人人都懂也認為是天空正規的色彩。我很清楚地認知我所凝視的顏色並非藍色。我有生以來第一次看到色彩，正如一星期後我在這堂法文課中也看到了色彩一樣。在這兩次，不同的顏色相互交雜、混合，滑動、延展，新的色彩又出現了，所有的顏色結合在一起，色彩永恆持續，只有一個顏色不見了，就是藍色。也許男友對此處之泰然，所有站在我們周圍的人也都是。我沒有說話，就像一星期後在法文課裡我也沒有說話一樣。但一星期兩次夕陽，而在此之前完全沒有任何日落——這一定有某種意義。問題是，那是安全的意義還是有威脅性的意義呢？我到底應該如何反應才對？

「不要擔心，」老師說：「親愛的學生們，面對這夕陽，你們大可感到不安，甚至感到短暫的精神錯亂。這只表示進步，只表示啟發。千萬不要以為你們背叛或毀滅了自己。」接著她又一次深呼吸，希望以身作則，鼓勵我們都頑強不屈，有冒險精神。只不過，在文學教室裡並沒有什麼冒險感；對我來說是如此，對其他人更是。至少我已經歷過天空的震撼，日落的顛覆，而且才不過是一星期之前的事，而從他們臉上的表情看來，無論多大年紀，他們都似乎第一次為這種邂逅掙扎。當然我也有驚慌失措的衝動。我可以感覺驚慌在空中騷動，接著一波接一波地湧現。然而我心想，因為我在之前看夕陽時已經經歷過相同的慌亂，但也發現只要保持鎮靜，不要被這種感覺占據，它慢慢就會消褪，這回我慢慢接受，因此，在短暫的接收或忽視，和從不管是什麼當中得到一點喘息之後，在一種不妥協、不熟悉、和平靜的意識中，我望向下方的街道。就在這時我看到一輛白色廂形車停在對面狹窄的入口處。我嚇到了，幾乎立刻被震出了前一秒鐘的平靜意識。

這輛車的引擎罩出現在入口通道處，而入口通道一邊是在一排酒吧的後面，另一邊則是在一排商店的後面。我盡力讓自己鎮定下來，從窗邊退開，以防他坐在車內抬頭看——拿著望遠鏡？顯微鏡？照相機？現在我想著，笨蛋——我是說我——因為我本來以為自己成功了，相信我已解決了這個問題，透過和三姊夫一起跑步成功地讓牛奶工知難而退，很高興地恭喜自己。原來那只是假設，只是自以為是。才過了一星期，我巧妙地避開他就已經瓦解了。為什麼，喔，為什麼，為什麼我沒想到他改變戰略，不再到公園和蓄水庫去追我，而是待在別處重拾對我的興趣？

老師又開始了。這回談的是黃昏時的天空讓人行道的路樹呈現無常的（誰知道什麼意思）黑暗，而其他人——仍在自我掙扎中——抱怨著本區沒有什麼無常，黃昏，或人行道路樹，無論它們是黑色還是別的顏色，然後被迫再看一次，並退讓說好吧，也許我們是有人行道路樹，但它們一定是半小時前才被種下的，因為之前沒有人注意到它們。在這場辯論進行之際，我一直告訴自己要聰明一點，不要慌，我現在在市中心，這表示那輛廂型車可能是任何人的，況且哪有那麼巧他會把車停在我正在修夜間課程的大學正對面？不大可能。太巧合了。因此，不可能是他的。為了證明這一點，下一次我靠向前偷看時，到入口處的那輛車已經開走了。我急迫地恢復正常，想要忘掉那輛廂型車，重新加入課堂、天空、路樹、和無論他們現在爭論的是什麼。同時我揮除下半身後側，脊椎底部好像在移動的一種奇怪的感覺。尾椎真的有移動。不是像前彎、後彎、側彎、扭動的那種正常的移動，這是一種不自然的移動，一種警告，源自於尾骨，振動然後是波動——醜惡、快速、脅迫性的波動——流動到我的屁股，再加速流到我的腿後腱，稍稍停留後在我的兩膝後側加速，然後消失。這前後僅一秒鐘，只有一秒鐘，我突然冒出的第一個想法是，我突然冒出的第一個想法——沒有經過同意的、沒有被制止的——這是一種性高潮的黑暗面，你能想像那種高潮——驚悚、身體的後側、要抽搐不抽搐的陰影——一種反高潮。但我很快揮除這種顫動，那些波動，無論那是什麼，回到窗邊那些「父執輩和先祖們！」，「母親和祖母輩！」「那有什麼不好——藍色很實用啊！」的反應中。不過，班上多數人都保持沉靜，和憂慮，因為他們跟我一樣，知道傍晚的天空是一種發軔。因此我們全都沉默下來，然後是全然的寂靜。接著老師嘆了口氣。接著我們嘆了口氣。接著她帶領我們回到教室，說：「親愛的同學們，請沉著、冷靜地思考一下，記住你們今天所凝視的。然後我們再回到我們的文學段落，看看另一個語言中的比喻。」那就是我們後來上課時所做的事。

我在大學的台階上和西歐班、威勒、羅素、奈吉爾、傑森、派翠克、綺拉、厄爾的魯伯特及其他人說再見，因為他們一如往常地要到酒吧批評我們老師是一個多荒謬、固執、多不適合當老師的老師，以及我們知道的法文如何比我們九月開始上課時更少。這一次我並不想去，因為這不是坐下來的時刻，是去思考的時刻，而我總是在走路時最能思考、想得最清楚。因此我出發了，而且根本沒想到要把《拉克倫特堡》（*Castle Rakrent*）＊這本書拿出來讀。我滿腦子嗡嗡作響，無法看書，想著老師，她說每天都有落日時的樣子，說我們還活著不應該像被埋在棺材裡一樣故步自封，說沒有我們無法超越的黑暗，說總是會有新的篇章，說我們必須放棄舊的，開放自己接受象徵和最難以預料的事物和各種詮釋，說我們也必須去揭發我們一直隱藏起來的和我們認為自己已經失去的。「親愛的同學們，要讓自己有選擇。」她說：「從那些地方出來吧。你們永不會知道，」她的結論是：「支柱、樞紐、轉變的時刻，一切的意義會出現的時刻。」嗯，真怪。但那就是她的哲學，而既然是哲學，必然表示那也包含上帝吧？我不確定為何我會覺得那也包含上帝，因為，她雖然沒提到上帝，但鑑於我們班上對於宗教的敏感度和政治問題維持的微妙平衡和禮貌，等她提到上帝時，會發生什麼事呢？至於日落的這個新傳統，我在八天之內經歷了兩次，表示我只需要再來一次就可以寫在我的家庭作業上。老師要我們描述三種日落，還說「如果喜歡可以用法文」，洩露出她最看重的並非法文，雖說我們本來就知道了。有些同學聽了又開始抗議，但用比較柔性的抗議，因為我們多數人都還因傍晚的集體經驗而頭昏腦脹，無法像平常那樣抗議和抱怨。

因此我們都收好書本離開，他們都到酒吧去，而我往家的方向走去。邊走邊想了一段時間——想著色彩、轉變、內心起伏的思緒——之後，我暫時不去想，而留意四周環境，這時我注意到我已經走到了市郊的十分鐘地區。這個十分鐘地區的正式名稱並非十分鐘地區，但因為必須費時十分鐘才能走過所以得名。而且必須快步走，不能逗留，雖說心智正常的人不會想要在此逗留。並非因為這裡是一個政治危險區，就是說除了本區破舊的教堂有可能意外倒塌壓在你身上之外，有可能因為政治問題而讓你在這裡出事。不會的。比起你在此區若無知又笨拙歷時十分鐘，政治問題似乎不成問題。而是十分鐘地區一直都是像瑪麗・賽勒斯特號鬼船（*Mary Celeste*）那樣陰森恐怖。

這個圓形的區域中心有三座距離很近的大教堂。這些教堂早就沒有任何活動，沒人使用，幾乎只剩空殼，雖說教堂的尖塔仍高高地伸向天際。我小時候常想像那三個尖塔頂端想要互相碰觸，匯合在一起，變成一頂巫婆的帽子，而每個人都被迫從下面走過。那是許多年前這個小地方引起我注意的第一件事。除了巫婆的帽子外，這裡沒有幾棟建築物，少數幾棟也似乎荒棄無人——幾間辦公大樓和幾戶人家——看起來沒人住，也沒人在裡面工作，你如果正好碰到有人經過，他們也會和你一樣，低著頭快步走過。在這圓圈當中有四家店鋪，但

＊《拉克倫特堡》（*Castle Rakrent*）是愛爾蘭女作家瑪麗亞・埃奇渥斯（Maria Edgeworth，一七六八～一八四九）的第一部小說，講述十八世紀一個愛爾蘭裔家族的衰敗史，被譽為是第一部盎格魯－愛爾蘭的歷史小說。

儘管掛了「營業中」的牌子、門沒有鎖、店裡打掃得很乾淨、又讓人覺得——儘管當下無人——店鋪後方一定有人在，它們也不算是真正的店鋪。從沒看見有人走進這些店內，也沒看過有人走出來，也不清楚它們到底是賣什麼。在其中一家店門口，有一個公車站牌，是十分鐘地區唯一的公車站牌。公車站也從來都沒半個人；沒人等著要從那裡上車，也從沒人在那裡下車。還有一個郵筒，除了小妹妹們有一次進行科學調查想要看信會不會被收送而投了一封寫給她們自己的信結果卻根本沒收到之外，也沒人想過把信投寄在這裡。這一切特色讓十分鐘地區像一個你只想快速通過的鬼地方。等你走過之後，你繼續往前走向下一個地標，而我邊走邊看書時眼角會飄過在腦袋裡算過的七個地標。離開市中心的界線後，十分鐘地區是我的第一個地標。接著是墓園，那是每個人——包括媒體、準軍事組織、國軍，甚至某些明信片，都稱之為「平常地區」。接下來是警察營房，然後是一間總是傳來烤麵包香味的房子。在這間麵包屋之後，是住著幾個信仰虔誠婦女們的房子，常常可以聽到她們練習唱聖歌，卻沒唱過半次《聖母頌》。信仰屋之後就是公園和蓄水庫，儘管夜晚此時還是有亮光的，我穿過這裡絕不會繞路或走捷徑。我會走較長的那條路到達三姊和三姊夫的小房子的那條街上。這是我個人的最後一個地標，因為接下來是幾條住宅區的路，通往我住的街道和我的家門。此時我正要進入十分鐘地區，最近這個騷動之地因本區中心一顆炸彈引爆而引起更多騷動。因為這顆炸彈，三座教堂之中的一座已經蕩然無存。

這次爆炸起初讓所有人都摸不透。有什麼意義？沒有意義。各方都說，為什麼要在一個死氣沉沉、陰森、又灰暗的地方，且人人都知道是一個死氣沉沉、陰森、又灰暗且萬一有一天被炸個粉碎也沒人會在乎的地方放炸彈呢？媒體認為那是意外爆炸，一顆太早爆炸的炸彈，可能是反叛者要把這顆炸彈運到附近警察營房去的途中爆炸了；也或許那是愛國者的炸彈，原本要炸的是敵對宗教一間距離營房不遠、僅限教徒的酒吧。

無論原意為何，沒有人被這顆炸彈炸死，只有那棟數十年來早已搖搖欲墜的空教堂整個被爆炸的響聲給震毀了。這座教堂塌了，但另外兩座仍舊矗立著——依然不穩，依然在臨界點。鬼商店也安然無恙，門都開著，窗戶也沒破，照常營業。公車站也還在，仍然空無一人，所以這地方看起來並沒有比炸彈爆炸之前更加死氣沉沉。在官方檢查和法庭調查和專家報告之後，還有在雙方互相指責叫罵之後，推論這顆炸彈既非反叛者的也非愛國者的。那是一顆舊炸彈，一顆歷史炸彈，一顆希臘羅馬的古老炸彈，一顆納粹的巨大炸彈。大家都認為，那就沒關係。不是他們那邊的。也不是我們這邊的。所有的指控叫罵都停止了。

有一次我問媽：「十分鐘地區為什麼會變得這麼陰森呢？」媽回答：「女兒，妳專問奇怪的問題。」我說：「比不上小妹妹們問的問題奇怪。而且妳還回答她們，像回答正常的問題一樣。」我說的是最近她們在早餐時的發問。「媽咪，」她們會說：「有沒有可能，假如妳是很喜歡運動的女人，而妳體內這個叫月經的東西因為妳過度運動而停止了」——小妹妹們剛在書本上發現月經這回事，但實際上仍無個人經驗——「然後妳就停止過度運動，妳的月經就恢復了，那是不是表示妳的月經期會比較長，因為彌補妳本來應該有但因為過度運動而阻擋妳生產刺激卵泡的荷爾蒙，也阻擋了黃體素指揮妳的女性荷爾蒙因期望一顆卵受精而去刺激子宮壁，結果造成荷爾蒙和女性荷爾蒙不足，阻擋排卵，無法受精，或者——可以排卵但不能受精——於是黃體退化，子宮內膜剝落；或者是，媽咪，無論妳在過度運動時有幾個月或幾年月經沒有來，妳的月經還是會在生物指令的時間停止嗎？」媽容忍地回答說是的。她真的會那麼做，她對待小妹妹們的問題就像對待正常的問題一樣，可是小妹妹們就是小妹妹們，連她們的老師也這麼說——表示她們總是會問奇怪的問題，在不對的地方獲得知識。然而，不同於對小妹妹們的思考，她卻對我說，她希望我已經長得夠大，不會再問那些奇怪的問題了。然後她說她不知道，但是十分鐘地區一直都很怪異、陰森、灰暗，即使在她媽媽的時代，在她祖母的時代，在戰爭之前的時代——如果有那種時代的話——然而那雖是一個怪異、陰森、灰暗的地方，它可能試著要超越一些黑暗、邪惡的事情發生，超越未果，反而只能屈服、投降、慢慢接受、沉溺其中，事實上其特徵更加惡化以至於有強烈需求，向下沉淪，她說，誰知道連鄰近的地區是不是也會跟著沉淪？她聳聳肩——一開始那裡可能沒有發生什麼邪惡的事情。「有些地點就是陷入困境了，」媽說：「而且感到迷茫。就像有些人。像妳爸。」——這是讓我後悔為什麼要開口的時刻。任何事物——或許是黑暗，或許是有陰影，任何與她所說的「心理毛病」相關的事物——都會使她回到她丈夫，我爸，這個主題，尤其是有關他的毀損。「那時候，」她指的是她的時代，他們的時代，「即使在那時候，」她說：「我從不了解妳父親。女兒，到頭來。他到底為什麼會有心理毛病？」

她是指憂鬱症，因為爸有憂鬱症：巨大、高聳、黑雲、有感染性、烏鴉、寒鴉、棺材覆蓋著棺材、墓穴覆蓋著墓穴，骷髏覆蓋著頭骨那樣沿著地面爬行到墳墓的那種憂鬱症。媽自己並沒得到憂鬱症，也無法容忍憂鬱症，而且，她和本區許多沒有得到憂鬱症也無法容忍憂鬱症的人一樣，想要用力搖撼那些得到憂鬱症的人，直到他們知道自己有病為止。當然在那個時代那並不叫憂鬱症。叫做「情緒」。人們會有情緒，變得「情緒不穩定」。有些有這種情緒的人會整天躺在床上，她說，拉長一張臉，散發出單調無變化、悲劇、痛苦的氣氛，而且無論他們會不會開口說話，都會以他們的單調和拉長的臉持續不變地影響每個人。你只消看看他們，她說。事實上，你只要走進門，就可以感覺到他的情緒從樓上，他的房間，他們的房間，滲透出來，那種陰晴不定、會讓人上癮的氣氛。如果那個情緒不穩定的人是那種會想辦法下床的人，她說，那還是不能制止他的氣氛籠罩整個地方。他們又一次以他們的長臉和單調的口氣來影響你，彎腰駝背走過大街，勉強拖行，垮著一張病態又嚴肅的臉，在全鎮繞來繞去，感染每一個人，而且——因為他們畢竟下了床，所以他們的氣氛籠罩更大、更廣的範圍。「這些情緒不穩定的人應該要明白的是，」媽說——而且她這樣說可不只一次而已，而是每次談話提到爸時——「人人的日子都很難過。並不是只有他們覺得難過，所以為什麼他們要得到特別待遇？好過難過都要過下去，挺起肩膀，讓人尊敬。女兒，有些人，」她說：「更有理由有心理毛病的人，比那些自己選擇受苦的人有更多理由受苦，但你卻不會看到他們走入黑暗，發牢騷。他們只是鼓起勇氣繼續往前走，拒絕屈服，這些有理由的人。」

就這樣，媽會回到她向前和向上的談話，痛苦有階級之分的談話：那些被允許受苦的人，那些被允許但因為超過許可限額而跌得很慘的人，還有像爸那樣的人，根本就沒理由，卻偷竊屬於別人的受苦權利。「妳爸，」她說：「妳爸。妳知道連他姊姊都說就算警鈴響了，他四周的人都急著逃走，他還是會躺在床上而不會跟著其他人去避難所嗎？而且還那麼年輕，十六歲，或許十七歲——我當時才十二歲，就比他懂事多了。瘋狂。想要讓那些炸彈掉到他身上。瘋狂。」我第一次聽說時——因為這不是第一次——而且是在我自己的憂鬱症開始之前——也覺得很瘋狂。現在她談到大戰，世界大戰，第一次世界大戰，第二次，那一次——問任一個青少年吧——和當代的人性及現代社會的生活毫無關係；跟我年紀相近的人都無法參與的那一次，這沒什麼好奇怪的，因為我們多數人連當前本地的戰爭都無法參與。「戰後，」媽說：「甚至在我們結婚之後的許多年，直到他死去為止，尤其是在痛苦開始時，你所能得到的就是他把頭埋藏在那些黑暗的事物中。」她指的是他的報紙、他的書、他的日誌、他收藏和整理的所有和政治問題相關的報導；還有與他相同想法、跟他同樣憂鬱、執妄、懸掛在懸崖、峭壁、烏鴉、寒鴉、和骷髏骨頭之上的人碰面。他們分享彼此的剪貼和檔案，他們的分類，他們對所有政治問題悲劇的更新，誇張到那似乎是他們的工作，而那根本不是他們的工作。當然，過了一會兒後，爸就無法跟上了。就連我們，他的孩子，也看得出那種超級的勤奮、無比精確和執迷不悟，一定會有崩盤的一天。結果真是如此，連帶他一起崩潰，從分類帳目、剪貼簿，從他所有慣例的剪報中墜落，但只是再次深陷在憂鬱中，唯一適合他的只有他的床、醫院、他的漫畫書、他的報紙運動版、或關於大屠殺的電視節目。還有天災的節目，例如大衛·埃登伯勒（David Attenboroug）＊談論昆蟲吃其他昆蟲以

＊ 大衛·埃登伯勒（David Attenboroug，一九二六～）是英國廣播公司《BBC》著名科學節目的主持人。

及兇殘的野生動物撲擊溫和的野生動物。他從不看有關石南花或如何讓蝴蝶保持快樂和自由自在的節目。那種節目從不吸引他或讓他感興趣，套用媽的話，就是「絕不會讓他心情好起來」。全家的人當然都知道大屠殺、世界大戰、和動物吃掉別的動物，所有那些麻醉劑還包括我們的政治問題，當他可以恢復談論時，但那也沒有讓他心情好起來。不過明顯的是，那些政治問題至少有某種目的，某種「看！看看那個。有什麼意義？沒有任何意義」的道理，因此讓有憂鬱症的他感到確定，甚至感到安慰，因為某些事情不會變，所以不會有勝利和壓制，因為壓制是幻想，而勝利是白日夢，努力和繼續努力只是白白浪費時間而已。「我知道當妳爸唱歌的時候，」媽說：「就還不錯，但他如果整天躺在床上，晚上都不睡覺，不拉開窗簾，擋住所有夜晚的光和白天的自然光線，我就知道他很不好。女兒，他的憂鬱，不正常。如果那是正常的，他會覺得不好嗎？他會看起來那麼糟嗎？可是他有什麼理由，有什麼理由，妳告訴我，讓自己陷在那黑暗又陰鬱的地方？」

所以說，對爸和像爸那一類的人，不是媽和像媽那一類的人，並非「因為大屠殺，我一定要開心一點」或「我的鼻子上有一顆膿瘡，但街尾有個人鼻子被轟掉了，所以我一定要開心一點，因為他失去鼻子而我並沒有失去鼻子，而且因為大屠殺他一定很不開心。」對爸而言，從來不是「世上其他人所受的苦難遠超過我，所以我必須跪下來感謝。」我也看不出他的想法有什麼不對，因為人人都知道生活不是那樣運行的。如果生活像那樣運行，那我們所有的人——除了大家公認是全世界最不幸的人之外——都會很快樂，然而我認識的人多半都不快樂；在這個觸目所及的世界中，在這個人類的小世界中，我們都不會往好處想並避開相對而選擇永恆。相對，那世俗之境——每個人的感受度不同；沒有人有相同的歷史，就算他們有相同的群體歷史；某樣可以觸動某個人的事物卻根本不會引起另一個人的注意——確實充斥著原始面對的人生以及對這種人生不完美的心理反應。就連媽和像她那一類的人——儘管她們無法容忍鬱鬱寡歡，又在面對悲劇時跪下來感謝上帝的恩典，只有讓其他被上帝選中的可憐蟲受苦受難而不是她們——就連她們也不得安寧。至於那些少數的人，那些少之又少平靜安穩的少數人，或者是那些在面對不平靜之時還能持續對人以及生命釋出善意與信賴的人，嗯，就像媽和媽那一類的人以及爸和像爸那一類的人，差不多就是我認識的所有人，包括我自己，都無法接受這一類的人。

我開始注意到這些發光的人，這些稀有、令人困惑、發光發亮的人，是因為《後窗》（*Rear Window*）這部電影。我在十二歲時看了那部電影，而我最初以為這部電影要傳達的重點令我恐懼。一隻小狗被殺、勒斃、脖子被扭斷，這不是電影要傳達的，但對我而言卻是，因為狗的主人——在失去狗的驚嚇中——探出窗外對整棟公寓大樓慘叫：「你們哪個人幹的？……我無法想像……你這麼卑劣，竟會殺死一隻無助又友善的……是整個社區裡唯一一個喜歡每個人的東西……你殺死牠是因為牠曾經喜歡你嗎，只因為牠曾經喜歡你？」那句「你殺死牠是因為牠曾經喜歡你」讓我的脊椎整個發麻。我立刻就知道了，喔，天啊！那是真的！那是他們殺掉牠的原因！他們殺掉牠是因為牠曾經喜歡他們！結果那並不是狗被殺的原因，但早在我發現真正的原因之前，那對我而言是絕對合理的，在我所處的世界裡，這種事不是沒發生過。他們殺掉牠是因為牠曾經喜歡他們，因為他們無法應付被喜歡，無法應付天真、率直、坦然，如此不反抗，又有如此純真和真摯的情感，所以那隻狗和他所具有的特質都必須被消滅掉。無法忍受。必須把牠殺掉。他們自己可能還認為這是自衛。這就是發光發亮的人問題所在。一整群不發光的人，也許一整個社區，一整個國家，或者也許只是一個小國長期沉浸在黑暗的心理力量中，而且在經歷多年個人與社區的苦難以及個人和社區的歷史後也已習慣負荷過量的沉重、悲痛、恐懼、和憤怒——這些人沒辦法毫不猶豫地接受任何發光發亮的人進入他們的環境中像那樣對他們閃光。至於環境，環境也會反對，它會順應這裡的人的悲觀主義，而這就是我住的地方的情況，這整個地方似乎總是在黑暗中。彷彿所有的燈都被關掉了，總是關的，就連天黑了應該開燈時也沒人會去開燈，而且也沒人會注意到電燈沒開。而且這一切似乎都是正常的，也就是說，這種正常就是持續努力要看清楚，卻不被承認。甚至我小時候——或許因為我還小——我就知道這並非生理上的；知道光亮散發出的一種陰影、一種扭曲的特質，與政治問題有關，與歷經的傷痛、已經製造的麻煩、失去希望和缺少信任以及一種沒有人似乎願意或能夠超越的心理失能有關。真實的環境，由於在這環境中的人不斷釋放黑暗，所以也不會引發亮光。因此這地方沉浸在一個漫長、憂鬱的故事中，讓真正發光發亮的人進入這黑暗當中就要冒著活不下去的危險，冒著讓他們的亮光被黑暗吞沒的危險，在某些情況下——如果此人被視為超亮、超閃到難以忍受的話——這個人最後可能會失去生命。至於那些住在黑暗中的人，早已習慣黑暗給他們的安全，這也沒什麼不好。萬一我們接受這些光點，它們的半透明，它們的明亮；萬一我們讓自己享受亮光，不再害怕它，變得習慣亮光；萬一我們變得相信亮光，期待著它，受它影響；萬一我們開始希望，放棄我們古老的傳承而開始注入它、擁有它、然後也開始散發光亮；萬一我們這麼做，被教育要那樣做，然後，突然間，亮光消失了或被奪走了呢？這就是為什麼在完全由恐懼和悲傷組成的環境中不能有許多發光發亮的人。在這個環境中，也就是我的環境，只有少數幾個這樣的人。市中心的法文老師。還有說不定，也許男友也是——要不是他喜歡囤積東西。不過，在我的社區裡，大家一致同意唯一一個發光發亮的人，是我們地區下毒者的妹妹，藥片女孩的妹妹，這個妹妹年紀比我小，當然年紀也比藥片女孩小，而且也不是因為每個人有意要不喜歡她。而是因為要應付她帶著威脅到處走所造成的威脅。她是半透明的，沒有被我們的黑暗碰觸，發著亮光在我們的黑暗中走動。奇怪的是，她自己對此卻不以為意。我們沒有要剝奪她本身代表的希望，尤其是她出身本區卻能超越籠罩本區的氣氛和思想；我們也沒有想著：如果這個人做得到，可以讓陽光照亮她的四周和內心而四處走動，或許我們……？沒有。保持我們貶低的文化適應層面而不為所動比較容易些；還有，藥片女孩的妹妹跟她姊姊一樣：那就是，也屬於受到孤立、心理嚴重受損的一區。

所以說發光發亮是不好的，「太悲傷」是不好的，「太高興」也是不好的，這表示你必須什麼都不是：也不能想，至少不能想太多，這就是為什麼每個人都把私密的想法隱藏在最安全、最牢靠的心底。至於爸和媽，爸老是「拉長一張臉」，而媽也過於堅持她「向前和向上」的說法，結果是爸定期崩潰，必須進醫院，而媽就只好忘掉她的「向前和向上」，氣他又一次拋下她和我們在這個地方。多年來，我和家裡的小妹妹們都不知道爸在醫院裡，而且還是精神病院。我們相信大人對我們說的，所以每次他消失，我們都以為他到外地或外國，需要長時間、許多天、許多個星期工作，要不然就是他因為背痛必須到很遠的地方去看專科醫生。但其實是精神病院，其實是精神崩潰，那表示隱瞞，表示羞愧，表示他的例子更是羞愧，因為他是個男人。男人和精神病院的連結遠低於女人與精神病院的連結。以一個男人而言，這等於他辜負他的性別，沒有克盡他的義務，更別說有多丟臉了。再一次，起初我並不明白。我也不知道媽在情感壓力、同儕壓力、羞恥壓力之下，對鄰居們承受爸的病帶來的負擔，而鄰居們當然也有他們必須承受的負擔。他們會說：「到很遠的地方去工作了。」媽知道，所以她才更加責怪爸——即使在他死後。她常常看起來並不愛他，而是恨他。「悲傷的故事！」她會忿忿地說：「什麼悲傷的故事？根本沒有傷痛，全都在他腦子裡而已！根本沒發生什麼事！」然後她會假裝嗤之以鼻，雖說根本假裝不了。我討厭媽那麼做，當她那樣說爸，尤其是對我們，她不該對我們說爸的不是。但她會繼續那樣做，因為一旦起了頭，她就會執著於他的執著到非常激動、過於生氣的地步，她必須從頭說到尾，因為她停不住。對於媽那麼生氣，媽不斷地責怪、怒罵、抱怨，我以前覺得很困惑。直到很久以後我才慢慢明白這是因為她為了很多事情——也許是為了一切——無法原諒他，不只是為了無法開心起來而已。

她就是那樣。她把這種無法原諒帶進各種脆弱的關聯中，也帶進十分鐘地區裡。根據媽所說的，十分鐘地區就像爸一樣，根本沒有希望變好。「陷太深了。」她說：「太久，太憂心了。女兒，毫無道理也莫名其妙。那是想像的，它的病根，根本毫無道理莫名其妙。」我說：「我明白了。」當然，這表示我對於十分鐘地區的神祕和特徵根本就不明白。而現在我在這裡，穿越這個地區，原本一心想著天空和我們的老師，想著她說關於光亮和黑暗的話以及我們反射性回答：「黑暗！我們要黑暗，謝謝！」至於那顆納粹的炸彈，到這時大部分的殘骸都已經清除了。地面仍坑坑疤疤，尚未鋪平，那座教堂原本矗立之處可能不會變成停車場，像其他被炸過的地方通常會被轉變成停車場那樣。十分鐘地區歷史性與令人費解的荒涼不會讓任何人想到這裡來停車。

地上殘存了一些破石牆，任人踩踏或繞過；我現在正這樣做，才能通過這裡，往前走到我的下一個地標。我抬頭向上，望向墓園，第一次注意到墓園的樹木，也將我帶回先前曾是綠色的天空。但如果天空可以是綠色的，我心想，或者有時候是，那不就表示地面也是有時候可以是藍色的嗎？因為這想法，我低頭看了看地面，這回看到地上有個什麼東西。在未清除的碎礫堆中，靠近角落處，有一顆仍然毛茸茸、蓬鬆糾結、身首異處的貓頭。貓臉朝向地面，此處的地面多半是被炸開的水泥塊。我的第一印象是那是一顆小孩的球，一樣玩具，一個假裝是真錢袋的假錢袋，裝飾著動物般的耳朵、毛、和鬍鬚。但那是一隻貓，一隻貓的頭，一隻在爆炸之前還活著的貓。我意識到，在那許久之前的爆炸中，有東西死了。

貓比不上狗那麼親人。牠們不在乎。人無法依靠牠們來支撐自我。牠們我行我素，不會低聲下氣，也絕不會卑躬屈膝。沒有人看過卑躬屈膝的貓，而就算貓會吧，大家也都看得出那不是真心的。至於死貓——就像故意把貓殺死，理所當然般地殺死牠們——這種事我碰過很多次了。我年幼時會碰到這種事，因為貓在當時被視為害獸、有破壞性、像巫婆、左手、厄運、女性化——雖說除了喝醉時沒有人會直接說出來——但如果有某個不幸的女性受暴力對待——那事後這就會成了被怪罪的理由。男人和男孩會殺貓，或至少在默認的情況下殺死牠們，踢牠們，或用彈弓射牠們。這種事就是會發生，所以當你正好看到一隻死貓時不必提是什麼狀況。至於我自己，我不會殺貓，也不想看到有人殺貓。不過，我已經太習慣那些殺戮、那種習得的厭惡，因此我很怕經過一隻活貓，甚至看到一隻死貓。我害怕接觸貓，若真的摸到一隻貓一定會尖叫到爆。所以，許多年前，死了很多貓。但是狗卻很多，而且牠們完全沒事。狗很認命，忠實，讓人有自信，且奴隸般地需要聽從某人。因此是可被接受的。可以引以為傲。被視為凶猛、有保護性，人人都有一隻，但那也救不了牠們，因為有一天晚上，除了其中兩隻倖免外，牠們也全都被殺了。牠們是一次被殺掉的，狗都死了。狗的大屠殺事件不像殺貓那樣每天都會發生，但也是發生在我小時候，也是以一種令人毛骨悚然的方式發生，有天半夜來自「海那邊」的軍隊把本地區所有的狗的喉嚨都割斷了，他們把死屍堆成一大堆，並技術性地放在本區的一個入口上方。那些入口處通常堆放用牛奶木條箱裝的汽油彈，是要給在同一天某個時間可能會在下一區發生的暴動所使用的。人人都知道是士兵下的毒手，他們用這種方式表態，給我們一個教訓，聲明他們可以對付我們的狗，可以克服我們的狗吠叫和咆哮，並警告當地的反叛者。不過，我們的狗從不只是那樣而已。

牠們會吠叫、咆哮，當警報狗，並不只是為了反叛者，而是為了我們所有人。當我們的狗吠叫和咆哮時，會讓所有的人警覺，尤其是所有的男孩和男人——年輕人、中年人、反叛者、非反叛者——因為在這些士兵面前，男人吃比較多苦——這些人數極多的士兵開著裝甲車到來，跳下車，抱著高度的疑心在我們每一條街道上巡邏。人人都感謝狗提供的預警系統，因為這樣我們還有一點時間，我們可以早點讓路給他們。不然你若出門去就不會太愉快，你會在街上被制止，在人多勢眾被槍抵住的情況下，被命令要回答問題，趴在一堵牆上，靠著牆被搜身——就在入口處，那些入口處上方，在那些士兵認為適當的時間內維持同樣的位置不能移動；如果妳——為人妻、姊妹、母、和女兒——出門去指控他們如何對待妳的兒子、妳的兄弟、妳的丈夫或妳的父親，妳會被那些持槍的大人嘲笑，而那也不是愉快的事。特別不愉快的是，很明顯的只要妳待在那兒，目睹一切情況，妳的兒子或妳的兄弟或妳的丈夫或妳的父親就必須靠牆趴著不動。所以妳要繼續嗎？妳要堅定不移嗎？即使在過程中妳讓妳的兒子或妳的兄弟或妳的丈夫或妳的父親受更多的苦和更久的屈辱，妳還要繼續目睹嗎？還是妳要走開，回到屋內，放棄妳的兒子或妳的兄弟或妳的丈夫或妳的父親，交給這些人？如果不是那樣，如果不是這樣，怎麼可能接受女人出了門，針對她的性評論會產生潛移默化的影響，然後被那些好色之徒的下流話氣個半死，那是不會愉快的。「妳的靴子，」他們會說：「妳的盒子。」他們會說：「妳很適合幹一場。」還有：「我們會把妳的臉……」或類似的話，而且又一次用他們的槍，以及毫不掩飾的，通常不加以控制的，情緒，大肆渲染。自然——或許不是自然，不過可以理解的——被這種語言攻擊的女孩或女人不免會想，如果一個反叛者的狙擊手從某個樓上的窗戶一槍把你的頭給打掉，士兵，我不會為你的死感到悲傷，我會覺得那是一件很愉快、令人解脫、美好、因果報應的事。這就是憎恨。強烈的憎恨，七〇年代強烈的憎恨。而且我們還必須撇開政治問題的誤導以及繁瑣的不足之處，以及關於政治問題合理化選擇性的結論，才能適當地衡量這個憎恨的重量。正如某人，「馬路那邊」極普通的一個人，在電視上，簡單明瞭地說過，因為他想殺死我這區域我的宗教的每一個人——這代表著我們這一區所有的人——來報復我們這一區某個反叛者走過馬路把他的地區他的宗教的許多人炸死，「你內心的感受之深令人驚訝。」他說的對。令人驚訝，無論最後扣動扳機的是不是你本人。

這就是為什麼狗是必要的。牠們很重要，是一種平衡，一種接口，一種安全的緩衝，避免可恨和自我憎恨的情緒發生立即且直接的致命衝突，像是在個人與個人之間、兩個家族之間、國與國之間、和兩性之間幾秒鐘內就爆發的那種，造成全面性無法改變的傷害。要制止、避免、和推開那些不好的回憶，所有的傷痛和歷史和人格的退化，你一聽到狗吠聲，那野蠻、部落的吠叫聲一傳來，你就知道要在屋裡等待——大約十五分鐘——讓那些士兵通過。那樣一來你就不會與他們打照面，你不必感受虛弱無力、不公不義、或更有甚者，你——一個正常、平凡、很好的人——竟會想要殺人或以殺人而得到抒解。如果你突然聽到狗吠聲時已經在街上，也就是戰場上，也就是街道上，你只要仔細聽並判斷狗吠聲的方向，也就是士兵前進的方向。如果他們朝你的方向而來，那簡單，快轉入小巷再進入另一條小巷，比較隱密的街道。但他們把狗都殺了，把中介者消滅了，於是，直到新的狗再出生、餵養，以及本區黨派的調教之前，我們似乎回到近距離又直接的古老憎恨中。不過，首先是在殺狗那夜後的隔天早上，面對這一大堆屍體的現實下，本地人也做出了相同的直接反應。

大致上是沉默。或者起初是沉默，只有一隻狗——剛開始以為是本區最後一隻殘存的狗——不時發出低泣聲，尾巴夾在兩腿之間，和我們所有人一起觀望。至於我自己，九歲的我覺得本區不可能容納那麼多的狗，一定是士兵載了更多狗過來，但一旦本地人開始指認他們的狗並帶狗屍回家，他們帶走每一隻，一隻也沒留下。從我童稚的目光還有站在我身旁的三哥的眼光看來，所有這些狗的頭，在這麼大一堆狗屍當中，似乎都不見了。我們覺得牠們的頭被砍下了。「媽咪！頭！他們把頭帶走了！頭在哪裡？」我們喊道：「媽咪，萊西呢？爸爸呢？兄弟們找到萊西了嗎？爸爸呢？萊西呢？」我們拉著她的外套，然後三哥就哭了出來。他的哭聲引出了我的，而我們兩人的哭聲引出了所有其他孩童的。接著最後一隻狗也開始哭嚎。那一天我們有許多人，許多孩童，都緊緊跟著我們的大人。所以開始是一片靜默，接著是我們的哭泣，然後，聽到我們的哭聲，大人們打起精神，暫時忘掉他們的驚嚇，採取行動。他們開始應對這場大屠殺，男性——年輕人、中年人、反叛者、非反叛者——開始走進黏滑的毛皮堆中。他們拉開浸在鮮血中、沉重的狗屍，區分一具屍體接著一具屍體，將一具具的狗屍交給上前來認屍、在一旁等待的人，讓他們用推車、嬰兒車、單輪車、超市購物車，或大部分的人，把那曾經是活生生的東西包成一堆抱在懷裡，帶回家去。至於爸，我記得三哥和我急切地詢問他，請求他可以到場，當一個男人中的男人，做正常男人該做的事，一如他多天之後與他人一起搜尋麥××他弟弟的頭那樣。不過，也許狗殺戮那一天是他不好的一天，是他進醫院的一天，是大屠殺或古老又發黃的拳擊雜誌的一天吧。無論是什麼，他不在場。但是兄弟們在場，他們和其他人一起挖著，似乎一直挖到地底去了。他們在地球中心，在地底下，但還是不停地挖著。我拿鏟子給他們，而在我的想法中他們就用那些鏟子一直挖，現在整個地面是潮濕的，兄弟們和男人們已經深入到腰際了。血塊、土塊、血淋淋的，愈來愈紅、棕、暗黑、黏膩——變黑——他們挖到深處，把所有的狗挖出來。我記得那畫面：兄弟們，我們所有的狗，我們，圍觀的人們。可是我不記得任何死亡的味道。然後三哥突然叫道：「狗在動！**媽咪！狗在動！**」我看過去，牠們真的在動，小幅度的上下移動。我們的媽也是，我記得——她的木然，她對我們的拉扯不為所動，對我們的「**萊西，媽咪！**」「**爸爸呢？媽咪？**」「**狗在動，媽咪！**」都不理不睬。最後，某個人，二姊，解釋了。她說狗頭仍然在，只是向後仰，後來我理解到，因為喉嚨被割裂到骨頭那麼深，所以看起來好像頭不見了。這個解釋，似乎讓我們心寬些，讓三哥心寬些；頭還在而不是不見了，不是被士兵帶走去玩、去踢、去延長牠們的恥辱；也或許只要有任何解釋都會讓我們心寬些。然而，我們繼續哭，其他的孩子也是，尤其是當某隻狗被帶出來或預期被帶出來的時候，都會加劇恐慌。也有希望的想法，希望牠們或許沒有死，因為是的，牠們在動。大人們說：「牠們沒有動。」最後，我們因為抱太多希望而變得絕望，於是年紀大一些的兄姊們被指示帶我們這些年紀較小的回家。

大姊和二姊帶三哥和我回家，在這時候我們兩個是家中最年幼的。當我們從兄弟們和其他男人都還在的那處入口走回家途中，我們兩個不斷回頭看，回頭張望，回頭看了好幾眼，一心想著萊西。這些是我們的狗，而牠們是流浪狗，那表示你每天讓你的狗到外面街上去探險，就像你讓你的孩子到外面去探險一樣。到了晚上狗和孩子們就會回家，只不過那天晚上孩子們回家了，但狗卻沒有回家。三哥和我就那樣被帶回家，離開入口，讓兩個姊姊摟著我們。然而我們回頭張望，直到靠近家門時，新的希望又在心裡升起。雖然除了一隻狗外其他狗都死了，雖然萊西和其他死狗一樣待在外面一整夜，但也許牠已經回來了，甚至現在就在屋內。於是我們加快腳步，衝進屋裡，看到了萊西。牠躺在爐火前，抬起頭對我們吠叫——也許因為我們開門嚇到牠嗎？也許因為門開讓風吹進來驚擾了牠？萊西不是純種狗，但其他所有這些狗都不是純種狗。牠沒有被認證，沒有證書，不會玩，不是專業，不會去救有危險的人或溺水的孩童。萊西不喜歡和小孩玩，家裡最年幼的，但對我們而言，那一天看到牠，聽到牠吠叫，知道牠還有咽喉可以咆哮和發怒，那是最快樂的一天。我們當然沒有跪下去抱牠，因為萊西不會喜歡那樣。但在牠出現之前那個早上過得很慘。在牠出現之後呢，我忘了。我忘了那些狗，牠們的死，整個地區的傷痛，震驚，和士兵們無庸置疑的凱旋。那晚吃過晚餐後，仍是九歲的我出發去最新的一場探險，經過同一個社區入口——那裡已經如尋常一樣，堆放了給下一區暴動時使用的汽油彈。沒有任何死狗的痕跡，雖然我聞到一絲清潔劑的味道，潔一絲清潔劑——**那**我倒是記得，因為直到現在為止我一直都喜歡這種清潔劑的味道。

所以說，士兵殺死了狗，本地人殺死貓，而現在德國空軍也在殺貓。我看看那顆躺在碎屑中的小頭，為自己竟不記得曾感到震撼而震撼，也不明白為何在此刻我會有如此強烈的反應。我的處理方式是避開目光，堅定前行，然而那畫面卻停在我的腦海中，追隨著我，直到我發現自己停下腳步，轉過身。我往回走，再一次來到那顆頭的旁邊。這一次我仔細看，看見那顆頭是濕的，有點黑，鮮血凝固的黑色，在頸部或原本該是頸部或原本有頸部之處，那個地方相當黏膩。我蹲下身，用一個碎石塊慢慢挖土。貓臉現在已經完全朝上了。我看見那張臉還是可以認得出是貓臉，眼睛瞪得很大，或者該說眼窩較大，因為有一顆眼珠不見了。那空洞的眼窩很巨大，而頭的內部好像有什麼東西。我想應該是蟲吧，果然我看到鼻子、耳朵、嘴巴、剩下的那隻眼睛都鼓了出來。可以看到幾隻蛆緩緩蠕動，但除了一股像酵母般甜甜的味道外，還沒聞到什麼臭味。至於貓的身體，我四處張望但就是看不到。然而，此時有那顆頭就夠了，甚至已經太多了。我站起來，再度走開，因為法文課很棒，我很喜歡，我一直都很喜歡——老師的特立獨行，她談到「還是輕微的聲音」和「活在當下」和「放棄去想什麼會發生不然那就可能發生」。還有「同學們，改變一件事，只要一件事就好，我可以向你保證，其他的一切也會跟著改變。」——而且她是對我們說的，我們這群不懂不懂隱喻也不願承認顯而易見之事物的人。可是那感覺十分珍貴。我覺得她很珍貴，且不願失去這種感覺。然而，這顆半埋在土裡的貓頭，還有之前的那輛廂型車，十分鐘地區，以及那顆二戰時的炸彈引起聯想死去的爸和他的憂鬱症和媽因為他的憂鬱症攻擊他——已經讓「有什麼意義？有任何意義也沒什麼用吧？」的想法出現了。「嘗試且不斷嘗試，」老師說：「那樣才對。」可是如果她說的嘗試和不斷嘗試還有勇敢進入下一章是錯的呢？萬一下一章和這一章，以及上一章，一樣的話呢？萬一每一章都一樣，或因為時間消逝而甚至更糟呢？在我這麼想時，我又一次繞回到那隻貓，又一次往回走，彷彿這件事沒有選擇。別蠢了，我說，妳想要做什麼——永遠站在那裡盯著牠看嗎？我回答，我會把牠撿起來。我會把牠帶到一處綠地。這讓我感到驚訝，感到震驚。接著我為圍籬、樹叢、樹根感到震驚。我可以把牠掩蓋住，不要讓牠暴露在這個可怕的地方。但為什麼呢？我爭論道。妳可以在一分鐘之內走出這裡。你可以走到墓園，你的第二個地標。然後就是警察營房，然後是那烘烤之家傳出的香甜肉桂味，然後——當然了！我打斷自己：平常區域！

我已經拿出手帕，這些是真正的、布做的手帕，不是紙巾，是不久之前只有男性會用的白色亞麻大手帕，因為女性的手帕雖漂亮，但要用來擤鼻涕卻不夠大。有一年聖誕節小妹妹們給我一盒當禮物後，我慢慢喜歡上這些手帕。從那之後，為了文化和美學的原因我會帶一條女用手帕，以及為了實用的目的帶一條男用手帕。那一晚我打算兩條都為了實用及象徵性的目的而使用。首先，我把那條秀氣的女用手帕放到地上，接著是那條平凡的男性大手帕，然後我把貓頭輕推到手帕上。當我這麼做時，我可以摸到貓的尖牙穿透手帕布，還有牠開始滑落的皮膚。有些毛鬆脫了，我開始感到驚慌，想著牠的頭蓋骨會不會露出來。但接著，任務完成，貓頭穩穩躺在女用手帕當中，我把漂亮的刺繡棉布拉緊。瘋狂的證據，我繼續想著，妳真的要捧著一顆頭上路，明明知道一個地方不管看起來有多荒僻，至少一定會有一個人躲在某處觀望嗎？這表示有更多閒言閒語，更多捏造，更多替妳品格墮落的添油加醋。然而在那一刻我並不在乎。再說，我無法克制自己。我估計那只消一會兒，因為我會很快找到對的地點——一個隱密、安靜的地方，也許在遠端的牆邊古墳所在之處，那裡雜草叢生，墓園看守人從來就懶得整理。現在我已經將大手帕的四角綁在一起，準備要執行我的計畫了。我一站起身，卻差點撞到牛奶工。他安靜無聲，而我完全專注在這件事中，所以根本沒察覺他的蹤影。現在他和我相距只有幾吋遠，只有那兩條包著黑暗死物的手帕擋在我們之間。

當時發生的第一件事是，我又一次感到脊柱發麻，各種搔癢、顫抖、冷顫，從我的脊椎底部竄流到我的大腿。我身體的一切本能地停止。完全停止。我全身的運作。我無法移動，而他也沒有移動。站在那兒，我們兩個都沒動，也沒說話。然後他開口了，說：「妳去上希臘和羅馬課吧？」這是牛奶工對我的描述中唯一的錯誤。倒不是我沒考慮過上希臘和羅馬課，也就是在晚上修希臘羅馬古典學而不是法文。我被那些古代的人吸引——他們沒有壓抑的情感，他們沒有原則的性格，他們的神話、儀式，那些令人毛骨悚然、稀奇古怪、妄想症的陰謀迫害。還有他們捉摸不定的眾神以及普通人哀求這些神把詛咒降到他們的敵人身上，而這些敵人根本就是你的隔壁鄰居。這些全都像愛麗絲夢遊仙境，像是那些自負的凱撒替蘋果樹證婚，又讓他們的馬當羅馬政務官。只有那種正常但又帶有能被接受的偏差行為的人，可以理解那些有趣的、心理的、不正常的東西。這就是我為什麼要仔細讀簡章看我是否可以在夜間部修課。可是希臘和羅馬課在星期二晚上，而我的星期二晚上是也許男友的，所以星期三的法文課就成為我的選擇了。那表示牛奶工弄錯了，而我沒有改正他的錯誤，因為那給我希望：在他什麼都知道之中，他並非什麼都知道。但也沒有真的希望啦，那是我回家分析這一切之後才意識到的。他看透了我對課程的想法，是的，而這些是頂層的想法，表土層的想法，表示並不重要，不機密，沒有脆弱到必須加以解密。因此，任何湯姆、狄克、哈利，只要願意就可以很輕鬆地走入。然而，在我思考那一切的期間他甚至沒有靠近過我，但他就可以看透了。這讓我感到詭異，也顯示一個要蒐集、紀錄、歸檔每一丁點資訊的男人進行過縝密的研究，就算在這一次他弄錯了最後的結果。

一如我們前兩次的相遇，應該說，他用心安排我們的相遇，這一次也一樣，多半是他在問問題，雖然看起來並不為任何回答感到焦慮。這是因為他的問題不是真正的問題。不是出自真心請求資訊或為了確認他的推測。這些只是他的主張，他的評論、暗示、警告，讓我知道探查消息是他的專業，在他的偽詢問之後附帶「不是嗎？」「對吧？」「沒錯吧？」「是那樣嗎？」之類的反問句。所以他說起有關希臘和羅馬，而當他說話時我想到那輛廂型車，那輛白色廂型車，以及那輛停在入口處的車一定就是他的。那麼他在跟蹤我嗎？我在上法文課的時候，他是不是一直坐在車內，觀察我，觀察其他人，留意我們在看夕陽時的焦慮？而且他又再次說得好像他認識我似的，好像之前我們曾經被以某種適當的方式介紹過。這一次，像在公園和蓄水庫那次一樣，他同樣望向一旁，不正視我，只是斜眼看我。接著是另一個問題，這一次是關於也許男友，也是他第一次提到他。

他發問的方式是「現在是時候了，不是嗎？」是「我們應該小小討論一下這個所謂的男朋友的時候了？」他說：「有時候和妳在一起的那個人，那個年輕人。」他說「年輕人」的口氣，好像也許男友太年輕了，好像他並沒有大我兩歲。「妳在妳的地區外但在他的地區內的夜店，和他跳舞，對吧？還有市中心的幾家夜店，以及大學四周的幾家？妳和那個年輕人去喝酒，對吧？」接著他列出幾家特定的酒吧，特定的地點、日期、時間，然後他說他注意到我現在不一定會搭早上那輛公車進城了。他並不是指上次他說話時我習慣搭的那輛公車，而是指最近我為了躲避他已經改搭的新公車，我走遠路去搭的那輛公車。他說，那是因為某些早上我在那個年輕人家過夜之後那年輕人會開車載我去工作。所以他知道也許男友的家、他的地區、還有他的姓名、他的朋友是誰，他在哪裡工作、甚至以前他在汽車工廠工作，但工廠已經關閉，所有員工都被解雇了。他也知道我睡在也許男友家。這讓我覺得自己被逮而感到生氣，因為我知道他的言下之意。「他不是真的男友，對吧？」他說：「不是正式的，沒有固定，沒有被公認，是妳試試水溫的人，不是嗎？」我有點措手不及，因為我沒有預料到牛奶工會談這個，在我們第三次見面時，我以為他會責備我繼續去跑步，因為，根據他所說的，我不只應該要調整自己的節奏，也應該停止走路，因為——他不是說過嗎？——我走太多路了，所以現在還在這裡走，讓他覺得失望。不僅如此，我也和三姊夫在公園和蓄水庫跑步。可是他沒提三姊夫，也沒提起我繼續使用我的腿，或公園和蓄水庫。因此，我對這場新鮮的談話完全措手不及。

他說——只是小提了一下——那個年輕人還在修車子，對吧？現在他說到也許男友確切的工作地點了。他也提到那輛賓利跑車。接著又說到那個增壓器。然後說到「海那邊」的國旗，這時我的雙腿後側受到某種快速抖動的不愉快牽制。他完全知道也許男友每天例行的事，他所有的行動，就像他知道我的例行公事和所有的行動一樣。然後他說那個年輕人喜歡夕陽，說話的口氣好像那對任何人──尤其是男人來說都不適合，甚至注意到日落都不應該，彷彿他那麼多年的調查、盯梢、設局陷害別人被殺當中，從來沒碰過比抽空開車去看日落的人更奇怪──除了調查、盯梢、設局陷害別人被殺的人以外──那正是關於也許男友和夕陽時我所想到的。然後他說：「人人各有所好。」說這句話時他的聲音很低，也許是說給他自己聽的，有點像是提供某種輕鬆、消遣性的娛樂。接著他又回頭談增壓器，或者該說，談現在在也許男友的區域流傳的關於他和增壓器的謠言，以及他擁有如此典型的「海那邊」的物件而且上面還有那紅、白、藍的東西放在他家裡，因此他似乎有傾向──背叛的傾向。

我發現我對他這番話的反應有點不合乎我一貫的風格。「他並沒有拿有國旗的部位。」我說：「並沒有有國旗的部位。那都是他那個地區的謠言。」接著我又白相矛盾地補了一句：「和我男友共事的一個『馬路那邊』的男的拿了有國旗的那個部位。」此處有三件新的事項。其一是，我說謊，說也許男友有個另一宗教的同事拿到有國旗的部位。實際上，我不知道在也許男友工作的修車廠裡是否有人有對立的宗教。第二件事是，我把「也許男友」變成了「我男友」，即使是對我而言，這也是我第一次這麼說。這是出於保護，想要阻止牛奶工去辨識出一個「說不定」的縫隙，好鑽進我和也許男友之間。第三件事是，我突然衝口而出說這些話，還有，如我所言，說謊，為了保護也許男友不受到這個惡毒的牛奶工傷害，與為了保護自己完全不願開口說話，形成顯著的對比。我不明白到底發生了什麼事，我在做什麼？但是我感覺這和上次大姊過來，不公平地想要責備我，只因為她丈夫同樣不公平地要她來責備我，結果我對著窗外大叫的情況，有幾分類似。當時，和現在，我都覺得亂了腳步。我要跌倒了，滑跤了，而我平日的程序是避開謠言，避開七嘴八舌，避開五餅二魚的餵食。令人反感的群眾心理的動量足夠撼動和陷害一個人。我不知道自己在做什麼，為什麼要為也許男友解釋和編理由，而且這是自我們第一次見面——當時我在讀《劫後英雄傳》，而他開車停到我旁邊以來，我第一次嘗試對這個人說任何話。然而我繼續說，說著我聽起來很真實的故事，敘述「馬路那邊」那個人，以漫不經心的口吻說話好顯得真實。然後我突然想到，也許我不應該發明一個「馬路那邊」的人，而是應該堅持事實，就是根本沒有任何有國旗的部位。可是，「馬路這邊」的我們，「我們這邊」，「我們的宗教」，每個人都知道收下任何來自「海那邊的」任何東西的一部分，可能有什麼含意，甚至只是有「愛國者嫌疑」——正如也許男友嫉妒的鄰居所提出的——不管有沒有國旗在上面，也許男友都應該本能地迴避抽籤贏得這一輛車的任何一部分。還有抽籤這件事，或贏得某物品這件事，還有突然出現在某地區而擁有夠多且持續供應的金錢，無論在口袋裡還是以物質擁有的形式，在正常情況下是不可能發生的。通常這種事情發生時，謠言就會牽涉到舉報。政府人員會對告密者說：「跟他們說你得到一些錢。」「跟當地的人和反叛者說你贏到這筆錢——我們為了交換情報而給你的這一點錢——說你抽籤贏到的，或是在公司的什麼遊戲中贏來的。」而告密者，令人難以置信地，就會照說。「抽籤贏來的。」他們會說，而且還會伴以誇張的聳肩表示他們不是告密者而且沒人會認為他們是告密者。儘管有那麼多告密者的屍體堆在社區入口處，他們就是學不會這樣說唬不了任何人，更別說是反叛者。他們還是會說：「抽籤贏來的。」甚至還補充說：「報上都登了！」表示全國性的報紙上印有他們贏到獎金的文字就真正證明了他們不是告密者。然而，他們說「錯」了報紙，「那一邊」的報紙。在這種報紙上的這種宣告，在我的區域和也許男友的區域裡，比藉口和救命更可能受到譴責和害命。但儘管那些報紙被懷疑是國家的共謀者，告密者仍會堅持其說法，作為他們簡短聲明的預告。當然，也許男友真的在他工作的地方在一場臨時起意的遊戲中抽中了他的獎品。有哪個小鼻子小眼睛的告密者會要求——並得到——一輛賓利跑車的增壓器來交換一個和本地背叛者有關且可能只是低等級的情報？但是很複雜。非常複雜。而且在這次的見面我經歷了兩次墮入陷阱有多容易。一個人可以製造謠言，繼續謠言，陷在其中而無法脫離謠言，基本上那就是我的狀況。

我一開始是說謊，說也許男友贏到一輛普通車的普通部位，但那可能一點也不普通。而現在，我要和一個精明、冷酷的情報人員較量，我想像中的牛奶工便是如此，根本不可能倒帶回頭說一個比較簡單的故事——真的故事——因為如果我這麼做，只會讓也許男友的事變得更複雜，也是對這個牛奶工顯示我一直在說謊。

這很瘋狂，妳瘋了，我告訴自己。接下來你要怎麼說，而且如果國旗這件事最後落到袋鼠法庭的層面呢？妳會提出說「馬路那邊」那個人——就叫他艾佛好了——可能是因為他的宗教而不是因為他是虛構的，而不願出現在敵方背叛者的集會，但可能會願意寫一封短信來支持他的同事？艾佛會在這封短信中擔保他是擁有有國旗那部位的人，也許還附上一張他和有國旗那部位合拍的拍立得照片，背景還有其他標誌顯示他「馬路那邊」的身分——也許放更多國旗？那應該有用吧。我的預測和嘲諷再次讓我想到也許男友的輕率和他定是被車的狂熱和衝動的囤積癖沖昏頭了，才會逾越我們的政治、社會、和宗教的重要準則。男生和女生不一樣。什麼是「被允許」什麼是「不被允許」，對他們來說比較嚴格、比較死板，而大部分的男性原則我並不很清楚。例如啤酒、拉格啤酒、甚至某些烈酒；還有運動，我都不精通，因為我恨運動，我恨啤酒，我更恨烈酒還有拉格啤酒，所以我從來不注意本地男性對這些事物的政治與宗教選擇有多迫切。對車子我也不清楚，哪些「海那邊」的車是可以接受，哪些又是絕對不行。至於賓利跑車，連我也都開始覺得那款車一定有什麼國家象徵的含意，可是，我心想——一如先前也許男友溫和、有外交手腕的鄰居也這麼想過的——難道那款車不能被視為可以接受的例外之一嗎？目前在也許男友的地區憤怒流傳的謠言似乎不以為然。因此沒有什麼中立的部位。因此全部都是背叛的部位。而且萬一艾佛固執己見而拒絕寫那封短信呢？

「一顆汽油彈爆炸了。」

牛奶工突然說這句話，把我嚇了一跳。他說：「那是一個『裝置』，對吧？他們稱之為裝置，它在爆炸前被安裝在排氣管裡，我必須說，妳姊姊的前男友，他是專業人士，竟然沒發現如此明顯的東西，而被修車技工發現。」聽到這兒，我心想，不對，錯了，他弄錯了。大姊的前男友，那個欺騙她然後被對立宗教的同事在他車下面裝的一顆炸彈炸死在他車裡的男人，他不是修車技工，而是水管工人。也許男友才是修車技工。然後我想，但他為什麼要談到大姊和她的前男友呢？雖然牛奶工搞錯了希臘和羅馬課，但我覺得他不可能會無知到不知道根本就算不上是什麼祕密的事。而且，他當然並不無知。他沒有搞混水管工和修車技工。是我自己的推理能力還沒強到能明白他用字遣詞的含意。但是他繼續說，給我各種暗示，給我時間和一個慷慨的機會。他輕鬆自如地來回陳述，從大姊死去的前男友和殺死他的捍衛者的炸彈說到「他現在在家裡修一輛破車，不是嗎？」說的是也許男友。接著又回頭談死去的丈夫，其實沒有變成丈夫，但在他傷痛守寡的前女友心中卻是真正的丈夫。他搖搖頭，為他們感到難過，為大姊和她死去的情人。他說：「錯誤的地方，錯誤的時間，錯誤的宗教。」又說他希望大姊會恢復，不會為失去那個修車技工永遠悲痛。「很好的女人，還是一個很好的女人。長得很好看。」——說了這麼多，卻完全沒提到她嫁的那個男人，大姊夫。現在我感到困惑了。他在說姊姊嗎？我心想，是我弄錯了，搞了半天他感興趣的是大姊而不是我？但為什麼要提到她的前男友呢？為什麼要提到炸死他的那顆炸彈？又為什麼要提到也許男友？同時，在這一陣迷惘中，那些令人不快的生理波動，一波接一波地不斷衝擊我的大腿和脊椎骨。

由於牛奶工的這番暗示，我發現我的恐懼開始轉移，從也許男友的地區那些義憤填膺、想要傷害他的人——他忽略他的歷史，因為他忘掉他的社區，他把該地區不想要的該死的象徵帶回家，大喇喇地跟他的汽車零件一起放在囤積的屋裡囤積的櫃子內。我的恐懼也轉移了，因為任何宗教的嫉妒同事私心想報復我的也許男友，他們想讓他遭受不幸，只因為也許男友贏了他們自己也想贏的那輛文明世界的車的零件。現在，聽到牛奶工說的話，我開始擔心也許男友面對的危險可能比那更為緊迫。他確實會修車，修很多輛車，說不定已經到了漫不經心的地步，到了會跳上車內，隨手扭動車鑰匙開啟引擎的地步。至於他工作場所的宗教，我從沒問過也許男友。他有可能在混合的環境中工作，而如果是那樣，那有可能是混合得相當不錯的環境，或更有可能是一個混有懷恨、緊張、殺氣騰騰的工作環境。我不知道。他也不知道，他沒問過我的工作環境。我的女同事有些的確是有對立的宗教信仰，雖說我從不覺得有必要去發現她們是否有對立的宗教，只不過這些事情通常會自行揭露。有時候是漸漸地，隨著時間過去，人們自然會知道彼此；不過更常是快速發生的，例如，聽到彼此的父親、祖父、曾祖父、叔父、和兄弟們的姓名。對我和也許男友，這種對話從未發生過，雖然我們對另一個國家的軍隊，或本地的警察，或治理這裡的政府，或治理「那邊」的政府，或「馬路那邊」愛國者的準軍事組織，或有任何宗教且拼命想要發現別人的宗教信仰的任何人，都沒有一點同情心可言。當然，生活在這裡的人免不了會有觀點。在那個時代，那些極端、恐怖的日子裡，還有在那些街上，同時也充當戰場的街上；住在這裡卻沒有任何觀點是不可能的。我自己大部分時間都沉浸在十九世紀當中，甚至十八世紀，有時候是十七世紀和十六世紀，然而即使如此，我還是免不了有觀點。三姊夫也是，儘管他是個運動狂，又是本區每個人都願意發誓他沒有什麼觀點的人，結果他的觀點卻很激烈。誰都逃脫不了觀點，而問題是，這些不同區域、不同邊的觀點，就是不一樣。每一種觀點都無法忍受另一種，結果就是那種高度不穩定的爭論會不定期地爆發。這也是為什麼，儘管你免不了有觀點，如果你不想被捲入這種爆發，你就必須要有禮貌並練習有禮貌，才能克服——或至少平衡——暴力、憎恨、和怨懟——要不然你要怎麼活下去呢？這並非精神分裂。這不過就是生活。這是在創傷和黑暗下試著正常一點。因此，想要共存就要留心美好的事物，而非令人反感的事物，舉例來說，就像我們的法文課，一個混合的班級，我們可以討論法文的隱喻，不過，基於禮貌，我們絕對不能要求某人宣告或提及他們的觀點或你的觀點，一秒鐘都不行。至於反叛者——以也許男友和我對背叛者的觀點而言——我們沒談到他們。我自己是因為當時我心裡只想著兩件事。一個是也許男友，另一個是我們「不怎麼算也算是」的關係。我還想著牛奶工——所以算是三件事吧，而不是兩件。所以，如果反叛者的複雜也擠進來，強迫我對他們有完整的——也就是有矛盾的——意見，那就要算是四件事了。還有政治問題，我會想到反叛者一定要有原因——所以那就是五件事了。五件事。打開內心的矛盾之門時，就會發生這種事。有這麼多衝突的想法，所以不可能一一敘述，不只是政治正確的，甚至是對我自己有條理的敘述。所以，才會有二元論、燒灼止血、法文課、屏障、邊走路邊看書——甚至考慮要不要完全放棄當代的法典而以古代的書卷和羊皮紙取代之。要不然，萬一未經調停的力量和情緒在我的意識中爆發，我不知道該怎麼辦。從各種立法與防衛的不平衡，我可以看出，他們，那些反叛者，為什麼一定會出現，或似乎一定要出現。還有缺少聽眾、固執的不屈服，象徵著那些動盪不安的時代的囿於成見。因此潛在問題必會浮現；反叛者無可避免。至於殺人，那是平常的，表示並非蠻橫濫殺，不是因為殺人沒什麼，而是因為數量太多，也因為數量太多所以很快就沒時間殺了。不過，時不時的會有某個越軌的事件發生，讓所有人——「馬路這邊」、「馬路那邊」、「海那邊」、和「邊界那邊」——都免不了停止手邊的事。一件反叛者的暴行會讓你頭昏腦脹，喊著：「上帝喔上帝喔上帝！我要怎麼對這個行動抱持有益的觀點呢？」一直到你忘記為止——當另一邊採取行動也去做一件可怕的事時，你就會忘記了。那又是令人頭昏腦脹的事。那是報仇和反報仇。那是加入和平運動，表現出對社區與社區之間討論的承諾，對那些全部包容的遊行，對真正的、好的公民義務——直到有人開始懷疑這些和平運動和善意和真正的、好的公民義務遭到某黨派或另一個黨派的滲透。然後你就會離開這個運動，不再抱著希望，放棄可能的解答，回到那總是熟悉、可靠、無可避免的想法。所以在那些日子裡，不封閉是不可能的，因為到處可見封閉：我們社區的封閉，他們社區的封閉，這裡的國家封閉，「那邊」的政府封閉，報紙、收音機、電視都很封閉，因為只要傳播任何資訊都會被至少一個黨派認為是扭曲事實。言歸正傳，雖然人們談論著正常，但其實並不正常，因為所謂的穩定早已失控。無論有什麼保留——方法和道德和各種不同的組織開始運作，或打從一開始就在運作；還有，無論如何，對我們而言，在我們的社區裡，在「馬路這邊」的我們，這裡的政府就是敵人，這裡的警察就是敵人，「那邊」的政府也是敵人，「那邊」的士兵也是敵人，「馬路那邊」愛國者的準軍事組織更是敵人，以此類推——多虧了疑心和歷史和妄想症——醫院、電力委員會、瓦斯委員會、水利會、學校董事會、電話人員、和任何穿著制服或易被誤認為是制服的袍子的人，也都是敵人。反之，我們的敵人也把我們看成敵人——在那些黑暗的日子裡，也是極端的日子，如果我們沒有反叛者當我們的地下緩衝，介於我們和這令人難以招架的眾多敵人之間，那在這世上我們還有誰呢？

當然這你不能說出口。這就是為什麼，當時十八歲的我沒有提起反叛者，不願意談他們，隔絕關於他們的這個話題。我想要保持像我想像的那樣頭腦清醒。這也是為什麼也許男友，至少跟我在一起時，同樣不談反叛者，也許也是為什麼他對車子那麼沉迷，如同某些人沉迷於他們的音樂一樣。這並不表示我們不知道，而是我們不知道該如何保持中立。所以，至少對老派的反叛者，那些在多數人最後都死去或入獄之前因為有原則的理由而抗拒和戰鬥，套用媽的話：為「流氓、俗人、野心家、和個人議題」帶來某種優勢，我們必須尊敬他們。因此，是的，保持安靜，買舊書看，認真地思考那些捲軸和碑拓吧。那就是我，十八歲的時候。那也是也許男友。而我們不談這個，不去想，但我們當然也和其他人一樣，受到它日復一日、一點一點的、街頭的影響。此刻，在牛奶工的幫助下，我自己恐怖的狂想和災難性的思考正在預測也許男友的暴力死亡。當然，那不算真的預測，因為這個牛奶工用他的措辭差不多對我明說了：被汽油彈炸死，雖說汽油彈也許並非真正要用的方法，只是一個用來表達意象和效果的例子。因為宗教的門戶之見而殺死也許男友的，也不是由他「那一邊」的同事動手，如果他有同事的話。不是的。就像牛奶工在公園和蓄水庫跑步是為了我而不是為了要在公園和蓄水庫跑步，也許男友會是因為籠統的政治問題而被殺，儘管，實際上牛奶工會是因為對我隱藏的性嫉妒才殺死他。這似乎是這個牛奶工在我們的對話底層所強調的。因此，在這些急切湧現的想法之下——困惑、驚慌的想法，而不是我平常的十九世紀、安全且穩固的文學思想——我不知道該如何回應。我知道如何不回應，那就是去對抗、質疑、要求澄清。那是絕對行不通的。我知道他知道我終究會明白他對我說的話，以及我因為受到社會歷練而假裝他沒對我說的是什麼——那不只是社會歷練而已，也是跟神經有關的事。在公共、草根的層面上，我根本就不應該知道這個人是個反叛者，而其實我也真的不知道。我接受他只是因為在所有不能提及但依然被提及卻同時保有不被提及的假象的事物中，有一種廣泛的「理所當然」，而在此事例中——就是牛奶工是不是反叛者這件事——在祕密情報網中是不可提及的，就是「別傻了，他當然是」。我理應接受這一點，就像我理應接受本地區某些人也是反叛者那樣。不過，最近還有一些不能提及的事物——我自己和牛奶工有曖昧情感，但就算別人不知道，我卻很清楚我跟牛奶工之間並沒有什麼曖昧情感——同樣地，會不會這個男人其實根本不是準軍事組織的成員呢？他也許曾是個投機者，一個空想者，不切實際地耽溺於白日夢者之流，雖然自己本身什麼都不是，卻嘗試，甚至設法，建立起某種神祕的名聲——以此例而言，就是某個高階的反叛者情報員——完全基於他人對他的錯誤認知。有沒有可能這個牛奶工一開始只是袖手旁觀的支持者，那種對反叛者很熱情且抱著幻想，甚至到了瘋狂的地步而開始相信，接著暗示，接著誇口，說他們自己也是反叛者之流？確實有這種事。不定期地會發生。麥××就是其中之一；在牛奶工死後他在本區受歡迎的酒吧廁所內堵住我，把我逼到牆角。當然，他是因為有困難才會自認為是高階的反叛者成員。

麥××可能不會同意這種對他的評價，但我認為這既公平又正確。當我們兩人都十七歲時，他為了要對我採取行動而第一次接近我，結果被我拒絕；並不是我不被他吸引，而是因為我覺得麥××是那種會心懷怨恨且跟蹤別人的類型。他一明白我拒絕他，沒有如他以為會被接受那樣地不被接受，便對我說：「我們會跟蹤妳。」而且繼續說個不停。我雖然想要保持禮貌地拒絕他，但那沒有用，因為「我們會在妳身邊，一直在妳身邊。是妳開始的。妳讓我們盯著妳。妳讓我們認為……妳暗示……妳不知道我們的能耐，所以在妳最沒防備的時候，當妳以為我們不在場的時候，當妳以為我們已經離開了，妳就要付出代價……妳會……妳會……為……」看吧？跟蹤者類型典型的行為，以第一人稱的複數型「我們」來取代第一人稱單數的「我」，就像其他人一樣。關於麥××的另一件事是，他善於說謊。我並不是說他會因為怕受傷害、緊張、驚慌而說謊，如同我即興而發、對牛奶工說出一堆有關也許男友和艾佛，以及增壓器和來自「海那邊」的國旗的那種謊。我說的是，麥××非常善於捏造事實，到了我認為他自己都相信他說的每一句話的地步。這些謊言剛開始是〇〇七情報員的模式，不過，當然我們這裡，「馬路這一邊」，「海這一邊」的人，都不會認同〇〇七情報員的。那是另一件絕對不可以提的事。雖然不是像絕對不可以看認為被他們操控的電視台播出的與我們的政治問題相關的新聞，也不是像絕對不可讀錯報紙——又是「海那一邊」——的那一種，當然也不是絕對不可以有時間在深夜聆聽電視收播時播放的國歌那一種。只不過〇〇七情報員是不被允許的，因為，就像增壓器一樣，那是另一種典型的、代表國家的、「海那一邊」的愛國主義，所以如果你是屬於「海這一邊」，以及「馬路這一邊」，而你卻去看〇〇七情報員的電影，你不會故意說出來，而且說的時候還要把聲音壓很低很低。假如正好有人聽到你說，你就要立刻改口說：「垃圾！哈！完全不是真的！那種事根本不可能會發生！」表示〇〇七情報員，詹姆斯．龐德，穿著筆挺的西裝，根本不可能一下子躺在火葬場的棺材裡裝死，一下子又衝出棺材，為他的國家去打敗壞人，參加每一場晚宴並且和全世界每個最美麗的女人上床。「不可能。」你會說：「他們以為他們是美國人，但他們不是美國人！哈！哈！」如此一來，你就能因為不夠支持八百年的抗爭、與奧利佛・克倫威爾（Oliver Cromwell）*、伊莉莎白一世、一一七二年的侵略†、亨利八世站在同一陣線結果被誤認為叛國賊——而替自己找到藉口。這就是〇〇七情報員詹姆斯・龐德的一般情況，日復一日不被允許的歷史和政治敏感。不過，〇〇七情報員模式的說謊與這個的角度略有不同。這牽涉到用那種愛國、大丈夫的形象，好人、英雄、無往不勝、性感、特立獨行的男性，為了國家的榮耀打敗所有的壞人，只不過在此事例中，在我們的文化中，在「我們這一邊」，誰是誰和什麼是什麼必須要互換。

* 奧利佛・克倫威爾（Oliver Cromwell，一五九九～一六五八），是英國的政治人物和獨裁者，在英國內戰中擊敗了保王黨。一六四九年斬殺查理一世後，廢除英格蘭的君主制，並征服蘇格蘭與愛爾蘭，在一六五三～一六五八年間出任英格蘭－蘇格蘭－愛爾蘭聯邦之護國公。

† 一一七一年英格蘭國王亨利二世是帶領軍艦登陸愛爾蘭的瓦特佛，是第一個踏上愛爾蘭土地的英王。亨利宣告瓦特佛與都柏林都屬與英格蘭所有，並將愛爾蘭的領土賜給他的幼子約翰，封他為「愛爾蘭國王」（Lord of Ireland）。後來約翰繼位成為英王之後，愛爾蘭順理成章地成為英國所有。

在我們這一區，反叛者被認為是好人、英雄、有榮譽感的人，傳說中英勇的戰士，以少敵眾，出生入死，為我們的權利挺身而出，像游擊隊那樣，不顧一切。本區多數人，即使不是全部人，都這樣看待他們，至少在一開始的時候，那是在理想主義者死去後我們對新的類型——那些耍流氓的反叛者——有愈來愈多保留之前。隨著這種巨大改變而來的，是「我們馬路這邊」的非反叛者和不是非常政治的人必須面對的道德困境。又一次，這種困境出自於內心的衝突、道德的含糊不清、和難以完全接受的事實。這裡的約翰瑪麗們都努力要在本地政治問題可以容忍之下過著普通的文明生活，但他們感到愈來愈不安，不再確定我們榮譽捍衛者的戰鬥方式是否合乎道德正確性。這不只是因為死亡和日益累積的死，也因為傷者，被遺忘的傷害，因反叛者運作成功而導致那麼多人的痛苦。而且隨著反叛者的力量和被認為的力量增加，約翰瑪麗們的不安也跟著增加，而另一邊——「馬路那邊」，「海那邊」——也跟著變本加厲，著手他們版本的破壞。還有將個人私事公諸於世的日常事件，以及本區反叛者制訂他們的規則，他們的法令，他們的條例，加上對任何他們認為違反者的懲罰。被痛毆、烙印、塗柏油並黏羽毛、失蹤、黑眼圈、或全身瘀傷的人們走來走去，少了前一天確實還在的某根手指或腳趾頭。還有臨時法庭，設在社區的臨時營房裡，有的也會設在沒人使用的建物內和對反叛者特別友善的人家的屋中。我們的反叛者有無數的方法為他們的目標徵收基金。最重要的是組織的妄想症，他們的檢查、審問、和幾乎總是會派出的告密者和可疑的告密者，但在約翰瑪麗們因這種內心的矛盾感到不安之前，反叛者幾乎已建構出全社區的人都認同的高貴戰鬥者的形象。不過，對於這些準軍事組織的追隨者而言——這是某些女生和女人無法了解和接受的道德衝突概念——加入反叛者的男性不僅象徵他們是優秀的男人，無懈可擊的強悍、性感、和充滿大丈夫氣概；而且透過與他們的關係，這些女性可以增進其社會和事業的目的。這就是為什麼在反叛者的附近總是可以找到女性人口：經常造訪反叛者流連的場所，居住在反叛者的圈子中，鑽入反叛者的蛀牙裡，而如果她們在區裡或區外被看到搭在某個不知名的男性身上，你可以拿你的祖母和外婆來打賭，這個受到如此大力愛慕的男人必然是一個反叛者。對這些女追隨者而言，這些男人是不是真的為他們的信念奮戰並不重要，重要的是他們這些人應該是在本區可以發號司令、叱吒風雲的人。他們不需要是準軍事組織成員，甚至不需要幹非法勾當，可以是任何人。有趣的是，在這個時期的結構下，那些由極權主義管理的飛地（enclave）＊，都是由準軍事組織的男性成員統治的，而且他們說了

＊飛地（enclave）是指被包圍在一個國家境內、和本國其他領土不接壤的地方，或某個國家境內的一個地區，主權屬於另一個國家。

算。當然，雖說社區之間不見得都可以接受——就像那些變裝的搖滾巨星、電影明星、運動明星、以及現在那兩個跳國標舞的冠軍夫妻——但那些準軍事組織成員在各自的地區內都相當於當地的名人，和那些被雙方邊界接受且更有名的名人差不多。對女追隨者而言，這些人就是詹姆斯·龐德，雖說不是為那個國家服務的詹姆斯·龐德。這個像〇〇七情報員那樣難以抗拒、無法壓制、超人、風流瀟灑，尤其是任何一個願意為自己信念而死的人——而也剛好這些人正好是反叛組織的高層。至於這個信念——所有「馬路這邊的我們」，「海這邊的我們」，和「他們的國旗不是我們的國旗」等等——嗯，再說一次，就個人的、基本的、動力和誘因而言，這些女性追隨者根本不在乎。而且也不見得都是關於生命中美好的事物。不一定總是美好的衣服、美好的珠寶、美好的購物、美好的晚餐、美好的聚會或祕密保險箱裡有大筆鈔票，全都等於美好的時光，優越的人生，和快樂的生活方式。通常，至少在以前，那些盡心盡力、難以追蹤、冷酷無情的老派反叛者的時光，沒有多餘的錢可以用在提高個人地位上，因為所有的錢——非法的、極非法的、和十分非法的——真的都必須花在信念上。因此，根本就沒有個人的物質收益，而且老派的反叛者對這些似乎也不感興趣。所以那些女追隨者所關切的，代表她真正可以得到的，是變成那個男人的那個女人這種珍貴的地位。他必須是領袖，頭號人物，那樣她就可以變成頭號附屬品。如果頭號附屬品的地位已經被占據

——可能是因為某個迷人的女追隨者正好搶先她一步——那她就是頭號附屬品的候補者——雖不是很有權力的關聯，但至少有可能成為隨從，而且不會完全無望。假如他已經結婚了，這個男人中的男人，戰士中的戰士，而他太太又沒什麼影響力，——例如不是女反叛者，隨時準備殺掉想要接近她丈夫的女人——那就沒關係。所以說女追隨者很樂於成為另一個女人，成為情婦，因為這是有保證的地位，還可以得到獎品和榮譽。那些「快速、令人屏息、令人振奮的叛徒」——再次套用在我媽指控我是個反叛者女追隨者時所用的形容詞——就是這些女人希望可以透過他們實現其夢想的男人。

所以她才仍然來找我。我母親。來責備我。來斥喝我，來命令我不要再當一個那樣的女人，雖說我根本就不是。在我和牛奶工只見過兩次面後，說我開始把自己置於追隨者的領域中，敲著門想進入那個強勢組織中的話就傳開了，甚至還說我滿懷野心、希望、和夢想。媽繼續警告我，絮絮不休地要我清醒過來，說這些男人並不是電影明星，這不是什麼虛構的情節，不是浪漫熱情的範本，像我所讀的那些古老故事書中那樣愚蠢，而我又每天幻想不止。「但她說，這是我用有創造力的元素天真地塑造出一個不受羈絆的男人讓他成為我的情人。「但是，女兒，」她說：「那些書裡面沒有說的是，妳沒有看到他的真面目，而是看到妳想要看和妳想像的樣子。」雖然她補充說，她自己並不守舊，並不無知，也並沒有完全忘記她年輕的時候，所以她當然可以理解那種令人暈眩、頭昏、和極端刺激的誘惑。然而在現實中，我不僅想要抓住愛情，她說，以一種不像淑女的迫切、搔扒、和偷偷摸摸的方式，而且我有可能陷入謀殺者附屬品的次女性世界中。「說到底，」她說：「那些黑暗的冒險——探險者、救星、不法之徒、魔鬼——無論他們選擇哪個吸引人的名號——都是反社會人格障礙者，甚至可能是心理變態。就算他們不是吧，」她又說：「他們那種好戰的個人主義和專一的心態，都讓他們很有資格從事他們的運動，但這種心態和個人主義卻讓他們與這個世界格格不入。」沒有朝九晚五的工作，她說，沒有個人關係，沒有家人的期望或家庭義務，甚至沒有一般的壽命。「所以不該跟他們混在一起，女兒。總之，一個好女孩，一個正常的女孩，一個有道德且了解什麼是文明可敬的女孩，會立刻離開那裡，甚至絕不會進入那裡。」她還提了另一件事，她說我甚至沒有**正確地**進到那裡。這也就表示我又要回到討論婚姻和誓約的話題。看起來就在此時此刻，當她試著要勸我脫離那些迷信又危險的革命分子的時候，她還是沒辦法控制自己從婚姻面去看事情。她的意思是，我沒有**體面地**進入那裡，我不是某人的妻子，如果我真覺得自己一定要攀上一個反叛者，那我總該嫁給他而有個正式的名分吧？那樣我就可以被接受。「雖然天曉得，」她說：「當一個人妻並不是一件容易的事。必須常常探監，上墳，被敵方的警察、士兵、同樣是反叛者的太太和那個丈夫的反叛者同事監視。事實上，整個社區都會監視。」她說：「確保她的忠貞。確保她不亂來，她不會以她的行為侮辱她的丈夫，而是好好守規矩。所以嘛，」她說：「那不是很容易過的生活。相反的，那一定是費神、傷害、又非常寂寞的生活。但是至少她在那裡面，女兒。已婚，有登記過，保住名聲，而且當他最後死去或被抓去關時，她還得照顧她自己和她的孩子們。」相對的，根據媽所言，選擇女追隨者的道路，我會毀了她對我的的栽培——把我栽培成一個某個男人某天會想要的一個可敬的女人。我貶低了自己，她說，也毀了任何成為「被玷汙的東西」的可能，甚至是降低在追隨者中的尊卑順序。「到那時妳就受夠了。妳已經毀了自己，毀了妳所有的機會，所有的機運——究竟為了什麼？」她搖搖頭。「那些女追隨者沒有合法地位啊，女兒。」她警告我。

最後她以尋常的一段話結束她的講道：「記住我的話，妳以為妳是兩者兼得，相信這會讓妳充滿活力，以為平凡的生活很無聊，以為我們其他人都很無聊，但有一天妳會看清事實的，女兒，無論妳願不願意。平凡並沒有什麼不好，嫁給一個普通人，履行一般人生的義務。但我看得出妳是被閃光催眠了，被裝飾品、金錢、次文化、被接受、被妳自己的青春和妳的不成熟給遮蔽了雙眼。但結局會很糟的。」她說：「妳會變成一個空殼，被他塑造，被他控制，所有的力量和活力都被掏空、吸光。妳會茫然無依，會迷失，會向下沉淪。至於他所做過的那含糊的事情，他所做的，那一切——那又是什麼呢？那含糊的事情，所有他在的準軍事組織生活方式中讓他去做的事情，到底是什麼呢？——妳不會記得的。妳會故意記錯，而且奇怪的是我到現在才看出來，就是妳愈長大，我愈覺得妳就像妳的父親，無論是他的情緒或他的心理狀態，他毫無信仰，女兒，他會被那陰影所吸引，似乎妳也一樣。」

就那樣。那就是她對我說的話。我不再是個拒絕結婚的惡毒老處女，現在確定是個沒有連結、游離的、放蕩的女人，但她的話，既侮辱又藐視人，並非因為她女兒誤用了有創造力的素材，而是因為她自己誤用了有創造力的素材；她也把我最近和牛奶工的流言傳達給我，而這同時也順利地讓流言持續存在下去。對於牛奶工——就如他們所有人一樣——對此，她又是一個知道答案的人，所以不問問題，我可能會如何回答也不感興趣。也不是說我會回答或會急著想對她解釋我並不是牛奶工的。她上次罵我「說謊」的侮辱到現在仍刺痛著我，而我上次的沉默也無疑仍令她怨憤。她只會把話一股腦說出來，而我會拒絕承認這些話帶給我的衝擊。不過，這些話確實帶給我衝擊，也讓我開始認知到本區人對我的態度。而且不只是去留意本區的流言而已，也要注意他們更進一步、更新的說法。那就是本地準軍事組織的女追隨者現在也開始留意了。接下來決定出擊的人就是她們。

那發生在一天傍晚，有六個人在本區最受歡迎的酒吧廁所內找上我。她們把我圍住，並注視我在鏡子裡的臉。其中一人問我要不要來一片她的口香糖。另一個要我試用她的唇膏。第三個直接把她的雅詩蘭黛遞給我。她們很友善，或假裝很友善，而我接受她們的友誼或假裝的友誼，沒有別的原因，只因為我很害怕，需要一點緩衝的時間。

「我喜歡有個強悍的男人在身邊。」看起來最年長的那個說，就是把香水遞給我的那個。她站在洗手台前，就在我身旁，對著鏡子裡的我說話，然後才把目光轉移到她自己。她注視她的乳溝。似乎很滿意。調整一下。再調整一下。似乎更滿意。「一個危險的男人。」她說：「很有男子氣概，非常，必定是的，喜歡那種東西。」當她邀鏡中的我同意時，另一個插嘴了。「可是追求極端，單程車票，不改變心意，沒有走開的選擇，我的意思是那些生和死和英雄主義。」她說：「別忘了。」「那一直都是擲骰子的遊戲。」第三個說：「必定是的，因為無論有預演、每一點的預習，每個人都知道他會有鬆懈的一天，而那鬆懈的一天就是他的最後一天，不過嘛……」她沒把這句話說完，接著——「一般男人，」另一個說：「是做不到的。就連一般的反叛者也做不到。」「是的，而且妳總是會有點害怕，對吧？」另一個站在後面的人說：「有點著急，覺得妳跟他共度最後幾個小時，覺得萬一某個任務出錯了——那就是『砰！』那就是『碰』！太慘了！——他倒下來，他死了，或是他面對無期徒刑。似乎你必須為此訓練，必須為此而保持機動。」我當下才了解對準軍事組織的追隨者而言機動是什麼意思。「讓他知道他對妳的意義有多重大。」她們說：「要打扮得漂亮。打扮得時髦。一定要穿洋裝，不要穿長褲。穿高跟，別忘了——還有配戴首飾。絕不要讓他失望。絕不要自己一個人到酒吧。絕不要和另一個男人到舞池去跳舞或發現自己單獨和另一個男人開始打情罵俏。絕不要考慮另一段關係，就連也許的關係都不行。要尊敬他，讓他驕傲。說話不要大嚷大叫，不要洩密，也不要問問題。要心懷感激。」她們說罷就離開了，然後我開始意識到她們在幹什麼——指導。這些女人，在這間廁所內，她們對我表示歡迎。

在我能夠想出一個回答或在那一刻知道如何想出一個回答之前，她們已經回到她們的冒險和刺激，回到為何那一切都是值得的。「那種活力，」她們說：「那種尊重，那種隨從。那種自信、夢幻、重要的男性氣質。那是自然的力量，他們可以掌控，他們持續掌控，他們讓每個人都乖乖聽他們的話。」聽這些女人說話，我理解到不僅一般男人沒能耐成為反叛者，而且一般女人顯然也沒辦法跟上，當一個反叛者的女人。「會受不了。」她們說：「會渴望那種生活方式，但會受到壓抑——會感到非常、非常害怕。一般女人，」她們說：「乖巧、普通、乏味——她沒辦法那樣過活。」她們說：「她們喜歡遲鈍，不敢賭博，害怕冒險，一生充滿瑣碎的工作和俗世的男人，不要高水準、驚險、在混亂中發號施令、難以預測的男人。這些女人生活在安全的泡泡中，朝九晚五、有尊嚴的泡泡。但是當妳能夠有權力的刺激，有控制的刺激，甚至殘忍的刺激，誰想要讓人沉睡的泡泡？所有那些逐漸地、悄然地、難以察覺地進步。」她們說：「那種突然撩動情慾的驚慌，妳不喜歡嗎？」

所以媽錯了，錯得離譜，因為聽這些女人說話，這些奇特、自滿的女人，顯而易見的她警告我的一切，關於她們被蒙蔽、她們的含糊，她們沒有意識到她們的情人所犯下的種種黑暗的行為，似乎反而是吸引這些女人追求的必要條件吧。並不是她們無法面對現實。我認為，比較像是逃離放大鏡的檢視，並瞪著它看。而那個被廣為宣傳的女人——誤認了壞男孩、把壞男孩當做好男孩、並努力想要改變某個被社會誤解而不是真心要製造混亂的男人——顯而易見的，這些女人並不是那個女人。這些是真心喜歡玻璃破碎聲的女人。

然後她們說了我的名字，我的名，因此避開了接口而越過界。我就站在她們之中，雖然到現在為止我一個字都沒說。當然，如果有人在這時候進入廁所看到我們的話，表面上看起來也並不像那樣。的確有幾個女生進來，看到我們——望向我們，然後很快移開目光。我就常常那樣做，我以前就是那樣，每當我碰到這些追隨者，或任何女追隨者，在這間酒吧裡，在別間俱樂部裡，在這些完全相同的廁所內，或任何區域的任何地方。我會看一眼，別開目光，轉身走開，因為這一類型的女人，在我看來根本就是瘋了。我認為她們是異類，是外星人，以旁人無法理解的電流在運行。我不僅不像她們，而且我堅決認定她們遠在我之下。那不只是我的想法而已，因為，假如她們曾是本區準軍事組織偉大英雄的性附屬品，很久以前她們就已經被視為是心智嚴重受損者而遭到孤立了。危險的前兆。她們有奇異的熱情，尤其是充滿全身的性熱情。我毫無疑問地深信，對我而言她們的生活方式就是一種詛咒。然而，十八歲的我，絕不會承認我對於性還有很多不了解的地方。這些女人——透過她們的外表、她們的話、她們移動身體的方式——以及喜歡別人看她們移動身體和她們的行為——對我呈現某種沒有結構且難以控制的性愛威脅。但是，我是否有可能在十八歲之前，就意識到性巨大的隱藏含義帶來的困惑以及在面臨到性的矛盾時感到不安呢？難道我就不能停在那種「和也許男友去過、做過、有過、所以已經知道一切」的層面嗎？無論如何，至今我和也許男友初階又有限的性經驗來說，我會對此一無所知嗎？？十八歲的我，當然應該被允許再多想一些吧。

所以，要我承認我可能在某個門檻上，將要再次看到那種場面——就像此地的政治問題和我與也許男友的也許關係——即將面對人生的含糊不定，我還沒準備好。這些女人繼續說著——談她們的行為，她們的肉慾，談她們因為能激起性慾所以訓練自己不抗拒的痛苦，因此她們總是可以樂在其中，因此總是痛苦便是一種樂趣；她們也談她們的辛勞、出神、無法自主行動；還有快速的心跳、皮膚的振動、永遠都處於亢奮的狀態——說到最後，我身體的主控中心已經受不了了，就像三姊夫每次運動都會喋喋不休時一樣，我把自己關機以擋開她們的話。之後她們不再說這種沉迷的談話，轉移到「妳的頭髮很漂亮」這讓我嚇一跳，因為那並不是真的。我的頭髮一點也不漂亮。但她們又說了一次，補充說我的頭髮就像芙琴妮亞・梅奧（Virginia Mayo）或金・露華（Kim Novak）的頭髮。*這種顯而易見的虛假並沒有讓她們退縮。現在又加上「妳看起來像《窗戶裡的女人》（*The Woman in the Window*）中的瓊・本內特（Joan Bennett）。†」又來了，我根本不像。但她們繼續往下說，讚美我，包括說我是她們的其中一員，試圖和我親近。這讓我理解到，在她們的眼中，我必然已經是他的人了。如果還不是，那在她們的內部情報、她們的氣壓計、甚至只是她們對這類事情的情感認知上，必定已經指出不久後我就會是他的人。她們圍住我，給我指導，不是對手，而是密友，想要知道在階級制度中她們是否與我同等。因此，她們不斷保證，我從頭到腳都像某位她們認為我會想成為的黑色電影明星。

* 芙琴妮亞・梅奧（Virginia Mayo，一九二〇～二〇〇五）和金・露華（Kim Novak，一九三三～）都是美國四〇到六〇年代的美女明星。

† 瓊・本內特（Joan Bennett，一九一〇～一九九〇）是美國舞台劇、電影、和電視演員，曾拍過七十幾部電影，包括小說中提及的《窗戶裡的女人》（*The Woman in the Window*，一九四四）。

現在說到我的顴骨了。我的臉頰像艾達・盧皮諾（Ida Lupino）。我和葛洛莉亞・葛拉翰（Gloria Grahme）都很有料。還有薇若妮卡・蕾克（Veronica Lake）和我。莉莎白・斯科特（Lizabeth Scott）和我。還有安・陶德（Ann Todd）和我，珍・泰妮（Gene Tierney）、珍・西蒙絲（Jean Simmons）、艾莉達・華利（ALida Valli）。她們都像小女孩，穿著打扮像電影明星，像致命女郎，而現在我也受邀一起扮演。「我們應該坐在一起。」她們說：「妳來和我們一起坐。任何時候，只要妳高興，離開那些和妳在一起喝酒的朋友，來和我們一起坐。」然後她們離開了，但離開前拋下一句：「給妳——但要等到妳在室內時才能用。」那是一顆藥丸，一顆發亮的黑色藥丸。小小胖胖的，中間還有一個小白點。她們伸手遞給我這個，而我攤開手接受了，彷彿毫不意外。不只如此，彷彿我已經變成其他所有人都認為我就是的那個人。

然而，在這個追隨者最受歡迎的酒吧廁所內聯繫感情的事件之前，也在我意識到是哪個有權勢的反叛者派他的追隨者來堵我之前，麥××，我的業餘跟蹤者，似乎就已經聽說了我立志成為準軍事組織的追隨者成員，所以認為他有機會試著用他新的愛情發展計畫來追我。這個計畫是他在第一次追我被我拒絕後，第二次嘗試的一部分。這一回他全力以赴，希望當他向我表露他真實的自我時——他認為我有談戀愛的野心，而且不是和隨便一個反叛者，而是一個最高階、最傑出的反叛者——我會想，喔，天啊！他是他們其中一人！是的，拜託，我願意。到此刻為止，麥××在本區以熱烈支持反叛者而聞名，而且他來自一個根深蒂固的反叛者家庭。不過，他成了狂熱派的類型一陣子之後，結果成為另一種類型，就是自認為是個反叛者的那一類，也就表示，當他第二次對我採取行動時，我第一次拒絕他就犯了一個錯誤。他說，雖然在我第一次拒絕他的情況下他說了許多跟蹤者的話，他說的「妳等著瞧吧，妳這隻髒貓，妳會死！」並不是真心話。他說他希望我沒有誤會他，而是知道真正的意思，接受他說的話只是表達想和我在一起的欲望。現在，在他仔細思考後，他說，現在是時候向我透露他一生中最祕密的情報了。現在是時候對我說他是反叛者，是真正的愛國志士，是那些謙卑地願意為你搏命，為革命犧牲一切，為了原則，為了國家的反叛者之一。他相信我看得出來，這回他的話對我產生一些反效果——是有利的，好的——尤其是我自己有兩個哥哥都是反叛者。不過，與他所說的和謠傳大家都知道本區誰是反叛者誰又不是反叛者但卻絕口不提的情況正好相反，我先前並不知道我有兩個哥哥是反叛者，直到其中一人的棺材被披上「邊界那邊」的旗幟，而送葬隊伍又沒有朝平常的公墓方向走，而是朝反叛者平常的墓地走，然後三個穿制服的反叛者不知從哪裡突然出現，在他的墳墓上方進行了一輪掃射。那真是出乎我的意料，而接下來同樣出乎我意料的是當我後來詢問關於兩個哥哥這方面的事情時，我才發現，我母親和所有的兄弟姊妹，包括小妹妹們，都知道二哥和四哥曾是反叛者，雖然沒有人對我的不知情表示同情或耐心。因為我有意在邊走邊看書這件事情上裝糊塗。他們說，這並不意外。至於麥××對我洩露他的祕密，那其實很尷尬。明顯的，他並不是反叛者，而在他瘋狂的發熱中，他只是自欺欺人。可是他繼續往下說。前一分鐘他是真的準軍事組織成員，下一分鐘他是軍事組織最高階層受尊敬的顧問，他這樣說的目的是要我折服於他性感英雄的身分，在為時已晚前我可以跳進他的懷抱中。他說，或者是誇口，自以為是，說我和他口徑一致，說他發現保持鎮定很重要，當你出去行動時無論發生什麼事都要保持信念。「我們會有不順的日子，」他說：「而那不順的一天可能就是我們的最後一天。一般人，你知道，就算是一般的反叛者，」他聳聳肩說：「不可能總是安然度過。我們免不了會有點脆弱，有點緊張」——說到這裡，他說了我的名字，名——「只是為了預期，」他繼續說：「我們有這種感覺，就是我們還有幾個小時可以活，因此有三個選擇——我們會活下去，我們會死，我們會受傷，我們會失敗，國家會把我們抓起來。」這根本就是五個選擇。我決定不糾正他，因為那會鼓勵他說下去。「當我們拿生命作賭注時，」他說：「我們就會明白生命有多美麗。」他繼續用這種謙遜的誇口，不外乎關於「心理的驅策」、「鋼鐵意志」、「超人的耐力」、和「一種正常生活方式的獨特犧牲」。不過，由於沒有語境，我只能把他的話當作耳邊風，就像最近我已經在本區歷經過好幾次那種經驗。「妳知道，對我們而言，」他又說，繼續以第一人稱多數來稱呼自己：「以及對我們的家人而言——雖說我們也認為還有對妳的家人而言——軍隊的生活就跟吃東西、呼吸、和睡覺一樣重要。但妳不能質疑我們」——說到這裡他真的舉起手制止我發問，同時一直盯著我看，強調我們相關聯，彷彿我們真的在一起，彷彿他對我說他在準軍事組織－叛軍世界中的位置，就是討我喜歡。只不過並沒有。他沒有讓我折服，沒有討我喜歡，而且他也不是反叛者。就算他是吧，就算他說的真的既浪漫又感性得讓我高興，他仍然只是麥××，像平常一樣說著○○七模式的謊言。

是沒錯，他與反叛者的確相關。他父親，還有他的大姊與大哥，在他們死以前都是反叛者。但如果你自己不能為你的信念採取行動，你就不能將你爸爸做過的，將你大姊做過的，將你大哥做過的，當作你的功績，更別說永遠都是準軍事組織堅決反國家的大本營。因為你的血緣關係，你也許暫時會有緩衝，引起一點注意，得到一點過濾後的尊敬。尤其是造訪本區、尋找歷史的人，那一種人可能會覺得你很厲害，甚至對你感到敬佩，因為他們是能知道什麼？但是本地人就比較清楚了，而事實是，這些狂熱發瘋的支持者，明明不是準軍事組織的成員卻會以為自己是，他們因為自我炫耀而和每個人疏離。那就是麥××真正的位置，而他卻不自知——因為巴拉克拉瓦頭套（Balaclava）＊到處都買得到——他非常好懂。據說他炫耀自己是超級英雄自由鬥士的吵鬧聲實在太大，讓反叛者他們現在更想干預。此時，儘管我之前已經拒斥過他，他又來找我了，而且這次開始新的話題。他說由於我有反叛者血緣的關係，他看得出像我這樣的人才會了解，很快他就必須跑路了——像我四哥以前一樣。那很令人厭煩。起初我又一次保持禮貌，想著要等多久的時間我才能說：「我現在必須走了。」這些人總是認為你很蠢，認為你看不出他們覺得你很蠢。而且，他們不把你當成一個人，而是某種暗號，某個無價值的人，存在的唯一目的是去反射他們自己，帶給他們榮耀。他們的讚美和殷勤也很怪異。他們行為不當、鬼鬼祟祟，精打細算，貪得無厭，尤其是不久之後——或以我的例子而言是不久之前——你知道他們會出言侮辱你，對你暴力威脅，威脅死亡，和說出跟蹤者的其他各種言語。因為他們自己不夠聰明，他們認為他們看到你走過來，其實是你看到他們走過來。問題是你要保持善良的態度，還是要像打蒼蠅一樣把他們拍開。但我很有禮貌，因為麥××家裡還有人死，最後的幾個月前才剛發生。這兩人的死，他家幾乎成了本區家中有最多人死於暴力的家庭，除了我從小學就認識的最久的朋友，除她之外——她全家人都死了。不過，可憐的麥××。顯然他親人的死影響了他，讓他有點失常；他像這樣瘋瘋癲癲的，跟他們的死一定有關。第一個是他父親，接著是他大姊，然後是他大哥，全都在過去十年相繼死於反叛者的行動中。接著是他家裡最討人喜歡的一個，他的二哥，那次在過馬路時慘遭橫禍。那次意外過了兩個月之後，有一天們家的老四，仍然因原子彈而心不在焉，也死了。藥丸、酒、一個塑膠袋套在他的頭上，留下一張震驚所有人的字條：「我會這麼做，都是因為俄國和美國。」那之後，那個原本有父母和十二個兄弟姊妹的家庭，現在只剩麥××、現在已經精神失常的母親、他的六個姊妹、和才三歲的弟弟。但不能怪我不覺得他有吸引力。你不能只因某人家有很多人死而同情他就跟他出去，你不能那樣做，尤其是打從一開始，打從你第一次見到他們時，甚至在跟他們有任何互動發生之前，你就覺得他們不知怎麼的讓你感到不舒服。起初我為自己感到不舒服而內疚，但自從我第一次拒絕他，他對我以死相逼之後，我就不再感到內疚了。接著，在我第二次拒絕他之後，他說因為「我們的反叛者關聯」我們「就像親屬一樣」，又提到「我們的關係」，而我們根本就沒有關係，讓我意識到他把我的兩次拒絕當作接受，彷彿那是我們頭兩次的約會一樣，更讓

＊巴拉克拉瓦頭套（Balaclava）是一種戴在頭上只能露出臉的一部分的衣物。一八五四年英國騎兵在戰爭中佩戴這種頭套來禦寒。巴拉克拉瓦頭套現在也多用於警察執行的反恐任務中，它可保護頭部，也能遮其面貌。此外，這種頭套也常用於街頭犯罪、非法遊行、占據等。

我下定決心不要感到內疚。至於他說的這堆跟蹤者的話，他確信我們兩人有關係，以及我們成為一對的未來，都讓我難以想像這世上有這種脅迫、幻想、偏執、胡言亂語的人可能立刻從脅迫、幻想、偏執、胡言亂語中恢復正常，而不是像沒有明天那樣走回頭路，陷入阿諛與晦澀中。當麥××從一個遠比他更有脅迫性、更有跟蹤能力的人那裡得知，牛奶工對我有更進一步的興趣時，他就是那樣。

現在，在麥××停止他的浪漫敵意之後，我站在這個牛奶工身邊，我的想法輕易地變成驚恐，而且我手中捧著的死貓頭對此也毫無幫助。在我們的互動中，我完全沒有提到這顆頭，也沒看它一眼。他似乎也沒看它。然而我知道他很清楚那是什麼。他可能仔細觀察我之前撿起貓頭，走回頭，往前走，我的猶豫不決。我也確信他看著我把貓頭包在手帕裡，拿起來，可能也猜測到我有意把貓頭帶到尋常墓地的想法。不過，就如我對此一語不發，他也一樣不發一語，彷彿在一個夏天夜晚九點四十五分時在一個從來沒人站過的地方站在一個拿了一顆死貓頭的少女身旁，跟她談論要取她有也許關係的男友的性命，是一件沒什麼大不了的事。他的出現和他的話對我有相當的作用，怪不得有一瞬間我忘了手上捧著貓頭。但只有一瞬間，因為接著我就想到了。當牛奶工又張開口想要說那些我知道會引起我緊張的話時，我原本一直緊握著手帕的雙手，開始慌亂地摸索著布料。我的一根手指摸到一顆長的門牙。在困惑中，我想像那顆門牙是要穿過布料咬我的手指。又在這一瞬間，我的脊椎又發麻了，就像之前在教室裡一樣不自然的方式。接著我的雙腿開始顫抖，腳筋的電流向上滲透到我的大腿和脊柱。然後我的腦袋自由聯想起那些蛆——鼻子、耳朵、眼睛四周一團團的蛆，而現在他又開始說話了。這一回他不再談要殺掉也許男友的主題，其實他並沒有明說謀殺，一切都只是暗示而已。這個男人年紀比我大很多，比我篤定，而且儘管顯得從容冷淡卻不浪費力氣，現在又來提議要我搭他的便車。

一如我們第二次在公園和蓄水庫碰面一樣，他再次說他不高興，說在這地方四處走動——市中心、社區之外的任何地方——會對我不好，對我會不安全。他又說希望我記得接送我對他而言並不麻煩，無論是他自己，或他忙碌時讓別人來。他已經跟其他人說過了，他說，在他自己忙不過來時別人會來協助我。接著他再次提到我的工作。不要擔心，他說。他會讓我安全到那裡，然後，在一天結束時，會有人來接我。我可以省去搭公車的麻煩，那些公車會陷入每一場暴動和交火中，加上我也可以省去所有每天搭公共運輸的煩惱。又一次，這都只是建議，他繼續用友善、禮貌的口吻說話，不讓我走路，不讓我跑步，不讓我見也許男友，卻像是在幫我的忙。我並沒有明顯感覺到他太超過，所以也許我又一次誤會了，他並沒有太超過。然而，當他繼續往下說時，而且雖然我很困惑，我卻知道我絕不能上他的車——這是重要的底線。比起這最後的門檻，其他一切似乎都被縮小了，彷彿只要越過界，上了車，就象徵某種「結果」，同時也象徵某種「結業式」。這時候，我繼續站在原處不動，在這個一切都是假裝且不明說的境界中，也在這個地方，任何人都不應該只是趕快通過，而是應該要在一開始就應該要特別注意不應該闖進來的地區中。可是我已經在這裡了。而他也在這裡。而且到這時我的情緒已經激動到快要精神崩潰的狀態——崩潰到我可能會突然說：「不要！」或「滾開！」或我可能尖叫或把那顆貓頭拋向——誰知道？——扔向他。結果是，其他人出現了。

他們不算是出現，因為他們原本就等在那個區域裡了。這令我驚訝，因為這個地區的名聲——黑暗藝術、巫術的傳聞、法師的故事、惡鬼的謠傳、生人獻祭的謠言、十字架倒放的恐怖故事；更不用說比起現實的這些問題，最根本的就是國家安全警力的黑暗操作以及一般認為他們對大眾的欺騙——代表著多數人為了要從甲地到乙地會快速通過這個十分鐘地區，不然他們就會儘量避開。我自己竟會走進此區，手裡握著一隻被納粹炸彈炸死的貓頭，和一個邪惡的男人說話，就證明了十分鐘地區不是正常的。但這些人也在這裡，一共四個人。而且看起來他們原本是隱藏或半隱藏的。第一個人從一家店的凹處站出來；這家店現在已經關了，因為現在是晚上，而不是因為這裡很陰森所以這家店本來就不該開。他從陰影中走出來，看了我們幾眼，然後望向別處。然後他站在那裡，不理我們，只是他為什麼站在那裡呢？接著另外兩人分別從那兩座離我們不遠的廢棄教堂裡走出來，他們同樣看了我們幾眼。接著他們也站著不動——三個人都站著，期望，等待。他們彼此也有一點點距離，而牛奶工和我就在另一端。起初我很怕這些人是便衣，在那裡埋伏，要射殺牛奶工，那表示他們也會因為我和牛奶工有關而射殺我。然而，從那三個人之間的金屬三角電流的流動來看，我察覺到從他們到我們之間傳達一種更進一步的連結。那就是，他們是一夥的，這三個人和牛奶工。就在此時，第四個人也是最後一個，從我身旁走過，嚇了我一跳，因為我沒看到或聽到他靠近。他從離我只有幾吋之遙的地方走過，沒有看我或牛奶工，也沒有任何表示。這又嚇了我一跳，因為當我轉身面對牛奶工時，發現他也走了。

他已經離開了，而我不知道為什麼我會因此嚇一跳，因為這個人在場一點也不能讓我安心。那是因為他每次都可以在毫無防備之下的猝然舉動。我自動望向後方，往市區的方向，也是第四個人前行的方向，看我是否會看到牛奶工跟他一起離開。他不可能是朝另一個方向走的，不然我一定會看到他朝那另外三個人走過去。就在此時，那三個人也選擇從我身旁走過。雖然他們個別行動，我仍繼續感受到他們的合作和一個共同的計畫。他們都是一夥的。

他們四個。他們五個——這一點我很確定——不久就會在同一個地點會合。

妳瘋了。

在牛奶工離開之後，我又一次自言自語。他和其他人，假裝不是同一夥人，個別朝市區方向走去。現在我單獨一人，開始朝另一個方向前行，離開這個十分鐘地區，想著不准跑步的威脅暗示，不准走路的威脅暗示，以及尤其是用汽油彈殺人的威脅暗示。加上我手裡仍握著那顆貓頭。時間剛過十點，只剩下最後殘存的一點日光，所以我已經不可能把這顆貓頭拿到平常區域去了。在黑暗中一切都不一樣，但就算最後一點日光足夠讓我看清楚路進到那裡面，讓我到後側，在那些古老的墓碑和草叢中；就算這最後的一點光線足夠讓我找到一個地方把那顆頭埋起來，像我最初打算的那樣，現在我卻覺得，雖然牛奶工已經見過我並給我他最新的命令和期望，牛奶工仍然可能從某個吸血鬼的墓碑後方出現，執行他最後一部分的計畫。我現在已經知道，他對我有個計畫，一個可行的目標。因此我不可能到墓園去。然而，我真的想把那顆頭帶到某處去。我想找到一處樹葉茂密的地方。某處綠地，當然，公園和蓄水庫那裡有不少綠地。不過，就像這個十分鐘地區一樣，公園和蓄水庫最好不要去，尤其是晚上。再說，為什麼要把一顆頭從一個黑暗的地方送到另一個黑暗的地方去呢？就算我設法把心一橫，進去公園和蓄水庫，把頭埋在某處樹叢裡或藏在某個枝葉茂密的地方——尤其是現在他們深信我和這個牛奶工有關聯——他們一定會把它挖出來看是什麼東西。所以那邊的綠地是不管用了。但還有別處綠地。兩座廢棄教堂四周的草叢就是綠地，可是卻令人沮喪。再說，那還是在十分鐘地區裡。有花園，別人家的，因為我們家沒有花園，那就在我回家的路上選擇一處枝葉茂密的花園，偷溜進去，把它留在那裡如何？到這時這個計畫的發展已經變得過於複雜和令人煩躁了，意味著我想要放棄，雖然這並非我的本意。即使在牛奶工出現之前，我的本意就已經一點一點消散中。從我在市區裡離開老師和同學，開始走出市中心朝我的地區走的那一刻起，我就感到受到壓制，感到那潛伏的「沒有意義。有什麼用，有什麼意義？」向我襲來或在我心中建構。就在這種猶豫和氣餒之中，還有責備自己：「妳是個瘋女孩，因為愈來愈瘋狂而讓自己愈來愈脆弱」中，即使當我在想要把那顆頭放下，只是放下，在任何地方，把它放到下一塊水泥地上之時，我意識到我已經走出十分鐘地區，走向那平常區域去了。於是我來到古老、生鏽的墓園鐵門前，這時我聽到後面有一輛車。我立刻又受到一陣驚嚇。喔，糟了，是他！繼續走。繼續走。不要回頭看或回應他。

我經過墓園入口時，那輛車已經駛到我身旁。一個聲音喚著我：「喂！喂！妳還好吧？」我停下腳步，因為那不是牛奶工。那是別人。那是個真正的牛奶工。有一位真正的牛奶工，就住在我們的地區，真的接受訂牛奶，有輛送牛奶的貨車，且真的在本區送牛奶。他也是那個不愛任何人的男人，我們地區心智嚴重失常者之一。他住在我們家的轉角處，之所以被認為心智嚴重失常是因為有一天他到「海那邊」的那個國家去探望住在那裡、已經快死的哥哥，而當他回來時他意識到他的房子不大對。他一個人住，到屋子後方去鏟一點煤炭，卻看到有人在那裡挖。於是他也開始挖，想查明為什麼。過了一會兒，全身髒兮兮的他走出門，抱著滿手的獵槍。這些槍用塑膠包著，而他把那些槍抱到馬路中央，全部丟到地上。他一邊做，一邊喊道：「你們為什麼不把這些槍埋到你們自己的後院裡？」然後他回到他的屋裡，又抱出一堆來。就這麼持續下去，因為獵槍之後是手槍、拆卸的槍、一堆堆的彈藥，以及更多用布和塑膠包裹的儲藏。全部都被他丟了，而他自己氣到不行，繼續叫罵，他看到一群遊戲的孩子——在他改變他們的遊戲狀態之前——在槍枝現在的所在之處。起初那些小孩跳到路邊，站在那裡觀望整個過程。當他看到他們時，這個不愛任何人的男人停止叫喊。然後他又開始大叫，這次是對著他們。「走開！」他叫道：「我說走開！」他的狂暴嚇得那些孩子一哄而散。但還有幾個嚇呆的僵在原處，哭了起來。那個不愛任何人的男人接著對那些走出門看騷動是怎麼回事的鄰居叫嚷。他要他們過來把這些孩子帶走，而且要求知道那些好鄰居中有沒有人知道當他不在家時反叛者進入他的房子裡。所以他和每個人吵架，這個不愛任何人的男人，這個真正的牛奶工。他甚至和小孩吵架。但差別是，他之所以成為心智嚴重失常者是因為他把那些武器全丟到路上，因為人人都知道，在他們進去你家把武器埋在那裡之後，如果你發現這些武器，你應該接受，容忍；而他卻因此成為不愛任何人的男人，他把小孩弄哭了，不覺得內疚，也不說抱歉。

他把叛軍的武器挖出來，所以反叛者不喜歡他；後來他對他們在本區的規則和法令有意見，他們更不喜歡他；當他反對每次居民不遵守他們的規則和法令時就被送到他們的臨時法庭以及他們粗糙的司法制度時，他們就不喜歡他；而每當被懷疑告密的人失蹤時他就會大驚小怪，更讓反叛者不喜歡他。有關他的另一點是，當他有功勞時，本地的居民從不把功勞算在他頭上，例如當他幫助別人時，而他也常常幫助別人，儘管他冷酷的名聲似乎暗示他不會幫助別人。社區無法認可他的善行，是因為他不友善的名聲在本區的意識中變得太根深蒂固，因此必須要有意識的爆炸性努力才可能將這種異端邪說轉向事實。由於本區的人不大可能調整，即使只是一丁點的誤解，所以社區為了真正的牛奶工的這種意識上的努力不會很快地發生。但是他真的會幫助別人。他幫助過原子男孩的媽，也就是幻想自己是反叛者的麥××的母親。原子男孩自殺那天傍晚，真正的牛奶工出去尋找她，跟本區其他也出去尋找她的人一樣。她一聽到家裡最近這則死亡的消息就失蹤了。謠傳她跟她這個兒子一樣，也跑去自殺了，可是真正的牛奶工找到了她，在另一區的街上到處亂走，心不在焉，頭髮蓬亂，不認識任何人，甚至不知道自己是誰。儘管把她帶回家，又儘管為她向那些虔誠的婦女——也是本區的醫生——求助，真正的牛奶工卻仍被認定是你可能認識的最可怕的人。我自己並不認為他可怕或脾氣暴躁，或甚至有什麼心智嚴重失常——我是說比起本區其他心智嚴重失常的人而言。藥片女孩是其中之一，還有她那個令人不安的閃亮妹妹，還有可憐的原子男孩生前，還有那些嚴厲的、說教的女人。他們看起來都比這個男人失常多了。或許我有這種看法是因為真正的牛奶工和我母親從學生時代就是朋友了，那表示他常來我家看她並了解她的近況。他也幫助她，送她免費的鮮奶和額外的奶製品、麵包、和罐頭。他也幫助我們家的ＤＩＹ。他修水管、漆油漆、作木工、甚至堅持從小妹妹們手中接手電器。因此，無論他厭惡別人的方式或他因為這樣而得到的名聲，他的一個特性就是非常關心別人。現在，這個人，這個真正的牛奶工，這個不愛任何人且精神嚴重失常的人，在這個晚上出現在墓園旁來幫助我。

接下來發生的第一件事是，我又開始發抖，但我一意識到此人並非牛奶工而是另一個牛奶工時，就不顫抖了。他開著他的貨車，一輛真正運送鮮奶的貨車，也是我見過他開的唯一一輛車。當他拉手煞車時，我轉身面對他。他打開車門跳出來，向我走過來。接下來他已經在我身邊了；這不是他第一次跟我說話，但卻是第一次說的話超過平常禮貌的幾句問候。通常這幾句話包括「妳好」、「再見」、或「請代我問候妳母親。」除了媽之外，真正的牛奶工和我並非同一個圈子裡的人，就算透過我媽而有點交集吧，除了和媽住在同一個屋子裡之外，我也不在媽的圈子裡活動，只不過他們兩人是朋友，所以我免不了偶爾會碰見他。這通常是在街上，或是在我家門外，或在我家客廳內，當媽做了特別的全麥麵包或她的一道香煎犢牛胸腺時，會與他一起喝茶分享。有時候我也會看到她坐在他的貨車上，從教堂或賓果遊戲或去傳遞訊息後送她回來，她會笑著跳下他的貨車，彷彿她才十六歲。這些就是我會和他碰面的場合，我們會彼此問候，交換點頭或說聲「嗨」，而現在他又問我一次我還好嗎。他問我是不是發生了什麼事，他是不是可以為我做什麼事。我點點頭，雖說我也不知道我點頭是回答他的哪一個問題。事實上此刻我沒辦法理性思考我的感覺是什麼或甚至於基於社交回答任何問題。我剛似乎遇到了四個反叛者——因為那些隱藏的男人可能也是反叛者——他們要去做的事很可能之後會讓他們成為新聞中的主角。接著還有牛奶工——可能不是華特·米提，而是，人人都說，是另一個反叛者。現在真正的牛奶工在此，我母親的朋友，也是一個被認定是心智嚴重失常的人。他的貨車停在墓地旁，我們就站在貨車旁的路緣上，而我注意到他正盯著我握住的那團手帕。然後他不再看，而將注意力轉回到我的臉上。

我說，因為話衝口而出：「我需要到某個地方去，把這個留下或埋起來。這是一顆貓頭。」「好。」他說的口氣好像我剛才說的是「這是一顆蘋果。」為此我喜歡他。我沒有解釋我怎麼會有這顆頭或這顆頭跟第二次世界大戰或十分鐘地區的關聯。他說：「交給我吧。可以把它交給我嗎？」於是我把貓頭交給他，就那樣，很輕鬆的，毫不猶豫的。然後我說：「可是不要把它丟掉。可是請你不要把它拿去丟掉好嗎？不要等我走了以後就把它塞到某個垃圾桶裡或丟到某個地方的地上。我是說，如果你不想做，或妥善處理它，那我會做，但請你不要假裝。」我說了很多話，但也是真心話，因為我不需要找藉口，或請求他的認可或贊同。後來我很訝異自己會對一個比我年長、被公認脾氣暴躁的男人如此坦率地說這些話，然而我知道，我的情緒因為發生在我和牛奶工之間的事以及握著這顆頭太久而到了臨界點。此人的態度似乎讓人覺得說真心話變得很容易。而他也繼續用相同的態度。他說：「我不會假裝，也不會把它丟掉。」「我想給它一點綠地。」我說：「我想把它帶到對的地方。」「我知道。」他說：「告訴妳怎麼辦吧。我有綠地。在我的後院裡有一塊綠地，所以我會把它放到那裡去，挖一個洞埋起來如何？妳覺得那樣可以嗎？」我點點頭，說「謝謝。」然後，他爬上他的貨車，從地板上找出一個綠色的布袋，裡面裝著撞球。他把球都倒到貨車兩個座位中間的儲物箱裡，然後把那顆仍然包著手帕的貓頭放到袋子裡，再把上面的繫繩拉緊。他走回來對我說：「妳不用擔心。交給我吧。上車吧，現在已經很晚了，我載妳回家。」我又一次感到喜歡；這對話似乎是以「我們可以怎麼做？」的方式進行的，跟也許男友，還有老師一樣的方式，而不是那種普遍的「有什麼意義？什麼事都沒用，那會有什麼不同嗎？」的方式，而這令我訝異。真正的牛奶工，莊嚴，儉樸。然而他在這裡，給我他的時間，帶給我希望，傾聽我說話，認真看待我。他了解一切，他知道我的意思，因此沒有那些令人衰弱或疲憊的發問。是的，一個驚喜。他是一個驚喜，而我也讓自己驚訝，可以把這負擔交給他，然後毫不擔心地坐上他的貨車，知道他是個可以信賴、忠誠、會把事情做好的人。他把貓頭放到貨車內時，照相機的喀嚓聲響了——他們的一部照相機，從對街應該是沒人的一棟建築物的一樓傳來。一如和牛奶工在公園和蓄水庫那一次一樣，我又一次不發一語。然而，真正的牛奶工說：「去他的——」他及時住嘴。「到哪裡都被他們監視。」他補充道：「呃，他們想怎樣就怎樣吧。」這種態度再次讓我驚訝，也意外地令我精神一振。如果他可以承認不可說的事物，也承認他沒辦法作任何事情去改變這種不可說的事物，也許，那表示對任何人——對我——這種沒有力量的人而言，是有可能採取這種承認的態度，接受，並疏離。

我們開車前進，那個裝有包著貓頭手帕的袋子就放在那些撞球上面，在我們兩人之間寬敞的儲物箱裡。也是在這個時候我得知了我們地區最近一次的死亡案件，就在當天發生。又再次發生在麥××的家，他們家的小弟，從樓上後側臥室的窗戶摔落。真正的牛奶工說，最初看起來像是他自己跳出來的，而流言也這樣認為，說剛會走路的小弟自己跳出去摔死，但這死並非故意的。鄰居們說，那是因為他自以為是超人。或是蝙蝠俠。或是蜘蛛人。或是其他的英雄。他每次都把那顆紅色枕頭綁在背上到處走，喊著：「嗶！」「巴！」「砰！」「轟！」「燈暗下來！」「啊！」。真正的牛奶工說，但是他的死到底如何發生的，並沒有經過證實。謠傳是那樣，他說，因為那是此處的人們發明的，因為在這裡你不能就平白無故地死，在這裡你不能有平常的死法，再也不能，沒有自然的死因，也不能像跌出窗外那樣意外地死，尤其是在本區發生那麼多其他的暴力死亡之後更不能。一定。一定是要和邊界有關，是政治的，他說，表示那才能讓人理解。如果不是，那一定要很不尋常，戲劇化，令人震驚，例如自認為是一個超級英雄並意外跳窗而死。他說，現在人們預料會那樣。因此一個三歲大的小孩，不明白地心引力是什麼或他只是一個小男孩被單獨留在樓上後側臥室內——他母親也在樓上，但在前面的房間裡，但也沒有出來，因為太悲痛而躲在裡面，躺在她自己的床上，胡思亂想——犯了一個致命的錯誤，但現在在本區這些卻不足以成為某人死去的理由。這裡的生活，真正的牛奶工說，生和死都必須很極端。那孩子是在接近中午時被他的一個姊姊發現躺自家後院裡。他背上也沒有綁什麼枕頭。那天他的枕頭被取下來，拿去洗了。

我聽著真正的牛奶工對我說這件事，也告訴我說媽不在家，說他不久前把她留在麥××家，說其他鄰居們——那些虔誠的婦女，帶著她們的草藥、急救箱和其他最高機密的調製品——也都在麥××家，都想要安慰那死小孩可憐的媽。真正的牛奶工自己剛離開殯儀館，他說，現在他也正要前往麥××家。接著他又說了更多有關這個悲劇的事，也說到了整體的悲劇，有多浪費，多缺乏遠見，說到預防，說到所有因為貧窮而衍生的後果，以及這些根深蒂固、積重難返的政治問題。他繼續說，提到疏忽、不幸、不利、失去好機會，有一瞬間似乎說岔了。等他又回到正題時，我也不知道是否因為聯想，但他已經把話題轉移到小妹妹們，還有我，還有媽。

「妳的小妹妹們，」他說：「她們都很聰明，有好奇心、有膽識、有熱情，又很投入。而且她們有種天生的優越感，妳也知道，這在此地是很罕見的。在這裡，敏銳和主動多半會被壓抑，變成心灰意冷，而且扭曲，透過黑暗的管道疏通。只是當她們還年輕，她們是有點狂野也不受壓制的小女孩。有時候有點嚇人，」他說：「我也相信她們讓妳媽覺得很頭痛。」他說或許她們愈長大會愈是如此，她們也會愈來愈渴望知識、愈想追求智慧。他想了一下後，又說：「只是我相信她可能不了解，妳親愛的母親，也許沒有注意到她們的獨特，或許可以稱之為她們的天分。而且我也不明白為什麼她們的老師看不出來。她們的老師有看出來嗎？她們有跟妳母親談過嗎？」我想了想，說：「我不知道。」接著他又問她們的學校成績，我說：「我不知道。」事實上，接下來他問到有關小妹妹們的每個問題，我的答案都是「我不知道。」但我真的不知道，而且她們只是小妹妹，我怎麼可能會知道？她們上學。她們讀書。她們有討論、座談會、綱要、專題討論會，還有意見的比較、對比、和交換，還有她們所說的課外活動，而我不知道她們的課外活動有哪些。我隱約知道她們的老師和這個智慧、天分、早熟的說法有點關聯。他們寄信和成績單給我媽。我自己從來沒看過這些信件，因為，再說一次，我幹嘛要主動參與跟小妹妹們有關的學校談話？我十八歲，是她們的姊姊，不是她們的母親，或她們的父親，也不是她們的監護人，所以自願參與這一切很像喋喋不休地談論日落、氣溫、假牙、疼痛、和「你們晚餐吃什麼？」等老年人的談話。我為什麼要知道？不過，我想有些老師真的來跟媽談過。他們也請她到學校去，因為現在我回想，那是為了邀請她去參加如何讓妹妹們的什麼更加增進的特別會議。我記得她們提過「教育界術語」或什麼「教育行話」之類的。他們也到家裡來過，那些老師，或其他的教育界人士。他們有更多討論，但我不確定媽是否了解這些專家們對她說的話，雖然我知道後來她一直有想要小妹妹們為她解釋那封天才兒童學院寄來的信，但她還沒找到時間把信拿給她們看。至於一般的學期成績單，我不確定媽是否看了，或是否在乎，或甚至於小妹妹們本身是否在乎。學校成績單和獎狀在本地沒什麼意義。「不是要批評妳母親，」真正的牛奶工正在說：「因為她是個很好的女人，仍然是一個出色的女人，而且我知道她過得很辛苦，妳父親死了，妳二哥死了，還有妳二姊——呃，妳知道妳姊姊的事。然後還有妳的另一個哥哥，妳四哥吧——但妳也知道他的事。我想我能問她這件事，因為她們有很大的潛能，應該有正確的引導和堅定的指示，以免有另一件災難發生，另一次的浪費，另一個此類的悲劇。這種經歷和進取心的誤導一定要避免。她們需要導引，需要被看重和關注。要不然可能會轉錯彎。」我說：「是的。」因為我想要對話，但我突然想到他說的「轉錯彎」可能是什麼意思。他談到潛能和無知的扭曲，關於缺乏經驗而造成錯誤的結果，危險的結果，當然我認為是指——因為還有什麼別的？——由政治問題衍生出不好的後果。雖然小妹妹們沒有顯露出對我們的政治問題有過度的興趣——比不上她們對發音和音韻的興趣，或埃及古物學，或歌唱技巧的重點，或宇宙在秩序出現前的狀態，或海力克斯（Heracles）的典範*，或任何她們其他的

* 海力克斯（Heracles）是希臘神話中的大力士，半神半人，父親是宙斯，母親是凡人阿爾克美那（Alcmena）。

許多指標、附錄、旁註、和書本後面的小筆記，以及任何其他種種——不久之前，有一次我和其他姊姊們一起進門時，發現小妹妹們在讀「海那邊」的報紙。她們讀的是大張的報紙，還有幾本也是從「海那邊」來的畫報。我們無法想像她們是從哪裡得到那些的，但她們不但有，還把那些報紙鋪在整個地板上看。在那之前，小妹妹們從沒看過這些報紙，或看過電視上的政治新聞，更別說有極大的興趣。然而，她們正處於聖女貞德的階段。所以她們要讓大家知道她們並不喜歡「海那邊」那個國家，但不是因為尋常的歷史遺產，或發生在那個國家和這個國家之間經過建構、傳承、重塑、闡述的歷史的力量，而是因為她們天生支持法國。然而，也因為聖女貞德遭到背叛，所以她們暫時轉而對抗法國，她們本來就不喜歡法國皇太子，甚至討厭，所以在本區只要有人提到他，最好不要被小妹妹們聽到。因此她們變得討厭法國，所以「海那邊」那個國家與這個國家之間古老的憎惡，她們根本不屑一顧。但那天我的姊姊們和我一走進門，就發現她們已不再沉浸於聖女貞德的故事中，而是沉浸在那些報紙中。「小妹！」我們喊道：「妳們是從哪裡拿來這些的？妳們到底是在幹嘛？」「噓，姊姊們。」她們說：「我們很忙呢。我們想要了解他們的觀點。」說罷又回頭去讀她們的大張報紙和畫報，而我們，她們的姊姊們，難以置信地瞪大眼睛。接著我們面面相覷——我，三姊、二姊、和大姊。想要了解他們的觀點！小妹妹們再來還會說什麼費解的話？至於她們那句話，正是那種可以立刻讓任何本區的人名聲敗壞的話。難道「**當心告密者**」對那三個完全無意義嗎？我們的智慧讓我們試著指出這一點，憑我們的精明，試著要點出這點，告訴她們如果和這種被禁止的「用具」扯上關係，很容易被指控為叛國。可是她們不聽我們的話，根本不想理我們，忘了我們，完全沉浸在「海那邊」來的大小報中。我們這幾個姊姊可以清楚地看出來，她們幾個——對於任何一個路過的鄰居正好透過我們的窗子看到了什麼，而可能會把這件事情理解成什麼——完全不在乎。三姊一個箭步衝到窗前，把窗簾拉上，驚擾了小妹妹們，於是其中一人跳起身去打開天花板上的燈。另一個扭開媽喜歡的兩盞古老的玻璃燈，而第三個則拿出她們的三個小手電筒。可是那些報紙她們是怎麼拿到的？我們的地區有沒有任何人看到她們拿到那些報紙？所以那一天我們這幾個姊姊思索著六歲、七歲、和八歲會不會被準軍事組織認為是年紀太小而不適用平常被用在告密者身上的懲罰，或是小妹妹們會不會只是受到反叛者的斥責，然後被命令丟掉那些報章，回頭去讀其他每個地方的小朋友會讀的《小豬斑斑》（*Bamber the Pig*）？當真正的牛奶工談到天真、被誤導的敏銳、和被顛覆的冒險感，是不是就是指這件事？我不敢問。也是因為他又開始沉默，所以我就提起她們的老師有參與，還有說一些關於特殊學習機構的事情。我在說這些話的時候，我感覺輕鬆了一些，因為在他幫我處理那個貓頭之後，我也能說些什麼讓他比較放心一點。只不過他並不覺得放心。他再次表示他對小妹妹們以及對媽必須單獨面對感到憂慮，這讓我突然想到，說不定他不是大聲說出心裡的想法而已，而可能是在暗示我。他是不是要說，除了媽之外，我應該也要對小妹妹們負起指導和指示的責任？我是不是也該跟媽一樣參與其事，必須要負責任，干涉她們的價值取向和教養？想到這裡，我覺得驚恐。如果我必須和媽一起照養小妹妹們，我絕不可能搬去和也許男友同居的。即使是現在，這又令我感到驚訝，自從他問我而我拒絕他以來，我仍然在想著如果我搬去和也許男友住會怎樣。因為我必須和媽媽在一起，成為實習母親，所以我從沒想過原來我不希望自己的娛樂受到威脅。這時候，真正的牛奶工已轉到一個新的話題。那就是有關牛奶工和我。他沒有直接問：「妳跟那個已經兩百歲的男人交往嗎？」而是委婉地說他知道我可能受到準軍事組織的某個人的侵犯，一個在本區有勢力和影響力的人。他問我如果真是那樣的話，是否認為自己堅強到能夠挺身而出說出來？當他說話時，我覺得自己繃緊了，否則在此之前，跟真正的牛奶工在一起，我感覺愈來愈放鬆，或甚至不覺得那麼焦慮。我的顫抖已經停止了。不自然的流動也停止了。但現在全都恢復了，還有我的困惑，而也就在這時我注意到他也感到困惑。他開始為他的冒犯道歉。接著他提起本區女性的議題，說到她們對於性別的歷史和性政治似乎知道許多。「我必須很抱歉地說，」他說：「我自己對這些日漸重要的女性議題一點也不了解。因為她們很專業，也因為這和她們選擇的領域非常有關，所以，如果妳在本區大部分的地方都不太放心把這些事情說出來，妳就去找她們談一談好嗎？」

去找她們談一談？他是瘋了還是瞎了、聾了，犯蠢，竟然會不知道關於本區那些女人是被怎麼說的？即使是在街上與她們其中一人眼神交會，我都等於是在社交自殺。所以，敬謝不敏。我不想和她們說話，現在不想，也永遠不想。這些女人組成了本區正在萌芽的女性主義團體——正由於她們組成女性主義團體，所以她們被放在這個範圍內，屬於精神嚴重失常之一。「女性主義」這個詞彙就是精神嚴重失常，而「女人」二字也差不多被視為精神嚴重失常了。把兩個字放在一起，或失敗地想要加進一個比較普通的字來緩和一下、包裝一番，例如「議題」，而這種行為基本上就是嚴重失常了。這些女人和本區的議題，都被說過很多難聽的話，而且不只是在背後議論，還當著她們的面說。

一開始是一棟房屋的窗子上貼了一張告示；住這裡的家庭主婦在被貼告示之前似乎很傳統也很正常。她有丈夫和小孩，家裡也沒有人死於暴力，但據說因為她後來不尋常的行為，她才被貼了這張告示，而這張告示與這個時期本區的某些房屋的窗子會被貼的一般通知大不相同。一般的通知可能會這樣寫：「**由於死亡的傷痛，請勿擅入本屋——這是唯一的**

宣告。」並署名「**地區叛軍**」。用以警告難以管束的居民，包括孩童，可能想闖入某個可憐人家中——去那裡玩，去那裡參與青少年的夜宿飲酒，去那裡探索和調查，或甚至只是去那裡蹲一下——而不考慮到住在這屋子裡那個平常就瘋瘋癲癲的酒鬼，也是屋主。我們的反叛者說得很清楚，如果我們對本區更脆弱的人繼續做不公平、不體諒、和無情的行為，就會衍生我們一定會後悔的後果。相對的，那個家庭主婦的告示寫著：「**本區的女性注意：大好消息！**」接著是關於某個最近在世界上發動的國際婦女團體。該團體尋求在全世界各國設立姊妹組織，沒有任何地方——都市、城鎮、村莊、小村、地區、茅屋、獨立的住所——會被排除，而且所有的女性——任何膚色、任何種族、任何性偏好、任何身障、精神病或甚至普遍討人厭的，也就是任何種類——都可以加入，而令人驚訝的是在我們的市中心已經設立了一個此國際婦女團體的姊妹組織。該組織的第一次月會在開會前後都受到媒體熱烈報導，主要是關於這次聚會竟然可以如此大膽地存在。批評很嚴厲，不外乎「腐敗、放蕩、道德淪喪、散播悲觀主義、完全無法無天」等，與紅燈街剛問世時所受到的批判同樣等級。但是媒體強烈的抨擊對至少某些地區的女人來說，起不了什麼作用，他們還是要漫步到市區，去瞧瞧這個國際婦女團體的姊妹組織的議題是什麼。這些女性參與者不僅來自本地兩個對戰中的宗教，也來自一些較不為人知、較不受關注、根本完全被忽略的其他宗教。本區有一位女性也去了，沒有先得到許可，問任何人的意見或拜託她們能否一起去，成為她的精神支柱和保護。她披上披肩，拿起皮包和鑰匙，走出門去，就那樣。結果這個女性就是那個後來貼出告示的家庭主婦。「她才剛從市區中心的聚會回來，」鄰居說：「沒一會兒就把告示貼出來了。」同時，在和市區的姊妹組織聯繫下，而姊妹組織本身又和全世界所有國際婦女團體的總部聯繫下，這名女性現在請求在本區成立一個姊妹分會，正如某些其他地區的女性們現在也嘗試要成立她們的一樣。她就是要那麼做。在她貼在窗上的告示中，她邀請本區所有的女性在傍晚時放她們的孩子出去探險，像平常一樣，那樣她們就可以沒有牽絆地在星期三晚上到她家去聽演講。海報上寫著保證，參加者一定會對列舉出的女性重要性感到驚異，和那些在市中心組織的會議所舉出的一樣。而且如果她們有想要針對任何可被歸在女性議題發表意見，這些意見也會每個月回饋給下次的市區會議，再來每一季也會再回饋給下次的國際會議。令人困惑的是，這張告示上完全沒有提到我們的邊界議題或我們這裡的政治問題。本區的男男女女都十分震驚。「她到底要幹嘛？她在她家窗子上貼上這樣一張告示，到底是什麼意思？」他們開始說她的閒話，不理會他的告示，然後回到正常的話題，例如誰可能是告密者，誰最近有姦情，以及下一次電視播出世界小姐選美時哪個國家會贏。因此這張告示被宣判死刑，被拋諸腦後。本區多數人都認為那不會帶來任何結果，除了大家會為這位婦人感到難過，或，如果她堅持到底的話，會想著她是不是又是一個心智嚴重喪失的潛在人選。最糟糕的是，叛軍會認為她是本區最新的一位行為可疑的人而把她帶走，這或多或少是真的。然而，在那張通告貼出的第一週，就有兩個本地的女性出現在這個家庭主婦的家門口，讓參加第一次星期三女性議題會議的人增加到三個人。下一週又增加了四個人。之後沒再有其他婦女出現，但現在與會的一共有七個人，她們每星期三晚上聚會，且每隔三星期就會有一位來自市中心且很有知識的統籌者加入他們。這位統籌者會鼓勵她們，討論擴大版圖，介紹過去和當代對女性議題的評論，她說，這全都是為了幫助全世界各地的女性脫離黑暗，得到庇蔭。這個團體每個月會到市中心去參加由「海這邊」和「邊界這邊」所有區域已經設法成立的分會所組成的組織會議。不用說，在我們這地區，尋常的妄想症故事已經傳開了。

其中一個故事說我們這個分會的女性圍繞在她們的聚會所是因為在第一個星期三的會議之後，那第一個家庭主婦的丈夫不要她們在她和他太太所住的地方繼續進行這種女性主義的活動，因為雖然他人很好，也願意息事寧人，但，很抱歉，他必須留意他自己的名聲。那些女性並未因此而灰心，因為她們動手把第一位婦人的後院倉庫整理得舒適又寬敞，改成在那裡開會。不過，在這麼做之前，她們先去詢問禮拜堂是否可以用荒地上其中一間的鐵皮屋營房。禮拜堂擁有這些鐵皮屋，常常允許不同的團體——最主要是反叛者——他們會拿來處理他們的事務，例如本區防禦會議、原則擴張會議、和袋鼠法庭會議等，可是它卻拒絕讓這些女性借用或租用一間，因為這時對這些女性的意見已經有了轉變。她們不再被認為是無害的、被認為像小孩一樣、被視為揶揄的對象、或被當作在玩大人議題開會的遊戲，因為她們現在竟然在找一個適當的場所來開會，對於她們到底想要做什麼，有一種新的想法出現了。「如果她們借到一間營房，」區域的人說：「她們在裡面什麼都可以做。她們可以在那裡面策劃反動行動。她們可以在那裡面進行同性戀的交媾。她們可以在那裡面施行或接受墮胎。」結果當然就是禮拜堂否決了。禮拜堂說，「一切……違反……符合……允許這些女性的請求將會造成大家對禮拜堂的反感和批判」，而禮拜堂在這些女性眼中已然如此。因此他們不允許她們使用鐵皮屋營房，以免因不可告人之事而蒙羞。但這並未阻止這群女性，因為她們立刻動手油漆並裝飾倉庫。她們放置書架，裝上窗簾，帶入油燈、一個手提汽油爐、色彩繽紛的茶杯、一罐茶葉、一罐餅乾、溫暖的長毛地毯、還有鮮花和椅墊。她們在四面牆上貼上世界性女性議題的海報，那是她們從市中心的姊妹會組織拿來的，而市中心組織是從國際婦女總會那裡得到的。但在那之前，我們的七位婦女請那第一位婦人的丈夫到倉庫去為她們處理蜘蛛和昆蟲的問題，那個丈夫同意在深夜替他們處理，條件是她們一定要對他參與此事保持沉默才行。

第二個有關這些墮胎女同起義者的說法是，那第八個婦女，也就是那位不是來自本區，而是從市中心姊妹會來的那個有智慧又有知識的統籌者，每隔三週來拜訪我們的女性——讓她們振作起來，熱心地鼓勵她們，而且每次都帶來了成堆有關各種女性議題的小冊子——是來自另一邊的宗教以及「另一邊」的國家。通常這不會有人計較，因為，第一，她是女性，那表示比起造訪本區的某個男性，她對本區準軍事組織活動的潛在威脅並不大。第二，她是受七位本地婦女邀請而來，這通常已代表諸多保證和推薦。然而，由於這些女性本身就不算正常，因此她們的邀請比起其他任何人就不具有太多分量。這表示那第八位婦女不再被允許進入，至少在經過嚴格審查之前。畢竟，因著閒言閒語的警告，她會不會其實不是一個婦女解放分子，而是為國家工作的一個密探？經過一點誇張和謠言的正常發揮之後，她當然就成為一名間諜了。在社區看來，尤其是在準軍事組織看來，這第八位婦女是敵人，來坑害我們七個天真又愚蠢的女人成為告密者。於是在一個星期三晚上，反叛者衝進倉庫去，要把她帶走。他們戴著萬聖節的面具和絨帽，拿著槍，也有幾個因為權力夠大地位夠高而不需要任何面具的人——但當他們入內後，他們所能找到的就只有我們的七個女人，披著披肩穿著拖鞋，喝著茶吃著麵包捲，認真地討論在十九世紀的彼特盧戰役（Battle of Peterloo）中義勇騎兵屠殺婦女和兒童後衍生的問題。在倉庫四周的牆壁上，讓這些反叛者一時蒙上了陰影且感到震驚的是，那些過去和現在鼓舞人心的神力女超人原型的超巨大人型海報：潘克斯特母女（the Pankhursts）*、蜜莉森・佛賽特（Millicent Fawcett）†、艾蜜莉・戴維森（Emily Davison）‡、艾達・貝兒・威爾斯（Ida Bell Wells）※、佛羅倫斯・南丁格爾（Florence Nightingale）、愛蓮諾・羅斯福（Eleanor Roosevelt）、哈麗特・塔伯曼（Harriet Tubman）、瑪莉安娜・皮內達（Mariana Pineda）、瑪莉・居禮（Marie Curie）、露西・史

* 艾米琳・潘克斯特（Emmeline Pankhurst，一八五八～一九二八）是一位英國活躍政治家和幫助英國女性贏得投票權的婦女參政運動的領導者。入選《時代》雜誌一九九九年評選的二十世紀百位最重要的人物。她的女兒克麗絲特・潘克斯特（Christabel Pankhurst，一八八〇～一九五八）與其母一起投入婦女參政權的運動。

† 蜜莉森・佛賽特（Millicent Fawcett，一八四七～一九二九），英國政治家及作家，投入婦女參政運動，成為領導者之一。

‡ 愛蜜莉・戴維森（Emily Davision，一八七二～一九一三）投入婦女參政運動，爭取婦女參政權，採取積極抗爭的手段，曾進行七次絕食抗議，四十九次被強迫餵食，最後在德比賽馬場中因試圖為國王的馬別上婦女運動的旗幟而死。

※ 艾達・貝兒・威爾斯（Ida Bell Wells，一八六二～一九三一）美國非裔調查記者、教育家，也是黑民權運動早期的領袖之一。

東（Lucy Stone）、桃莉・芭頓（Dolly Parton）◎——那一類的女人——但那第八個女人不在場，因為其他七位對我們地區的閒話十分慎重，已警告她們的姊妹這迫近的危險，並嚴肅地指示她不要來。然而，當那些叛軍從那些巨大的女性海報投射出的錯誤印象帶給他們的震驚中恢復過來時，他們便大肆搜查那間小倉庫，只花了一秒鐘，找尋那第八名婦女。接著他們警告那七名婦女不要讓她再來，不然她會被視為間諜殺死，而她們自己也會因幫助及助長國家而受到嚴懲。不過，因著一種包涵著信心和優越的想法迅速滋長，這些婦女，這些婦女突然情緒失控，且她們出乎意料地說不要。她們的意思是她們不會聽令，儘管叛軍破壞了一切，讓那第八名婦女可能永遠也不會再回來，但如果她選擇回來，她們不僅不會拒絕她，還會站在她背後挺她，而叛軍自己盡可去上吊算了。接著雙方起了口角，反叛者繼續威脅，而與會女性則痛陳父權主義和教育制度的弊病。最後，七位女性以某種宿命的「自掘墳墓」的口氣說：「先殺了我們再說。」當然正中反叛者下懷。本區的傳統婦女偶爾會本能地團結起來，挺身終止某種已經發狂失序的政治或地區問題，但這七位女性不一樣——在受到激勵的時刻她們或許會變得大膽而挺身對抗反叛者，但她們不夠強大、有力。因此當她們說：「先殺了我們再說」時，反叛者回答：「好吧。那就先殺了你們再說。」若非傳統女性，包括我媽在內，聽說了這件事，並插手干預，我們的國際婦女運動的姊妹分會當場就會告終了——

因為所有會員突然暴力死亡。結果是，本區的正常女性真的聽說了此事，再次團結起來，採取行動。儘管她們有所保留，這不僅是必須處理反叛者自認頑強的殺人機器而已，更因為第三個故事是去一一巡視這些麻煩的女性，所以對傳統女性本身造成了負面且令人惱怒的衝擊。

女性們總是會打破宵禁。那是指傳統女性而言，因為直到最近之前並沒有什麼新奇的姊妹會女性。她們之所以打破宵禁是因為她們已經失去耐性。過度勞累、過度考驗、以及終於失去耐性，會針對任何一群男人、任何宗教、海的任何一邊、建立規則和法令，過度伸張他們自己的規則和法令，期望其他所有人——女人——也都遵守他們在腦袋裡捏造為合理的荒

◎佛羅倫斯・南丁格爾（Florence Nightingale，一八二〇～一九一〇）在克里米亞戰爭中擔任護士，並組織照顧受傷士兵的護士團隊，成為維多利亞時代的一個象徵。愛蓮娜・羅斯福（Eleanor Roosevelt，一八八四～一九六二）是美國總統法蘭克林・羅斯福（Franklin D. Roosevelt，一八八二～一九四五）總統夫人，同樣活躍於政壇。哈麗特・塔伯曼（Harriet Tubman，一八八二～一九一三）是美國廢奴主義者。瑪莉安娜・皮內達（Mariana Pineda，一八〇四～一八三一）是西班牙女性解放主義者。露西・史東（Lucy Stone，一八一八～一八九三）是美國廢奴主義者和婦女參政權的領導者。桃莉・芭頓（Dolly Parton，一九四六～）是美國至今依然活躍歌壇的名歌星。

謬愚蠢。基本上，這是玩具箱心態：一個從玩具箱裡選出來的玩具就是宵禁，規則是如果你未經許可打破一個宵禁，在一八〇〇小時之後，有時在一六〇〇小時之後，無所畏懼也沒有偏愛，對駐軍沒有尊敬，那你就會被當場射殺。所以，必須要面對你們自己的準軍事組織的某特定分隊，遵從他們過度敏感的規則和迂腐的期待，這已經夠糟了。但是當你也得考慮有同樣荒謬規則的另一邊時，在這種情下，傳統女性不失去耐性才怪。她們會受不了——因為生活要過下去——有小孩要餵養，要換尿布，有家事要做，有東西要買，有政治問題要處理，如果可能的話，不然就是要避免或繞過。因此她們會受不了，團結起來，儘管警察和軍隊會仔細研究，調整策略和遊戲規則，然後才會拿起槍和揚聲器來確保沒有人會打破宵禁，這些女性還是會打破宵禁，解下她們的圍裙，穿上她們的外套、披肩、和圍巾，在小道消息傳播下，她們會成百上千地走出家門，故意在未經許可下，在一八〇〇小時或在一六〇〇小時之後，占據馬路、街道、每一寸不允許的宵禁領地，大喇喇地散布各處。而且不只有她們自己而已。跟她們一起的還有她們的小孩，她們尖叫的嬰孩，和她們的寵物狗、兔子、倉鼠、和烏龜。她們也會推著嬰兒車，帶著她們的旗幟、布條、標語牌，喊著：「**宵禁結束！大家都出來！宵禁結束！**」邀請全區還沒出來的人到外面來，因此人人都可進入那種抗命的狀態，而到目前為止，每次傳統女性這麼做，每次她們重新爭取合理化，警察和軍方就會發現最近的這次宵禁就在他們眼前停止了。否則，開槍射殺全區的女性、孩童、嬰兒車、和金魚，雖然很想用劍把她們全都刺殺，卻不好看，會看起來很嚴重，像性別歧視，不平衡，不僅是在國內媒體虎視眈眈之下，也受到國際媒體的關注。所以宵禁結束，軍隊和國家只好回去再從玩具箱裡找找看還有什麼，而傳統女性——在更進一步義務性地揮旗子、糾察、壓力抗議、和訪問之後——急忙回家去，在幾秒之內清空街道，全都回家去準備晚上的茶點。

那就是打破宵禁的一般程序。不過，最近必須被打破的事件的過程就不大一樣了。這是因為我們的七位姊妹會的女性決定這次她們自己也要參與。一如尋常，在宵禁已經實施許多天之後，正常的女性們已經受夠了。她們出門去，故意與「**回家去。這不是遊戲。這是最後的通知。遵守一六〇〇小時的宵禁。如果妳們再不……離開街道的話……**」作對。不過，這一次我們的姊妹會女性也參與集會，而正常女性們一開始並不以為意。然而，令正常女性們氣惱的是，就在她們已經再次擊敗宵禁，想要趕回家處理她們的馬鈴薯時，姊妹會女性卻竄改了解除宵禁的目的，雖說事後她們堅持這不能怪她們。她們說那是媒體的錯，而媒體也確實在眾多舉著標語牌的傳統女性中看見舉了她們自己標語的姊妹會女性。雖然姊妹會女性只有七位，而其他傳統女性有數百位，全世界的攝影機立刻全都集中在這七位身上。傳統女性也並不想要成名或當什麼名人，所以也沒想過要上電視或被登在全世界各地的報紙上。她們只是不想被認為是那種抗議活動的一分子——就是把目標放在除了反宵禁以外的任何抗議活動，尤其是與這些女性不停討論的話題無關的議題。正常女性有想過或擔心過這些姊妹會女性會藉著這次曝光的機會並用知識淵博的姿態抱怨女人遭受的不公和侵犯，不只是現在，而是多少個世紀以來，並使用如「術語」、「研究顯示」、「整合系統性的、跨歷史的、制度化和立法反感」等等這些女性在這些日子裡顯然沉浸其中的術語。傳統女性認為，還有很多大的、有名的、國際性的事件，也同樣不公不義——燒死女巫、纏足、殉葬、名譽殺人、女性割禮、強暴、未成年婚姻、遭亂石打死的報復、殘殺女嬰、婦科手術、生產死亡率、做家事、被當作動產、種畜、財產般對待、女孩失蹤、女孩被販賣、以及全世界的文化、部落、和宗教惡名昭彰的社會化過程，還有整個父系歷史對某些被認為女人不該做或想或說之事物的警告。但不是。這些若出現在本地的反宵禁中已經夠糟了。但這些姊妹會女性談的卻是普通的、私人的、簡單的事，例如走在街上卻被一個男人揍，任何男人，就在妳從他身邊走過時，毫無來由的，只因他心情不好想要揍妳，或因為某個「海那邊」的士兵剛剛刁難過他，所以現在輪到妳倒楣，因此他揍妳一拳。或妳走過時摸妳的屁股一把。或在妳走過時對妳的身體特徵大聲說出他的男性評論。或在雪地上的一場假裝是友善的雪球大戰中吃妳的豆腐。

或在夏天感到焦慮，因為天氣太熱所以妳沒穿太多衣服或穿一件小洋裝，讓妳飽受一般夏季街頭的騷擾。還有月經，以及那如何被視為身為一個人的冒犯侮辱。還有懷孕，雖然那是免不了，還是被視為身為一個人的冒犯侮辱。接著她們又談到一般身體的暴力，彷彿那並非只是正常的暴力，也談到在一場肉搏戰中妳的衣服被扯下，或在一場肉搏戰中妳的胸罩被扯下，或在一場並不暴力的打鬥中被用一種根本是性騷擾的方式撫摸身體，她們說，就算妳應該假裝胸罩和胸部在身體的暴力中只是意外，而且不是身體暴力中偽裝的重點而讓這場打鬥從頭到尾都變得和性有關。傳統女性說：「她們也談那一類的事，而且用一大堆術語，結果惹人笑話，因為所有的人都在笑她們——攝影機、記者、甚至規定宵禁的人——也怪不得，誰要她們一直堅持要把這些私密的事公諸於大眾。」不過，最讓傳統女性受不了的是，世上任何一個看報導的人都會認為，這些明理的傳統女性，也是姊妹會成員。因此，姊妹會女性綁架宵禁議題結果就造成了冷峻的情勢，而這就是當姊妹會女性對反叛者說：「先殺了我們再說。」那句話時的局勢。傳統女性雖然感到氣惱，像是對著想要幫忙洗碗盤卻把所有的碗盤都打破的一群白癡一樣生氣，她們卻覺得不能坐視反叛者他們平常的殺戮。

因此她們去見他們，去見反叛者。「別荒唐了。」她們說：「你們不能殺死她們。她們是傻子，思想單純，學術界！她們只適合紙上談兵。」她們又說這些姊妹會的女性不管有多討人厭，但把她們做掉就等於對本區更脆弱的人不公平、冷血、且無情；反叛者若這樣做的話，會創造一個劃時代的事件，會為他們後來在歷史書上的名譽帶來追悔莫及的結果。傳統女性說，反叛者可以把姊妹會女性交給她們，她們一定會到市中心去找那第八位婦女私下談談。這番話說得非常委婉，似乎要幫反叛者一個忙，而不是給他們指示，甚至是緊急向他們求助。雖然反叛者們知道指示和緊急求助之間的差別，但身為武裝游擊隊的他們在一個緊密團結的反政府環境中求生存，必須仰賴這環境中當地的支持，表示他們很樂於實施禮貌的邊緣政策。他們表現出深思的樣子並大聲說出想法，說無論那些女性是不是傻子，並非出於懼怕或願意幫忙，而是他們不願危害他們的運動和成員，而且那第八位婦女若敢再次出現在本區的話，他們也不會饒過這七位婦女。最後，經過幾次討價還價——而且這時那七位婦女繼續嚷著要為她們的第八位同伴姊妹擋子彈，但反叛者置之不理，而傳統女性告訴她們最好閉嘴，不要說話——之後，傳統女性與反叛者似乎快要達成某種交易了。於是我們的三位傳統女性到市中心的分會去找那第八位婦女解釋情況。「我們不知道妳如何洗腦我們的女人，」她們說：「我們不知道妳是不是瑪塔．哈里（Mata Hari）＊。我們也不在乎妳會發生什麼事。但我們不願意我們這些正常的女人總是得丟下一般的工作和日常事物來防止我們那些愚蠢的女人被我們的準軍事組織帶走。所以我們是認真的。不要到我們的地區來。」第八位婦女同意了，而這就終止了外界任何有國際觀的女性運動者到我們極權主義的飛地來，也終結了這三個故事——倉庫聚會行為，與國家情報員的關聯，以及我們的七位女性不只惹火了傳統女性，還有我們的反叛者——這些也是為什麼我遠離這些女性的原因。太過冒險了，再說，她們挑戰現狀，而我是試著想擺脫現狀。加上他們又被密切地觀察是否有近一步退化的跡象。就算關於她們的議題有些方法我可能贊同，我絕對不可能會與她們扯上關係。所以我在真正的牛奶工的貨車裡保持安靜，禮貌地聽他把話說完。

他輕鬆說完他要說的話，可能也是因為他對那些女性代表什麼也不清楚吧。之後，我們一路上沒再交談，雖說我們已經遠離了十分鐘地區和那個平常地區。我們到達並通過了我腦海中剩下的那些地標——警察營房，烤麵包之屋。神聖婦女之家，公園和蓄水庫，然後是接

＊瑪塔．哈里（Mata Hari，一八七六～一九一七）是荷蘭人瑪格莉莎．賀特雷達．澤萊（Magarate Geertuida Zelle）的化名。她是二十世紀初知名的交際花，第一次世界大戰期間與歐洲多國的軍事政要和社交名人都有關聯，最後被法軍以德國間諜的罪名在巴黎槍斃。由於她雙重間諜的揣測與謎樣的死亡，使她在西方文化中成了女間諜與蛇蠍美人的代名詞，她也出現在愈來愈多的小說、電影、電視、日本動畫和電腦遊戲中。

口道路，三姊和三姊夫的小屋所在的街道。然後我們到了，停在我家門外。「妳進去吧。」真正的牛奶工說：「今晚黑得不尋常，漆黑的夜晚。但不必擔心。我會處理我們談過的。」說著，他指指貓頭。「告訴妳媽，」他又說：「如果我到那可憐的女人家裡去的時候沒看到她，那我明天會來看她。」我點點頭，正想再問一次他是不是真的會把貓頭埋起來而不是假裝要去把它埋起來，但我立刻知道我不需多問。「謝謝。」我喃喃說著，突然覺得很累，像喝醉酒那麼累。我疲憊到覺得連最後的那句「謝謝」幾乎都說不出來。我想要再說一次，好好地說謝謝，也就是為了貓，為了帶我回家，為了是媽的朋友，為了是當默默付出的那個人。但我沒有說。我下了車，而他在沒有熄掉引擎的貨車裡等我。接著，現在我們頭上的天空已經是一片漆黑了，我拿出鑰匙——第一次覺得已經過了幾世紀那麼久——沒有發抖，輕鬆地把它插入鎖中。

4

與牛奶工的第三次邂逅並不是最後一次。接下來還有幾次見面——真的見面以及社區造謠的。實際真的見面的那幾次與我們在十分鐘地區的見面類似，牛奶工不再假裝是意外碰見我。沒有偽裝的驚喜，沒有「想不到在這裡碰見妳。」而是「啊，又碰面了。」加上其他熟悉的詞彙，很輕鬆地說出來，彷彿我們事先說好要碰面。這些見面能在任何地方。我會到本區的商店去買東西，而他就在那兒。我會到市區去，他就在那兒。我下班走出來，他會在那兒。我會去圖書館，他會在那兒。我會到不同的地方去，而就連有些他不在的地方，他感覺好像也在那兒。有時候我會認出本地區的某個探子，心想：那孩子是他派來監督我的。當然，也可能不是。那個孩子更有可能在執行正常的國家武力以及軍事暴動的監督工作，或其實他只是休假一天而已。事實是，我的疑心愈來愈重，覺得幾乎所有人事物都在證明牛奶工的介入。他已滲透到我的心靈，而且顯而易見的是，前三次的見面，從來都不是那種我自己假裝是偶遇的見面。現在他會出現，擋住我，擋住我的去路，或在我旁邊跟著我一起走，全都用那種日常見面的方式。這讓我覺得很不公平。在我記憶混亂的時刻，我會渴望和男生有尋常的生活，白日夢地想著如果也許男友和我可以在一天工作結束後規律地見面，像我看到別的情侶們在下班時碰面那樣，那該有多好。正當的男友會在他的工作結束後散步到市政廳去，等待他正當的女友。她也一樣，會完成一天的工作，然後以同樣尋常、理所當然的姿態，走到市政廳去跟他碰面。許多對情侶都這樣做。當我下班要回家時我看過他們那樣做，而我知道這是正當情侶會做的事情之一。他們會以某種輕鬆、舒適、日常的模式碰面，做某種輕鬆、舒適、日常的事。他們可能一起去買炸魚和薯條的小餐廳吃晚餐，吃飯的時候聊聊天，和彼此分享一天中發生的新鮮事，雖然這種尋常事似乎很簡單，但我知道其實這是最重大的事，表示在正當的情侶關係中並沒有什麼「也許」的存在。我的時間表和也許男友的時間表並不允許這種親密關係。不過說真的，其實是我們的「也許」狀態不允許這種親密關係。可是現在，在愈來愈多這種我並不想要的邂逅下，而且他還可以看出我對希臘和羅馬課程的想法，這個牛奶工似乎知道我的祕密慾望和夢想。可是他是錯的男人。而且他把我視為理所當然且沒有經過我的默許。然而，他不斷地出現，難以迴避。有時候當我和也許男友在市區的酒吧和夜店時，我會看到他，或覺得我有看到他。這些酒吧和夜店是不確定的場所、冒險的場所，因為政治問題的關係所以沒有幾間。理論上它們是任何人都可以去的地方，表示那裡龍蛇雜處，包含各種宗教。除了兩個敵對的宗教之外，還有一些極少數的宗教，但比起那兩個敵對宗教，其他的宗教，不論是甚麼，都不算數。在這些市中心的社交環境中，也有國家指定的便衣警察在監督、滲透，帶著隱藏的武器和相機，出沒頻繁。這表示你可以去這些酒吧和夜店喝上一、兩杯，但它們不是你想要喝醉的地方。所以多數的本地人，也就是不想參與政治的普通人——例如我和也許男友——可能會去一會兒，喝一、兩杯，讚嘆一下觀光客的白癡行徑，然後我們接著會到嚴格禁止進入的地區，到那邊更安全、也更接受喝酒的場所。對我們來說，由於媽積極討論關於評估問題以及結婚計畫所帶來的風險，所以我們總是到他的禁止進入區，而不是我的禁止進入區。不過，最近和也許男友到市區的酒吧和夜店去時，我會發現自己四下張望，對牛奶工可能也在場而感到焦慮。我覺得他可能在看著我們，監視我們，說不定在偷拍我們的照片，尤其是他已經表明他對我和也許男友約會的立場，更讓我擔心。然而，我還是和也許男友約會，但這並不表示我已經忘了炸彈的威脅。

我們曾經為此吵過一次架，也許男友和我，因為牛奶工持續對我施壓，透過不斷地強調、用隱晦的威脅、還倒數計時，用這些方式讓我明白他的重點：不要再和那個年輕人見面，要不然——繼續強調壓力的存在。他又再次提及也許男友，接著是車輛，接著是大姊夫——不是那位因為大姊傷痛、失落、沮喪而嫁的那個有性成癮又愛說長道短的大姊夫，而是大姊心中的他——他被國軍的炸彈炸死。所以也許男友也可能會有此遭遇。然後又是車子。然後是大姊。然後是她死去的情人。然後是汽油彈。然後又回到也許男友，直到最後他的話讓我想到麥××和他跟蹤我時所說的無情的話。最後他又繞回也許男友和汽油彈和曾是大姊男友卻已慘遭橫死的男人，全部是同樣的句子，所以根本不可能聽不出他想暗示的是什麼。我聽出來了。他的暗示，他的論點，接下來我已經和也許男友吵了起來。那一次，基於我當時的想法，我覺得這次吵架完全是也許男友的錯。而且這也不是我不再說話的那種吵架，因為我有說話。不幸的是，因為我們鬆散的關係狀態；因為他住在城市的另一頭，所以沒有聽到謠言說我現在是這個牛奶工感興趣的新對象；因為我很困惑所以變得脆弱，被這個牛奶工的策略搞混；也因為我十八歲，且從未被教過如何健康地表達思想、情感、和需求，所以我的解釋亂七八糟，而我想說的好像都沒說清楚。然而，我還是覺得難以想像這個牛奶工會真的想要殺害也許男友。雖然我知道，有意識形態原則的人，不一定都會照他們的原則而行動。會有個人偏頗，一次性的例外，主觀的詮釋。瘋狂的人。也不是我認為牛奶工不可能引爆一顆汽油彈，因為我很肯定他可以引爆一顆汽油彈。而是像他那種層級的男人竟會因為對我垂涎而那樣做，真是令人難以置信。自從他開始擔任這個要我準備好的角色，把我搞得一塌糊塗，將我推向邊緣，讓我在挫敗中投降，成為他的女人而自願坐上他的車，我已經不再確定什麼是可能，什麼是誇大其詞，什麼可能是事實或幻覺或妄想。我也沒有想過，讓我變得無助和覺得精神愈來愈錯亂可能都是這個男人刺激的手法。但那真的發生了。汽油彈真的發生了。大姊就是證明。她沒有去參加那個死去男友的喪禮，因為她已經嫁給別人了，不應該還愛著他。在她愛的那個男人出殯那一天，她坐在我們屋子裡，我們母親的房子裡，不是她自己的房子，臉色慘白，瞪大眼睛，一隻手難以置信地掩著嘴巴。她瞪著時鐘，只是瞪著，不要我們靠近她，也沒有哭。當我們任何人——甚至媽——靠近時，她只是以最難聽的聲音說：「出去。出去。出去。出去。」所以我為也許男友害怕，然而他卻站在那兒，不當一回事。我問難道他一定要開他的車嗎，他看著我說：「我是修車技工，但就算我不是，也許女友，我不必開我的車，但我想開我的車。」「那……」我說：「東西呢？」「東西？」也許男友說：「什麼東西？」「東西……」我說：「你知道……綁在……綁在……」「綁在什麼？」「……下面。」「也許女友，妳在說什麼？」他耐心等待。「那……」我又說：「……炸彈呢？」

也許男友恍然大悟，或我以為他恍然大悟，他說是的，有時候這些事會發生，當然會發生，但是我必須知道那不一定會發生，汽油彈，以人口相當的比例來看，根本不會發生。「此處大多數人都不會被汽油彈炸死。」他說：「此處多數人不會被炸死。再說，也許女友，妳不能每天提心吊膽地過活，只因為有人某一天可能會殺死妳。」他說得一派輕鬆，證明了他還沒有收到完整的消息。我也不知道他何時會收到，因為除了牛奶工對我的侵犯之外，還有社區對我的侵犯。與牛奶工交往的謠言已經被大肆渲染，像狂犬病一樣快速肆虐，很快爆紅，而因為這樣，也因為所有這些侵犯，我發現自己愈來愈被壓制在一種語無倫次又疲憊不堪的狀態中。接著也許男友說何況誰會想要殺他呢？他工作的地點又不在叛軍的區域。甚至不在混雜的區域。「聽著，甜心，」他說：「妳一直想著這件事是因為發生在妳大姊前男友身上的事。那並不表示那會發生在每個人的男友身上——可能更加不會——」他開玩笑道：「發生在也許男友身上吧。」他又是一派輕鬆，彷彿這種事，這種結果，與他眼中的世界相距甚遠。然後他想要碰我，但我向後退，立刻從他身邊走開。在牛奶工出現之前，也許男友的碰觸，他的手指，他的手，是最好的，最舒服、最棒的。但現在，自從牛奶工出現後，也許男友的任一個部位靠近我，都會讓我感到厭惡，覺得我隨時會嘔吐。他讓我噁心，我自己的也許男友讓我噁心。雖然我並不想要覺得噁心，也盡量不要去感受那個噁心，我卻發現自己為這種噁心的感覺和為自己無法掙脫這種感覺而責怪他。我只是甩開他的手，甩開他的手指，把它推開，整個人緊繃，胃也陣陣抽痛。我也知道這都是因為牛奶工，但我想不出為何會是牛奶工。自從他看上我並開始摧毀我的這一小段時間，只有第一次他在車子裡時正眼看過我，而且他沒說過任何下流或打趣或直接挑逗我的話。尤其是，他沒碰過我一根汗毛。一根都沒有，一次都沒有。

至於社區，以及社區謠傳我和牛奶工交往，我現在已經接受了，反正無論我接不接受都一樣。謠言說我和他時常見面，約會，在許多個「點點點」的地方親密地「點點點」。我們最常去的兩個約會場所是公園和蓄水庫區，以及十分鐘地區，雖然據說我們也喜歡，就我們兩人——以及應該還有那些在監視我們的人吧——在平常區域古老的那個地方、草長得漫過古墳的地方約會。據說，我非常有自信地，甚至是高傲地，坐上他搶眼的車，因為，沒錯，很多人都看到了。「為了約會去接她。」他們說：「為了他們的幽會，情人的約會，然後他們就到這種地方去。」「如果他們不去那些地方，」又據說：「他們就到市區那些危險的酒吧和夜店去談情說愛。」人們低語道：「他已經結婚了，你知道。」其他人也低聲回答：「他已經在罩她了。」「呃，他是啊！」他們說：「至於她呢，她不是傾向那種也許的關係，而不是那種有很高的原則又正正當當的男女關係嗎？」——那意思就是沒多久他就會要求我搬出我自己的家，搬去一間公寓當他的情婦，這間公寓當然是座落在紅燈街。人們說：「記住我們說的話吧！」這一切，在我們這個緊密連結、過度詭密、充滿閒言閒語、道德拘謹但同時也不道德、且極權主義的社區脈絡下，聽起來都很合理。但脫離了這種脈絡，脫離這種不安的慾望、低語、互通消息、以及在這個地方對性的話題有著不健康的興趣，當你想從政治閒話中耳根清靜一下的時候，閒聊骯髒的性愛成了最普通的閒話，到了這種程度，就會很難判斷這些本地人是如何得知關於我和牛奶工如此詳細的消息。他們創意的想像聽在我耳裡就是嚴重的毀謗。還有一些時候，他們試著更直接地溝通，例如他們會追上來問我問題，這回是面對面的。

對這些問題，早在我和牛奶工的謠言開始之前我就很有疑心了。當有人問我問題時，我會想：這個人是誰？這個問題的背後是什麼？他們為什麼要拐彎抹角，認為只要他們拐彎抹角就可以騙過我？為什麼他們要那樣鬼鬼祟祟的，提出暗示和尖銳的評語，明明我就知道他們那樣是在刺探我的想法、意見、和傾向，引出他們預料我會有的反應，且不誠實地抓住我說話的漏洞？我早就注意到——在念完小學之前，我就注意到了——某人如果做某事，就算他們以為別人不會知道他們在做某事，還是很容易被看出來。而且也不是只有他們的內心或說話層面會讓他們洩底。他們選擇讓自己置身於有害的、不平衡的氣氛中，也會讓他們的真實本性流露出來。當他們對我出手時，這種氣場會伴隨著他們，讓我看出他們的真面目，而我的皮膚就會發癢，頸背就會汗毛直豎。這兩種對比——那些所有有力卻又隱晦的跡象——以及我的鄰居以為他們是用一種無害又順道一提的方式在對我，但是大部分的人表現出來的又都不是那樣，無論是什麼理由，那都不是真的。當然，我可能不知道為什麼一個人要掩飾。有可能某些人並不想要嘲諷我，或想要激發我極端的情緒，或引誘我說出對自己不利的話。可能他們自己本身有一些個人關注的議題，基於弱勢或人性上的原因他們覺得需要保持沉默，但儘管如此，他們仍然需要從其他人身上得到解釋和消息。不過，對八卦和那些散播謠言的人而言——當然還有我們地區的八卦和超級會造謠的人——最後一定是審查、哄騙、仔細聆聽有影響力的話，對本地用推測而形成的大眾輿論有所貢獻——而這不僅是在邊界之外，在自己的的區域內更是如此。

因此他們會問冒犯的問題，但這些問題並不是直截了當的，例如「為什麼這樣呢？」或「那怎麼樣呢？」他們會這樣問：「某某人說」和「我叔叔的表親的弟弟的女兒的朋友，現在已經不住在這裡了，他說」。有些人會提及「謠言」這兩個字，說「根據謠言」，然後再將謠言個人化，彷彿他們並不是造謠和散播謠言的人。他們以看似天真無邪的詢問方式，且通常暫時不加評論，開口，希望刺激我——在驚嚇、恐懼、自衛的情況下——我也開口給他們有趣的、易於添油加醋的回答。不過，在他們能夠說「某某說」之前，我就會看出他們要掩飾，但不讓他們看出我已看穿他們。雖然我只知道一種方式去反擊他們，那就是以其人之道還治其人之身。我會用毫不讓人起疑的迅速反應，假裝不知道他們的意圖，對他們的每一個問題都連續地回答：「我不知道。」我要以「我不知道」當作我口語自衛劇目中的最大咖，並且準備好要一直說，因為我在小學畢業之前所學到的另一件事，就是除了對幾個我信賴的人以外，我最好不要開口說實話。隨著時間消逝，我從小學進入中學，在那期間——從十一歲到十六歲——我可以信賴的幾個人變得更少了。到我十八歲時——也就是我和牛奶工以及有關我和牛奶工的謠言的這段時間——我可以信賴的人更急遽減少，甚至到全世界只剩下一個是值得我信賴的人。我懷疑如果這種縮減，這種腐蝕，持續，所有的不信任和有系統地將我從社會中移除，到二十歲時我非常有可能已經到了完全不能在任何地方對任何人開口了。

因此，「我不知道」就是我回答任何問題時自我防衛的四個字。用這四個字，我能夠不揭露任何事情，順利地拒絕任何刺激、誘發或震驚。我盡可能地壓抑、保留、顛覆想法，我將所有的互動減少到只剩下必要的互動；這就表示沒有公開的內容、沒有象徵性的內容、沒有飽滿的、沒有血腥的、沒有當下的激情，沒有情節的轉變，沒有悲哀的色調，沒有生氣的色調，沒有驚慌的色調，沒有任何事的任何地點。這也代表在他們全面性的刺探和許多的暗示和搜尋的重要性之後，他們仍不會從我這裡得到任何資訊，而我會覺得讓他們一無所獲是公平的，因為到這時候我已經很清楚，在人生中有些人不配得到真相。他們不夠格得到真相。因此對他們說謊或忽略是可以接受的。那沒問題。我本來是那麼想的。接著複雜的情況出現了。我本來就知道，對他們說「我不知道」的時候我不敢顯現我並非如他們的密語、他們的眼神、他們嘗試對我的批判、和他們顯然認定的那樣無知。我也知道在說那四個字時我必須以最不挑釁的口氣說，但同時要在我們之間保持必要但不被承認的距離。如果我戳破他們——在這個時間這個地方——就等於把我自己交到烏合之眾的手中，讓他們對我無比地鄙視，而我並不覺得我夠強大，可以那樣做而承受其後果。因此不表現出我早已看穿他們或我說「我不知道」其實是表示「混蛋！小人！滾開！滾開！」那代表我需要集思廣益一個備用的做法。這是我的非語言性自衛劇目的其中之一，而我真的用這個做法時，它立刻奏效了。不過，這個作法不僅僅只是奏效了而已。一開始，它就這麼自己出現，且向我證明會對我有幫助。接下來，出乎意料且沒有任何預兆的是，這個作法接手了我自己的程序步驟，推翻了我的首要方案「我不知道」，並執行了替代的策略——這個策略我後知後覺地才意識到，原來它不僅是在對抗我那些愛八卦的鄰居，更主要的是在對抗我自己。我在攻擊自己，我的臉，我臉上的表情——我原本打算那只是臨時的、暫時的；我真的相信那可以只是臨時的。我本以為我可以決定我的臉看起來怎樣、我要它看起來怎樣、我如何呈現它，都可以由我來控制，我是背後的主宰。我以為真正的我就在那兒，控制著一切，在樹叢遮蔽處發號司令。我也以為我選了一個部屬來協助我，而不是一個轉占上風、想推翻我的叛徒。然而，那卻發生了，而且最先是從我的臉開始。

我卡住了。我以為我慎重地說「我不知道」並伴以一張終結的臉——面無表情、沒有隱藏、一無所有——會讓八卦者感到困惑，擾亂他們，出乎他們的意料，他們最後會因此感到挫敗、厭倦，並停止對我的迫害，所有人都會放棄，回家去。我原本希望我的空無能去引導他們捏造的事實和堅定的看法，甚至懷疑一個反叛者——特別是那位男子漢中的翹楚、最英勇的戰士，我們聲望最高的人，本區的英雄——怎麼可能會對我這樣一個單調、乏味的女人產生情慾。我甚至不覺得他們會認為我很蠢，或不再認為我很蠢，而是他們會更進一步，並得出一個結論——那就是我一定不能以某種普遍性、基礎性以及社會性代碼的那種方式來了解語言。他們會認為我聽不懂他們問我的問題，因為我必然不了解整個情緒和心理溝通的問題。他們會認為我就像一本教科書，一種日誌表——雖正確，卻不盡然是對的。我是希望他們會這麼想。我希望我的掩飾和臉的運用會有效，然後我就可以自由又安全——就算不是擺脫牛奶工，至少是擺脫他們。然而，牛奶工以及有關我和牛奶工的八卦結果都是某種經驗之談。這不在我的計畫之內。我沒有時間計畫，而且我也不善於計畫、藍圖、或連結預測的安排。我靠的是本能、臨時起意的迴避、以及我的反應可能引起什麼後果的高度敏感，我對自己的反應沒辦法有那種冷靜、預先計畫好的軍事精準性。不過，後來我才意識到本地的告密者一定就是這樣。一開始，他們先落入警方處理者的圈套，接著他們會以「我不是告密者，所以不要認為我是告密者，因為我不是告密者」的姿態來落入反叛者的圈套——我也一樣，開始失去我理性的力量，失去看出明顯關聯的能力，只留下最基本的如何在此地活下去的敏感。當然，現在我就看得很清楚，無論我會做或可能做什麼，那些謠言並不會停止，在那個男人擁有我且拋開我而離開之前，八卦者是不可能停止、離開的。但是在那個時候，我說那四個字並表現出若無其事的樣子，而那也真的讓他們感到迷惑。結果是他們採取更懶散的方法，變得更不耐煩，在他們強迫我要表現得合理的同時更顯露出他們的本性。他們從沒想過，我的激烈和欺騙的力量可能比他們的激烈和欺騙的力量有過之而無不及。人們一旦下定決心後可能會變得非常漫不經心。我雖然沒有顯露出我激烈的情緒和思想，但那並不表示我自以為並不激烈。我當然覺得自己有知覺力。我知道我很害怕，且我也對我的身體充滿了自然反應從不感到懷疑。起初我可以感覺到這種反應，這證實了我是活生生的，我在我的軀殼內，體驗著這種表面下的騷動。然而，在我意識到發生了什麼事之前，我看似平淡的生活方式，隨著時間消逝變得愈來愈無法偽裝，倒是變得愈來愈真實。一開始是一種情緒上的麻痺。接著，原本接受「很棒！做得好。我成功地唬過他們，所以他們不知道我是誰，我在想什麼，或我有什麼感覺」的腦袋，開始懷疑我自己的存在。「等一下，」腦袋說：「我們的反應在哪裡？我們本來有一種私下表達的反應，現在卻沒有了。它跑到哪裡去了？」於是我的情感不再表達了。然後消失了。現在這種不知來自何處的麻痺已發展到本區其他人都覺得我不可理喻。而我自己也覺得我不可理喻。我的內心世界似乎消失了。

身體也開始變得疲倦，一切的不信任和角力，狙擊手的明槍，反狙擊手的回擊，閃避和扭曲，我和我的社區似乎滑行到了某種最終的接口上。就像牛奶工一樣，在一天結束後回到家，我依照慣例檢查床底下、門後面、衣櫃裡等，看看他是不是在裡面，或下面，或後面；也檢查窗簾，看是不是拉緊了，看他有沒有躲在窗戶的這一邊或那一邊，這時我意識到事情發展到現在我也在檢查是不是整個社區都躲了起來。我花了這麼大的力氣在這些人身上——努力要躲避他們——當然，這也代表我吸引著他們，只是我當時不明白固定能量的運作。儘管受到了傷害，那些黑暗和雙方的遊戲中，隨之而來的是儘管我全部的掩飾都讓我因不配合而與他們區隔開來，但是，我在這裡卻與他們達成了共識。我太晚意識到了自己一直都是一個激進的玩家，是一個有貢獻的一分子，更是一個摧毀自己最主要的那個部分。

至於謠言，以及他們對我的回答的反應，我知道一如我預料的讓他們困惑，雖說我並沒有想要讓自己困惑。不過這也暴露出他們並不在乎困惑，只是抱怨我的態度不對，說我抗拒一般的待遇，有違共同利益，說我幾乎是過度茫然，幾乎是沒有生命的，幾乎毫無生氣，幾乎有悖常理；他們說一個生存在這世上的人想要停止存在是不可能的。至於他們所用的「幾乎」一詞——幾乎是過度茫然，幾乎是沒有生命的等等——當然就是我的用意。雖然我說過我必須表現出茫然和空洞，我的意思就是幾乎茫然和幾乎空洞。這是因為精確和簡明的方法或許會有效，而且寫下來也會帶給你一種平庸的滿足，但它們在真實生活中卻完全沒用，或只能稍稍唬弄人。這種如此細緻的計畫充滿了先入為主的想法，且顯然是在這個社區內的先入為主想法——特別是如果你打算要誘騙它的話——並不是什麼好事。除非你的對手非常愚蠢，但我的並不是，不然你最好把事情弄亂，弄皺，留下茶漬，留下一點沾了泥巴的腳印——不要擺在問題的正中央，而是要在旁邊留下一點點，最好只是暗示有個意外。那樣就有用。但他們說我幾乎面無表情，強調「幾乎」二字，彷彿我只有一種表情。近乎面無表情，他們說，近乎枯燥，近乎孤獨，近乎消除，因為他們沒有說看不透而再次給我希望。看不透，就像明顯的先入為主的想法，就像表層的思考，在這裡是不管用的。起初他們說他們不確定我是不是要展現像瑪莉．安托瑪內特（Marie Antoinette）那樣的高傲*，認為自己高高在上。然後他們認定不是，說不定只是我的性格怪異使然，很可能是源自我邊走路邊看那些古老的書。他們說大致上，我既非這樣也非那樣讓他們的資源枯竭，但這並沒有讓他們不再推論我。有點怪，有點詭異，他們認定，加上以前他們沒注意到我的想法既開放又封閉，很像十分鐘地區。當那裡明明有東西時卻好像沒有什麼東西，但當那裡明明沒有東西時，卻又好像有什麼東西。我是一種橫斷，他們說，我是一種橫越的狀態，橫行的，不善社交的，雖然他們又以緩和一點的口氣說：「但或許這只是她的一面。」然而，因為他們並不相信我還有其他面向，這又讓他們回到起點，就是我只有那一面。

至於社區集體對我的這種消耗，以及我對社區的消耗——他們的推論困擾我，我的臉困擾他們，我的麻木讓我們所有人都很沮喪——幸好我不必太常說「我不知道」或表現出我幾乎空洞的臉，或對他們表現我封閉的狀態。這是因為多數有關我和牛奶工的謠言是在我背後傳的。但如果情況真有那麼糟呢？如果在那些日子裡真的沒有任何人可以讓我去找，去抒解，一個可以聽我說話，給我安慰、支持、和援助的人呢？我真的如所有譴責我的那些人所說的那樣，像十分鐘地區那樣的固執和橫斷嗎？現在回想，除了我和僅存唯一一個可以信賴的最久的朋友以外，我想我的確是那樣。我的不信任已經到了不正常的地步，我看不出或許有些人可能可以幫助我，可能可以支持和安慰我——我可能可以交的朋友，可能成為支持網絡的其中一員——但因為我不信任他們，也不相信自己有資格那樣做，所以我失去了機會。不過，在那個時候，我努力要穩住並保持冷靜，在一個每個人都以自己的方式努力要穩住並保持冷靜的地方，我根本就不可能會去想到或明白任何有關幫助或安慰的概念。然而，某些人仍繼續找我，而他們之中可能有些人是值得信任的，也可能有善良的意圖。但我持續拒絕，甚至不見得是出於尋常的懼怕和固執。我仍然不確定到底有什麼好說的。

那就是運作的模式。這種跟蹤、獵食，因為零碎而難以界定。這裡一點，那裡一點，也許是，也許不是，說不定，不知道。持續的暗示、象徵、表現、和隱喻。他的意思可能像我所想的一樣，但同樣的，他可能並沒有任何意思。分別描述個別的事件，尤其是在這事件發生當中，在你說出之後，好像沒什麼大不了。如果我說：「我走在分界路上邊讀著《劫後英雄傳》時，他提議我搭他的便車。」就會有人問：「妳為什麼要走在那條危險的分界路上，

* 瑪莉・安托瑪內特（Marie Antoinette，一七五五～一七九三）原為奧地利女大公，後來成為法國王路易十六之妻。法國大革命後，國王被廢，王室被拘禁於聖殿塔內。路易十六被處決六個月後，被判處叛國罪的安托瑪內特也被送上了斷頭台。

而且妳為什麼要讀《劫後英雄傳》？」假如我說：「我在公園和蓄水庫區跑步時，他好像也在公園和蓄水庫區跑步。」就會有人說：「妳在幹什麼，在那麼危險又可疑的地方跑步？而且妳在幹什麼，選擇跑步？」假如我說：「我和法文班的同學在看日落的天空時，他把它的白色小貨車停在大學對面的入口處。」就會有人說：「妳離開我們這個安全、保守的地方，跑到市中心一個混雜的地方去讀外語，把人生當作某種圖案的表現嗎？」假如我說：「他對我姊姊的那個已被殺害的男友表達慰問之意，同時又把這件事情連結到我的幾乎也許男友上，把他和不斷重複發生的汽油彈事件扯上關係。」他們就會說：「妳怎麼沒有結婚，而且妳為什麼會和也許男友交往呢？」除了八卦之外——就算沒有八卦好了——我打從一開始就相信我說的話不會有人聽或相信。如果我去找當局，把他跟蹤我，他威脅我，把他對我的打算都成為正式紀錄，並請當局加以糾正，他們會怎麼做呢？我們的反叛者會回答——呃，我不知道他們會怎麼回答，因為他也是一個反叛者，所以我怎麼會去找他們呢？從實際的意義來說，我為什麼會去找他們？雖然我住在這個由準軍事組織管理、控制的地方，我不知道要如何去接觸這些人。我必須向社區詢問標準的程序為何，但社區本身也在跟蹤我，而為此他們也可以投訴我。至於真正的警方，獨立小國的警方，去找他們根本失之輕率，因為第一，他們是敵人，第二，在一個由反叛者管理、監控的地區，去找被視為高度偏袒的警方去申訴一個你們地區的反叛者，會讓你毫無疑問地登上告密者的名單而惹來殺身之禍。當然，警方視我們社區為製造麻煩的地區。我們才是敵人，我們是恐怖分子，平民的恐怖分子，是恐怖分子的夥伴，或只是有些人被高度懷疑但尚未被證實是恐怖分子。因為如此，而雙方也都認為是如此，在我們的地區唯一會去找警察的時候，就是你要去射殺他們的時候。而他們自然知道這一點，因此絕對不會來的。

所以最後一切都是我的錯。因為我不相信自己的信念和我的感覺對我的訴說。他真的有做了什麼嗎？真的有什麼事發生嗎？如果我並不知道，我怎麼對別人解釋並讓他們相信呢？我感覺到了這樣的懷疑——是對我自己，和對這樣的情況——這樣的懷疑會被人指正出來，而且也會被別人批評我的可信度。就算他們會聽我說吧，此地的人並不習慣「追求」和「跟蹤」這種用語；我說的是「性的追求」和「性的跟蹤」。那跟那些美國電影裡所謂的「召妓」很像，太難接受了，完全不是這裡會發生的事。就算長久以來都有人在想這種事，我們的社會也不會認真看待的。那可以跟不走斑馬線穿越馬路相提並論；也許還比不上不走斑馬線，因為這是女人的事，而且發生在一個充滿政治問題的時代，就連一個有點發瘋的人——本地區最成功的的下毒者——都可以自由自在地走來走去，每個禮拜毒死人，卻不被當作一回事。因此好萊塢著名的性跟蹤案件在本地是會被主要的話題遮掩起來的，就跟其他的一切都被掩蓋一樣。

然而其他人繼續來。大姊繼續來，帶著她的陳腔濫調：「假如妳繼續和這個人私通」或「妳是在自找死路」，而迎接她的是我的冷漠，決心不懇求她或試著用任何方式去滿足她。到這時我們之間已經建立起相當的敵意，因此根本不能也不會聽完彼此的話。而且在她背後還有她的丈夫，那是一頭鼻孔噴氣、耳朵愈來愈大也愈來愈尖、長毛顫動、有後腿和前腿，齜牙咧嘴、厲爪又黑又長，不斷舞動，伸長舌頭慫恿她的狼，拼命要她不斷找我的碴，一直來找我並堅持要我和她私下談。然而，人人都看得出來，大姊因為她死去的前男友而深陷在自己的問題中，幾乎無法振作起來。再說，我聽說大姊夫自己現在有新的「性」趣，因此現在他自己也很快地被有關他的謠言和麻煩纏身。還有媽，持續攻擊我如何不會結婚，我如何變成反叛者追隨者而帶來羞辱，我如何臣服於黑暗且無法控制的勢力，我是小妹妹們的壞榜樣，還把上帝也扯進來，談什麼光明和黑暗和魔鬼和地獄。「那就像被催眠一樣。」她說：「或者妳可以想像在恐怖電影裡那些被吸血鬼咬過的人有什麼感覺。女兒，他們看不見恐怖。只有外面的人看得見恐怖。他們被束縛，著迷了，只看得到魅力。」親戚們也不遑多讓。我變得不專心，在工作時昏昏欲睡，因為我在半夜裡會突然驚醒，然後再也睡不著。部分原因是我會有衝動想要起床再次搜尋房間，確定自我上一次在睡覺前檢查過房間後他或社區的人並沒有溜進來。另一個驚醒的原因是因為我做惡夢，夢見我變成了《坎特伯里故事集》（*The Canterbury Tales*）*「總序」裡那個病懨懨又憤世嫉俗的列夫。屋子也在造反。敲擊聲，吵鬧聲，移動聲，空氣的騷動，物品亂放。房屋在敲打、頂嘴、製造不和諧——都是為了指責我，警告我，提醒我那些我早已知道圍繞在四周的威脅。而這總是在午夜時分在我的房間裡發生。床頭櫃會傳來一聲敲擊把我驚醒，許多東西開始發出響聲，例如牆上的一張相片，或我正下方地板突然傳來一聲鐵鎚的敲打聲。也可能是臥室房門突然開始抖動。有一次屋裡的幽靈拉掉我的鳧絨被，然後用力甩我的小腿，讓我全身幾乎翻面掉落到床下。媽從她的房間裡喊道：「老天爺啊，小女兒們，我想要在睡前看一點書。幹嘛敲來敲去的？」小妹妹們從她們的房間裡喊道：「媽咪，不是我們！我們在睡覺。是四姊！」「不是我！」我喊道：「是屋子，是屋子裡的幽靈。我也在睡覺。」不過，我雖猜測屋子是要我針對牛奶工這件事採取行動，卻不知道它期待我該怎麼做。然而，屋子既然努力把我叫醒，我只好保持清醒，而晚上缺少睡眠就導致我白天在工作時總是昏昏欲睡，無精打采。我的上司已經兩

---

*《坎特伯里故事集》（*The Canterbury Tales*）是英國詩人喬叟所著的詩體短篇小說集，於一三八七年出版，以中古英文寫成。

次把我叫進辦公室訓話了。現在，我的法文課也失去了光彩，或者是我失去了對那光彩的渴望。法文課已不再令人興奮，而是「有什麼意義？沒有意義。」我也變得厭倦，每個星期愈來愈不想到市區去上課了。接著我的雙腿會痛，所以我就慢慢地不再和三姊夫去跑步。起初偶爾會去跑一跑，接著因為受不了疼痛也缺少協調性，所以愈來愈常取消。到最後我再也無法放鬆或感到自在，無法適當地呼吸，不像以前那樣：跑步會讓我呼吸順暢，讓我感到既踏實又充實。以前我視為理所當然的事物都改變了，於是我不再跑步。就連走路也停了。我的平衡感很奇怪。我變得彎腰駝背，有氣無力。當時我試著告訴自己，是**我**停止跑步，是**我**不想多走路，沒有人逼迫我。然後我放棄與也許男友共度的一天，接著又一天，並告訴自己那是**我**的決定，沒有人指使我，星期四並不重要。那是我對也許男友最沒承諾的一天，我也提醒自己，畢竟我們只有也許的關係。即使如此，去掉星期四，牛奶工仍繼續用汽油彈施壓。他又加入一種新的危險，威脅也許男友可能被殺，不是被他那個地區的反叛者，就是他那個地區的任何人，因為他的叛國和告密行為。「當然是很荒謬啦。」他說，但補充說這裡很多人都死得莫名其妙。說罷，牛奶工自命是救星和解毒劑。他暗示，只有他一個人有力量化解也許男友面對的一切危險。然後還有那些便車，自始至今，提供我搭便車。而且還不只有他的便車。現在本區其他人，他的手下，他的親信，那些認為必須聽他的命令行事的僕人，會在我身邊停下車，表示要載我進城或出城，但完全不提是牛奶工派他們來的。不過從這種過度的效果就很容易看得出來，他們是奉命行事。他們會求我，告訴我說只要我同意並坐進車內，就是幫他們一個大忙。

同時，我和也許男友之間的關係變得愈來愈緊繃了。除了我說：「請你不要再開你的車好嗎？」和他的回答：「我當然要，妳對我的要求並不合理，妳不講理。」之外，我們也會為其他的事情吵架。如果他不會被汽油彈炸死，那他會因為有國旗的那部分零件被反叛者帶走。要不然，那些在他的地區不是反叛者但目標卻一樣的那些人，那些狂熱分子，也會集結起來，同樣為了那個想像的國旗零件，要把他幹掉。至於關於增壓器的謠言，提到了無論上面有沒有國旗，也許男友擁有這東西就是不愛國，因為這樣，根據也許男友所言，他現在常被國家以專業且迅速的方式拍照。我無意間聽到他跟廚子的談話，他說從照相的頻率看來，他相信他也受到他的地區之外的關注。他打趣道：「好像是因為國旗、象徵、賣國賊的身分和增壓器，我被國家視為可能的告密者。」矛盾的是，他也說如果照相的不是小國而是該地區的準軍事組織反叛者，他也不會感到意外。「可能他們在留意我，」他又打趣道：「看我是不是已經變成告密者了。」接著還有那些業餘攝影師，業餘的文獻資料管理者，在我們這個紛擾的年代在日曆上標註重要事件的編年史記錄者。他說那些男生都虎視眈眈，尋找任何可能成名或獲利的機會，他們無處不在，捧著照相機或錄音機想要捕捉，並且，他們說，為後代保存歷史、政治、和社會的見證。他們說：「誰知道在未來可能最被認為也最被追尋的悲慘事蹟會是什麼。」我當然知道，雖說也許男友不知道。他不僅可能被國家認為是有潛力的告密者而拍照，被反叛者視為是可能的告密者而拍照，被那些幕後創業者認為有一天可能因為被視為告密者而遭殺害因之成名而拍照，更因為被國家認為是一個與列在他們名單高層者有關的人的相關者而二度拍照。至於有國旗在上面的增壓器的謠言造成的後果，也許男友的鄰居和熟人慢慢地遠離了。雖然他們欣賞那個增壓器，而且曾在那短暫的快樂時光中對那增壓器感到激動且充滿熱情，但還有別的事物，例如「擁護軍人」、「熱愛軍旗」、「國家」、「擁護『海那邊』」、「街頭公義」等，帶給他們的情感衝擊都更大。人生苦短，有時候非常非常短，為何要冒險被指控為共謀者、幫凶、或有不適合該地區居民之行為的暗示呢？這就是為何他們認為最好切斷與也許男友的任何牽連，雖說他最好的朋友仍不離不棄。還有另一位朋友，那個據稱與也許男友共事，住在「馬路那邊」的人，也就是也許男友那個宗教信仰不同的同事。據說，此人——艾佛——表示願意提供保證也許男友並沒有那個上面印有國旗的零件，因為艾佛自己得到那個有國旗的部分，所以他提議送一張他自己在他的愛國者管理地區內拿著印有國旗部位的拍立得照片給他的同事，那樣也許男友萬一在他的地區被抓到反叛者的袋鼠法庭且被指控叛國時，就可以為自己辯護。艾佛說，雖然他認為是敵人的反叛者可以去死一死算了，但他樂於為他同事提供證據的照片，幫助他脫離目前艱難的處境。當我聽說有關艾佛存在的這個謠言時，我也意識到我的錯誤，就是想像他是一個臨時可以保護也許男友來對抗牛奶工的人。我為自己這種天馬行空的想法感到驚駭，雖然我並沒有說出來。現在，這個謠言已經存在了，自有其生命，我只能希望雖然艾佛此時很不幸地被傳得沸沸揚揚，最終這個謠言會煙消雲散且被遺忘，從雷達上消失，彷彿從不曾存在過一樣。同時，在也許男友的地區裡，根本沒人相信有艾佛其人——無論他有多好意或可能承諾要送來一百張拍立得照片或兩百份支持也許男友的手寫證詞——因為他不是跟他們同一掛的。就算他真的存在吧——就算我們忽略他不可能會願意為了他自己社區深愛的旗子而出面去平撫那些反國旗情緒的事實吧——身為一個真實的證人，他也沒什麼用處。實際上，艾佛並未送來任何照片、底片或手寫的證詞。儘管他滿口承諾，他什麼也沒做，而這反而更加強了社區的意見，就是背叛的也許男友畢竟擁有有國旗的那個部位。

我說了，很複雜。而這一切讓我們的關係惡化，我和也許男友——有關我和牛奶工的謠言在我的地區影響著我，而有關他和國旗的謠言在他的地區影響著他。這些謠言和它們對我們的影響讓我們的也許關係急轉直下。在壓力下，我們開始吵架，而且比起以前，我們不一定溝通但卻是會正常的和對方分享，但現在卻溝通地更少了。我覺得很明顯的，就像我不告訴他關於我和牛奶工的事，和那些我和牛奶工的謠言，也許男友也有他自己防禦性的沉默，源自他對抗我和對抗所有人的固執，那也是他自衛的方式。

於是吵架、鬥嘴就開始了，每過一天我們之間就更緊張。除了我問：「你一定要開車嗎？」或我愈來愈相信到最後我可能必須服從牛奶工，拋棄也許男友之外，我還沒想出任何解答。同時，也許男友在他的地區也愈來愈難過日子了，倒不是因為國旗的議題或因為國旗議題而可能被說是告密者的恐懼。他難過日子是因為反叛者登門造訪，要求要分一杯羹。這是跟增壓器有關，因為這增壓器早已變成八卦的主題，而最近的謠言是他要留下國旗但要賣增壓器賺一大筆錢。於是他們登門造訪，他的地區的反叛者，要求要分一杯羹。當然，我說「要求」，是說他們認為有可能分到一些錢，其實就是「要錢」。只要你在反叛者掌控的地區住過，你就常會聽到：「為了本地區的目標和防禦，我們必須徵用你的這個和那個。」那包括所有的東西——你的房子，你的車子，或他們要你買任何東西可能得到任何折扣的好處——賓果遊戲贏來的彩金，年終獎金，尤其是在麵包店買假巴黎餐包省下的錢，或在角落商店買一罐聰明豆的折扣。所有的折扣和折扣的好處，你都必須交出來，為了——當然——本地區的目標和防禦。因此本地的男生，地區的反叛者，想要分一杯羹，要求分一杯羹，他們都可能去任何一戶人家要求分一杯羹，而在這個時間點一直發生這樣的事，這也就是也許男友為何怕他們上門來，怕他們會要求他們認為也許男友賣掉那個東西的好處，但他根本就不會賣，而他絕對不會賣，因為他就是那樣的人，因為那是賓利跑車的增壓器，他們——四個人都戴著萬聖節的面具，其中有三個帶著巴拉克拉瓦頭套，全都拿著槍——在晚上七點出現在也許男友的門階上，他們這樣說，如果他想要把那個增壓器賣掉的話——或是已經賣掉了，他們說，別忘了他們以及為了本區的防禦與進一步的目標所需的收益。他們又說，如果他在屋子裡的某處藏了一整輛賓利跑車的話，他們得加以徵用了。說到這，他們停頓了一下，從面具下瞪著也許男友。也許男友說這時他知道，他們決定改變主意只是遲早的事：既然可以全拿，幹嘛還要「分一杯羹」呢？然後他們走了，他說，雖說在他們離開前，其中一位在這段對話中看起來不像是個反叛者。他沒有槍，沒有面具，穿西裝打領帶，不是本區的人。他是在前一天得到反叛者的許可進入該地區的。因此他出現了，且立刻為他的打擾而抱歉，站在那些戴著面具拿著槍的本地男生之間，出現在也許男友門前，他自我介紹說他是市中心藝術委員會的公關人員，說他想知道是不是可以在也許男友的屋子外牆上釘上一塊牌子。他拿出這塊牌子，上面以金色字體寫著那對國標舞冠軍曾在一九××年到一九××年之間住在這裡，然後才離開此地成為國際知名的舞蹈明星。「這會讓這個地區比較正式一點。」他解釋道：「釘上這塊牌子，表示在我們這個小世界並不只有厄運、黑暗、和戰爭，我們並不總是槍殺和爆炸，還有藝術和名人和吸引力。」他沒有仔細解釋他認為誰會跑到這個非軍事組織的據點來讚嘆這塊牌子，談論藝術和名人，因為根本不會有人來。事實上，會看到這塊牌子的只有加強巡邏和武裝的警方和「海那邊」的軍事人員，他們會定期突襲，搜尋反叛者，所以不會有心情去欣賞那塊牌子或吸收那一類的文化，要不然就是當地人會看到那塊牌子，但他們不會因此得到新知，因為他們已經知道那對國際知名的舞星曾經住過這裡。也許男友說他不想要那塊牌子釘到他的牆上，所以反叛者就跟那個藝術委員會的人說，只因為他為打擾別人而致歉，並不表示他沒有在打擾別人。他們又說，一個自稱是藝術人員的人——畢竟也是政府的公務人員，無論他是否得到許可到這裡來——說不定就是國家的間諜。這時那個人說：「好吧，我們不必釘那塊牌子了。」說罷，他依然愉快，把那塊牌子夾在腋下，又嘗試將名片塞給也許男友卻遭回絕後，就離開了——不過，也許男友說，他迅速回頭去想那些反叛者已經決心要把手伸向他的賓利增壓器，那是他公平公正贏來，也是他深深喜愛的。這讓我們之間的關係更加緊張，因為我對他失去最基本的常識感到震驚：那些反叛者來要他的增壓器，或來要求分一杯羹，而他竟然一點也不擔心。罵他是賣國賊的指控已經到了甚囂塵上的地步，所以很容易想像他們現在登門找他——戴著面具，拿著槍，說不定還有各種挖土和掩埋用的鋤頭——不是為了要那個增壓器，而是為了要他。畢竟，有很多人因為做了一些比揮舞不屬於這裡的國旗更不顯眼的賣國行為而被殺——就算你並沒有真的揮舞那些國旗。所以我說：「也許男友，就給他們吧，因為你一定知道，因為你不可能不知道，如果他們想要，他們不可能得不到。」這讓他生氣。但我覺得很顯然的是，雖然他不知道，更大的問題是他的生命有危險。他似乎忘了性命攸關了，只因為他的固執和對車子的迷戀和他無法理出優先順序並接受有時候你必須退讓、必須放手，或許你會沒面子，但有些事物比起其他的並不值得堅持。可是他的想法就是不一樣，而那成為我們爭吵的一個理由，因此有一天我們在他的客廳裡為了增壓器吵了一架。他現在有一種習慣，就是好像每隔十五分鐘或半小時就會神祕兮兮地移動屋裡的東西。他希望因為屋裡有許多汽車零件，囤積了一大堆東西，所以反叛者會變得困惑，厭倦，然後像嬰兒一樣無助，最後就會放棄而不再堅持要搜尋。這又再次令我震驚。這似乎進一步證明他的思考能力日漸減弱，他的判斷力愈來愈差，所以他看不出他們不會自行搜尋增壓器，而是會用槍抵住他，要他立刻把增壓器從隱蔽之處拿出來交給他們。我對他這樣說了，但他卻因此更加生氣，所以這個增壓器就一直不斷地被移動，雖說在前一個晚上到今天早餐之前，增壓器是被放在也許男友前幾個晚上才在廚房做的一面假牆壁後面，但目前增壓器被他從一個他刻意在走廊後側的地板下方挖出來放增壓器的洞內拿出來。現在，直到他目前正打算在樓上的房間裡做好一個隱蔽的雙層隔板藏物小洞，他在裡面放了一個他認為很像正常汽車零件的一個鏤空的汽車部位，但我已經看出來他又在到處找一個適合藏匿那東西的所在，雖說二樓那處雙層隔板的藏物小洞本來就是為了這玩意兒設計的。同時，在這巨大的桶狀汽車機器裡面，還有各式各樣的汽車零件混在一起，上頭還技巧性地堆了一條浴巾、抹布，和他的一些衣服。這一堆東西就放在我們之間的那張矮桌上。就在這時我再次控訴他開車。我還沒說完，他就打斷我，而且第一次指控我以他為恥，因為我不讓他去門口接我，只是要他在那些孤立的交界處路口和我碰面。我回嘴指控他喜歡烹飪，喜歡和廚子去買烹飪材料，喜歡動手做菜。然後他開始列舉最近我迴避他的場合，強調我以他為恥的證明，再加上我已經不再和他共度星期四，而且我們的星期四到星期五晚上，延續到星期六，以及星期六整天到星期天，我都變得非常疏遠。他說的是真話，因為我把與日俱增的厭惡轉移到他身上，但我知道其實我厭惡的是牛奶工。起初我沒有回答，讓他有時間進一步指控他觀察到我最近毫不吸引人的麻木狀態，說他覺得我變得愈來愈麻痺，說我好像已經不再是個活人，而是藝術家拼湊起來的木頭假人——這時我必須制止他，因為我受不了他只說我的臉而已就可以說完我的麻木狀態。我們之間堆積了愈來愈多無法原諒的事，造就了緊張和壓力。我們在他的車裡時，又有另一種壓力。我又一次開始嘮叨他為什麼一定要開車，他說他是要載我回家，說他要載我到我家門口。然後我會想，他快變成牛奶工了，對我頤指氣使，他以為他可以控制我，要不然我就會想，他是想說他已經受夠我了，所以他才要載我回家，因為他想擺脫我。「停車！」我會大叫：「立刻在這個無人的分界處停車！」但他不肯停車。他會說他不要我下車，但我會說我要用走的，而他會說，啊，不要用走的，但那又再次洩露出他想要我瘸了，想要我跌倒，想要我殘了，就像牛奶工一樣。所以我們之間就有許多：「妳是怎麼了？」「妳有毛病。」「所以說妳有毛病。」「妳到底怎麼回事？」接著是：「我載妳回家。」「我不要你載我。」「我載妳回家。」「我不要你載我。」在我看來這是個詭計，表示他不再想擺脫我，而是試著要克服他的健忘，好延續我們的也許關係，然而不是延續彼此相愛、親密的正常關係，而是那種跟蹤、占有、控制的關係，藉著欺負我而想要那樣，而這絕對不會是一個想尋求一段可敬的伴侶關係的人會做的，同時，他會說我想要在一個危險的無人地帶中間下車是個詭計，是一種殘酷的操弄，想要折磨他，是一種情緒勒索，為了要讓我們的也許關係以某種黑暗又不值得的方式延續。「來陰的。」他會強調；也強調到目前為止他都以為這種招數是我不屑使的，這時我就會被迫叫他「幾乎一年的也許男友」，而不是比較親密的「也許男友」，而且我會覺得我疏遠他是其來有自的，雖說他必定也有同樣的想法，因為他甚至會以更正式的「目前為止幾乎一年的也許女友」來稱呼我，那表示如果我們繼續這樣吵下去的話，不久我們就會以更正式和疏離的名稱來稱呼彼此，例如是我們相遇之前比較合適的稱呼。那就是情況的演變，我們之間變得緊張，他在他的地區變得焦慮，而我在我的地區也變得焦慮。我時常將事情搞混，前面搞到後面，為不值得怪罪的事情或就算值得怪罪卻不是他做的事情責備他，而從他的行為和他對我說的話來判斷，我覺得他必定也在經歷相同的感覺。同時，在這一切的背後某處，牛奶工就卡在我們之間；還有也許男友可能被這個牛奶工殺害也卡在我們之間。在這一切的背後，還有我大姊的影像，我那個永遠悲傷、難過的大姊，在尷尬的沉默中坐在我們家裡，臉上是被殺的前男友出殯那天的表情。

因為這些多餘的見面——真的和捏造的——也因為我繼續不願透露任何事情，而這現在對我而言已經是一種費時的、揮之不去的過程，我從小學就在一起的最久的朋友傳話給我說她想要見我一面談一談。她避開電話溝通，透過一個偵察員——這個時代最機密的活電報——傳話要我安排。我請他轉告她說我會在當晚七點到本區最受歡迎的酒店大廳去碰她。我喜歡我最久的朋友；至少以前喜歡，或仍然喜歡我知道的她。只是我現在對她所知無幾，因為我們幾乎不碰面了。有關她的一件事是，他們全家都在目前的政治問題中遭到殺害。她是唯一的倖存者，獨自一個人住——雖說她快要結婚了——在死氣沉沉的家中。至於我們的友誼，她是我可以說話、可以傾聽的人，是我在這世上最後一個可以信任、不會讓我的生命虛脫的人。她跟三姊夫一樣，不會說長道短。政治上，她眼觀四面、耳聽八方。她指控我故意不那樣做，而因為是事實，所以我也不能否認。我自衛的方式是提醒她我痛恨二十世紀，加上本區無止無盡的八卦——同樣可恨——真讓我受夠了。我最久的朋友就不是這樣。對她而言，每件事物都意有所指。對她而言，每件事物都有用處，或一定會有用，所以應該儲存起來以備未來不時之需。我會說她的資訊取得、她的沉默寡言、她的累積儲存——不只是真正的現實，還有傳聞和臆測的現實——很有問題，也很險惡，很可怕。她會回答說我是五十步笑百步，我們那晚在本區最受歡迎的酒店大廳碰面時，她特別這樣告訴我。她說，也許我不知道，我不只是有問題、險惡、且可怕而已。我以為她是指我沒有耳聽八方，沒有累積資訊並散布本地的評論，也因為我一直以來都很固執，拒絕告訴那些好事的王八蛋說他們太多管閒事。「我為什麼要說？」我說：「我不想理他們。再說，我又沒做什麼。」「很多人也都沒做什麼啊，」最久的朋友說：「他們現在也沒做，未來也不會做，躺在那平常地區他們自己的棺材裡。」「可是我一直都只管我自己的事，」我說：「做我自己的事，在街上走過，只是在街上走過——」「沒錯，」朋友說：「還有那樣做。」我問她這話是什麼意思，她說她等一下就會解釋給我聽。首先要先談另外一點。在那一點之前，還有另一點，那就是自從我們畢業後，最久的朋友和我並不常見面。每當我們見面，我們的見面變得愈來愈嚴肅，愈來愈不愉快。我記不得上次愉快是什麼時候了。即使在她的婚禮，在這次我們於酒店大廳會面的四個月後舉行，也同樣缺少愉悅。事實上，我感受到一種無法擺脫的強烈印象，就是每個與會的人都像是在參加一場喪禮，而非婚禮，到後來我必須提早離開婚宴，回家去，在大白天裡穿著慶賀的禮服，沮喪地倒臥在床上。在那一點的另一點是，我們之間有一種默契，就是我不問她的事，而她也不主動告訴我。自從她開始做她的事後，我們就有這種約定了。那是四年前的時候了。

於是我們就在大廳樓上，點了飲料，坐在後方。沉默了片刻之後——在我們倆之間都是這樣開始的，這並非不奇怪，她說：「我知道妳可能什麼也沒做，但根據謠言，妳似乎什麼都做了。先不要急著辯解，最久的朋友，但告訴我，妳和牛奶工人之間到底是怎麼回事？」

我注意到她稱呼他為牛奶工人，並且是用專有名詞。其他人都稱他為「牛奶工」，而且只有本區年紀最輕的人相信他是一個牛奶工，但也不會相信太久。我現在決定，如果她稱呼他為「牛奶工人」，那表示他就是一個「牛奶工人」。她比外界任何無知的人知道更多內情，因此，由於她知道內情，也由於我們的友誼，我說出來感到如釋重負，雖說我在開口說出一切之前根本不知道我承受多大的負擔。我知道她會相信我，因為她知道我，因為我知道她，或至少以前知道她，因此沒有必要感到焦慮或必須決定要不要信賴她。我也不需要努力說服她。我只要一五一十照實說出就好。我就那麼做了。我告訴她他如何快速出現，他的沉默宣言，他知道我在什麼地方，他知道有關我生活的一切。我告訴她他告訴我該怎麼做，卻不需要開誠布公地說出來。然後，他迅速地離開和他的出現，同樣都令人吃驚，以及落入陷阱般的感受壓得我喘不過氣。他跟蹤我，追蹤我，知道我的例行公事，我的行動，還有和我見面的每個人的例行公事。我說，他有計畫，但從容不迫。他有自己的步調，但很明顯的就是他有一天會把這個計畫付諸實行。我還說到他不碰我，雖然感覺他似乎一直在碰我，而在等待、預期、和害怕中我頸背的汗毛直豎。接著我說到那些吸睛的車和那輛廂型車，雖然我知道最久的朋友一定已經知道這些了，我又說到我的直覺警告我絕不可以崩潰而踏上其中一輛車。然後我說到國家勢力和他們對我的監督，因為他們在監督他。他們會照相，我說，不只照我和他，也照我單獨一人或我和任何人——我正好碰到的人或我安排見面的人。這些隱藏的照相機會發出喀嚓響聲，我說，然後毫無關係的人就會受到牽連，無論是否有什麼已經在、或正在、或將會發生的事，接著我提到那些拍馬屁者、巴結的人的出現，那些人開始出現，假裝他們喜歡我，而明明他們就不喜歡我。令我驚訝的是，我甚至提到好色的大姊夫。

最後我又說到媽和她的聖潔和她為了我向哪些聖徒禱告，然後是那些難以捉摸的謠言散播者，他們要是聽說了什麼會添油加醋，要是沒聽說什麼就自行捏造。最後我談到未來可能會有汽油彈把與我有也許關係的也許男友炸死。就那樣。我全都說出來了。我不再說話，喝了一口飲料，靠向有天鵝絨座墊的椅背，感覺輕鬆多了。我對一個對的人說出一切。最久的朋友一定是對的人。我那樣雜七雜八——不照時間順序地——說出一切，似乎就證明了她是對的人。

所以我都說給她聽了。有人傾聽、接收，不被意見太多又感覺遲鈍的人打岔或中斷，感覺很棒、很受尊重。最久的朋友有好長一段時間都沒說話，而我也不介意她不說話。這似乎表示她在消化訊息，讓訊息沉澱，並判斷在適當的時間做出最正確和公正的反應。因此她保持沉默，按兵不動，直視前方。就在這時我第一次意識到，她常常在我們碰面時這樣直視前方，其實跟牛奶工相當類似。除了第一次他在他的車裡傾身望向車窗外的我之外，他從未轉身面對我。難道這是他們在非軍事組織訓練學校裡都要學習的「大頭照標準姿勢」嗎？我正這樣思索時，最久的朋友開口了。她沒有轉身，說：「我明白為什麼妳不想談。那是有道理的。當然，妳現在已經被認為是社區的心智嚴重失常者之一了。」

我沒想到她會這樣說，立刻覺得我一定沒聽對。我問：「妳說什麼？」而她又說了一次，傳遞消息——這是消息——就是我現在跟社區下毒者、下毒者的妹妹、為了美國和俄國自殺的男孩、支持女性組織的那些女人、真正的牛奶工——也是公認的不愛任何人的男人，和他們一樣，也是個荒唐、背棄社會的心智嚴重失常者。我驀地坐起身，覺得我的嘴巴一定張得老大。至少有一下子，幾週來那麼一瞬間，就連牛奶工都離開了我的腦袋。「那是不可能的。」我說，但最久的朋友嘆了口氣，然後真的轉身面對我：「那是妳自找的，最久的朋友。我一再告知你，我的意思是，不知多久以來，從小學開始吧，我一直警告妳要改掉堅持在公共場所看書的習慣，而現在我更懷疑妳邊走邊看書已經上癮了。」我說：「可是——」她說：「那不自然。」我說：「可是——」她說：「令人不安的習慣。」我說：「可是——」我說：「可是——」我說：「我以為妳是指因為交通的關係，萬一我走進車陣中。」「跟交通無關，」她說：「比交通更不名譽。但是太遲了。社區對妳已經做出診斷了。」

沒有人，尤其是青少年，喜歡被標記為一個怪異的人。我！跟我們的下毒者藥片女孩在同一艘船上！這真是太叫人吃驚了，也太不公平了。而且，每一個人——除了也許男友以及——我雖不願承認——以及牛奶工之外，都責怪我那個無傷大雅的邊走邊看書的習慣。過去幾個月，自從牛奶工出現以來，我一直被教導，在我完全沒意識到在別人會看到我的情況下，我對別人造成多大的衝擊。「那很詭異、變態、固執地堅持。」最久的朋友繼續說：

「最久的朋友，這並不是一個人走路時看看報紙想要知道最新的標題是什麼。而是妳的做法——讀書，一整本的書，記筆記，看看註釋，標記段落，彷彿妳是坐在書桌前或什麼的，在私人的小書房裡或什麼的，拉起隔帘，開著檯燈，身邊放一杯茶，寫下一些文章——妳的論述，妳的苦心著作。那令人困擾。那很不正常。那是一種視覺幻象。沒有公共精神。沒有自我保護。引起別人注意，而——敵人就在門口，社區被包圍，我們全都必須通力合作的情況下，這裡誰會想要吸引別人注意呢？」「慢著，」我說：「妳的意思是，他可以拿著炸藥到處亂走沒關係，而我卻不能在公共場所讀《簡愛》（*Jane Eyre*）嗎？」「我沒有說在公共場所，只是不要邊走邊讀。他們不喜歡。」她指的是社區，又再度直視前方，她說她並不想要模稜兩可，似是而非，像「海那邊」那樣的含糊其詞，但只要我願意注意一下適當的環境，我就會看出炸彈比邊走邊看書還要正常——「只有妳一個人認為邊走邊看書是正常的」——那確實可以說是這個地方完整的詮釋。「炸彈是不尋常。」她說：「那不是意料中的。不是可以理解或明白的，就算這裡多數人都不會擁有、從未見過、不知道它長什麼樣子、也不要跟它有任何關係。但是那東西就是符合這個地方——比妳危險的邊走邊看書更符合。這和妳是否有意識有關，而妳的行為看得出來妳並沒有意識，因此，妳從這些角度看，從整個脈絡環境來看，那，是的，」她說：「他可以而妳不可以。」

她的話具有中世紀哲學「相對與絕對的對比」的層面，所以我可以感受到的確有幾分真實。然而，我不喜歡她的話暗示我是心智嚴重失常、無藥可救的人。「只因為很少人像我這樣邊走邊看書，」我說：「不代表我是錯的。最久的朋友，如果有個人比起整個沒有理性的社會其實是很有理性，但所有人可能都會認為他瘋了——但這個人真的瘋了嗎？」「是的。」最久的朋友說：「如果在這個顛三倒四的世界中他們堅持自己的生活版本的話。不過，那反正不是妳的情況。」她又說：「因為還有另一件事。」我猜——因為，我幹嘛不能那麼猜？——她指的是更多關於牛奶工的事，但最久的朋友說她不想要太嚴厲，她不想讓我下不了台或覺得很窘。「但最久的朋友，妳的作為，」她說：「妳捧著貓頭到處亂走，妳到底在想什麼？」她終於說出大家都知道我帶著死動物。也許是為了某種儀式或黑魔法嗎？最久的朋友說社區正在冒風險。或許想要透過各種妖精召喚一種儀式，來對抗些虔誠的女人的鈴鐺和鳥和寓言和占卜？還是我懷孕了？我懷的是牛奶工的孩子嗎？「是的！一定是的！」他們說：「牛奶工讓她懷孕了，所以因為荷爾蒙作祟的關係——」「沒有什麼貓頭！」我喊道：「只是一顆貓頭！只有一顆！只有一次！」朋友咬咬下唇。「所以妳認為，」她說：「邊走邊看書，在暴動和槍戰時讓檯燈的燈亮著，以及口袋裡裝著一隻死動物而不是無數隻，完全無關緊要嗎？問題是，最久的朋友，妳為什麼帶著一顆貓頭走來走去？」我深吸一口氣，因為我要如何解釋呢？如何說我只有帶著那顆貓頭一次，只有一下子，尋找——即使當時我也受到了監視。我已經不知道要如何說話了，而且我意識到即便在這裡，和最久的朋友，和曾經是我思想上的姊妹在一起，我的生命也在持續枯竭中。我坐在這裡，必須說服並證明自己，對一個我總是可以信賴的人，一個在我心中經過認證的人，雖說隨著時間消逝——已經過了四年了——我看得出我們已無法溝通；看得出現在——我不知道為什麼，也許是因為我們之間的默契？也許是為了我好？——我們之間已經沒有太多互信了。我想我可以對她說我覺得是十分鐘地區的炸彈造成的結果，如果不是舊汽油彈就是賽姆汀炸藥（Semtex）＊造成的。我沒有說，因為我如果那樣說根本就像個瘋女人。再加上自從小學以來在我和最久的朋友之間存在的那種真實、不做作、坦率的關係，現在似乎已經結束了。我不再想要解釋，因為我可以看見在這一刻她眼中的我是什麼樣子，他們所有人是如何看我的。再說，我也不知道為什麼我要拿著那顆貓頭。現在，突然間，我感到悲哀。我沒有要切斷與最久的朋友之間的關係並抽身退開，而是最久的朋友已經抽離了。我們的信賴已經消失。就算我們之間還有某種關愛，那也已經不一樣了。因此，離開那個，躲避那個——因為那就是人，那就是關係，總是不出所料，也離開有關貓的那檔事，我說：「現在我們可以回到重點嗎？」

最久的朋友面露驚訝——她很少會這樣。「這就是重點啊！」她說，反而讓我感到驚訝。我說：「我以為牛奶工才是重點。」「不是。」她說：「他為什麼會是重點？他是重點之外的一點。邊走邊看書，以及妳堅持這樣做的冥頑不靈，加上那件事本身具有的危險，才是我們今晚見面的原因。但妳知道」——她說到這裡頓了一下，因為她似乎突然有種靈感和洞察——「或許那也是重點吧。」她又說：「我是說某種療效——雖說那是不太令人喜歡的『黑暗中的一線光明、烏雲、在受苦中學習』那種——牛奶工對妳的這種掠食畢竟發生了。妳雖不想參與，但現在被牛奶工所迫而必須參與，就像人生帶給妳的真正的考驗——去圍捕妳、逼迫妳、帶妳走上人生旅程的下一個階段。就我所能看到的，最久的朋友，唯一讓妳踏上這旅程的事，就是牛奶工出現在妳的人生中。」聽到這裡，我心想，她是個自以為是的混蛋，所以我對她說了，但她說不是，我們不應該涉及人身攻擊，但她說的如果不是人身攻擊又是什麼？她說我們務必聚焦在重點上。這個重點是：我的邊走邊看書讓社區困惑；有些人可能沒有能力理解解釋，但那不能阻止其他人對他們解釋；誰都不應該在這種政治情況下不用腦袋；我竟會因為社會問題和常態性詢問，甚至無害的資訊要求而感到恐懼，這很不正

＊賽姆汀炸藥（Semtex），是捷克製造的工業以及軍事用的炸藥，是一種通用的塑膠炸藥。

常，雖然我反駁說我可以接受問題，但她搖搖頭說我能接受的只有文學上的問題，而即使是文學問題，也只限於十九世紀或更早之前的問題。另一個重點是，她說，我不放棄臉部和身體的麻木，儘管所有人都知道用麻木做為一種保護在此處是行不通的。然後還有女生走路的事實——「女生走路？」「是的，妳就是走路的女生。有時候妳是看書的那個女生，有時候妳是蒼白、堅定不移、無畏無懼的女生，走來走去，滿腦子根深蒂固的想法。」接著她說她要對我有話直說，彷彿到目前為止她都沒有有話直說似的。「沒有人要妳提供一些自傳式內容，」她說：「可是妳邊走邊看書，面無表情，又完全不給任何線索，所以他們不肯放過妳，轉移到下一個人去。最久的朋友，妳必須得到他們的喝采。」她說：「如果妳不停止那麼高傲，因為他們認為妳很高傲，而且自以為可以不受苛責，因為妳和那個人上床——」「我沒有和他上床！」——「被認為和牛奶工上床，也因為那個男人在這場運動中是有分量的，有他在背後幫妳撐腰——所以他們當然不會直接採取行動。不過，妳一定知道，」她下了結論：「妳一定了解，對他們來說，妳已經墮入艱困區域了。」她指的是「告密者類」的區域——並非我是告密者。這是個大雜燴的區域，妳就像告密者一樣不被接受，不被讚賞，不受尊敬，不屬於一邊或另一邊，沒有任何人挺妳，甚至妳自己都不挺。不過，以我的情況而言，我墮入艱困區域似乎不只因為我不肯對別人談論我的生活，或因為我的麻木，或因為我對問題感到可疑。他們對抗我的另一個原因是，我並不被視為唯一的女友，也就是說，他還有其他的牽扯。他是有其他的牽扯。其一是他的太太。所以我是新的競爭者，第三者，小三，蕩婦。還有，就像告密者一樣，當你不再被需要，你已經被取而代之，你已經不再有用或在沒用之前就被推翻，別人就會想要找回自己的地位——有時候是他們自以為是的後果。那就是艱困區域。其情況很複雜，甚至充滿矛盾，為了方便起見都被籠統地歸為一類。但是她錯了。我並未墮入艱困區域，我是被推入的。

我說：「好吧，我不會再那樣做了。」我是指邊走邊看書。我已回到邊走邊看書這個重點，來迴避頑固不靈的重點。如果我必須放棄什麼，那我寧願放棄這個。「這樣才對。」最久的朋友慫恿道：「好好想想，不要那麼固執了，隨和一點，不要高高在上，表現得友善一些。只要不重要的東西就可以讓他們滿足，不要用沉默鼓勵他們。然後，如果妳也停止那令人猜不透的邊走路邊看書的習慣，那也會讓情況有所改善。」我點點頭，但我說邊走邊看書不會是「也」，而是唯一的重點。我需要我的沉默，我的不配合，來保護自己免於受到他們不停發問的騷擾。比起最久的朋友，我自己的看法是，用消息來安撫他們或得到他們的支持，並不會讓他們不再追究，反而會讓他們進一步追問。而且，我並不想那麼做。我還不想那麼做。這是我在這個讓人氣餒的世界中唯一的一點力量。最久的朋友說：「那妳最好要小心了。」所有人也都這麼說。人們總是說：你最好要小心。可是當一切都讓你束手無策，當你從來無法控制一切，當一切都與你對抗時，要怎麼小心呢？一個人——在這世上的小小的一個人——可以小心嗎？於是我說了有關書和走路，作為妥協；這似乎相對地容易。我甚至不覺得後悔，因為到現在我已經無法享受其中的樂趣了。邊走邊看書所經驗到的放鬆，走出門而溜進從口袋裡拿出的書裡的世界中，或沉浸在那個剛剛才停下的段落之後接著的那個新段落中，自從被跟蹤之後，也自從謠言四起之後，甚至還有國家勢力起疑並為了國家安全的目的擋住我而拿走我手上的《馬丁．翟述傳》（*Martin Chuzzlewit*）＊之後，都已經改變了。而且我在看書時受到監視，我看什麼書也被報告，而不論我看不看書也會被至少一個人拍照。面對這一切，一個讀者怎可能將注意力集中在閱讀小說的喜悅中呢？

至於國家勢力，最久的朋友告訴我不用擔心照相機，喀嚓聲，資料儲存，說就算在牛奶工之前，也一定有關於我的檔案存在了。「整個社區都是一個可疑的社區。」她說：「每個人都有一個關於他們的檔案。每個人的住所、每個人的行動、每個人的關係都常常受到檢查和監視。只有妳好像沒有察覺而已。他們的監控，」她說：「他們的滲透，他們的偵察，定點監聽，房間布置、家具位置、和壁紙的繪圖，監視名單和地緣剖繪，削減供給和提供供給，還有『鵝媽媽』和用茶葉進行占卜，以及」她說：「他們的直昇機飛過一個疏離的、嘲諷的、存在主義般的地景，怪不得他們有每個人的檔案，因為每個人必定都有一些可疑的事在進行。他們甚至對著影子拍照。」她說：「透過輪廓和影子可以解讀這裡的人並分辨他們的相似處。」我敬佩地說：「說得太對了。」最久的朋友又說由於我的其他關聯，即使在牛奶工之前，就有一個檔案是我的名字。我本來想問什麼關聯，但她打斷我說：「天啊！我真不敢相信。妳的腦袋！妳的記憶！所有這些精神與意識的區隔和分裂！我是說我！妳和我的關聯！妳的哥哥們！妳的二哥！妳的四哥！」她搖著頭。「最久的朋友，妳注意到不用注意的事情。妳的腦袋與外界事物斷線。這種心智失常——太不正常。這太不正常了——看出，看不出，記憶，不追憶，拒絕承認明顯的事實。可是妳卻鼓勵如此，這些腦袋的扭曲，這種記憶的失序——還有最近的警察的事——全都是我在這裡所談的最好的例子。」她停下來，轉身瞪著我看。我覺得受傷，但也很驚慌，彷彿在任何一瞬間她都可能把我甩到一個我並不想去的空間。「怪不得，」她說：「他們格外費力地全時監控妳和制止妳。」「沒有格外費力。」我反對道：「他們是全時監控和制止我，但不像之前那樣，因為牛奶工——」「不對！」她說：「他們制止妳是因為妳邊走邊看書讓別人注意妳，還有——」「不是！」

＊《馬丁．翟述傳》（*Martin Chuzzlewit*）是英國作家查爾斯．狄更斯所著作的長篇小說。

我說：「如果那是真的，為什麼他們之前沒有制止我，在牛奶工——」「可是他們有制止妳啊！他們制止妳！他們制止每個人！」說到這裡，她的口氣從告誡轉為放棄。她說：「我想，就是在此時，我們也正在進入你另一次的未視感了。」「妳為什麼說是我的未視感？妳的意思是我常常都有未視感嗎？」我恍然大悟，那種感覺非常熟悉，像是我總是對於一段時間就想要與也許男友試著建立適當的關係的這個回憶感到非常不熟悉，就像是被卡住了一樣，每次我都認為那是我第一次要讓我們之間變得更親密。現在也一樣，根據最久的朋友所言，我會經歷以前從沒有被國家勢力制止過的幻想，而明明我就被他們制止過，她說，常常。剛開始是例行公事，她說，倉促的攔阻，他們對進出反叛者區域的每個人都會做的。但是現在——不是因為牛奶工，而是因為我愈來愈接近心智嚴重喪失——我不是被倉促攔阻，而是比倉促的次數多更多。最後她提到監視和我消失到另一個空間中，說就像照相機一樣，我不必太擔心官方對我的行為可能添加的註解。據說我現在已被歸類到心智嚴重喪失者，又以邊走邊看書聞名，而且根據社區所言，我看書是倒著看，從最後一頁開始，往回讀到第一頁，才好知道書中的驚奇之處，因為我不喜歡驚奇；他們說，為了個人迂迴且妄想的理由，我把書籤夾到書中，不然就是故意不翻到我上次停下的地方，而是狡猾地翻到錯誤的地方，才能欺騙眾人；根據報告，我喜歡數東西，我會數車輛、路燈，並列出地標，同時卻假裝是在對隱形人指引方向——而且都是在我邊走邊看書時發生的；據說我不喜歡書上或唱片封套上或掛在牆上的畫框裡有人臉的照片，因為我會想像那些人在監督我；最後，由於我會在口袋裡裝著死去的動物，「跟一個準軍事組織的人發生不倫戀算什麼？」她說：「妳已經瘋狂到那種地步了，誰鳥他？」

在這之後，當晚就輕鬆多了，是所有的消息之後較寬容的一部分。我們已經叫了飲料並開始喝，靠坐椅背，然後最久的朋友，只為了一吐為快，告訴我說開始傳播我的謠言的人是我的大姊夫。「不過妳不必在意他。」她說：「日前他也被介入，不久他自己的現狀也會受到檢視。」不意外的，大姊夫的現狀受到檢視是源自於他最近對性愛的執迷不悟。最近的謠言說他去造訪那些修女——社區最聖潔的女人——問她們關於手淫的問題，但偽裝要詢問藝術文化的問題。「他提到那座雕像。」最久朋友說：「妳知道，那座雕像，那個修女，聖女大德蘭（Teresa of Avila）*，常常會騰空浮起、神魂超拔的那個？」我知道她說的是哪一座

* 聖女大德蘭（Teresa of Avila），又稱為「雅維拉的德蘭」或「耶穌的德蘭」。她是十六世紀的西班牙天主教神祕主義者、加爾默羅會修女、反宗教改革作家，同時為天主教會聖徒，也是透過默禱過沉思生活的神學家。

雕像。我十二歲時，在學校的美術教室裡翻閱一本書，翻到有一頁上面印著那座雕像，當我意識到我看到的是什麼時，我大叫一聲急忙跳開。那完全出乎意料之外。非常突然。我完全沒想到當天會有那樣的體驗。她身上的修女袍飄飛，她被衣袍包覆，幾乎窒息，她在衣袍內，衣袍在她的身體外，活生生的，可能內側朝外，將她吞噬。衣袍上的縐折，那些盤繞，那些扭曲、糾結，活生生又移動的層次，當然會讓我驚嚇。那張圖片本身令我厭惡——卻又令我著迷。當我從最初的厭惡恢復過來，回頭再看第二次，然後第三次、第四次、第五次——直到第五次我才注意到那個握著神杖的天使——我想的是如果那袍子不在她的身體上，或許那會好一點，比較不那麼可怕。但如果沒有衣袍，而她在那種扭曲的情況下——赤裸著雙臂、雙腿、赤裸著一切部位——還有那張臉，望著某處——無助、不顧一切、沉浸在喜悅中——或者是喜悅的相反面——她的赤裸與禱告——只是那看起來不像是禱告，除非——喔，天啊！禱告就像那樣嗎？仔細想過後，十二歲的我認為，或許她身上還是披著那些既騷擾又飢渴的衣袍比較好。

「所以說，修女們。」大姊夫說，因為他到修道院去，打算拿出他的雜誌中同一座雕像的圖片。這位藝術愛好者將這張圖片帶在身上顯然已經有好一段時間了。「這是一張關於一座奉獻雕像激勵人心的圖片，那種心醉神馳、那種深思、神祕、妖嬈——我覺得是甜蜜的呻吟——然而對這情況卻又是無比侵擾且放蕩的描繪，妳們怎麼說呢？這真的是」——說到這裡，他面露深思、真誠，說出下面應該是很藝術性而非性變態的話：「這個女人，與上帝完美結合，這位修女——就跟妳們一樣——或許是透過神魂超拔的比喻而其實是慾火焚身？至於這個在旁邊猛刺的天使，基於妳們自己的經驗——」

他只能說到這裡。

他當然立刻就被看穿了，最久的朋友說，因為修女們並不愚蠢，對於藝術也並非無知，甚至於對他的眨眼、性錯位、衝動的名聲也有所耳聞。她們一直在為他禱告。事實上，在本地區的人們希望得到禱告的漫長名單中他幾乎被列第一位了。但現在她們把他攆了出去。這已經遠超過文明，遠超過安靜地請他離開，遠超過因為他就像她們一樣是人生路途上的聖潔靈魂而禮貌地指引他。不行。她們把他攆了出去——或者應該說，瑪莉·皮厄斯修女，大修女，把他攆了出去——在其他的修女們先摑過他巴掌之後。那之後，修女常到聖潔之地去拜訪——就是本地區那些充當神聖的修女與反叛者之間媒介的虔誠婦女們。當那群虔誠的婦女聽說了這件不檢點的消息後，她們去拜訪了反叛者。最久的朋友說，就是在此時，她們第一次決定大姊夫的行為必須受到檢視。

最久的朋友說：「這個人很難被制伏。」「的確。」我說：「我到底在想什麼？之前我都不覺得他那麼恐怖。現在他會怎麼樣？他們會對他怎麼樣？」——我問這話並不是因為我關心他。我是為了大姊，他的太太，我的姊姊，雖說當三姊聽說了這件事時，她說她非常高興他得到報應，而且沒有「願上帝憐憫他的靈魂」的那種同情。因為他深陷他的狂野折磨中，不斷追求煽情，缺乏謙遜的思想，而且對任何事和任何女人都有難以飽足的癮頭，非要插手不可，他就是無法克制自己。他對我們這些妹妹們也是一樣，我才十二歲大就開始了，還有本區其他的女性，而現在還包括本區的修女們。都是和性愛的競技場有關；這個男人只熟知這個競技場。所以三姊和我之前就設法要跟姊妹們談這件事。然而小妹妹們說她們不需要我們警告她們要提防大姊夫的狂熱、決心、和貪婪。她們說他有一種病態的強迫性神經官能症，而且那是顯而易見的。「只不過，那干我們什麼事？」她們又說：「為什麼妳們要跟我們說這個？警告我們提防大姊夫？」三姊說：「如果他想要做什麼的話。」她們問：「想要做什麼？」「就算他以一種似乎無邪的方式和妳們談某個話題，例如——法國大革命——」「法國大革命的哪個層面？」「任何層面。」三姊說：「或者，」她又說：「如果他想要跟妳們討論一下妳們三個很感興趣的科學理論，那個水熱法多元擾動——」小妹妹們說：「三姊，妳的說法是錯誤的……」我打岔道：「三姊的意思是，如果他站在德摩斯提尼（Demosthenes）那邊，不贊同阿爾其畢雅德斯（Alcibiades）＊，或者他突然出現，想要談法蘭西斯・培根（Demostheness）其實就是威廉・莎士比亞的主題，那表示——」「我們知道討論主題是什麼意思！」「四姊所說的，」三姊說：「如果他想要簡明闡述蓋・福克斯（Guy Fawkes）†在受拷打之前的普通簽名，以及他在受拷打之後招供的簽名，那就表示——」「我們知道簡明闡述是什麼意思！」「聽著，小妹們，重點是，」我說：「如果他想要以任何託辭誘惑妳們——科學、藝術、文學、語言學、社會考古學、數學、政治學、化學、腸道、不尋常的委婉語、複式記帳法、心靈的三分法、希伯來文字母、俄國無政府主義、亞洲水牛、十二世紀的中國陶瓷器、日本單位——」「我們不懂，」小妹妹們喊道：「討論這些事物有什麼不對？」「有什麼不對就是不要被愚弄。」三姊說：「那些都不是重點，都不是他真正想要的。」「那重點是什麼？他真正想要的是什麼？妳們兩個到底想說什麼？」我們，我和三姊，看得出來，我們非但沒有讓那些孩子們安心並保護她們，反而是讓

＊ 德摩斯提尼（Demosthenes）是古希臘的演說家、雄辯家和民主派政治家；阿爾其畢雅德斯（Alcibiades）是希臘雅典的名將，但此處應是指與蘇格拉底展開一段同性戀情的同名的雅典美少年。

† 蓋・福克斯（Guy Fawkes，一五七〇～一六〇六）也稱圭多・福克斯，是英格蘭天主教會地方成員，策劃了一六〇五年的火藥陰謀，但以失敗告終。

她們驚慌害怕。接著三姊說：「那會是虐待、性侵害，一種違反道德、可怕的事，總是口頭上的。不過仔細想過後，妳們不用管它了。妳們三個年紀太小，還不知道這種事。」

最久的朋友說：「他會被抓去審判。」她指的是袋鼠法庭。她說：「那是他的第一次警告。」我說：「不應該是第一次。我才十二歲時他就開始侵犯我了。」「他可能會挨揍。」她說：「因為他對修女們的提議。那就不只是警告了。」我說：「姊妹會那些女人不會喜歡那樣的。」聽我這樣說，最久的朋友皺皺眉。起初我以為那是因為女性的階級主義，為上帝奉獻和衣袍飛昇的女人應該在那些姊妹會的女人之上，因為接下來是誰呢——人妻？母親？處女？結果她皺眉並不是因為姊妹會的女人堅持事事都要公平但其實只是不要父權體制，而是因為我提到她的事，雖然我們的默契是我永遠都不會這麼做。然而，開始談她的事的人是她自己。她要在大廳見面這件事一開始就是為了她的事。她派出那個使者，那個跑腿的男孩，來安排我們見面就是她的事。我說：「是妳開始的。」「我必須這麼做。」她說：「因為妳的心智衰退，也因為我想在妳經歷別人對妳的缺陷那麼嚴厲的批判後，妳可能希望有人打氣——所以才提到妳的大姊夫。不過妳說得對。我們不要再談這個，而且從現在起只談非政治性的議題。」

在這之後我們在大廳的見面就結束了。後來我與從小學就認識的最久的朋友又碰了三次面。一次是四個月後她在鄉下的婚禮上；除了主持婚禮的神父外，我是唯一沒戴墨鏡的人。就連新郎，和穿著簡單白紗禮服的最久的朋友，也都戴了墨鏡。在她婚禮過了一年之後，我又與她碰面，這次是參加她丈夫的喪禮。又過了三個月後，我去參加她的喪禮，他們把她和她丈夫埋在一起。這是在離十分鐘地區不遠的那個墓園裡反叛者的區域中，那裡也被稱為「沒城鎮墓園」、「沒時間墓園」、「忙碌墓園」，或，很簡單的，平常區域。

5

那個其實已經是女人的女孩到處在別人的飲料裡下毒，在我不知就裡的情況下也對我下了毒，甚至當我上床入睡兩個鐘頭後因胃部極度絞痛而醒來時，我還沒有起疑。起初我以為那是自從牛奶工出現後我就會感受到的顫抖和發癢的感覺，但並不是。藥片女孩在我的飲料裡偷放了東西。這發生在飯店裡，當我和最久的朋友在一起時。我原本以為我們的討論會是關於牛奶工，結果卻是關於我心智嚴重失常的狀態。就在我們快要結束討論時，朋友去洗手間，我一個人坐在桌旁，那其實已經是女人的女孩就趁虛而入。她立刻控訴我犯了不人道的罪，說我很自私，而且也下了毒，全都在我叫她滾開之前。她說：「妳應該感到慚愧。」我原本以為她指的是我和牛奶工的緋聞，因為所有不相干的人都是，但結果她並不是。她說的是我在另一輩子裡與牛奶工串通想要害死她。還有除了她的死，顯然我還必須為其他二十三個女人的死負責——「她們有些人會服用藥草，」她說：「那是無害的藥物，但有些人什麼都不做。」我是在和那二十六個女人都在的另一輩子的時候做出這些事的。她指的是在十七世紀時的前生，她說出日期和時間，還說她前生是個醫生，但是個江湖郎中。說到這裡她面露厭惡的表情，那是我完全可以認同的，對於那個虛假的男人。她說我否認知道他是個騙子是沒用的。我跟他合謀，為他進行黑魔法，為他支解死去的動物，是他在我們美麗的村莊裡殺死那二十三個女人和她們的助手。「我們都死了，姊妹，」她說：「因為妳。」因為這樣，她說，所以我活該要受罪。此時我擺脫了她的催眠分裂，說：「喔，老天爺！滾開！」當最久朋友回來時，她問我發生了什麼事，我搖搖頭說：「呃，是藥片女孩。」最久的朋友提醒我要小心藥片女孩，因為，她說：「其實是女人的可憐女孩真的是每況愈下。」

她說得沒錯。我們的心智嚴重失常者中最嚴重的就是這個其實是女人的女孩。她個子嬌小但結實，年近三十，在別人飲料裡下毒。有很長一段時間沒人可以從她那裡問到有關這件事的任何解釋。根據推測以及社區最初缺乏資訊而對她的渲染，多數人認為她會做那種事是因為某種女性主義者的控訴。他們沒有闡述是哪種控訴，但他們說，有人看到我們地區的姊妹會婦女——另一群心智嚴重失常者——和藥片女孩在說話，告訴她相關情況，洗腦她好讓她加入她們的運動，意思是那些激進女性主義者關切的議題是她持續嘗試毒死我們所有人的原因。當時姊妹會的婦女否認這項指控，說那是對她們的目標有所誤解，而且社區也沒有任何證據可以支持這種說法。她們又說早在她們決定和藥片女孩談話之前她就在下毒了，而她們還是去接近她是為了想要了解並干預。因此，她們說，對這個嬌小的女人下毒的目的信口開河、胡說八道根本是不負責任的。所以，以前對她的行為就有種種詮釋，還有對這些詮釋的有趣短評和爭論。而下毒也從沒有間斷過，而她最常下毒的地方，最需要防備她的地方，就是星期五晚上在本地區最受歡迎的夜店的舞會。

尤其要睜大眼睛的是，當妳和妳的男友或舞伴在舞池裡，而妳們的飲料放在桌上沒人管的時候，她隨時可以決定要進場。在她要進場之前，總會有其他兩組人必須先進場。反叛者會進場，穿著黑色制服，戴著絨帽拿著槍，來檢查有沒有不受歡迎的人和未成年人喝酒。不受歡迎的人和未成年喝酒的人總是很多，但從來沒有人被拉出去或被迫離開。那只是藉口。人人都知道那是藉口要展示他們的勢力，每星期都要來一次的那種服儀規定的示範。他們會大步走入，非常堅決，四下張望，揮動武器，完成檢查，然後離開，但不久之後，另一組人會進場，另一個藉口會發生。這會是外國士兵，「海那邊」的國家的駐軍。他們也會穿著他們的制服，卡其軍服，帶著頭盔，拿著槍，尋找反叛者，才不過幾秒鐘前還在這裡的反叛者。偶爾我們會想到如果這兩組人正巧碰到的話，會有什麼浴血的場面？然而，那麼多年的星期五晚上，這種遭逢卻一次也沒發生過。我們會說，很難想像這不會發生，在無意識的同步下，他們之間必定無意識地發生了某種相連結的偶然。「又是星期五晚上了。」一個潛意識提示另一個潛意識：「所以就簡單行事吧？你先進去，然後你離開，然後我們再進去？下星期該我們先進去，然後離開，然後你們再進去。」一定是那樣的，因為無法想像他們總是在毫髮之間錯過彼此，不只一次，兩次，而是幾百次。因此這兩支部隊會進場，進行他們的檢查，搜尋，展示，而其他人——就是我們——年輕人在舞池中，年輕人在桌子旁，年輕人在吧檯邊，在陰影中親吻愛撫——對他們視而不見。可是，藥片女孩一進場就不一樣了。

「她來了。」

「快點！」

「所有人都警戒！小心！喔，當心啊！藥片女孩！是藥片女孩！」

夜店裡每個人都低聲說。接下來就是一陣喝醉的驚慌，緊接著該星期每一桌被指派負責把風的男人或女人就會從舞池、廁所、酒吧、角落陰影的擁抱中，從他或她當時正好所在之處，衝回個別的桌位去。這是為了要保護飲料，但即使是其他的人也都因為她的出現而變得戰戰兢兢的。我們會彼此推擠，轉身又轉身，跟隨著她在夜店穿行的身影，全神貫注盯著她看，而她卻像個幽靈或恐怖的夢魘般悄然潛行。你會認為，像我們這麼高度警覺，絕大多數的我們必定得以阻撓藥片女孩，護住我們的健康。事實是，這個單獨行動的鬥士每次都得逞。沒人知道她是如何辦到的，但就算是有人坐在桌旁，她還是有辦法把藥放進去。每個人都可以作證，那個坐在桌旁的人很警覺地衝回去，將每一杯飲料都收攏在一起，毫不疏漏。在急著將她請走的同時，也顧不得禮貌了。他們會吼道：「滾開！」事後更坦言在這種下毒的狀況中直截了當是最適當的。「滾開！」他們會吼道：「滾開！」他們不再管什麼禮貌。「滾開！」他們會變得非常粗魯。然而，就算他們吼了不知道多少次的「滾開」，本區最成功也最厲害的罪犯仍不為所動，結果會是他們或他們那一群中至少一人，會在那漫長的一夜，在黎明將至之前，經歷劇痛，抽搐、痙攣、顫抖、扭曲，服下各種止痛藥，因為精疲力盡而哭泣、哀求，但願一死了之。

因此藥片女孩搞得本區天翻地覆，沒人喜歡她。但奇怪的是，社區對藥片女孩卻處之泰然。儘管她令人緊張，讓人有受害妄想，怕被她下毒，因此大家都很氣憤，甚至想要殺掉她，但卻從來沒有人想過要禁止她進入本區最受歡迎的夜店。也沒人想過她應該要住院、入監服刑，或她的家人不應該讓她出來或至少只要她出來就要輪流陪伴她，而不是我們其他所有人都要在每個星期五晚上經歷這種毒藥的慘痛經驗。儘管她是個危險人物，但在那個不同的時代，在不同的意識下，對生和死和習俗的不同思維下，她卻被容忍，正如天氣被容忍，正如不可抗力或那些星期五夜晚進來搜查的士兵們都必須被容忍一樣。我們，社區，最多只能宣布她是心智嚴重失常者。因此她總是被允許再回來，繼續下毒。後來她的軌跡變了，她開始在星期五之外的其他天也下毒了，而且開始囉哩囉唆地說明原因。

最近她對她自己的妹妹下毒，最久的朋友說，雖說到目前為止他們家謹守祕密，不願張揚。她指控她妹妹是她無法接受的她的某個層面。我說：「這變得太複雜了。妳是說——」「沒錯。」最久的朋友說：「她自己分裂出來的一個層面。」似乎是本地區沒有足夠的空間可以容納她對立的層面，所以，為了保護自己，——而且一部分是下毒者，而另一部分不是下毒者，她妹妹——必須離開。接著最久的朋友同意說，是的，自從藥片女孩開始替她自己解釋以來，社區解釋她的能力就變得很複雜，因此如果我可以不再抱著書走路，進入適當的現實中，也許我就會注意到社區本身也非常努力要跟上。當然，此處每個人都要「跟進」。這裡每個人都要持續且萬無一失地跟進，而且這種「跟進」差不多一直在發生。社區的種族意識能很輕易地同化這種瞬息萬變的流離失所，但像藥片女孩這種心智嚴重失常者（現在我自己也是吧，雖說我還在抗拒中），他們自成一種法律。據說這些人公然違反成規，不像其他人那樣合理移動，而是未經許可、突如其來地移動，一步，兩步，或三步，甚至迂迴曲折，到一個全新的，或甚至難以置信的立足點。那就是藥片女孩認為她妹妹——她自己的對立面——的所作所為。

最久的朋友解釋，那個被下毒的妹妹，發亮的那個，中毒到必須進醫院，甚至連進醫院也沒用。她已經中毒到下半身都進了棺材了。當然她沒有去醫院，因為在本地牽涉到醫療權威，就像報警一樣，可能被視為太過輕率。社區聲稱，一個權威永遠會帶來另一個權威，如果你被槍擊、或下毒、或遇刺、或以任何你不想談的方式受到傷害，無論你想不想去醫院都會通知警方，而警察就會立刻從他們的營房現身。社區警告，接下來就是，這個國家敵人的勢力一發現你是從圍籬的那一邊來的之後，就會要你妥協，並且讓你選擇。你的選擇是：要嘛是你假裝做了手腳好讓社區認為你是為他們工作的告密者，要嘛就是你當個真的告密者對他們密告社區裡的反叛者。無論你怎麼選，早晚你會遭反叛者殺害，你的屍體會出現在入口處，手裡塞了一張必要的十英鎊鈔票，腦袋裡有子彈。所以，不行。根據社區的規則，你不會想要到醫院去。再說，這裡每走幾步路就有一間安全手術室、店鋪後的急診室、自製草藥店、以及花園小倉庫藥鋪，誰還需要到醫院去？

至於藥片女孩的妹妹，四分之三已經進了棺材了，只能盡力，包括她的家人和鄰居們也都只能盡力。在經歷多次的清洗後，每個人都說她沒事了。雖然她的身體在慢慢復原中，但顯而易見的她的健康和視力都大不如前了，因此社區正義，透過反叛者，再次介入。家人面臨衝突，因為加害人和受害人都是血親，因此請求反叛者延後報復，再給藥片女孩一次救贖的機會。反叛者上一次已經承諾過，如果藥片女孩再不停止她的反社會行為，他們會替她停止。因此，現在，由於她最近這一次又沒有理會他們的警告，反叛者說，執行其承諾的時間已經到了。最久的朋友又說，反叛者並沒有立刻執行，因為其家人哀求所以寬恕到下次。然後他們召喚其家人，對他們提出警告。「好吧。」他們說：「再給她一次機會，但下不為例了。」

接著我們喝完飲料，離開了酒店。我回家去，上床睡覺，睡得很熟，直到一種隱形的東西進我的房間，飄進我的被單，飄進我張開的嘴裡，飄進我的喉嚨。我立刻驚醒，喊道：「進去了！跑進去了！我在睡覺時它們跑進去了！」但在我完全清醒過來，弄清楚我在說什麼之前，我的內臟感受到一陣燒灼，我的嘴巴裡也一陣酸麻。起初我還以為是蛀牙的填料作祟，但我又想到，那不是牙齒！那是牛奶工和他對我的垂涎影響了我。接下來是陣陣抽痛，將空氣擠出我的體內，用力擠壓，導致我的肌肉一陣緊一陣鬆，也讓我全身僵硬。然後我掉到床下，依然緊繃，內臟就快變成石頭了。我四肢趴地爬出了臥室，一頭撞到房門上，因為我全身僵硬沒辦法抬起頭。我不知道這樣撞頭是什麼意思，不知道房門是什麼意思，不知道我要爬到哪裡去，只知道我要出去求救。

爬到二樓樓梯口處，我感受到一種陌生的驚慌猝然升起，交錯不止。因為這樣，我被迫在我的臥室和浴室之間放棄爬行，同時一直聽到奇怪的聲音，聽起來像是放慢的收音機播放聲。後來我發現那是我的呻吟聲，而且，小妹妹們說：「妳猜呢？那聲音把所有的人都吵醒了！」她們的口氣很開心，而這是我被下毒後連續四天的情況，我一直躺在床上休養。她們對我敘述這種呻吟聲，還為我做了一系列的示範，也描述半夜時發生在我身上的事，更補充說我臉色慘白——「但不是妳平常看起來的那種蒼白。」大妹妹說：「比較像牛奶那樣。」二妹妹說：「一瓶牛奶。」小妹妹說：「像被畫得特別白的鮮奶，所以在黑暗中會發亮。」接著三個妹妹為了「在黑暗中發亮」究竟是真的還是杜撰的吵了起來。她們也為這種格外的慘白究竟是何時發生的而爭吵。是在我們的母親和鄰居們為我清洗之前，還是在我們的母親和鄰居們為我清洗之後？因為，是的，媽和鄰居們為我清洗，媽是第一個在樓梯口處碰到我的人，用她的雙手抱住我，但因為我體內亂糟糟的狀況，我根本沒聽到她上樓的聲音。但我感受到她強壯的臂膀，感受到她溫暖的呼吸，而且在那一刻也知道有我媽在真是再好不過了。我抓住她的睡衣邊緣，沿著睡衣慢慢爬行，爬到這件睡衣腹部的地方時，我知道我安全無虞了，我再也不是單獨一人了。

在救我的同時，她當然也必須指責我。隨著她快速地檢查身體和連發砲般地對我發問——我撞傷了嗎？我遇刺了嗎？我吃了什麼？我喝了什麼？有什麼不尋常的人給了我什麼不尋常的東西嗎？我有沒有和別人打架？稍早我有沒有被人踢了頭？我所信任的朋友可信嗎？我被下了什麼毒了？——結合了她的批評。「呃，女兒，妳還指望什麼呢？」她說：「如果妳到處偷別人的丈夫？那些女人當然想要害死妳了。妳自以為無所不知，為什麼這妳會不知道呢？」我不知道媽說我無所不知是什麼意思。我的無所不知包含他媽的，他媽的，他媽的，那沒什麼細節，因為那幾個字本身就是細節了。然而，媽要說的不只是丈夫和太太那一點而已。接下來又說了一次「妳是在指望什麼？」不過這一次的變化是我有時候和許多丈夫們有姦情，有時候和所有的丈夫們，有時候只和一個丈夫，就是牛奶工。「傻女孩，喔，真傻！真傻！」她喊道：「妳是個少女，卻和年紀比妳大一倍的他！」說到這裡她停頓一下，把我拉向上靠住她，好帶我下樓到浴室去。然後她繼續她的指控和遽下結論，並嚴肅地加上：「總之，當這一切結束後，女兒，我要妳對我說出所有這些妻子們的名字。」這時我都還縮成一團，無法站立，無法挺直，陣陣疼痛席捲而來，先在下方累積，然後向上直衝——仍然那樣來回衝撞。因此她就把縮成一團的我扶起來，命令我用一手抱住她的脖子，並用另一隻手盡量握住扶手欄杆，又催促我對她揭露毒藥——「他們到底給了妳什麼？妳知道他們給妳什麼嗎？」——最後我勉強說：「沒有什麼妻子，媽。沒有丈夫。沒有跟牛奶工的姦情。沒有毒藥。」然後——她沒在聽我的，因為她腦子裡有個新的想法——她自己變得像石頭一樣。

「看在老天的份上！」她喊道：「他們都說對了嗎？所有的人都說對了嗎？他讓妳受孕了嗎？那個反叛者，那個『通緝名單上的第一人』，聰明人，那個假牛奶工？」我說：「什麼？」因為她用的是單數人稱，所以我一時之間不知道她在說什麼。「他灌輸給妳啊？」她解釋道：「繁殖，播種。灌溉、滋潤、讓妳後悔，但願沒有發生——親愛的上帝，孩子，我必須說那麼清楚嗎？」嗯，她何不說清楚？她為什麼不直接說懷孕就好？但媽就是那樣。好像我吃的苦還不夠，我還得從中毒的痛苦中抽空出來——而且我還未意識到自己中毒——去猜測她的話中之意。她也沒有談到難產的可能，因為媽很會用一個接一個的恐怖故事嚇她自己。接著她談到墮胎，但我也同樣必須猜測，從「驅蟲藥、胡薄荷（squaw mint）*、

* 胡薄荷（Penneroyal, squaw mint）又稱唇萼薄荷、普列薄荷、除蚤薄荷。這種薄荷具有烈毒性，極小的劑量都可能致死。早期的歐洲殖民者會利用胡薄荷來驅除害蟲，也曾被拿來作為墮胎使用。在阿里斯托芬（Aristophanes）的作品《利西翠妲》中也提及胡薄荷作為墮胎藥的歷史。

毒參茄*、過早分娩、在成形的過程中失敗」以及最後完全消除懷疑的：「呃，女兒，妳已經讓我失望透頂，所以不可能讓我更失望了，所以妳告訴我——妳拿到什麼了？還有，妳是向哪個老姑婆拿的？」

這對我來說倒是新鮮。我不知道本區有什麼反叛者會允許或阻止不了的老姑婆。身為知識來源的媽，很典型地向我揭露下層陰暗面的驚人細節，但同時又指控我已經知道。她又一次不相信我，不相信我可能說真話。我說的是真話，我可能夠聰明到不會和像牛奶工這樣的男人交往，這一切都不會讓我想要讓她相信我，因為我何必呢？上一次我努力要讓她相信我，結果是她罵我說謊，而且要我說真話——雖然我說的明明就是真話。她不想聽真話。她只想證明謠言都是真的。因此，把事情說清楚，讓她看清我的痙攣、僵硬、無法站立、無法挺直，與毒藥和她的任何想像無關，而是比平常更強烈的版本？我生病是因為牛奶工跟蹤我，牛奶工騷擾我，牛奶工知道我的一切，從容不迫地圍捕我，也因為存在於本地區的這種隱密、窺視和閒言閒語的危害。所以媽和我一如尋常地相互誤解，但我真的嘗試了，因為在那時刻，那是很孤獨的時刻，我比平常更渴望她能相信我，渴望她能適切地了解我。「沒有妻子，媽。」我說：「沒有丈夫，沒有胎兒，沒有老姑婆，沒有毒藥，沒有自殺。」——我加上最後一項，省得她還要自己加。她說：「呃，那會是什麼？」而在疼痛之中，在被下毒的痛苦中，我感到一股安慰，一種慰藉感降臨我的全身，只因為她不再責備，思考我說的或許是真話。要愛她並不那麼難。有時候我看得出要愛她是很容易的，但那一刻瞬間消失，她擺脫了遲疑，不再刺探、拉抬和虛假的指控，叫喚小妹妹們。此時三個妹妹已經跑下床，穿著睡衣站在我們後面。她命令她們幫忙，小妹妹們當然樂於從命。她們喜歡戲劇化的場面，任何場面都好，只要她們可以參與其中，或至少親眼目睹。她們衝過來，依照媽的指令接手，而她們四個就合力把我抬到樓梯最下方，進入浴室，然後妹妹們才放手。她們以為她們應該要放手了，所以我就和媽一起摔到地板上。這是突然且疼痛的一摔，所以最初我還慘叫出聲。接著我意識到這地板很好：冰涼、平滑、撫慰，但為時短暫，因為我的身體再一次想要控制一切。我又回復以雙臂和膝蓋撐起身體的姿勢，預防突如其來的危險。同時，媽對小妹妹們發號司令，要她們到她的臥室去拿後院藥房的鑰匙，並且立刻拿下來給她。她們一起跑走，因為小妹妹們做每件事情都是一致的，而媽則一個轉身，繼續壓我的肚子，並命令我

* 毒蔘茄果，又稱曼德拉草（Mandrake），有著有趣的別名：撒旦的果實（Santan's Apple）、Devil's Apple（惡魔的蘋果）以及 Love Apple（愛的蘋果）。毒蔘茄果在過去中古歐洲時期被認為可以拿來增加性慾和性能力，也被作為春藥使用。

好好想！想！如果我沒服用後悔藥、驅蟲藥、或胡薄荷，那我有沒有吃了什麼東西？喝了什麼東西？有沒有任何不該靠近的人靠近我？但我現在根本沒力氣回答任何問題。我還在抽痛中，仍然是四肢趴在地上的怪姿勢，僵硬地撲向浴缸，撲向地板，撲向馬桶，然後又倒在地板上。某種巨大的東西湧了上來，但我的身體似乎無法將它排出。

小妹妹們帶著一大串鑰匙回來了，媽跳起身，對她們吼道：「我馬上回來！」她叫她們不要離開我，眼睛要緊盯著我，確定我不會癱倒或睡著，如果我臉上發紫或發生任何事就要立刻去找她，但嘔吐不算。她匆忙走開了，小妹妹們圍繞著我；從她們身體的熱氣我可以感受到她們的熱心。但我看不到這些身體，因為在另一陣抒解後，我的額頭再次貼到冰涼的地板上。只是暫時喘息，我知道，而且我也知道我必須在下一波抽動之前享受這簡單的喜悅。不過這立刻引起小妹妹們一陣騷動，然後用力搖我，戳我，「不行！不能睡！媽咪說那是不准的！」

媽回來了，拿著難聞、難看的一小撮藥。還有幾個鄰居也出現了，拿著各種顏色的瓶瓶罐罐，裝著香脂、藥草、藥粉，還有秤、磨臼和杵，一大本藥典加上其他「家庭祕方」的各種藥液。她們不知從哪裡冒出來的；在「不能去醫院」的情況下鄰居們常常會這樣。她們跟媽一樣，已經準備妥當，睡衣的衣袖都已捲起。起初這群婦人圍著我，在浴室裡先開一次會，在我的上方來回交談。我聽到她們大部分的談話，而沒聽到的後來小妹妹們補充給我聽。她們在爭論應該要怎麼做。其中一位力求純正者說如果不先確定她們面對的是什麼情況就導吐，那不是好的對策。其他人說，一看就知道這不是求精確或神聖的時刻，權宜、倉促的做法會是完全正確的。「說到完全，」其中一位鄰居說：「這跟那個被她姊姊下毒的那個可憐女孩的情況，完全相同。」媽問：「什麼可憐的女孩？」而她的口氣，根據小妹妹們的說法，是非常低沉的。

「就是前幾天而已，」這個鄰居說：「但鄰居們，你們千萬不要對你們不熟的人說出這件事，因為這還沒有適當地透露給社區知道，但那個其實已經是個女人的女孩又出手了。她對她妹妹下毒，那個發亮的。我們有些人有去幫忙清洗，而且坦白說，那真的是很慘。」鄰居們點點頭，因為她們多數人都去幫忙清洗了。但媽沒有參與。小妹妹們也沒有。這消息帶給媽不小衝擊。尤其是小妹妹們。她們雖愛戲劇化的場面，比起戲劇化的場面她們更愛閃亮女孩。儘管她們在半夜被允許可以起床參加大人版的伊妮德·布萊敦（Enid Blyton）*午夜

* 伊妮德·布萊敦（Enid Blyton，一八九七～一九六八）是英國一九四〇年代著名的兒童文學作家。她所著的《刁蠻女》（*The Naughtiest Girl*）和《諾弟》（*Noddy*）被譯為多種語言出版。布萊敦的作品多以奇幻冒險類型為主。

饗宴的冒險，但是閃亮女孩被下毒的消息，在這場冒險中蒙上了陰影，而且不是只有小妹妹們有這樣的感覺。閃亮女孩儘管會發亮，但她的友愛、善良、和坦率，讓這個藥片女孩的妹妹受到所有人的喜愛，包括浴室裡的每一個人。所以，那一晚，在浴室裡，小妹妹們聽說了這個消息後變得擔憂，媽也顯得很擔心。她們四個都受到震撼。其實所有的婦女們都受到震撼。她們全部暫停下來，感受發生在這個發亮的少女身上的嚴重事件，一時間忘了另一個可能沒有那麼閃亮的少女正躺在她們的腳邊等死。

接著另一個鄰居說：「那件事是很嚴重，不過說真的，這裡的情況不能相提並論。」她這句話將所有人的注意力又拉回到躺在地板上的我。「我覺得另一個，」她又說：「比這一個要嚴重得多。」此時在場曾參加過前一次清洗的鄰居們都同意我的狀態的確比不上那可憐的另一個那麼嚴重。然而，由於她們的誤解——認為我會變成這樣只可能是因為牛奶工之妻的報復——她們不知道自己在說什麼。媽也不知道，而雖然難以置信，在當下我也不知道。甚至當我躺在地板上聽到她們提及藥片女孩的妹妹時，我也沒想到有這明顯的連結。當最久的朋友告訴我那個瘋姊姊對她妹妹做了什麼時，我當然為她感到難過。不過那只是為你聽過的一個人經歷了可怕的經驗而感到難過，你壓根兒也不會想到你自己就要有相同的經歷了。所以我為藥片女孩的妹妹感到的難過是一種很快就拋到腦後的感覺，一種並無惡意的輕率，而非真正了解或真心憐憫的情感。至於我對自己的狀況有何想法，認為我的肚子痛是因為中毒根本就很荒謬，因為明明就是神經——自從牛奶工出現後我的神經就過度緊繃，現在情況更糟了——就在這時，媽做出難以想像的事，提議送醫院，她說她不要她的女兒只因為社會習俗認定她不能叫救護車而送死。她的話就像炸彈轟炸一樣，鄰居們都倒抽一口氣，請求她不要再說下去：「夠了！喔，夠了！」

「親愛的鄰居，妳瘋了嗎？」她們喊道：「想清楚吧。妳不能把她帶去醫院啊！除了本地習俗為了避免萬一出錯，警察要寫報告而不去醫院之外，還要顧慮妳女兒的名聲啊，只要妳帶她到醫院去，她的名聲一定會受到質疑。萬一那個警方重刑犯聯盟聽到風聲說他們的那個妳知道是誰的情婦出現在醫院裡，他們會認為是他們自己把最好的餌送去捕捉最神出鬼沒的反叛者之一啊。」「他們當然不會放過的。」另一個鄰居接著說：「妳女兒還年輕，很容易被操縱或嚇唬。他們會嚇唬她，捉弄她，牽連她，扭曲事實，而——那些該死的、沒心腸的流浪狗——不聽他們的話，妳也知道，也不會讓她得救，在這裡只要一點點暗示說是告密者就夠了。」

「還有妳自己，」第三個鄰居也加入了：「可憐的寡婦，一屋子的女兒，丈夫死了，一個兒子也死了，一個兒子在跑路，一個兒子走錯路，另一個想要做什麼事的時候才會偷偷在本區進出。還有妳的大女兒，總是莫名其妙的哀傷，二女兒被反叛者驅逐，三女兒很完美，除了她的語言被公認是本區最下流的。現在這個女兒又有可能被當作叛變者。想想那些小妹妹們吧！」——她們指指站在一邊、用心聽進每一個字的小妹妹們。「不行，」她們搖搖頭說：「不能進醫院。這一個必須自己撐過去。她會撐過去的。」她們堅持道：「鄰居，妳不必擔心。」說到這兒，她們拍拍媽，並且用手臂攬住她。「不要忘了，」她們補充道：「又不是說我們不知道這裡需要什麼。我們所有人，包括妳自己，都用過這些臨時湊合的藥，這些基本配方，這些家庭祕方，不知道多少次了。」

我同意鄰居們的說法，雖說並不是因為我考慮到自己的名聲會受到質疑。名聲會受到質疑，唯一的原因是因為她們事先已經編好一套說法。若非她們已經決定牛奶工為我提供的位置，妳知道是誰的情婦也太傻了。而且，在一個懷疑、推測、不嚴密的社區裡生活，一切都黑白分明，想要好好說一個故事，或不說故事只是保持沉默，根本就不可能。這裡無論說或不說什麼，都會變成絕對的真理。既然社區相信這種真理，在面對一個禁區的輕蔑和僵化，國家怎麼不可能不趁機胡扯、拍照、錄影、建檔、不管前因後果而隨意相信呢？至於告密者，反正警察隨時可以把你挖出來。人人都知道他們可以把你挖出來，而且可以隨時試著改變你。那跟你有沒有叫救護車沒有關係。叫救護車不該是個問題，但此刻卻是一個問題，因為跟其他所有的事一樣，那已經被決定了。不過，我自己也不想要救護車，不想進醫院。我也不需要，因為——我要說多久？——這又不是中毒。然而鄰居們的看法並不相同。她們建議瀉藥，她們說就算我全部的腸子都被掏出來扔到地上，那也是為了安全。「畢竟，」她們又說：「她自己的身體似乎也想要清掉什麼東西。我們只是幫忙而已。」因此，最後就是用瀉藥清腸。

她們對我體內的情況加以干預，以及我的下一陣猛烈抽搐。不管她們放了多少瀉藥的劑量，那讓我嘔吐。一整個晚上，我被迫吞下一切，然後又吐出一切，在吞和吐之間，我從僵硬變成癱軟，來來回回至少十七次。起初我試著算到底幾次，好讓自己分心，假裝這是偏遠地區的一種運動。小妹妹們說，我大聲數著，後來不是我算錯了，就是我開始喃喃低聲數。我還記得喉嚨和肚子有種撕裂的感覺，而且起初我很天真地想著大不了就是正常的、不舒服的嘔吐就是了。在這陣陣嘔吐中，我吐出了上一餐，然後是剩餘的膽汁。不對，先是胃裡的東西。然後是腸子裡棕色的東西。接著，當我已經無法再吐出棕色的東西時，才有膽汁吐出來。然後還有別的。乾嘔。一陣可怕的乾嘔。而且所有的階段都有增無減地對抗著地心引力，不久之後，我懇求、渴望可以閉上眼睛。結果我一閉上就幾乎睜不開了。我想著，我要睡覺。我要躺下。我快死了。她們為什麼不讓我快點死？感覺上，那晚我在我家浴室裡奄奄一息的原因，真的是這些拿著瀉藥且不停禱告的女人，而不是毒藥。她們不肯放手。她們已經分成兩群，一群灌我吃瀉藥，另一群負責禱告。然後她們會交換。直到過了許久且精疲力盡後，那一晚才開始慢慢好轉。先是短暫的停歇，接著停歇的時間慢慢變長，每一次都在我被灌下瀉藥把身體的毒藥慢慢清除出來之後。直到她們退開去討論接下來的步驟時，我被留在地板上，終於感到抒解，不再被擺弄，一個人。我躺在地板上想——地板上有些灰塵，幾根頭髮，還有我最近吐出來留在那裡的殘留物——我想著這世上唯一真實的事物，就是地板上這些基本的狀態，灰塵和其他的，只有這些東西可以永遠支撐著我，但有時候，我會改變想法，變成是浴缸面板，或是馬桶，或是偶爾我發現自己挨靠著的友善的浴室牆壁，才是我認為可以讓我永遠活下去的可靠的東西。

我第一次醒來時，天色是亮的，我躺在床上，腦袋裡滿是法文的動詞，être*。我在腦子裡想著人稱、時態和與格（cases）†。我第二次醒來時，還是躺在床上，心想，如果這個最新的影響是他的性潛伏所造成的，那現在我真的不知道要如何擺脫他了。我在夢見普魯斯特（Marcel Proust）‡的夢中，第三次驚醒過來，或者該說是惡夢吧，在夢中他成了一個被指責的一九七〇年代的當代作家，原因是因為他假冒成二十世紀初的作家，所以他似乎，被我，告上了法院。那時我又睡著了。最後一次我醒來時——因為我這樣睡睡醒醒許多次，而沒有好好清醒過來——我知道危機過去了，我開始在復原了。我之所以知道是因為弗拉本托斯罐頭※。在我的腦袋裡，我正在做可口的弗拉本托斯大紅豆牛肉派。我從食品櫃裡拿出罐頭，打開封蓋，把肉放到烤箱裡。然後我為自己擺好盤子、刀叉、和一杯茶。即使躺在床上，在我腦子裡的香味還是讓我流口水。感謝上帝，在下一秒鐘，派烤好了。我把派拿出來，因為期待而幾乎昏厥，正想好好吃的時候，我的臥室門驀然開了。是小妹妹們。她們再次一致行動，跳進房間來。

「她醒了！」她們尖叫，對著我的臉，也對著彼此。她們立刻宣布媽出去了，所以由她

---

* être 是法文中「是」的意思，同英文中的 be 動詞「is、am、are」。

† 與格（cases）是在德語和法語中，名詞語法上的「格」。而在現代英文中，與格已經不再是英文文法的一部分，但他還是會出現在一些表達用法當中。

‡ 普魯斯特（Marcel Proust，一八七一～一九二二），法國意識流作家，最著名的作品是小說《追憶逝水年華》。

※ 弗拉本托斯（Fray Bentos）是烏拉圭的港口，在烏拉圭河口，以肉品包裝著名。但 Fray Bentos 也是英國肉罐頭品牌，尤其是罐裝的肉派，其中又以大紅豆牛肉派最受歡迎。

們負責。她們列出我不應該做的事，包括掉下床、試圖爬起來、吃或喝，還有我也不該閒逛，然後她們說我病了，又模仿我的呻吟給我聽。接著她們談到我的皮膚如何慘白，而這時我打斷她們，說我肚子很餓，並把毯子扔開，好下床去。這製造出一陣牢騷。「不行！」她們喊道：「媽咪說的！」我說：「好吧。那我可以吃什麼？妳們去看看，拿些什麼來給我吃。」但她們把我推回床上，又幫我蓋上被子。為了讓我分心，她們說她們要講關於反叛者的故事給我聽。那天早上我在睡覺時，我們這個地區的反叛者準軍事組織到我們家來過。

小妹妹們聽到門口有人。接著媽和小妹妹們打開門。一些男人站在台階上。他們低聲說話，說我們這地區出了事，他們想要和我談談。媽說：「呃，你們不能和她說話。她病了，躺在床上，睡覺，或在病中唸她的法文。但出了什麼事？告訴我，出了什麼事？」那些男人說最好先把小孩子支開。媽叫小妹妹們到客廳去，把門關上，不要參與他們的談話。她把她們推到走廊上，讓她們走開。小妹妹們溜回去，這回溜到房子前方的會客室，把耳朵貼到有窗簾的窗子上。不過反叛者們仍然壓低聲音說話。

「就算她同時間也在夜店裡又怎麼樣？」她們聽到媽打斷他們的話，說：「很多人都到夜店去。那家酒店，」她說：「是本地區最受歡迎的酒店。只因為我女兒也在那裡，不表示她知道這些事情。」然後媽說我已經在床上躺了四天，因為中毒，要他們去問給我瀉藥吃的婦女們。反叛者們回答說他們立刻就離開，而且他們一定會去找那些幫忙清洗的婦女們。如果那些婦女的證詞無法令人滿意的話，他們會再回來。說完他們就離開了。於是媽親自跑去找鄰居們去問清楚這件事。「現在妳開心了吧！」小妹妹們說——雖說我聽了只感到焦慮，搞不懂為什麼他們會這麼想——「四姊，該你唸書給我們聽了。」說著，她們掏出好幾本我原本沒注意到她們抱著的書，包括：她們從媽床邊那疊書裡拿出來的《大法師》（*The Exorist*），我不知道她們從哪裡拿到的《浮士德》（*The Tragical History of the Life and Death of Doctor Faustus*），從成人版改編成兒童版的《這叫民主嗎？》（*Call Yourself Democracy!*）。我記得最後一本原著的開頭是這樣寫的：「直到五年之前，有哪個小國家可以不需要搜索票就登門入室搜查，不需要逮捕令就把人逮捕，不需要透過起訴就把人關押，不需要判決就把人監禁，可以判處鞭刑，可以禁止所有探監，也可以拒絕因為沒有搜索令就逮捕加上沒有起訴就關押也沒有判決就監禁的人後來死在監獄中而要求的驗屍？」我心想，小妹妹們真怪。讀太多莎士比亞了。真的牛奶工說的對。一定要跟媽談談她們。同時，小妹妹們把這些書放在我身上的鳧絨被上。然後，她們都爬到我的單人床上，擠到我身旁，蓋上毯子。最小的小妹在床頭處，伸出手臂抱著我，最大的小妹和第二大的小妹擠在床尾，手握著手，想要聽我唸。

那天稍晚，當小妹妹們跑出去探險，媽已經回來後，她上樓來看我。她表情凝重，那表示有更多壞消息。她說：「那個到處給人下毒的可憐女孩——她死了。一組巡邏士兵在一處入口發現她，喉嚨被割開，所以有人把她殺了。」我的第一個反應並不是一般人會期望的：「妳說什麼？太令人難以置信了。她才是那個到處想要殺人的人，她怎麼會死了？」也不是簡單的問一句：「是誰殺了她？」因為我雖然聽到媽說的話，腦子裡卻無法接受有人把她殺死的這部分。光是在談話中提到她就足以讓我亂想了。我心想，啊，她又來了。這次她對誰下毒了？不過我並不真的想知道，因為這種事已經發生這麼多次，最後你就無動於衷了。我當然感到難過，無論是誰，但就像最久的朋友告訴我藥片女孩對她妹妹下毒時我感到難過一樣，是一種遙遠的難過，一種事不關己的難過——至少直到我像被一記閃電劈中一樣突然領悟到被下了毒的人可能是我之前。接著是：我怎麼會那麼盲目呢？我真是個白癡！因為現在已經很明顯了，再清楚不過了。她到處下毒。她就在夜店裡。她在夜店裡過來找我，不斷煩擾我說我和牛奶工勾結什麼的，害死她和其他的人。而且所有的人都知道，她的新做法就是不停地對你說她催眠的、幻想的故事。她就那樣讓你——她的下一個受害人——上鉤。你雖然不安卻被她定住，注意聽她的話，而那表示——儘管你知道她的操作方式和所有她下毒的歷史——你不會留意到她的雙手在做什麼。那正中她的下懷。如此麻利、如此鬼祟、如此隱密地融入一切，又化為隱形。有些人說她是個狡猾但有力的女性主義者，只不過根據真正的女性主義者所言，她並不是個女性主義者，因為本地的姊妹會成員說她心理不正常。

她們說她顯然時常在運用性別不公的合法議題，還有其他任何不公的合法議題，作為遮掩她瘋狂的前屏。她們又說，就像任何人運用任何事物遮掩發瘋的事實一樣——教育、事業、家庭生活、性生活、宗教、生理狀態、打腫臉、讓臉消瘦、養育子女、為自由奮戰、一個國家的政府行政。這個可憐的女人所做的，她們結論道，是她個人的作為，而非集體行為。姊妹會的成員曾對反叛者說過，一直警告藥片女孩停止做她所做的事是毫無意義的，因為她無法停止她的作為；她需要有人干預，只是不是他們那種干預。接著她們又說，既然反叛者們已經為本地區選出他們的領導者，何不把藥片女孩交給她們，這些姊妹會的成員，而不要去調查她們自己的人？這些姊妹們建議，她們可以做點什麼去防止在他們的運動中那個到處去誘騙、勾引年輕女子的中年好色之徒。反叛者的回答是，他們不會聽信荒謬之詞，也不會接受擺布。「你們大可去制止藥片女孩。」她們說：「但你們失敗了，而且我們聽說你們自己之中也有好幾個人被下毒。因此讓開，我們會處理」——當然這是指以他們長期使用、無可置疑的方法。

因此反叛者發出警告，說藥片女孩已經對太多人下過毒，所以不允許再對任何一人下毒，可是她還是照做，而後來我發現，最後一個被她下毒的人並不是我。在我之後還有另一個人，一個男人，而她對他下毒是以為他是——我不知道，希特勒嗎？——那男人折騰了一整個晚上，他太太也折騰了一整個晚上，還有他們的鄰居，為他進行清洗。事後，那個太太跑去找反叛者，跟他們說了藥片女孩所做的事。在反叛組織可以採取行動之前，某個人搶先採取行動。這是根據媽所說的。她坐在我床邊的椅子上，震驚地說出這一大串事情。她說，他們上門來是因為現在他們的任務已經不再是殺掉藥片女孩，而是查出殺害她的人到底是誰。最近每個與她有過節的人都必須到反叛組織那裡去澄清。例外的有我——有人看到幾個晚上之前我和藥片女孩在夜店裡說話——還有那個被誤以為是希特勒的男人，因為反叛者來找我們兩人時，我們還病厭厭地躺在床上。中毒的那個男人可以證明他並沒有殺她，因為她的家人和為他清腸胃的人都目睹他沒有能力。我母親，在我們的門檻上，也告訴反叛者們我們家人和為我清腸胃的人同樣可以作證。

反叛者們對於藥片女孩被殺害時我躺在床上感到滿意，但對於我竟不知道這個人已經死了感到奇怪，但他們沒有再回來。我對母親的固執——因為她對我也很固執——占了上風。很顯然地她接受那個被誤認為是希特勒的男人可能被藥片女孩下毒，但因為她如此強烈地相信我和牛奶工的傳聞，而她對我的信心如此薄弱，所以她心裡根本不相信我也被她下了毒。

當我意識到我最難過的一夜是由於藥片女孩，與牛奶工對我的影響毫無關係而感到放鬆的同時，我對母親看不見她眼前的事實也感到愈來愈氣憤。當她繼續談論藥片女孩的死，似乎忘了本區十次裡有八次的故意下毒都是出於那個「可憐的藥片女孩」時，我忍不住衝口說出，雖不是完全相關的話，但卻是目前我能設法說出的話。「聽著，媽，她不是小女孩，她年紀比我大。她是個女人！」媽回答：「啊，妳知道我的意思。她個子那麼嬌小，而且人人都知道她有點不對勁。就算她沒有被殺死，那小女孩也永遠長不大。」就是在這時候我真的意識到藥片女孩的死。

媽很擔心。她說如果不是反叛者殺了她——他們說不是他們殺的，而且如果真是他們殺的，他們沒有理由會說不是他們殺的，尤其是他們一直宣稱要把她幹掉——那就表示那是一樁普通的謀殺案。普通的謀殺案怪異、難以猜測，正是本地不會發生的。人們不知道要怎麼看待這種謀殺案，怎麼歸類，怎麼討論，而那是因為本區只會發生政治謀殺案。當然，「政治」包含任何與邊界相關的事物，任何可以被詮釋為與邊界有關的事物——即使是最輕微的，即使是最扭曲的，即使是全世界其他如果感興趣的地方都會認為是不可能的。除了政治和社區之外，任何關於殺人的事情，都讓人困惑，也讓人焦慮不安。

「我不知道我們到底是怎麼了。」媽說——是的，她的確很擔心。「我們快要變成『海那邊』的那個國家了。那裡什麼事情都可能發生。那裡會發生普通的謀殺案。那裡沒有道德觀。那裡的人會結婚，會有婚外情，但他們的配偶不在乎這些婚外情，因為他們自己也有婚外情——那為什麼要結婚呢？他們不說為什麼他們要結婚。然後他們離婚，或根本懶得離婚，而只是和他們自己的孩子結婚。然後他們和他們自己的孩子生小孩。然後他們綁架別人的小孩。在那裡到處都有性犯罪。」我從沒看過媽像這樣，驚嚇，變得歇斯底里。我想，當一個不習慣普通謀殺案的地區竟有普通謀殺案發生時，那裡的人就會變成這樣。「媽，」我說，我想要制止她，想要打斷她：「媽！媽！」媽抬起頭，困惑，接著她努力要重新聚焦。「媽，告訴我，」我說：「關於藥片女孩，妳還聽說了什麼？」

除了國家警察接手調查，但社區裡幾乎沒有人跟他們說話之外，她對其他的就一無所知了。有幾個對警察含糊其詞，另外幾個對他們胡說八道，並準備要對他們開槍。一旦重裝巡警與反狙擊隊出現，屍體也被檢查過後，社區便一如尋常地不肯閉嘴了。更多類似說法：「不可能是普通的謀殺案。我們沒有普通的謀殺案。一定是政治謀殺，只不過有任何人知道這和政治到底有什麼關係嗎？」就是那種狀態，或我以為是那樣的，直到將近兩個星期後我決定親自到炸魚店去一趟。

自從中毒痊癒之後，我就不停地吃東西。當我沒有在吃東西時，我也忍不住幻想我在吃東西，滿腦子都是甜或鹹的滋味。弗拉本托斯罐頭自不在話下，但現在又多了法利斯魯斯克嬰幼兒營養品、糖泡芙早餐麥片*、茄汁罐頭沙丁魚、奶油夾心餅乾、馬氏巧克力糖棒三明治、洋芋片三明治、蛾螺、豬腳、紫紅藻、炸雞肝、燕麥粥裡的雜錦糖——前嬰兒時的點心、童年時的點心，通常大多數對現在的我而言都很噁心。只有當我渴望炸薯片，只要炸薯片，除了炸薯片什麼都不要時，我才想著，啊，正常的食物。現在我恢復正常了。

我離開家時，照常擔心牛奶工會突然出現。我到達位於本區中心的炸魚店時，牛奶工並未出現。我立刻推開狹小的店門，迎面撲鼻而來的是一陣香噴噴的炸薯片氣味。我陶醉在其中，無法自拔，以致於起初我並未注意到周圍奇怪的氣氛。後來我想到，這和我沒注意到自己被下毒一樣，直到很久以後才有一個明智的人注意到他們被下毒了。這間炸魚店的情況與那完全一致。

店裡排了一條長龍，沿著兩面牆，我加入隊伍末端。立刻就有其他人排到我的後面。這些人的臉我多半都認得，但我沒跟他們說過話——中年婦女進來買晚餐，一些男人，一些小

* 法利斯魯斯克（Farleys Rusk）是英國有名的嬰兒食品品牌，「糖泡芙」（Sugar Puffs）又叫「惡魔泡芙」，是英國著名的蜂蜜口味早餐麥片，但其實是加了糖霜的麥片。

孩，還有一些青少年。不過這個時候在店裡並沒有我真正認識的人。在等待時，我自顧自地沉浸在香味中，在腦袋裡複習法文的「je suis, je ne suis pas（我是，我不是）」，心裡算著還有多少人在我前面。不過，正當我在這樣做時，我正在算的人開始脫隊。有幾個立刻離開炸魚店，大多數都站到一邊或站到遠一點的地方去。這表示比起之前我少掉十九個人就可以輪到我，而且我感覺在我後面的人也同樣在脫隊。不久，整排隊伍就只剩下我一個人，雖然這排隊伍還在炸魚店內。櫃台後面有兩個繫著白圍裙的工作人員，其中一位直接走到我面前來，兩手插腰，沒有問我要點什麼，而我在點餐時也沒看著我。她的目光似乎定在我頭側邊的某處。我並不擔心，只是覺得怪怪的，看著她走開去取我為自己和小妹妹們點的餐。那時我才注意到四周的寂靜。由於我一直都住在本地區，而且雖然從未說出口，卻從小就熟悉本區的潮流、微妙、和韻律，此時我只能認為是我最近的一場大病讓我反應遲鈍。我背後的寂靜讓我背脊發涼；雖然我的思潮洶湧，但我不能轉身。不要是牛奶工。喔，拜託，千萬不要是牛奶工！然後我轉過身去，而那並不是牛奶工，而是每一個人。店裡面每一個人都瞪著我看。

有些人立刻移開目光，看著地上，其他人看著雙手或貼在我們前方櫃台旁邊牆上的大菜單上。其他人坦然地瞪著我看，甚至有點挑釁的，我心想，見鬼了，現在我又做了什麼了？

然後我恍然大悟，意識到這可能和藥片女孩有關。不是因為她對我下毒——我相信到現在所有人都已經聽說了這件事。我是指她的死。我心想，但是他們不可能會認為我與這件事有任何關係吧。此時那個工作人員回來了，把我點的炸魚薯條放到櫃台上。我轉過身，拿起紙袋，摸索著要付錢。那個婦人已經走開了。她寬大的背對著我，已經在櫃台盡端，和同樣沉默的另一個婦人站在一起。沒有人在點餐。沒有人要求點餐。似乎所有人都在等待接下來會發生什麼事。

反叛者說他們沒有殺害她。接著他們到處詢問，想要找出是誰殺了她。然後，他們藉口有緊急的邊界戰事而不再急著追查此事，退開了。那就是他們的名聲，他們的標記，他們的慣用手法。因為這樣，社區認定殺掉她的畢竟還是他們的人。不是為了政治，當然，因為反叛者突然變得沉默，平靜地撤退，驀然結束他們的徹底抽查，尤其是沒有像平常那樣會承認他們做的事，都顯示出藥片女孩不是因為政治因素被殺害的。因此不是因為邊界的動機。不是為了要拯救國家，保衛本地區，除掉本地區的反社會行為。是牛奶工。是他殺了她。尋常的謀殺，不是政治性的，他殺了她，都只為了——社區看來是如此——他不喜歡她嘗試要毒殺我。

那或許是真的，也或許不是真的，但炸魚店認為那是真的，而在那一刻，四周圍著這些已經認定是如此的人，我也以為那是真的。社區一位地位崇高的英雄犯了罪，一件尋常的謀殺案，只為了替一個厚臉皮的蕩婦報仇。我並不是一個很天真的人，那表示我早已發現人生有很多日子不盡如意，不很平順，但可以勉強過下去，而且那本來就是可以期望的。但是有一天一切卻天翻地覆——不管你知不知道，同不同意——完全改變了。情況已經改變了，是的，但不只一個，而是全部。在此之前，我的腦袋糊裡糊塗，我的胃痛，我的雙腿不自主地發抖，我把鑰匙插進鎖孔時手會顫抖。還有在屋內的被迫害妄想症，怕他可能躲在我的衣櫥裡，而他並沒有，怕他可能在我的床頭櫃裡，而他並沒有，怕他可能躲在我的床下。每一次他會靠近……更靠近……甚至更靠近，但在此之前我看不出他的腳步是否已迫近，或根本已經踩在我的身上。最久的朋友曾警告我：「妳不能被推敲，妳不能被推斷——他們可不喜歡那樣。朋友，妳很固執，有時候很愚蠢，非常愚蠢，因為妳給人根本不鳥他們喜不喜歡妳的印象。那很危險。妳不給他們的，他們就會自己去捏造，尤其是在這種易變的時代。」「不是所有人，」我辯道：「再說，我的生活又不屬於他們。是他們發明這個歷史，而且現在就像惡犬一樣，虎視眈眈，等著要接管，為什麼我要解釋並求他們諒解？」至於他們把我看成行為不檢、浪蕩無恥的女人，我說：「說到這個，最久的朋友，實際上我比任何人都更接近聖母瑪利亞——」「妳才十八歲，」她說：「妳是個女孩。不要人撐腰——除非妳要牛奶工幫妳撐腰。所以妳就給他們一些東西吧——任何東西——就算他們不相信－尤其是他們會因為不相信而沾沾自喜。至少那樣，他們不會因為她對妳不利而把妳捧到高位。」但是我沒有，我沒辦法。我不知道怎麼做。不相信我還有時間。太多的謠言和暗示了，而且還有他們為了糾正而說的「不要多管閒事。」

因此我在學習，但在那麼快速的情況下，尤其是情感上的，我不知道我學習的是什麼。我也不知道該怎麼做，因此我做了一件蠢事。在一片寂靜和瞪視中，我拿了紙袋，握著我的錢，轉身走出炸魚店。我不想要那些炸薯片，現在也不想要我的錢。我當然應該留下它們——錢和薯片——在櫃台上，為自己澄清。只是在難以預料令人震驚的真實情況中，很難想到明顯的事，高尚、榮譽的事。再說，在過了一段時間後，你怎麼知道什麼是正常和高尚的，什麼不是？因此我拿了紙袋，沒有付錢，一部分是因為我很生氣：「是的，牛奶工，去，殺人吧。把他們全都殺了，去啊。聽我的，我命令你。」一部分是因為我對他們的感覺十分敏感和焦慮。那是不想因為我身為一個十八歲的人卻敢對比我年長的人不敬並糾正他們的行為而起衝突。因此我失去沉著，允許自己被迫惡意地拿起薯片。因此，最該死的是我自己的行為，在面對炸魚店的情況時如此粗糙地處理，儘管當時所有的人都在逼我粗糙地處理這樣的情況。不過現在我知道了，當時他們早已認定，比起其他青少年，我已經不是一個青少年了，在本區進進出出，閒逛遊玩。我現在知道，我身上已經被蓋了戳記，完完全全違反我的意願——而且不只是由牛奶工而已。

6

在得知藥片女孩被殺害之後，和在炸魚店的事件之前，當我還躺在床上休養時，有三通電話打進來。有兩通是關於我；第一通是三姊夫打來的。他聽說了下毒的事，但想跟我媽問清楚，媽對他解釋了為什麼我不去跑步。他說前一天我也沒去跑步，還有很多天我都沒去，也沒打電話跟他說或跟他討論其他選擇。然後他又說近來女性水準逐漸下降，讓他搞不清楚這年頭的女人到底是怎麼了。媽說：「女婿，她不能去跑步，她躺在床上，中毒了。」三姊夫說他知道中毒的事，「但她會來跑步嗎？」媽說：「不會。躺在床上。中了毒。」「是的，但她會來跑步嗎？」「不會。」「是的，但是——」小妹妹們說此時媽翻了個大白眼。她再試一次：「女婿，我們可以這樣談一整天。她現在躺在床上，不會去跑步。中毒了。不跑步。在床上，中毒。」對運動著迷到無法運用思考機制的三姊夫正想要問我是否會去跑步時，媽先發制人說：「上帝愛你和所有的一切，女婿，但你是有什麼問題嗎？你自己也知道她被下毒了，全區的人都知道，然而我卻在這裡，花上二十個鐘頭向你說明她的腸胃被清洗或應該說清腸什麼的，而我已經陪她坐了兩晚，就怕她腸胃沒清乾淨，然而你卻聽不懂我的話，好像我根本沒有解釋一樣。」三姊夫終於退讓了一些，說：「妳是說，她不會來跑步嗎？」「正確。」媽說：「還有你剛剛說降下？降下和這個有什麼關係？」「是下降。」三姊夫糾正她：「是女人的水準逐漸下降。」這時媽用手蓋住話筒，低聲對小妹妹們說：「這孩子不知道在說什麼。奇怪的小伙子。不過，他們全家都很奇怪。天曉得妳們三姊為什麼會嫁進這個家庭。」然後她放開手，因為三姊夫正在說結論：「呃，先是她邊走邊看書，那令人不解。然後是她腿有問題的藉口，那也令人不解。現在她不跑步了。如果她堅持這樣讓人覺得難懂的話，丈母娘，您跟她說等她腦筋清楚些時她知道到哪裡去找我。目前，我一直都在這兒，一個人跑步。」媽說：「好的，女婿，我也同意邊走邊看書那一部分，但是目前狀況是她還在生死邊緣，所以我還要她在床上多躺幾天。」接著他們互相道別，這部分大概又花了五分鐘，因為這裡善良的人們還不習慣電話，也不信任電話，不願只說了一句再見後就沒禮貌或生硬地掛斷電話，以防對方還慢慢遊走在離別之路上，所以都會在移動的電波上耽誤一陣子。「再見。」「再見。」「再見，女婿。」「再見，丈母娘。」「再見。」「再見。」「再見。」「再見。」兩人的耳朵都還貼在話筒上，身體下彎，每說一句再見就朝電話機逐漸靠近，直到最後終於把話筒移開耳朵，掛回電話機上。即使在這個階段也可能再來一句確認的再見，出於確保此事結束的衝動，這並不表示經歷整段拖延的這個人並未因努力要移開這段電話交談而沒有扭曲身體或感到心力交瘁。如果談話在最後終於達到傳統的結束之前沒有焦慮地想著：「我中斷他的話了嗎？他感到受傷嗎？我是不是太快掛斷而傷了他的感情？」那算什麼交談呢？當我知道了這通電話的內容時，我很高興接聽電話的是媽，因為我身體還沒好到可以忍受且有辦法唬住三姊夫的思維模式。

接著媽接聽了第二通電話，而這我就不高興了。那是也許男友打來的，兩人的談話並不順暢。其一，這是前所未有的，因為我不知道也許男友有我的電話號碼。他從未打電話到我家給我，我也沒打過電話到他家給他，我也沒有他的電話號碼或甚至知道他是不是有電話號碼。電話對我而言並不重要，而且我覺得對也許男友而言也不重要。我之所以以十九世紀文學當我的後盾，原因之一就是那樣我不必捲入、涉及、深陷在像那樣的東西中。我們每次碰面之後會有所安排，而這就是我們的模式。我們這樣做，一部分是因為一般而言電話是不可信賴的——這是科技產品，也是不正常的溝通用具。不過，電話不可信賴主要是因為「骯髒手段」，非官方的電話合用線，國家監視活動。這表示一般人不能為了私人的事——如脆弱的愛情之類的——去使用它。準軍事組織的反叛者們當然也不使用，但我現在不是在談他們。總之，電話機不可信賴；事實上我們家也只有一個電話，因為我們搬進這房子時就有了，而媽也不願把它拆除，就怕來拆電話的人並非真正的電話線工人，而是國家的間諜——是臥底人員偽裝的。他們會把電話機拿走，警告鄰居們，但在過程中會偷裝別的東西，可以證明我們與反叛者有聯結的東西，而實際上我們與反叛者並沒有聯結。儘管我有兩個哥哥是反叛者，我們與反叛者的牽連只算一般，近來比剛開始時更多一點而已。現在，雖然原則上我們贊成他們最初的宗旨，也不打算公開為一個不算合法的國家去譴責他們，也要看最近他們做了什麼以及國家對他們的含糊程度是什麼，媽絕不會當他們的面去譴責他們——我認為，這多少證明我們與他們並無牽連。所以我們家的電話就掛在樓梯旁的牆壁上，有時候也會有人使用。但事實是，無論在何時何處，每次你要用電話時要先將電話機扳開，檢查看看裡面是否被裝了竊聽器。我在極少數的情況下要用電話時，也會先如此檢查，雖說我不知道竊聽器長什麼樣子，或它會在電話機裡或電話機外頭部上方的電纜內，或在電話交換中，如果電話交換還存在的話。事實上，我懷疑其他人定時會把電話機拆開來檢查，就像我會做的一樣，只是因為習慣這樣做罷了。

因此我沒有他的電話號碼，如果他有的話，而我以為他沒有我的電話號碼，因為為了拿到我的號碼他必須經歷種種曲折離奇的麻煩。不過，我們沒有彼此的號碼主要是因為我們的「也許」關係。這種「也許」，導致我沒有跟他說藥片女孩對我下毒，沒有告訴他牛奶工在追求我，也沒有告訴他本地區說的關於我的流言。我沒想過要對他說，因為也許男友在我們的也許關係中，怎麼會想要知道或認為我們兩個人應該可以被允許去揭露關於此事的想法、感覺、和需要呢？再說，萬一我嘗試要說，而他卻不想聽呢？萬一他無法承受連我自己都無法承受的重擔呢？但是他打電話來，而我媽接聽了。他要求和我說話，我媽說：「喔，你不能和她說話。我不管你有什麼魔法或你是多偉大的反叛者或你有多英勇或你在本社區是個地位多高的英雄。你玷汙了許多個少女，是個墮落、騙人的牛奶工，為那些真正的牛奶工帶來壞名聲。你不能和她說話。你不能來探望她，你離她遠一點。你這個已婚男人，拿著你的炸彈滾遠一點！」她說這段話時沒有一點隱藏，完全不在乎有沒有第三者在竊聽。接著她掛斷電話，沒有道別或不斷地說再見。在這段通話期間，我躺在床上，但可以一清二楚地聽到她在說什麼，而且和她一樣誤以為那是牛奶工本人打來的。他有高超的監視技巧，當然更有可能甚至比我自己或我已經將近一年的也許男友取得我的電話號碼。而此時他將他難以制止的掠食魔爪伸入我家裡。然後我想到了也許男友，感到渴望，自我被下毒後第一次希望他在這裡，在這棟屋子裡，在這間臥室內，就在我的身旁。要是他能與我聯繫就好了。不過由於接下來的一個想法，那些想法並未持續太久。那是因為媽，以及萬一她與他會面的話場面會有多尷尬：「所以，年輕人，什麼時候要結婚？年輕人，什麼時候要生小孩？年輕人，你的宗教正確吧？還有，你該不會結過婚了吧？」是的，尷尬。我將他推出我的腦海外，不是因為他不重要，而是因為他很重要。然而他真是幸運，有早已跑到別處去的父母。

第三通電話是打給媽的，來電者是她的一個虔誠的好友，叫潔森，急匆匆地致電。潔森說在平常地區外面出了事。她說，一個國家的刺殺突擊隊埋伏並槍擊了真的牛奶工，然後他們把他送到醫院，而大家都知道，由於背負告密者的惡名，如果你有政治上的病痛，到醫院去是很不安全的。「他們沒問他，朋友，」她的朋友說：「別無選擇。他們在對他開槍後直接把他送去那兒。不過妳可以打開收音機聽最近的消息，他們說他是個恐怖分子。妳可以想像嗎？真的牛奶工！——那個不愛任何人的男人！——恐怖分子！」小妹妹們說，媽聽到這裡時掉了話筒。

接著她跑進我的房間，說她必須到醫院去，說她必須去看真的牛奶工。她問我，是否已經有力氣到可以起身，照顧小妹妹們和看家？「他死了嗎？」我問，這個問題也讓我自己驚訝，我從沒想過自己會問這個問題。她說她不知道，但是那些地獄犬，那些指控者和漫遊者，在全世界各地來來回回、上上下下地走動，對他開槍後把他送到醫院去，但不知道潔森到底是什麼意思，因為如果他已經死了卻被送到醫院去，那是指醫院附設的停屍間。她說，但潔森也可能是指他昏迷不醒，可能奄奄一息了，所以他才無法抗議說他並不想到醫院去。也有可能他並不介意到醫院去，並堅持被送去，因為大家都知道，真的牛奶工常常會做本區的反叛者下令本區居民不准做的事。「不知道。」媽說：「他們說他是個恐怖分子。他們現在正在搜他的房子，在他的後院裡亂挖，想要看恐怖分子在那裡埋了什麼。」「媽，不要緊的。」我下了床，說：「妳去做妳必須做的事，我會好好照顧我們自己和其他的事。」我一說完話，她傾身親我一下，接著她又彎身親親跟隨她上樓來的小妹妹們。她們抱著媽不放，哭著請求；「不要，媽咪，不要，媽咪。我們不要妳去！」她對她們說她們是乖女兒，但現在一定要聽四姊的話。她挺起身，扳開她們的手之後，從皮包裡拿出救急用的一點錢，放進她的裙子口袋裡，然後再把那個仍有剩錢的皮包交給我。那一刻我很清楚小妹妹們心裡在想什麼，緊抱、哭叫、哀求。在此之前只有兩次媽把她的皮包交給我們。第一次是國家警察來接她去辨認她兒子的屍體，我們的二哥。那一次她把皮包交給大姊，不信任她可能會做什麼，她說，如果那些擬人化的機器人嘲諷她說：「妳活該，妳那個憂鬱的長子也活該，竟敢帶著他那支小民兵團對抗我們」時，她可能會做什麼。第二次她把皮包交給我們是當本地區的反叛者到我們家來找二姊時，揚言要殺了她或處罰她——倒不是因為她嫁給了敵人，而是因為她嫁給敵人之後竟還有臉回來探望她的家人——不然就是要她贖罪，因為她嫁出去後，竟設計她的丈夫被他們的埋伏所殺害。那一次，媽急忙把皮包交給三姊，然後跑到他們審判二姊的臨時營房。她從樓上拿出死去的三哥留下的那把槍；我之前並不知道那把槍藏在樓上，但我知道她根本不會用槍。反叛者搶過她手上的槍並且警告她，二姊則是受到了鞭刑，她被反叛者警告不准再回到這個地區了。現在皮包交給我了。媽穿上外套，包好頭巾，說：「以防萬一。」此時小妹妹們已嚎啕大哭，我只好蹲下來抱住她們，想要安慰她們。媽表情凝重，我忍不住想著，當她的丈夫，我們的父親，在醫院裡臨死之際，她就是欠缺這個表情。因此我並不怪小妹妹們。我也感覺到了，雖不算驚恐，但一種很容易變成驚恐的心情。我不願多想，但是萬一小妹妹們是對的，她要是跟人吵了起來，結果自己也被抓起來送去坐牢，永遠也不會再回來了呢？

她是回來了，但要等到天黑之後，那時小妹們已經上床睡了，先吃過全部都加了很多糖的脆米花、馬鈴薯片、巴黎小麵包、烤麵包、和橙汁香煎比目魚片，然後又聽我唸了《誰怕維琴妮亞．吳爾芙？》（*Who's afraid of Virginia Woolf*）＊。那是她們的選擇，不是我的選擇。這本書因為是二十世紀的作品，搞得我心煩意亂，而我也發現小妹妹們感興趣的不是對話也不是故事，而是童話般的劇名，她們很希望我可以一直重複唸很多次。因此我每唸三個句子就重複說一次劇名，好讓她們平靜下來，而現在她們都睡著了。我讓她們的房門半開，悄悄地下樓到起居室去，在昏暗闃靜中的扶手椅上坐下來。我想過要打開收音機，聽聽他是不是死了，但我受不了聽收音機：那些宣布的聲音，那些低喃的聲音，那些整點、半整點裡不斷重複的聲音，在他們格外急切的額外公告，那一切我都不想聽。我希望他沒有死，但在這種情況下他們差不多全都死了。因此，在我腦袋裡還有退路的當下，何必提前面對，讓自己困擾呢？我還沒到那種不知道比知道更令人難以忍受的重要關頭。我仍然在「慢著，等一下」的階段中，就在這種心態下，我聽到媽把鑰匙插進鎖孔內的聲音。

雖然現在客廳已經是黑漆漆的，她知道我在裡面；一個人可能透過隱形的力量而知道這些事，也或許是透過內心的建構或感應。她也沒有拉開窗簾或打開燈，只是在我對面坐下來，仍然穿著外套戴著頭巾，說他還活著，他的情況穩定，但是她不知道「穩定」是什麼意思，而且因為她不是家屬，雖說真的牛奶工並沒有家屬——他唯一的兄弟多年前就過世了。

＊《誰怕維琴妮亞．吳爾芙？》（*Who's afraid of Virginia Woolf*）是愛德華．阿爾比寫於一九六二年的舞台劇劇本，又譯為《靈慾春宵》，探討一對夫妻複雜的婚姻。

他們不對她或任何其他也到醫院去的鄰居們透露任何額外的訊息。接著她開始說別的事情——這沒什麼不尋常，一個人的心思常會突然變得迂迴而轉向其他或許有關但對聽者而言卻似乎無關的事。她開始談某人，她以前認識的一個女孩。那已經是很久以前了，她說，當她自己也是一個女孩時，而她認識的這個人是她認識第二久的朋友，某個我從沒聽過而媽也從未說過的人。但現在她說們兩人結束了友誼，也不再相伴，因為這個朋友發誓成為一個聖女，所以加入路口仁慈堂的那些修女們。媽嘆了口氣。「我難以置信。」媽說：「我們才十九歲，佩姬就放棄了人生——衣服、珠寶、跳舞、打扮——所有的一切，只為了成為一個修女。」根據媽所言，這個叫佩姬的女孩所放棄的並非最悲慘的。當媽繼續說下去時，我變得困惑，心想她談起這個說不定並不存在的佩姬，會不會是因為她的第一個、也是自童年就認識的很久的朋友——真的牛奶工——當天已經被殺害身亡了。所以，這故事可能只是個替代品，是取代「女兒，他死了。他死了。現在，我要怎麼面對這件事？」的障礙。她心裡想弄明白，在她想弄明白時卻也決定不接受任何不好的結果，所以捏造軼事拖延結果，甚至在說出這些事的時候拒絕專注在——媽打斷了我對她的想法的思緒，說：「女兒，事實是，我也想要他。」她現在說的一定是真的牛奶工，說每個女生都喜歡他，所有的女生是指那些虔誠的女人，本社區那些中世紀的祈求者，比真的修女低一階，還有那些曾有過男人、性、和子女而沒什麼高階或低階的婦女。「我記得很清楚。」媽說：「當她們聽說佩姬想要加入聖職的那一天。她們為這件事的荒謬、純粹的運氣、和時間的湊巧而大笑。現在佩姬一走，還有誰可以制止她們呢？」媽說那令她感到生氣，但她也生佩姬的氣，為了她變成百分之百的冥思性、穿著她的修女袍，與耶穌結合，不再區別真的牛奶工和其他的男人，不再在乎別人怎麼說和怎麼想。「我很疑惑。」媽說：「因為她愛他，我知道她愛他，可是她卻放棄了他，還有她與他在一起的肉體，因為，是的，女兒」——媽壓低聲音說：「在那些日子裡有尊敬，而且不像現在這樣一天到晚表白、訴諸感性、又不檢點。但我知道她跟他上床，而且在那個時候你不會那麼做。」

上帝是很偉大，媽說，但是想想看為了祂而放棄真的牛奶工吧。她是那麼說的。媽真的那麼說，而且親口從她的口中直接對我說，這真的是種啟發。我媽是本地區最虔誠的五個婦女之一，卻說出「上帝很偉大，但是」的話。這令人震驚，但也很刺激，甚至耳目一新——一個聖潔的女人透露出她並不是百分之百的聖潔，要不就是所謂的聖潔必須調整一下意義，將下半身也包含在內。因此我們是對的。我的姊姊們和我是對的。媽年輕時曾和男人在「點點點」的地方幽會過，或曾嘗試過要幽會，或至少不反對去幽會。在她內心深處她是贊成的。死亡是真的，「受埋伏、槍擊、差點死了」也是真的。如果真的牛奶工沒有在那一天遭到槍擊且幾乎遇害，我絕不可能聽到這個關於媽和真牛奶工和佩姬和本地區高階層虔誠婦女的內幕。而媽就坐在那兒，繼續說下去。媽說，當她的朋友成為修女後，她們都很高興，但是不多久她們之間就發生嚴重的衝突了。「她們為了他互相競爭。」她說：「我也是，女兒，我也加入競爭。」我噤聲不語，因為我要她說完，不要她恢復理智而想起她是誰，我是誰，還有另一個男人，那個已死的人，我父親，她嫁的男人。「但可怕的事發生了，」她說：「我自己和其他人都沒想到的事。」這可怕的事是真的牛奶工，符合他平常唱反調的性格，決定由自己決定他的婚姻狀態。他決定，既然他不能擁有佩姬，他不要擁有任何人。至於他的名聲的來源——媽接著就直接談到這一點。

我跟我們這一代的人一樣，都認為他在本區被稱為「不愛任何人的男人」是因為那一次他生了氣而對孩童大聲吼叫——不可親、反社會、壞脾氣——像本社區的人所說的。還有，他不合作，不支持反叛者的努力。「那些槍是為了我們好。」人們說：「本地的男孩總得把那些槍藏起來啊！」因此大家的共識就是他不合作。他也喜歡爭論，主要又是和反叛者——為了他們威脅要殺死藥片女孩，為了他們鞭打二姊，為了他們要殺掉那位要到女性主義分會探討全球女性議題的講者，他甚至還曾為了用槍擊穿膝蓋骨、打架、收取保護費、嚴厲懲罰而爭論——不只是別人的嚴厲懲罰，還有他自己的。人們說，你可以看到他自己創造出的兩難境地。他到處跑，不安靜，不用伎倆，而是嚴厲、清楚、明白、且不屈服。這些自然就是我們這一代的人聽到的理由，用來了解為什麼他會有「不愛任何人」的名聲。當然，他還有另一個名字，就是「真的牛奶工」，不過這是最近才有的，用來區分其他人以為我愛上的那個牛奶工。但是現在聽媽說，我才知道他的稱呼還有另一個更古老的原因。「當佩姬為了上帝而讓他心碎後，」媽說：「他決定不娶且堅決不忘掉她而讓所有的女孩心碎。」他仍然英俊，只是現在帶著傷痕、不再天真、苦澀、辛酸的味道，所以最初他是「那個除了佩姬以外無法愛任何人的男人」。接著，在他的哀莫大於心死的時期，他變成「那個決心不愛任何人，尤其是佩姬，的男人」，而為了簡便，就變成「那個不愛任何人的男人」。直到「真的牛奶工」出現之前，那就是他的名字。而且，媽說，就算他做了那麼多善事，那名字還是無法消除。他幫助過麥××的媽，也就是可憐的已死的原子男孩的媽，在她丈夫過世後，接著在她女兒死去後，然後又在她四個兒子先後死去之後。接著，當爸過世後，他又幫過媽，然後是當二哥死去後，還有當二姊因背叛的選擇嫁給敵人而惹毛了反叛者後。他也幫過我，當我在十分鐘地區碰到牛奶工之後。因此他常常幫助別人，許多人，包括藥片女孩；她斷然拒絕他，不過令人驚訝的是，她並沒有對他下毒。還有姊妹會的女性，當社區對他們的態度是嘲諷，因為還有八百年的政治問題待解，而譏笑他們是茶壺裡的風暴時，他也幫助過她們。他幫忙了這麼多，而且他也是從一個更廣的角度、更高的意識來幫忙這些事。然而，這些對我們的社區來說都不算數，就連他的名字也沒被改變。「好可惜。」媽說：「這樣一個人。這麼好、公平、正直的男人。而他的外表，女兒——」說到這兒她反過來問我是否也認為他長的和男星詹姆斯·史都華（James Stewart）一模一樣，還有羅伯·史岱克（Robert Stack）、葛雷哥萊·畢克（Gregory Peck）、約翰·迦菲爾德（John Garfield）、羅伯·米契爾（Robert Mitchum）、維多·麥丘（Victor Mature）、亞倫·賴德（Alan Ladd）、泰隆·鮑爾（Tyrone Power）、和克拉克·蓋博（Clarke Gable）*。我不能說我同意，不過我知道情人眼裡出西施。她說：「最後我們這些女人們只好退開。」聽到這句話我便看向她。她急忙修正。「不是我，」她說：「我不是說我。我早就忘了他了。」但是她沒有。她才沒有。那個晚上，我對於某些事情才終於恍然大悟。「我當然已經忘了他了。」她堅持道，並拉高嗓門，企圖阻止我的新認知逐漸滲透。「要是我沒忘了他，女兒」——這是她的證明——「我為什麼會嫁給妳爸呢？」

為什麼？我又一次思索「和錯的人結婚」這件事。我不是指原本很成功的婚姻但後來因成長而不合；男女雙方原本對彼此都有貢獻和承諾，直到兩人一起走的路到達自然的終點而分手，選擇另一個人或另一件事，不管還有沒有愛，都得到對方的祝福。我指的是一個人和一個他或她並不愛也不想跟他或她結婚的人結婚，因此第三者看到他們時會搖頭說某人不應該在另一個人的生命中占據如此親密的地位，如果那根本不是對的人。不過，本地人一般認為有理由這麼做。其一是，本地的政治狀況會讓你真心想結婚的人有可能不會過早死於暴力，但也有可能會。如果要不了多久你所愛且想要與他或她相處一輩子的唯一一個人有可能因死亡而棄你而去，那你何必要為他或她全心全意地投入呢？另一個理由是，你害怕因為單身而自動被貼社會汙名的標籤，因此隨便跟誰結婚都好。他可以。那個站在那邊的男人可以。或她可以。隨便挑個女人就行。另外還有被迫結婚的，因為你要順應習俗，因為你不能讓別人失望——日子看好了，結婚蛋糕訂好了，你甚至還把蜜月日期及房間等都訂好了吧？還有一個原因是害怕自己，怕自己的獨立，怕自己的潛力，所以為了避免這條路就和一個不在這條路上的人結婚，一個對此沒有感覺的人，一個看不出你有這些潛力也不會鼓勵你的

＊詹姆斯・史都華（James Stewart）、羅伯・史岱克（Robert Stack）、葛雷哥萊・畢克（Gregory Peck）、約翰・迦菲爾德（John Garfield）、羅伯・米契爾（Robert Mitchum）、維多・麥丘（Victor Mature）、亞倫・賴德（Alan Ladd）、泰隆・鮑爾（Tyrone Power）、克拉克・蓋博（Clark Gable）都是六、七〇年代紅極一時的好萊塢男明星。

人。還有，你不去和你想要的人結婚是因為如果你這麼做，可能會惹別人羨慕或生氣，那些你知道也想要和此人結婚的別人。和不對的人結婚的其他原因還包括：害怕讓慾望進入你的底層而失控，你跟一個你想結婚的對象很親近的人結婚，但那個人不希望你跟他或他最好的朋友、或同事、或親戚或住在他或他隔壁的那個人結婚。當然，還有一個很大的理由——一個你沒和對的人結婚的最大的理由。如果你結婚的那個人，那個你所愛、想要，且也愛你並想要你的人，你們的結合會是最真心、最美好，充滿最深切的快樂，然後，萬一這個配偶沒有失去對你的愛，你也沒有失去對他或她的愛，但結果他或她卻因為政治問題而被殺害呢？那些永遠的幸福和地老天荒呢？你確定，真的確定，你可以忍受這樣的可能性嗎？社區認為不行，不可能。所以，在懷疑中結婚，在愧疚感中嫁娶，在後悔、恐懼、絕望、責怪、和可怕的自我犧牲下結婚，是本區默認的婚姻要件。這就是為什麼我以不結婚來保護自己，甚至於堅持要有也許的關係，儘管我時不時會渴望且也幾次試過要讓我和也許男友的關係正常化。所以這些都是造成所謂和不對的人結婚這種意外的原因——確實還滿多的。現在我知道爸就是媽嫁錯的人，因為雖然她責怪他，一直都怪他——怪他有憂鬱症，怪他躺在床上不起來，怪他入院，怪他早死，怪他不愛她——但那都不是爸的錯。是因為她愛的人一直都是真正的牛奶工。至於爸，他知道媽覺得嫁給他是錯的嗎？他可曾在意過，心碎過，不只因為她是錯誤的配偶，更因為他讓自己成為錯誤的配偶？或者，爸是否知道，在那麼多年的婚姻中，甚至在結婚之前，對他來說媽也是他錯誤的配偶？

現在，將近半個月以來，媽仍時常跑去醫院探望真正的牛奶工，讓我在家照顧小妹妹們。她們現在明瞭她不會永遠離開，沒有消失，不是被像醫院或監獄等詭異的地方偷走，她並非死了而屍體被埋藏在祕密挖出的洞裡又快速掩埋成墳墓，所以已經不再感到驚慌。她們已經接受偶爾她會出現，而在那些時候她們就可以和她在一起；還有，此時她們必須圍繞著我，而她們也真的這麼做。「媽咪說我們可以待到清晨四點再上床睡覺。」她們這些媽咪的託辭，有時我聽任她們。晚上我會唸書給她們聽，因為小妹妹們喜歡聽我唸。也是在這個時候，因為她們要求，也因為我為她們感到難過，我在晚餐前的時刻跑到本地區中心去買（也算是買）那些炸薯片。

我推開那兩扇狹小的店門，走進去，結果承受那場不愉快的經歷，被視為是藥片女孩之死的幫兇，而她的死，在我可以回到街上走動之前，我就已經認定與他無關。這全然是因為他們喜歡聳動的消息，多半是捏造的，他們希望他們的謊言是真的，所以在他們的腦袋裡以及他們的流言，終究把這些想成或說成是真的。再說，如果我是幫兇的話，他們也沒資格說話，因為他們也全都是幫兇。我推開門，走進去，不久之後——在震驚和羞愧中，拿著免費的薯片，同時生氣地想著「殺掉他們吧，牛奶工，殺掉他們每個人。我恨他們。快點來把他們都殺了。」——我又走了出來。我從炸魚店出來後沿著街道走，往轉角走去，心想：從此以後就是這樣子嗎？我是說，可以免費得到東西。我曾親眼目睹過，少數被社區挑選中可以免費拿東西的那些人。他們會走進商店裡，然後那些默不作聲，有時候不友善、但多半是過度焦慮且過度友善的老闆們，就會把免費的包裹推給他們。所以，以後我在牛奶工的基本架構中要扮演這樣的角色嗎？我會被憎恨、恐懼、鄙視、但卻不能反抗。如果是這樣的話，這些給我的東西，愈來愈多送來給我的東西，不管我要不要——我擔心，接下來我該怎麼做？我該放輕鬆，接受免費的東西，把它們都堆放在角落後，然後看都不再看一眼嗎？或者我該不受強迫，不受欺負，堅定的把錢用力拍放到櫃台上？還是我該保有我的自尊，不買也不接受任何東西就直接離開？如果是最後一個選項，我還可以保持控制，可是我已經拿走那些薯片了，所以他們便有了控制權。這表示我無計可施；如果我要讓他們知道我的想法，我要買東西就得離開這個社區，而且不是小東西，而是整個星期的購物。再說，我沒有受過如何對這種事抗議或嗤之以鼻的訓練。如果他死了——如果牛奶工死了——或被抓去關，或消失了——因為反叛者認為偶爾彼此消失算不了什麼——或者他到最後對我已不再感興趣，我的等級會快速下降，而他們，那些老闆們，會想要為他們的拍馬屁報復，並要求把他們的包裹都送回去。我就那樣走著，鬱悶地想著：何必呢？有什麼用？而負面的想法就在我心裡滋長。就在這時，我體內那種不舒服的漂浮感再度襲擊我，我的雙腿不再有感覺，而我的雙腳也似乎不再著地。我可以看到它們在動，但我卻感覺不到它們。我又一次感到赤裸，而且感覺整個背是裸露的。怎麼回事？我討厭這樣，我心想，這時我停止走路，握住欄杆。在這一刻，彷彿得到暗示似的，另一陣顫抖的反高潮竄過我的全身。看起來，似乎我必須一再受到驚嚇，經歷一件接一件的爛事，直到我終於得到訊息為止。可是，什麼訊息？他們認定他為了我割開她的喉嚨，為什麼這會是我的錯？

然後我想起了炸薯片。我還拿著它們，受到它們的拖累，所以我把它們扔了。當我把炸薯片扔到地上後，我卻毀壞了這個高貴的舉動，想著：我幹嘛那麼做呢？我該把薯片撿起來嗎？我思考著。它們仍在包裝內，並未弄髒。我可以把灰塵拍掉，在上面劃個十字，再把它們帶回家去給小妹妹們吧？然而，一群流浪狗不知從哪裡跑出來，了結了這件事。牠們衝向薯片，為了薯片互相爭鬥，瞬間勝利者就狼吞虎嚥地全部吞了。這些狗的兇暴讓前方某人發出一聲驚喘。我抬頭一看，發現那是藥片女孩的妹妹。她跟我一樣，也因最近被同一個人下毒差點沒死掉。現在她也跟我一樣，握住欄杆，面露驚恐，而且，就如他們所言，她看起來像是剛被下了毒，而不是已經經歷過瀉藥清腸的痛苦。她瞇眼看看我，然後又望向那些狗。他們說自從被下過毒後她沒有恢復之前的閃亮——而且也失去了正常的視力，而我看出那是真的。他們說她沒有用枴杖；的確，眼前的她並未拄著枴杖。她在適應殘存的一點視力，加上牆壁、圍籬、路燈燈柱、矮樹，靠著東西行走，把臉湊近，摸索前行。社區對她痊癒後的說法是「她很好，可以出門到處走」，但這也是社區對「雖已損傷但修補過」的委婉說法，而後者這句話又是對「急需醫療及照顧」的委婉說法，不幸的是需要這一切的就算去了醫院也得不到。至於她的閃亮，現在我親身證實已經受損、斑駁、難以辨識。除了一點抖動的眨眼和怪異的閃光，她和我們這些背負沉重負擔的人並無不同。這時刻街上沒什麼人，因為多數人都在屋裡喝茶、看電視新聞，而少數幾個出現在街頭的人都直接從她身旁走過。有些故意不看她，有些遲疑著，放慢腳步，停頓，然後突然過馬路到那些狗仍在打架之處，選擇走那條他們認為最不會驚擾人的路線。有一、兩個猶豫了一下，像我一樣，不是因為我們不想幫她，而是因為藥片女孩的妹妹，現在已經不再閃亮，在逐漸靠攏的黑暗中，可能會斥責別人的援手。接著，有一個人可能想要幫忙卻使不上力，因為他自己也要扶著欄杆。那些遲疑的人從我身旁經過，然後下定決心。他們同樣穿過馬路到對面去，因此只剩下我和藥片女孩的妹妹。狗群當然還在——有些在打架，有些舔舐著，甚至在吃薯片的包裝紙。然後我看到在我們的前方有兩個男人，但他們也在打架。我之前之所以沒看到他們是因為他們都沒有發出聲音。他們在沉默中打架，完全沒有聲音。雙手高舉，猛擊、勾拳、刺拳、下面一拳、閃躲、跳來跳去、抓住彼此。這真的很奇怪，但更奇怪的是，這兩個用力揮拳的男人嘴上都叼著一根長長的香菸。

我放開扶手，走向藥片女孩的妹妹。我告訴她我是誰，因為看不出她是否看得出來。我問她是否需要幫助，但並不相信她會說需要，甚至不確定她是否會回答，因為，說不定她也像炸魚店裡那些人一樣，以為她姊姊被殺而我參了一手，所以她為什麼會認為我相信她需要我的幫忙？另一個原因是跟錯的人結婚這件事情有關。的確，有些人說藥片女孩的妹妹現在變得黯然無光，與她被她姊姊下毒並沒有什麼關係，而是因為一年前她被和她在一起很久的男友拋棄之後就逐漸變得消沉。事實上，一想到拋棄她的人與我有血緣關係，我內心幾乎無法承受。但我已經問她是否需要幫忙了，而她說：「妳剛才做了什麼？我看到有些動作，現在那裡有一群狗，我無法通過。」她已經轉身走回，想要繞路過去。這應該是表示，她必須走過一段又一段的扶手欄杆，一排又一排的圍籬，一個接一個的街燈燈柱，直到她到家為止。「我把炸薯片丟了。」我解釋道：「不要走那邊，那邊有人在打架。」聽到我這麼說，她停下腳步，然後說她很努力要弄清楚事情。尤其是街道路標，她說，並用手指一指，說油漆顏色太淺。我望向她所指之處，但那裡並無路牌。本區大多數的街道看起來都一樣；為了要讓敵人搞不清楚而放慢腳步，反叛者移除了所有的街道路牌。這件事她應該知道才對，因此我不免猜想她的腦袋是否也被毒壞了。「我用數的來認路。」她說，依然費力察看，一手扶著欄杆。「我不記得我有沒有轉入——」她說出兩條街名，但都不是她轉入的這一條。不過，她住的那條街就在三條街之外。我跟她解釋我們在什麼地方，並且想問她要不要我們兩個一起走。結果我們兩人卻同時說話。我們不再多話，而我警告自己不要自私而說起下一秒鐘我就說出口的事，那就是：「我並沒有害死妳姊姊。妳被妳的真愛拒絕也不干我的事。」同時，她說的是：「前兩天我們在我姊姊的房間裡找到一封信。」

這封信是在她家人一起進行的搜索中，被藥片女孩的妹妹找到的。他們決定要查明藥片女孩到底把她的毒藥、藥水、和她所有用來下毒的工具，都放在哪裡。她有源源不絕的供給，而她不可能把一切都帶在身上。他們認為她一定藏起來了，藏在屋裡的某處。於是有些人找放煤炭的儲藏室、尋歡洞、廁所的水箱、閣樓、等等，而藥片女孩的妹妹負責找不大可能的地方。她解釋，美國印第安人充滿智慧和洞察力，與環境和元素有古老的連結，所以會把東西藏在大家都看得見卻找不到的地方。經過一番理解，這顯然指的是客廳。即使是最基本的全家人聚在一起，藥片女孩，下毒者，也加以閃避。這表示，她不會到客廳去。因此藥片女孩的妹妹就走進客廳，在這個最不可能的房間裡找尋最不可能的地點，結果她發現了能讓她姊姊藏毒藥的最佳地點。再一次，印第安人的解答是最清楚的。那天，躺在長沙發上面的——其實在那裡已經躺了五年，且仍繼續躺在那——是全家人都喜愛的一只布娃娃。這布娃娃一直傳給家裡的小孩，直到最後一個孩子在滿十一歲之前把它拋棄為止。雖然她們家的某人必然想過，有一天，很快的，當他或她已經處理過其他更迫切也更重要的家事之後，他們就會回頭來把這個娃娃收起來或送人。就因為它不是什麼要緊的東西，差不多已經算是沙發上的裝飾品了，所以那一天一直沒有來。這一家負責清潔的人就忘了，所以那個娃娃就繼續躺在那張沙發上，人人都看得到，直到大家對她視而不見。因此藥片女孩的妹妹就走過去，拿起了布娃娃。在這個娃娃的肚子裡，在生殖輪和臍輪之間有個用別針別住尿布的大洞。藥片女孩的妹妹拿下別針，在娃娃肚子裡找到的不是藥片女孩的毒藥，而是一封摺過三次的信。那是她姊姊的字跡，似乎是一封私信，由某個層面的藥片女孩寫給另一層面的自己。開頭是「我最親愛的蘇珊娜．愛蓮娜．麗莎貝妲．愛菲」。藥片女孩的妹妹說到這裡停了一下。這家人一絲不苟，不喜歡去亂弄別人的私人物品。平常她是絕不會這麼做的，但現在這一家有更大的義務去找出並摧毀他們親人的殺人武器，而且反叛者都已經上門來威脅要殺掉這個親人了，他們覺得自己別無選擇只能繼續做下去。當其他人仍繼續在屋內各處搜尋，上面下面外面後面，撬開樓層地板、在牆上挖洞、在樑木下方找尋藥瓶藥水時，藥片女孩的妹妹內疚不安，遲疑不決，坐在沙發椅邊緣，打開折疊，攤開這封長達十三頁、字跡小而工整的信。她深吸一口氣。開頭是「我最親愛的蘇珊娜・愛蓮娜・麗莎貝妲・愛菲」。

我最親愛的蘇珊娜・愛蓮娜・麗莎貝妲・愛菲，我們有職責將妳的恐懼一一列出來，以防妳忘記：要人關注、喜歡纏人、很怪異、被人忽視、被人注意、被羞辱、被躲避、被欺騙、被欺負、被拋棄、被打、被人議論、被同情、被嘲弄、被認為既是「小孩」也是「老婦人」、因為生氣、因為別人、因為犯錯、本能地知道哀傷、寂寞、失敗、失去、愛、死。如果不怕死，那就是怕活著——身體，它的需求、它的每部分、它大膽的部分、它沒人想要的部分。然後還有顫抖、起伏、我們的腿因為那些顫抖和起伏而變成一團糨糊。從一到十之間，九和十分之九的我們相信失去我們的力量和向怯懦屈服；也相信別人的狡猾。我們也相信不穩定。九和十分之九的我們認為我們被監視，我們重複舊創傷，我們緊張、不快樂、面無表情。這些就是我們的恐懼。親愛的蘇珊娜・愛蓮娜・麗莎貝妲・愛菲。請注意這些恐懼。請記住這些重點。蘇珊娜，喔，我們的蘇珊娜。我們害怕。

我說：「天啊！」

藥片女孩的妹妹說：「是的。還有更多。」

不要拖延或責罵，我們最大的憂慮，也是我們不該有的，就算我們保有其他所有的恐懼，我們仍會感到無法形容的快樂，這憂慮深深地譴責我們，讓我們變得負面，阻止我們超越微不足道的事，例如以上所列出的那些恐懼，而那是一種奇怪的心理層面——我們的蘇珊娜，妳記得那種奇怪的心理層面嗎？進入我們心中的那種輕快和美好，妳記得，至今仍盤據在我們心中的那些？

「她是指我而言，」藥片女孩的妹妹說：「在下毒變得不可收拾之前，我是說真的不可收拾之前——當姊姊只是偶爾對某個人下毒時——別忘了，她是我的大姊，我的姊姊，所以我必須尊敬她比我年長——但我去找她談話，因為我不明白，不只是她懼怕的程度，還有她為什麼會感到懼怕。我到她房間去，說話結結巴巴的。我不知道我說話不清不楚，但我讓情況更加惡化。我沒看到她在瞪著我的臉。沒有說明白我的心意，反而讓她開始對我起疑。我想問清楚為什麼她要下毒，揭開她的扭曲根源，讓她恢復正常。她說那是不可能的，她說壞事那麼多，明明有那麼多壞事，她說，這些無法忘懷的壞事，卻要聚焦在好事上，那是很危險的。她說我們必須記住並認知以前的黑暗事物和新的黑暗事物，要不然之前已經經歷的一切就都白費了。」藥片女孩的妹妹繼續說：「無知的我，雖然我不完全明白她說的『白費』是什麼意思，我說可不可能那些並沒有白費，或者有點可惜地白費了，但主要是現在可以將它們放下，然後她就可以走開呢？那就是她第一次對我下毒的時候。」

我說：「第一次？」

「是的，她對我下過五次毒，雖說頭三次我以為只是我的月經來了。」

接著這個妹妹說她和她姊姊又一次喝茶聊天。這一次，當藥片女孩又一次去泡茶時，妹妹又一次聽她談到絕不能忘的壞事。她意識到她姊姊被困陷在壞事這個議題上。這一回她談的是壞事是不能忘的，要不然那就表示原諒會從後門溜進來。她不能原諒，藥片女孩的妹妹說藥片女孩說，至少在她沒得到任何道歉之前。「我說，」藥片女孩的妹妹說：「儘管我不知道誰應該向她道歉或不可原諒的人應該向她道什麼歉，我又一次說，我本能地知道等待這些道歉是戰爭想法的一部分，所以我問她是否可以不要再等待這些道歉了，因為要不然一直等下去只會更進一步地摧毀她。她說她無法前進，她必須接受道歉，其他的事情才變得有可能。我說她不能，她真的、真的不能，我想那是我第二次劇烈經痛的時候。」第三次她們又一起喝茶聊天時，藥片女孩的妹妹說，她們似乎已經把「白費」和「沒有傳達的道歉」整個都拋開了，還有要不要原諒，轉而談論認同、傳承、和傳統。「我對她說，」藥片女孩的妹妹說：「我覺得她好像有太多在意，太多堅持」，也或許太專注於隔離自己、孤立自己，因為每次她下毒時就是這個意思。我問：「不能並存嗎？」她說有些事情必須尊重，再說如果她只能專注於發亮的層面，那其他人會以為並沒有別的層面。她說，他們會忘記。他們會認為一切都很好，最後只有她一個人會記得。「我不知道她說的這些事情是什麼。我說她的認同似乎來自極端的邊緣，因此她可不可以讓自己有些懷疑，而不要一直強調這個邊緣，而這就是我第三次痛到受不了的經痛」。到了第四次，藥片女孩的妹妹說她姊姊在對她下毒，那之後她們就停止在一起喝茶聊天了。「不過，」她說：「我還是覺得應該有別的方法的。」到那時，本地區的反叛者已經威脅藥片女孩，於是她們全家就開始搜尋殺人武器。「我就是在那時找到那封信的。」藥片女孩的妹妹說：「一開始談的是恐懼，好幾頁又好幾頁，一共是十三頁，字體好小。」最後，信是這樣結尾的：

愛妳、擔心妳、又關心妳的現在和未來的安全，
妳的，仍真心感到害怕的，

真心恐懼他人而且不只在難過的日子裡。

「真心恐懼他人而且不只在難過的日子裡」真是直言不諱。而且沒有持續性的關聯，藥片女孩的妹妹說，意思指的是相對的力量，內在對立者的勇敢突襲，試圖將恐怖的情況扭轉，得到有希望的解答。但是，卻有一張來自「亮光與美好」的棉紙，上面滿是「其他人的真心恐懼且不只是在難過的日子裡。親愛的蘇珊娜．愛蓮娜．麗莎貝妲．愛菲」的干擾*。這張棉紙起頭為：

親愛的蘇珊娜．愛蓮娜．麗莎貝妲．愛菲，

你不需要我告訴妳——

好可怕！喔，好可怕！

——妳所看到的都只是妳內在視界——

一切都好可怕！

——的反射，所以妳不必——

救命！救命！我們要死了！我們全都要死了！

——相信這個內在——

我的胃！我的頭！喔，我的腸子！

——視界。但是我們可以——

記住我們的救助箱，蘇珊娜！我們的安慰箱！我們的生存自衛箱！我們為我們的角落箱奮戰的方式！我們的藥瓶和要和我們發亮的黑藥丸！喔，快！報仇！我們要讓他們感受到我們的痛苦和……

所以「其他人的恐懼」否決、搞亂、且最後暗殺了「亮光與美好」。而且「美好」曾以其他面貌出現：單一、閃亮、妹妹。它以「妹妹」的面貌出現。那就說得通了。妹妹干擾她的內心。她不要妹妹干擾她的內心。因此，妹妹必須消失。所以藥片女孩的妹妹第五度被下

＊"Lightness and Niceness, and even then, with constant interruption"「亮光與美好，且即使如此仍有持續干擾」是一種以棉紙堆疊做成的磁磚，拼貼在一起後做為廚房或浴室壁板，因為透光，壁面下常加裝ＬＥＤ燈照明，所以有「持續干擾」。作者將原名拆為兩部分，後半部的「干擾」指藥片女孩在棉紙上寫下的標題。

毒，也幾乎是最後一次。然後我被下毒，接著被誤認是希特勒的那個男人遭到下毒。那之後，藥片女孩就被殺害了。「其他人的恐懼」或許以為只要她死了，它，它自己，就可以繼續活下去。它可以狂歡，放下頭髮，繼續恐懼。他們，這些心理的篡位者和占據者，沒有想到一旦除去了宿主——他們為了存活所需要的最重要的一個人——他們便無可避免地除去了自己。此時我瞪著藥片女孩的妹妹，她病態的蒼白，額頭冒著冷汗，呼吸困難，眼睛嚴重受損，小手沉靜地握住欄杆。她似乎發燒般地抓著欄杆。也許她真的發著高燒。她瘦得像個紙片人，不只是身體，還有她的每個層面。她全身發麻，暗流變成電流、敏感度、和早期的警報系統。她所有的監視系統都被壓垮也讓人難招架。我本想上前去幫助她，可是我不知道應該怎麼幫她。我甚至覺得自己也被扯進她的漩渦中。接著，我本來預期她會尖叫：「妳殺了我姊姊！」但結果她叫了我的名字，讓我感到溫暖、友善、且如釋重負。然後她說：「妳可以看出她有多害怕吧？我從不知道她有多不知所措，因為她是我姊姊。但她跟整個情況敵對。」我點頭作答，但意識到她可能看不到。因此我說：「是的。」心想我應該再說些什麼，就像和真正的牛奶工在他的貨車裡時一樣，我覺得想要多說些什麼，做點什麼。不過在我能做任何事之前，她的前男友出現了。

在我感覺他的雙手按住我之前，我就感到他的存在了。他是三哥，我的三哥，我已經將近一年沒見到他了。自從他在將近一年前結婚之後，他現在幾乎不會出現在這個區域，或即使出現也很短暫。他會來探望媽，給她錢，但他來去匆匆，開車載媽和小妹妹們去短程旅遊，接她們——快！快點！——再送她們回家——快！快點！小妹妹們說，他會載她們到市區，或到山上，或到海邊，如果天氣好的話，而他們一定都會在途中暫停去大吃一頓——「冰淇淋，炸薯片，檸檬汁和香腸」。她們又說：「當旋轉木馬到這裡來時，我們也會去。然後他會讓我們坐所有的遊樂設施，甚至媽。」偶而他也會載她們經過市區到另一頭去，她們說，讓她們在他的房子裡與他和他的新太太一起喝茶。這個新太太很出人意料。從沒看過她來這兒——媽沒看過，社區的人沒看過，三哥沒看過，藥片女孩的妹妹——也是曾與三哥相愛多年的女友——也沒看過。至於我和他，自從他結婚後我們就沒碰過面，因為他是隔週或隔兩週的星期二會到家裡來，正好是我在下班後會到也許男友家與他共度的一天。現在他在這兒，從我身後過來，在我有機會回頭看並且發現——不是牛奶工、不是炸魚店的私刑者、也不是「其他人的恐懼」或藥片女孩的鬼魂——發現都不是這些人之前，他用雙手按住我的肩膀。是他，三哥，我可以感受到他靠近的震動，而且不是只有我一個人感到震驚。藥片女孩的妹妹也感受到什麼了。她猝然停止談論她姊姊的憤怒，嚇了一跳，喊道：「是誰？誰在那兒？那是誰？」她的聲音急促又緊迫，但同時既興奮又滿懷希望，因為她在我之前就知道是誰站在我的後面，甚至在我哥哥說話之前就知道了：「孿生妹妹，站到一旁去，我要過去了。」

他親自抱我站到一旁去，因為我太激動而無法自己跨步到旁邊。雖然他對我說話，但我看得出他已經忘了我的存在，目光越過我，直接走向他這輩子唯一愛過的女孩。藥片女孩的妹妹一聽到他的聲音，又發出一聲叫喊，一手摀住嘴巴，另一手伸向前，可能是要擋開他，也可能是要抱住他。接著她放下雙手，想要向後退卻不能，因為她背後抵著欄杆。所以她往旁邊跨了一步，而我知道此時她也已經忘記我的存在了。我想這可能是她拒絕接受我幫助的第二個原因。我是她前男友的妹妹，而這個男人卻拋下她去娶了一個不知名的權宜之人。她當然不願被提醒這段難受的往事吧？所以這又是一個「錯誤配偶」的例子，不過在這個事例中三哥的太太是娶錯的妻子，而藥片女孩的妹妹是他應該娶的對的人。我們的看法就是那樣——我的家人，她的家人，社區的每個人。然而他們沒有結婚是因為三哥採取的是尋常的、不被質疑的、下意識的、自我保護的做法。他所愛的人也愛他，這種施與受的互惠脆弱到他無法應付的程度時，他選擇結束這段關係，在他還未失去前便終結掉，在這段關係可能被命運或某人奪走之前。當時沒有人對她說過任何有道理的話，因為誰想當那個某人呢？所以三哥試著避開失去他最想要之人的恐懼，找一個替代品充數。藥片女孩的妹妹對此當然有話要說。

「走開。」她說：「你走了，舊情人，所以你現在走開吧！」她的聲音顫抖，身體也在發抖。她一定很生氣，好不容易才能集中精神。而且她顯然無法看清楚他。至於我，我對他們兩人而言依然隱形，但那並不能停止我翻騰的思緒。太遲了嗎？他已經下了破釜沉舟的決心嗎？他已毀了一切了嗎？或者她將會讓步，讓他加以彌補？看起來，三哥似乎有意修補，因為他並沒有聽令走開，反而向前走近。而且他雖然還未碰她，但他開口對她說話，央求她。沒有修飾的詞、也沒有優美的話，因為他情緒激動到無法有意識地自我評估。他說的大約是：「錯誤……笨蛋！……大笨蛋！我不知道我在想什麼，我在做什麼……愚蠢……娶錯人了。因為我愛妳……害怕……冒險……為了安全之計……出賣夢想……喔白癡！……喔傻子！……該死……娶錯了人……幹！……不成熟！」他還說了什麼「不珍惜」，還有什麼「珍惜」，以及「愛，我的愛」還有「受不了了」和「白癡，瘋子，大白癡，幸福，不能……不可以……大混蛋白癡」。我想他是指他自己。之後是「愛情這回事」和他如何已經妥協，他如何「做了決定」，告訴她說他在發抖，說他來了，此刻站在她的面前，發抖。他說：「妳看不出我在發抖嗎？」然後他說：「幹！妳看不出我在發抖！妳根本看不到！她做了什麼？妳姊姊對妳的眼睛做了什麼？」

這讓他停下腳步。我想他必定是最近才聽說藥片女孩的妹妹，他的前女友，被下了毒，但卻沒預料到中毒之深，也不曾近距離跟許多中毒的人在一起而了解到被毀的並不只有消化道而已。不過，藥片女孩的妹妹現在已經可以泰然處之了。「你傷了我的心。」她喊道：「你讓我感到悲慘，你讓自己感到悲慘，而且不管你怎麼看，你不可能不讓她——無論她是誰——感到悲慘。所以你走開，走開。」她再次伸出雙手。他也再度伸出手。她試了，他也試了，接著她試了，然後她停住。然後他又試了，然後她將他推開。大致上，就是停頓和推開，伸出雙手，伸開雙臂，雙手推開，以及不止一次地說「走開」，但「走開」這件事並未發生。接著，他進一步宣告愛，又說了更多笨蛋，該死的笨蛋，該死的白癡。「要是她害死了妳！」他喊道：「萬一妳姊姊害死了妳！妳有可能已經被毒死，而我卻不能……」雖然他的身體已不再發抖，但他的心裡必然騷動不已。她固然看不見，但從他的聲音她不可能聽不出來。沒錯，他是做了妥協，他是做了決定，被玷汙，被損壞，因此或許他再繼續違背自己的心意下去，不到一年，他就會變成那些被活埋、枯燥到極點、躺進棺材裡的人。但在這愛情的宣告和內心的激動中，他的語氣有了改變：變得急切、尖銳、令人讚嘆的無懼，甚至生氣。他又一次問她，她姊姊對她做了什麼，以及有沒有人帶她，他所愛的人，去尋求幫助？現在談到醫生了。她有去看醫生嗎？他們做了什麼來幫助她？但藥片女孩的妹妹打斷他，斷然拒絕他為了姊姊對她做出的這種小事表示關切。「因為你根本不在乎你對我做了什麼，你有什麼資格在乎別人對我做了什麼！」接著他們兩人都說了更多話，然後她又伸手推他，接著抓住他的襯衫，抓住他，幾乎要把她的頭靠向——但是沒有！她拒絕他的襯衫，她拒絕他，接著又是推開，然後又一次抓住他的襯衫，向前靠近，更靠近，更靠近，又更靠近。然後她彎身，前傾，將頭靠向她自己的臂彎，已經與他的心接合了。她閉上眼睛，與他一起呼吸，她的情人，舊情人，她的情人。此時三哥必定以為他已得到了許可。他伸開雙臂——還沒！——還不被允許。她喊了一聲，又一次將他推開。

他們就這樣。她又推了一次，力道小多了，而他已經伸出雙臂——聰明些了，等待，留意訊號，留意微妙的指示，這次是對的，而這一切，當然，都無意地讓我聽到或看到。若在尋常時候，想到任何人——尤其是我——竟站在幾尺遠之處瞪著兩個情緒激動的情人看，我會感到震驚、噁心。但此時我卻呆若木雞，無法自制，也不想克制自己。再說，他們也沒有任何要停止的跡象。現在她允許他抱住她，同時她自己也緊緊依偎著他，但另一方面又想要推開他，告誡他說：「我覺得我恨你。」這表示她並不恨他，因為「我覺得我恨你」跟「也許我恨你」是一樣的，而「也許我恨你」跟「我不知道我是不是恨你」是一樣的，而「我不知道我是不是恨你」又跟「我不恨你，喔，天啊，我的愛人，我愛你，仍然愛你，一直一直都愛著你，從沒停止過愛你」是一樣的。接著，她將臉從他的胸前移開，半推半就，兩人都靜止不動。在一秒鐘的停頓，片刻的暫停後，他們——不再說話，不再激動——如釋重負地擁抱彼此。

現在他們緊緊相擁，親吻；他靠向她，撐著她的背部，她的腰——而她，緊緊環抱他的頸項，讓他抱住她，讓他支撐她，讓他靠向她。不久，的確，在親吻中他似乎已經將她整個人抱到半空中了。那很像法國香水在耶誕節時的那種廣告：「除非妳有這種香味，妳永遠不會被如此親吻。」而此時，我注意到——雖說他們自己毫未察覺——其他人也過來觀望他們了。這些人多半是從剛才聚集在一起看那兩個男人打架的怪異場面的一小群人中脫離出來的。那兩個男人還在打，無聲無息，嘴上仍叼著香菸。也許這個架打得太沉默、太久、太令人費解，叫人不安，難以猜測，或許要靠聯想或某種新藝術風格的邂逅才略說得通吧。然而，這群觀眾是傳統的觀眾，習慣按照時間先後的傳統寫實手法，所以大多數人已開始懷疑那兩個人是否真的在打架。因此他們失去興趣，離開現場，走向我們，現在我們這些鄰居多半在點頭，很明智地點著頭。站在我右邊的婦人很明智地對站在我左邊的婦人點點頭，而後者對前者明智的點頭很有同感，也明智地點頭。「我知道那是出於愧疚。」我右邊的婦人對我說：「這解釋了妳哥哥的行為，他偷偷摸摸地溜進本區，又同樣偷偷摸摸地衝出本區。愧疚。就是愧疚。跟政治問題、反叛者、任何可能的告密行為毫無關係。都是出於愧疚——以及懊悔——和他因為背叛她而良心不安。不過，妳可知道，」——這時他們全都轉向我了——「他娶錯的那個太太對此會有什麼話說呢？」

那又是另一回事了。兄弟。我的哥哥們。我共有四個哥哥，其中一個，我的二哥，已經死了。我仍然算死去的二哥，因為他還是我的哥哥。我也算四哥，雖說他從不像我的哥哥，但卻是二哥從幼稚園起最長久的好友。四哥一直和我們住在一起，儘管他有自己的家庭——父母親，兩個兄弟，七個姊妹——依然健在，住在四條街外。十四歲時，他已離開學校，但仍住在我們家，雖說當時他已加入叛軍。即使是現在，二哥已經走了，四哥理論上仍是與我們同住的家人，不過目前他並不在我們的家裡，因為他在跑路。他們說他在射殺巡邏隊之後——在混戰中他故意殺死了四個國家巡邏隊員，但意外殺死了三個普通人：站在鄉下公車站牌旁等公車的一個大人和兩個六歲的小孩——就騎著摩托車往邊界逃了。我們現在不會再看到他，雖說他應該就在「穿過邊界後」那個國家的其中一個鄉鎮裡。至於大哥，按照傳統，一個家裡要是有任何人要加入運動，那就應該是長子去加入才對。因此，當媽的第二個兒子，我的二哥，在加入運動後被國家軍隊射殺，警察來找我媽去辨認屍體時就一直搞錯，稱他是她的長子。而媽真正的長子，就是我的大哥，他並沒有加入叛軍，而是有天晚上在市區裡喝醉酒摔斷了手臂。他自己跑到醫院去，抱怨說是路上的一顆鋪石鬆了，要求國賠，結果被那些不在乎信或不信的負責人痛扁了一頓。他回家對媽訴苦，然後，對於這個國家和它的政治問題，說：「去他的，我不要待在這了。」於是他跑到中東去尋找安靜、平和、和一點陽光。在他去之前，他提議把弟弟們一起帶走，但深陷於叛軍中的二哥和四哥說他們不要去，而三哥也不要去，因為他愛上藥片女孩的妹妹。因此大哥一個人走了，此後就音訊全無。所以這個哥哥，大哥，自己去做他的事去了。而二哥，我已經死去的哥哥，也去做他自己的事。而三哥呢，拋棄應該娶的太太去娶了錯誤的人，而且什麼也沒做，直到現在——這大概就勾勒出他是個怎樣的人了。

在結束這深情的一吻，且顯然完全置身邊的這群觀眾於不顧之後，三哥一把抱起了他應該娶的這個太太，說了兩個字：「醫院！」接著，從先前的愛情宣告和自貶為白癡轉為「迫切需要醫療和關照」，他轉身將他心愛的女子抱到他的車上。「不應該帶她到醫院去。」一群眾喃喃說著，依然搖頭：「醫院是錯的，完全錯誤，沒有比醫院更大的錯誤了。有一堆表格要填，關於誰對她下毒的問題要問。然後武裝親衛隊*會被找來，他們兩個就會被迫告密。」然後他們轉向我：「他們會認出那是妳哥哥，妳知道。他們知道他是誰，他是妳已死的二哥的弟弟和妳那個跑路的四哥的哥哥，雖然他自己並非反叛者也不相干了。他是反叛者的親屬，」他們說：「是反叛者的家人，就已經足以證明他有牽扯了。」說到這裡，他們等待我回應。而我呢，我只希望他們放棄對醫院的說法。現在這裡有很多人都逆勢而行，打破對醫院的禁令，常常到醫院去。醫院裡擠滿了來自我們這一區、本來不應該到那裡去的人。不久就會變成到醫院是家常便飯以及到醫院度假了。現在是一個新時代的開始，至少就醫院而言，而這些鄰居愈早體會到這一點，我們就可以愈快調整並前進。我當然知道他們不敢說出在他們嘴邊盤旋的另一個事實，那就是三哥也會被認出是那個與準軍事組織成員有曖昧情感糾葛的妹妹的哥哥：才不久前在那些法官和他們的太太被殺害的事件中，以及本區有史以來最重大的下毒者被殺害的事件中，她不過是個背景人物而已。現在這些鄰居迴避了整個殺人的事件，對於我引發這「一般謀殺」的事實閉口不提，反而喋喋不休地說著警方會如何把三哥和他的女友轉變成告密者。這時，三哥對這些明智又不以為然以及他如何可能置自己於告密者的話充耳不聞，將他畢生的真愛抱到前座的乘客座上。接著他一個箭步翻過引擎蓋，

＊ Schutstaffel 是德文，簡稱為SS，是納粹德國親為對領導下的一支準軍事部隊。該部隊擔任拱衛納粹政權，進行特殊作戰或任務，護衛德國政府官員的職責；在第二次世界大戰中，武裝親衛隊亦參與前線作戰，並被視為德國武裝力量中的精銳部隊。

直接衝向駕駛座，立刻發動了引擎。車子轟隆向前衝，又急煞車轉彎駛向通往醫院的路。隨著車子揚長而去，原本憂心忡忡又自責不已但轉變為快樂的三哥，和他再次感到快樂卻已病危的舊愛，失去了蹤影。

就那樣。所有的行動都結束了。對我而言，在一天之間，也真的受夠了。我不喜歡行動，因為很少有好的行動，更不用說是為了什麼好事。我現在要回家了，晚上經過調整後的計畫是小妹妹們可以吃蛋糕。吃過蛋糕後，她們可以出去探險，而我自己待在家裡，洗個泡泡澡，邊泡澡邊吃點蛋糕，洗澡前和洗澡後都把雙腳翹高，讀完《波斯人信札》（*Persian Letters*）*，書本可能會因蒸氣繚繞又濺水而瀕於瓦解的狀態，但那無所謂，反正我只剩幾頁就讀完了。然後，如果媽在小妹妹們該上床就寢的時間還未回家，我會唸一點哈代（Thomas Hardy）†，因為她們已進入哈代時期。在此之前她們已經經歷了康拉德（Joseph Conrad）‡時期然後是卡夫卡（Franz Kafka）※時期，其實那很荒謬，因為她們都還不到十歲。所以我會唸給她們聽，雖說我唸的是哈代描述陰森恐怖的十九世紀，而不是可以接受的二十世紀，但我還是會唸。最後，我會爬上自己的床，開始讀十八世紀的《羅馬盛衰原因論》（*Some Consideration on the Causes of Roman Greatness and Decadence*）◎。此書出版於

＊《波斯人信札》（*Persian Letters*），也被譯為《波斯人通信集》或《波斯書簡》，是孟德斯鳩（Charles de Secondat, baron de Montesquieu）的著作，以兩個波斯人通信的格式寫成。全書共有一百六十一封信，時間跨度是從一七一一年到一七二〇年的九年。該書首先於一七二一年匿名發表，以局外人的視角探討法國生活的不開化。該書是啟蒙運動下的產物，質疑教會的權威，以及世俗國家的興起。

† 湯姆斯．哈代（Thomas Hardy，一八四〇～一九二八），是英國十九世紀到二十世紀初的作家，著作甚多，包括詩歌、師劇、短篇小說、和長篇小說等。其長篇小說如《遠離塵囂》、《還鄉》、《無名的裘德》、和《黛絲姑娘》等，曾多次被改拍成電影與電視劇集。

‡ 約瑟夫．康拉德（Joseph Conrad，一八五七～一九二四），生於俄羅斯帝國基輔州別爾基切夫附近的波蘭裔英國小說家，是少數以非母語寫作而成名的作家之一，被譽為現代主義的先驅。主要作品包括《黑暗之心》、《吉姆爺》、《密探》等。

※ 法蘭茲．卡夫卡（Franz Kafka，一八八三～一九二四），是奧匈帝國一位使用德語寫作的猶太裔小說家。被許多文學評論家公認為是二十世紀作家中最具影響力的作家。卡夫卡的代表作品為《變形記》、《審判》和《城堡》。

◎《羅馬盛衰原因論》（*Some Considerations on the Causes of Roman Greatness and Decadence*），是法國政治哲學家孟德斯鳩撰寫的一部著作，探討古代羅馬的政治力量，以及其如何被濫用，以及羅馬衰亡的原因。

一七三四年，在我看來所有的書都應該是這樣的。這就是我簡單的連續計畫，沒有混亂，易於履行。但我一進門，小妹妹們就從客廳跑出來，撐著陽傘，身上裹著從放在衣櫥上方聖誕盒裡找出的金箔裝飾。她們對我說的第一句話是：「有個叫也許男友的人打電話給妳。」這令我吃驚，因為也許男友竟有我的電話號碼是前所未聞的。他從沒打電話到家裡給我，我也從沒打電話到他家裡給他，我根本沒有他的電話號碼或甚至知道他家有沒有電話——此時小妹妹們又繼續說：「我們跟這個人說妳到炸魚店去買薯片給我們，四姊，」——她們在我的雙手中找薯片，但我沒有薯片——「然後我們要他留下電話號碼，讓妳可以回電給他，但他說：『如果她只是去買薯片，如果她只是為了那個。』又說那他會在半小時後再打來。他在過了三十七分鐘後打來，但妳還是不在家。姊，妳買個薯片還真久」——她們又一次找尋薯片，開始皺眉——「所以我們又一次建議他留下電話號碼，但這個人，妳的也許男友說：『不用麻煩了。』接著他問我們是不是妳的妹妹，我們說是，可是姊，薯片在哪兒？」她們切入問題核心了，我只好解釋沒有薯片的狀況，但沒有說出任何真相。我只是不著邊際地說炸魚店裡沒有薯片了，雖然我知道她們不可能輕易接受這種含糊其詞的話。為了儘速脫離此事且避免面對她們可能因為我對她們說謊而說出不以為然的評論，我急忙說她們可以吃在櫥櫃裡找到的任何東西——希望櫥櫃裡會有許多好吃的零食——然後我結束了薯片這一章，宣布藥片女孩的妹妹和三哥好像是重修舊好了。

這巧妙的一招果然奏效。小妹妹們深愛藥片女孩的妹妹。她們非常愛她，總是會奔向她，跳起來，投入她的懷抱，抱著她的臂膀和她的脖子，擁抱她，歡笑，接受擁抱；當她是三哥的女友時每一次都這樣。因此，很合理的，當三哥拋棄她時，她們的心都碎了，有將近一年的時間在聖誕節的名單上劃掉三哥的名字。在聖誕夜結束前，整整九個月又三個禮拜加上半天，他都被刪掉，之後她們終於讓步，又把他的名字放了上去。這段將他排除的時期也包含了他在星期二時來帶她們和媽出去短途遊覽、坐旋轉木馬、享受歡樂時光，而他根本不自知自己完全不被原諒，或她們認為他犯了重罪，或他差一點就得不到小妹妹們在那個聖誕節送給他的那張馴鹿卡片、那雙男用襪、男用鞋帶、和懸掛皂。現在他們兩人和解的消息奏效了。這是最好的消息，不只是因為藥片女孩的妹妹完全回應小妹妹們的愛。我從沒見過任何人如此縱容三個小孩滔滔不絕地敘述百科全書的發明、法羅群島的旋風、自然音階、中國的縣長、非局部的宇宙、材料科學的理論與事實、或威尼斯黃金宮庭院中的文化毀滅。藥片女孩的妹妹就是那麼縱容。她喜歡小妹妹們，聽她們說話，鼓勵她們，認真對待她們，讀她們寫下的一大堆筆記，又問她們合理的問題，令她們歡喜。因此，現在這一對恢復舊情，令她們雀躍，提問不再是關於薯片，而是把重點放在藥片女孩的妹妹和三哥。不過，小妹妹們就像三哥和我最初一樣，對於毒藥的破壞性之強大並不知情，因此完全不知道她們深愛的這個可愛的女孩已到病危的地步。我沒有告訴她們這一點，告訴她們說她現在正在跟死神搏鬥，現在和三哥在醫院裡。我只說，也許再過不久她們就會再見到她，與她團聚。同時，只要廚房裡有的，我說她們可以吃任何東西當晚餐，然後她們可以出去玩，玩到很晚很晚，加上我晚一點會讀哈代寫於二十世紀的作品給她們聽。這可樂壞她們了，因此我們現在在廚房裡——小妹妹們打開聰明豆、法利脆餅乾、水煮蛋、還有薄荷糖和其他說不上是什麼東西的零嘴——這時也許男友當晚第三次，也是有史以來第四次，打電話來了。

「好，那就快去吃吧！」我喊道，指的是她們的食物，因為電話鈴響而我去接聽時，小妹妹們正好要奔向廚房。接著，當也許男友說：「是妳自己」時，我壓住話筒，又喊道：「而且把門關上，不要偷聽這通電話！」這是我第一次和也許男友——任何一個也許男友——講電話，我覺得有點拘束，所以不要任何人——此刻指的是小妹妹們——聽到我們的交談。她們的電子監控當然也有安全考量，但因為我被禁止和也許男友交談，就算她們有人在偷聽，此刻大概也聽不出個所以然。因此我對小妹妹們大叫要她們待在後面吃，然後留在後面，然後我在樓梯上坐下來，放開話筒，將聽筒放回耳朵上，說：「也許男友。」我很高興是他打來的，很高興，雖說在電話上講話很奇怪。我和他講電話大概只有八次，七次，也許六次。也許男友說：「也許女友，妳去買那些炸薯片還真去了好久。」他的聲音很真實，聽起來很棒，很陽剛，很溫暖，而他卻在取笑我去買薯片，至少我以為他在取笑我。因此這通電話剛開始很好，但到最後——當我們談到我媽說他是恐怖分子，談到他又被進一步包圍，現在不只是因為他的增壓器和國旗的謠傳，而是因為在他的地區有一些他牽涉其中新的謠傳，而這些謠傳他卻認為是因為我在我的地區的行為造成的——我抽絲剝繭，重新判斷他說的話：「去了好久」可能不是出於情感和取笑。沒多久我就肯定他是在攻擊我。

他問我發生了什麼事。我為什麼錯過我們的星期四晚上和星期五到星期六的晚上，以及我們的星期六白天到星期天，因為，除了我終止我們有時候在一起的星期四晚上，我們在到目前為止將近一年的也許關係中都沒有人錯過任何一次的約會？我告訴他說發生了一些事情，所以我必須待在家裡看家和照顧小妹妹們。我沒有跟他說真正的牛奶工被槍殺的事，或媽因為真正的牛奶工被槍殺而轉變為她的真我，也沒有說我被下毒，或藥片女孩被謀殺，或牛奶工強化了對我的掠食——或有關牛奶工的任何事。我也沒有告訴他有關社區和社區編造的故事，或有關那枚汽油彈的細節，因為這件事仍卡在我們兩人之間，雖然他堅持那是不足掛齒的小事。我也沒告訴他我在炸魚店的經歷，炸魚店對我的態度是：「拿去！這些薯片給妳，但不要以為妳這樣就可以脫身了，蕩婦！」儘管如此，我開始覺得也許我可以告訴他

——如果也許男友想要知道的話——也許我的事情也可以是他的事情。但我還是忍住了，想著，就算我說了又怎樣？就算我說了呢？如果我真的說出來了，就像那汽油彈一樣，他會不會置之不理，淡然處之？在我認真的這個節骨眼——因為我很困惑，被牛奶工和社區隔絕，也因為我和也許男友這種沒有承諾的狀態，更因為我提心吊膽好長一段時間了，導致我還不自知地錯過許多好機會，就是因為這一切，我臆測他置之不理的態度會比我完全不提對我造成更大的傷害。因此我保持低調，即使在這個節骨眼仍想著我只能這樣做，但也許男友說：「可是，發生了什麼事？也許女友，到底出了什麼事？」我吃驚地張大嘴巴。但儘管我一直告訴自己不應該說，還是忍不住就說出口了。我聽到自己說媽的朋友被槍擊，所以她必須常常到醫院去——這時也許男友插嘴說他可以過來，我要他過來嗎？我真希望我的不由自主可以繼續，這樣我就可以說出心裡的話，那就是我要。他可以過來。他可以來這裡。他不會聽到媽的斥責，或問他結婚或生小孩的問題，或指控他就是牛奶工。就算媽在家吧，她現在自有她憂心煩惱的事，所以不大可能甚至注意到也許男友也在這個房間裡。因此現在阻止我、讓我猶豫不決、剝奪自己與也許男友這大好機會的，並非是因為我想到媽。而是——呃，就算是他過來，聽說了這些事呢？我發現自己想到在大姊被殺害的前男友喪禮的那一天，和她一起坐在媽的小客廳裡。我知道我應該讓自己變成「流言謠傳我已經成為的那個我」，是一件難以相信的事，但是根據本區最新的說法，我和牛奶工的關係已經持續兩個月了。他們說，這就表示該是欺騙他的時候了，因此我就欺騙他，背著他和來自大老遠另一區的某個年輕且妄自尊大的汽車技工約會。就因為這個新的流言，讓我想不清楚，沒有立即回答他。我決定，既然我已經說出一些——比較簡單的，沒有牽扯到我，只是有關媽和真正的牛奶工那一些——現在應該是對也許男友和盤托出的時候了。不過，在我能這麼做之前，也許男友誤會我的猶豫不決，斷言說我不想要他過來——不想要他接我，載我回家，和我一起在我的地區共處。起初他說他以為是因為他和增壓器的謠言讓我羞於被人看到和他在一起；他說也許就像他和他的方式的謠言一樣，我甚至也開始相信他是個告密者。他說，那是在另一個謠言之前，因為即使他的地區離我的那麼遠，他也聽說了另一個謠言——說他膽大包天，敢去追一個反叛者的女友。「那個反叛者，」他說：「那個牛奶工反叛者。所以，也許女友，妳對這個有什麼話說呢？」

這一陣子我們因為在各自地區的謠言而造成的緊張立刻恢復。現在這些謠言似乎匯流在一起，讓他的觀點從「我不要他來因為他讓我覺得丟臉」轉變為「我不要他來因為我和牛奶工有曖昧」，而我的觀點從「我不要他來因為媽會要求結婚生子」轉變為「我不要他來因為牛奶工可能會要他的命。」至於說出來，我決定，反正說了也沒什麼好處，因為我剛剛不就開口了，結果他卻跟我吵了起來。所以我沒有回答他——就跟以前一樣，他出口咄咄逼人，所以我為什麼要回答他？——我被激怒了，選擇退縮、閉嘴、生氣，並且再度感到極度的反感。喔，不好，我心想。我不能對也許男友覺得反感。但是，在幾秒鐘內也許男友又再改變了。他立刻變得不那麼迷人，不可理喻。然後是完全不迷人，完全不可理喻，反而愈來愈像牛奶工了。接著我感到毛骨悚然，而這是我對也許男友第一次有這種感受。我心想，等一下。他怎麼知道我的電話號碼的？他做了什麼偷偷摸摸、暗中監視的事才得到我的電話號碼？「你怎麼知道我的電話號碼的？」我一提出這個問題，我的反感便消褪了，我又再記得他是誰。妳真傻，我告訴自己。他如何知道的有什麼緊要嗎？我甚至沒有不要他有；平心而論，我其實要他有我的號碼。不是因為要他打電話給我；而是他有這個號碼，他想要有這個號碼，在我心中就預示了一種親密，一種信任。但他卻視我的問題為攻擊，而在我發問的當下其實也是。他啐道：「也許女友，從電話簿裡查到的。」當時也許男友很少用這種口氣說話。我問：「什麼電話簿？」他說：「老天爺，也許女友！現在連二十世紀的電話簿也不能翻閱了嗎？」這是他第一次對我的閱讀喜好有所批判。連他也是這樣，我心想。他也一樣。我的也許男友也背叛我，也捅我一刀。「所以我打了幾通妳們地區同一個姓氏的電話。」他又說：「因為妳知道，也許女友，妳從未給過我妳家的住址」——這話說得有幾分怨懟。

「最後，在打錯幾通電話之後，」那怨懟說：「我打了另一個號碼，接電話的女人說她是妳媽。」

現在他的口氣很冷淡，可以說是帶著怨恨、不滿的冰冷。他沒有再說他要過來，而是停留在牛奶工的話題上。「也許女友，」他說：「妳對妳媽怎麼說我和這個反叛者呢？」我說：「我什麼都沒說。我媽就是那樣，都是她自己編的。」他說：「她說我已經結婚了，是個騙子，然後就掛斷電話，不讓我跟妳說話。所以妳告訴我，妳到底對她說了什麼？」「我跟你說了，」我說：「什麼都沒說。是她。她要怎麼想我管不著。她就是那樣。」他說：「妳一定說過什麼。」我說：「為什麼說我一定？」他又在訓斥我了，而我必須反駁、解釋、為別人的誤解負責。接著他繼續宣告，說他聽說這個中年男子是個中年人。他還強調說這個中年人雖然年紀不小，但在整個運動中滿有分量的。我知不知道這個領退休金的人參與——「不要再說了。」我說：「而且我並沒有和他出去，我和他一點關係都沒有。」「也許女友，」也許男友堅持道：「他知道我的存在嗎？」我難以置信。看他接收訊息的速度，他現在對我們這一區和他們那一區最新的謠言都瞭若指掌。「我知道我們以前從未談過這個，」他說：「關於我們是也許男友和也許女友在『將近一年的也許關係』，這可能表示我們可以和別人出去。可是，也許女友，一個反叛者——我是說，那個反叛者？妳確定妳要走上這條路嗎？」他的話讓我感到受傷，但他似乎並不介意我們彼此在將近一年的也許關係中和別人出去。我剛開始和他交往時，我自己也曾因為同樣的觀點而和幾個男生出去過，直到其中一人成為也許男友為止，因為也許男友成為也許男友，而我們也增加了一起共度的白天和夜晚；再說，其他男生都令人失望。他們問太多問題，測試、證明問題，顯然依靠一張清單——評估、判斷，看我夠不夠好——不是出於想要真正了解我這個人的發問。因此我也評估這些人，結論是他們對我而言不夠好，那表示在我們可能開始任何也許關係之前我就先將他們終結了。至於也許男友所說的——同時和兩個人或三個人約會——那是否表示他自己同時和多人約會呢？在我們這麼久的也許關係中，他是否也曾和別的女孩交往呢？他是否也和她們上床，就像他和我上床一樣，因為我就是這樣毫不特別呢？他是不是到現在還和她們在一起，這一群女人，甚至於在他邀我和他一起搬到紅燈區去同住之後？

「——然後她指控我有炸彈，就掛了電話。」

他就是這樣，繼續談論媽，讓我脫離想到他和別的女人在一起的痛苦話題。「不過她讓我知道，」他說：「對她而言我根本不夠格。」我說：「她以為你是別人啊！」「我知道，」他說：「我不是一直跟妳這樣說嗎？」他的口氣帶著嘲諷和自以為是。因此我說：「也許男友，你最好不要太過分。我媽天馬行空地亂想又不是我的錯。牛奶工並不存在——

呃，是有牛奶工這個人，但跟我無關，而且——」「不用麻煩解釋了。」他說：「我已經知道了。」他那輕蔑的一句「不用麻煩解釋了」惹毛了我。他竟敢說「不用麻煩解釋了」，好像我一天到晚麻煩他似的，因為試著要解釋而讓他受不了，彷彿他並不在電話線上做一大堆宣告而迫使我必須一再地解釋。他的話讓我發動反擊，我說：「不要用你的增壓器屠夫圍裙披到我的身上。」我這樣說很下流，非常下流，很噁心——這不是我會對任何人說的話——甚至對我厭恨的某個正好家裡放了一個賓利跑車增壓器的告密者都不會這樣說，而且那個增壓器上不只有一面「海那一邊」的國旗，而是有成堆那個國家的國旗，而我知道也許男友根本就沒有。我出言不遜，但那是因為他的態度和他指控我和準軍事分子交往刺激了我。因此我朝他猛踢了一記，雖說我在踢完後感到後悔；不過不是立刻感到後悔而沒有再踢一記。我在幾乎立刻感到後悔的出言不遜後又踢出一記，而且也幾乎立刻又感到後悔。「你做菜，」我說：「你有咖啡壺，你看夕陽，大部分的女人甚至不會用咖啡壺煮咖啡或看夕陽。你用汽車取代人。你在家裡塞滿了東西，而且你談論立陶宛的電影。」他接著說：「妳邊走邊看書。」我說：「這下可好。」他說：「我還沒說完呢。我喜歡妳邊走邊看書。那很個人、很自我，而且妳認為那一點也不奇怪也沒人會注意妳。但也許女友，那很奇怪。不正常。不會自保。那很不隨和、令人困惑，而在我們這樣的環境下，那表示妳擁有固執、變態的人格。

我本來不想說這個，但妳說了很多，所以我也就說了。那就是妳好像已經不再活著了。我看著妳的臉，妳的感官似乎都在消失中，或者說已經全部消失了，因此沒有人可以接觸到妳。妳一直都很難猜透，但現在是完全不可能。不過，也許我們現在應該停止說話了，免得難以收拾。」

我們就這樣抨擊了彼此的不足，一一數落——那種爭吵——但我同意他說的，是的，我們應該停止。在整通電話爭執中，我內心對於有某人在偷聽感到不安。有鑑於最近兩個月以來，無論我在哪裡、做什麼事、和什麼人在一起，我總是覺得有人在偷聽、有人在偷看、有人在跟蹤、有人在對一切計時，這可能只是疑神疑鬼。我很緊張，而且愈來愈相信某些人一生的任務就是暗中偷聽，但也可能這只是我想像力太過豐富，所以根本沒人在偷聽或侵犯我的生活。我們以一種生硬又正式的方式結束了這通電話，我說我會盡快過去找他，而他的口氣聽起來好似並不在乎，好似他並不相信我，好似他並不想見我。接著我們雙方都簡單地說了一聲再見，就掛斷了電話。我掛斷電話後，繼續坐在樓梯上，而我來得太遲的自發性想法又開始運作了。它告訴我不要再自憐，趕快去找也許男友，提醒我我喜歡也許男友，也許男友是我的第一個夕陽，他是唯一一個和我上過床的男友，我本來每星期都和他度過至少三個晚上，直到牛奶工威脅要殺死他，讓我減少為兩個，還有，在也許男友之前我根本沒在任何人家裡過夜過。儘管我們只有也許的關係而非正式的一對，儘管每次我們其中一人開始討論我們的也許關係時我們都會喪失記憶，我還是應該去找他，我的自發性思考說，現在就去找他，當面對他解釋我們之間的誤會，適當溝通，收拾殘局。在我這麼做之後——如果也許男友不要再急著辯白而讓我這麼做的話——他可能會告訴我有關增壓器這回事，告密者這回事，以及最近這個有關反叛者女友的閒言閒語——所有發生在他身上的事。視情況而定，接著他可能載我回家，因為我必須回家照顧小妹妹們。不管媽怎麼說或牛奶工的傳聞，他可以載我進入本區直接到我家門口，不再是平常郊區的地區分界處。他也可以進來，留下來一會兒，留下來過夜——只要他不在乎事後牛奶工可能想殺死他。他是個大人了，成年人。他可以自己做決定。我的自發性想法說，也許男友是我的也許男友；牛奶工並不是我的情人。一確定這一點，真相讓人感到清明且精神一振。不過，由於我不自覺地過度興奮，我沒有感受到清明和振奮，反而是從沮喪和脆弱的這個極端盪向另一個極端，感到突然且毫不協調的歡快。我寫了一張紙條給小妹妹們：「穿上睡衣。我等一下回來會信守承諾，唸哈代給妳們聽。」然後我穿上外套，衝往馬路邊的公車站。

我沒有走路有三個原因。第一，我沉浸在虛假的振奮狀態中，但我誤以為是下定決心和快樂的信念。所以我急著要盡快趕到也許男友那裡。第二，即使在我這麼歡快和興奮的狀態下，我的雙腿還未恢復到可以走——更別說可以跑了。第三，在我決定對也許男友說清楚的背後，我對於出門可能碰到牛奶工還是感到很不安。雖然我並未質疑，但似乎是我並不想要我剛剛的重生因為他的再次出現而受到測試、或甚至被擊垮。

我在也許男友的地區下了公車，走捷徑到他住的那條街，卻看到他的大門壞了。門歪歪斜斜的，但已經破損。這是什麼意思？我小心翼翼地推開門，輕手輕腳地走進小玄關。接著我走向客廳；客廳裡空無一人，只有汽車零件到處堆放，散落各處。這種無秩序又近乎暴力的囤積，與也許男友平常整齊堆放的風格大不相同，或許代表他正常的每日囤積受到了干擾。我正想叫喚他的名字，卻聽到廚子的聲音從廚房裡傳來。他在對他的想像學徒低喃他平常做菜的指示。「來。試試看這樣做。不對。不要加那個。這樣，那樣。看，這樣好多了。用抹布擦乾淨，我好把這個弄好，然後我可以洗——」我朝廚房走去，想要打斷廚子的話，問他大門到底是怎麼了，以及也許男友在哪裡。但我沒有發問，因為此時他的想像學徒也喃喃出聲回答他。我聽不出他說什麼，但我聽的出那是也許男友的聲音。我想要衝過去，但他的聲音不知為何刺痛了我的皮膚並阻止了我。我發現自己在客廳通向廚房門口這一側停住了腳步。也許男友接著又說了什麼，什麼的，「見鬼！該死！笨蛋！白癡！根本沒想到會這樣，不知道我在想什麼，廚子，我在做什麼……愚蠢……早該看出他們……」廚子又低喃了幾句，要也許男友閉嘴，把頭轉向右邊。我輕推已經開了一點的門，看到也許男友就坐在廚房餐桌旁的一張椅子上。他幾乎完全背對著我，但一定出了什麼事情，因為他拿著濕抹布摀著他的眼睛。他用那條抹布摀住雙眼，而廚子就站在附近，手裡拿著一捆紗布，另一隻手臂下夾了更多布，並且從一個瓶子倒出外科手術用的液體到放在桌上的一盆水裡。桌子上還有廚子的長餐刀，筆直地插進桌面，刀上沾著血。我的本能再次令我按捺不動。我從未想過那不是人血，而可能是他們準備「烤甜菜根和羅馬番茄」或「慶祝紫色高麗菜和紅酒」或「食用紅色蔬菜拼盤」而沾上的。那是人血。還有更多血——很多——在廚子的衣服上，地板上流淌的血跡，還有餐桌上紅棕色的汙痕。接著我注意到，還有一些血從也許男友的身上滴落下來。很奇怪，我還是待在原地不動，彷彿某種強大的力量用隱形的手壓住我的手臂，堅定不移，命令我，警告我。這個也許女友不久前才充滿新生命和新希望，衝向她的也許男友家中，下定決心要見他，對他開誠布公，解釋她新發覺的自由，但現在卻沒有任何也許女友應有的動靜。沒有驚喘、尖叫，沒有關心的衝刺，抱住也許男友喊道：「發生什麼事了？天啊！出了什麼事了？」我只是呆立在原處，而廚子和也許男友都不知道我已經半身在廚房裡了。

也許男友又開始了，說著什麼：「幹！偷偷摸摸的畜生！該死的畜生！」我現在可以猜出來——因為也許男友之前對他那個開始增壓器國旗謠言、後來導致告密者謠言也興起的「沒有惡意但」鄰居，用過類似的咒罵。廚子說：「我們到醫院去吧，最久的伙伴。」而也許男友說：「才不。我為了這個擁有國旗的謠言已經有夠多麻煩了，現在竟還驕傲地去插手那個反叛者的愛情」——這是指我而言——我很震驚，因為他的口氣並不溫和，而是充滿嘲諷。我們之間已經如此變質，而眼前這個人真的是我的也許男友嗎？但等一下，我心想，他剛遭到刺殺或痛揍一番，眼睛受了傷。但我又想，呃，我自己也是最近才被下過毒，而且不到一小時前我在炸魚店還被指控是謀殺的幫兇，接著他自己在電話上還指控我是個情婦，即使是現在，在我背後，他仍然罵我是個情婦，然而我卻不會和小學就認識的最久的朋友坐在一個角落批評他、數落他。然而，我又想著，他受傷了。然而，我又想，他的口氣那麼凶。我想這是很好的教訓，告訴我們不應該站在門口偷聽。「我不去，廚子。」也許男友又說，因為廚子又一次提出到醫院去。「他們如果發現我到醫院去，一定會認為我就是告密者。」接著他說他的眼睛沒事，要廚子不要擔心，他說眼睛很快就會恢復正常。「我們不知道。」廚子說：「我們不知道他們對你丟的是什麼東西，他對你丟的是什麼東西，你說你不痛，但是你眼睛睜不開，所以我們要到醫院去。誰知道，」他又說：「也許我們會在那裡碰到『沒有惡意但』呢！」「他們大概沒想到我會反抗吧。」也許男友說；他沒有理會廚子的最後一句話，而是完全遵循他自己的思緒。至於我，聽到他們的話，顯然他們經歷了另一場爭鬥。但也許男友的下一句話卻讓我意識到並不是那回事。「我是說，」他說：「我單獨一人對抗他們，然後他丟擲那個東西過來，我就看不見了。儘管後來我聽到你跑上來，廚子，我們還是以寡敵眾。所以你是怎麼辦到的？憑你一個人，你是怎麼把他們嚇跑的？」廚子聳聳肩，當然也許男友看不見，然後廚子說：「啊！」這個迴避或不屑的「啊」字表示他不想繼續這個無聊的話題。不過，雖然也許男友看不見，他的目光卻移向他的長刀。這把沾血的刀，仍筆直插在餐桌上，但接著廚子悄無聲息地將刀從餐桌上移除，放入刀鞘中。接著他想要拿開也許男友摀住眼睛的濕布，但也許男友抗拒不從。他旋轉椅子，用手肘擋開廚子。「不要碰我，廚子。」他說：「讓我摀住眼睛。不會痛的。」但廚子堅持他親自要看一看。我也想看，因為他到底需不需要去醫院呢？他是不是也許男友呢？即使是現在，某種隱形的力量還是把我按壓住。

到目前為止，在他們對話時，我的注意力多半是在也許男友身上，因為理所當然不是嗎？但此時我望向廚子，立刻感到震驚。他臉上的表情深濬，沒有隱瞞——因為他不認為有人在觀察他，自然不需隱瞞——他的表情是愛。不是「最好的朋友」那種愛，也不是「關懷所有人類」的那種冷靜的愛。他的表情也沒有「也許」的範疇。我從未見過廚子的臉上有過這種表情——更不用說是對我的也許男友。不過，我常常注視廚子，不是他的臉。這是廚子，那個彎腰做菜、無害、必須被別的男生保護的廚子，那個常被訕笑、被取樂的廚子，尤其是當他執著於他的食物時。我內心覺得廚子令人感到難過，但不是那種真正的「難過」，而是「我真高興我不是他」的那種難過。他沒有被正視，沒有被視為同一個層級。但是現在，我覺得我第一次真正看清這個人。我現在明白為什麼我的本能讓我停住腳步，阻止自己讓他們知道我的存在。我甚至有種預示的顫抖，這是第二次和牛奶工無關的顫抖。這時廚子將那塊抹布拿下，而他臉上的表情變得更加深濬，也愈令我吃驚。他把手放到也許男友的臉上，而也許男友也任他這麼做。這不是男人那種粗獷的「讓我看一看」。他的手伸過去甚至不是為了也許男友的眼睛。他把手放在他的臉頰上。接著他撫摸那臉頰，一次，往下，然後溫柔地轉移到另一側的臉頰。也許男友又一次聽任他，眼睛一逕閉著。這時我看清，先前流下的那些血，並不是從也許男友的眼睛流出的，而是從他的鼻子。此時他將廚子的手揮開，想要擦拭。接著他又一次揮開廚子的手，然後又一次，而這是我以為他應該立刻就會做的。在這一刻沒有任何交談，只有雙手溫柔地移動和安靜地變換位置，一雙眼睛閉著，另一雙張開，也許男友坐在椅子上，廚子就站在他的身旁，靠向他。

接著也許男友說：「停，停，廚子。我們不能這樣。我們不能老是這樣。」然後為了表示他的話當真，他的手又一次向上推開廚子的手。他推，但他又放回去，然後也許男友又推，不太用力。然後他停住了。沒有咒罵。沒有「滾開，廚子。你在幹什麼？我不是那樣的人。」他們之間對於眼前發生在廚房裡的事並沒有驚訝或出乎意料，驚訝和意外的只有我一個人。現在，也許男友在推開廚子後停了下來，握住這個男人的雙臂，眼睛依然緊閉。他靠向他的臂膀，靠向廚子的肚子，廚子則彎下腰，直到他的臉隱藏在也許男友的頭髮中。接著其中一人發出呻吟，接著是：「得了，廚子，結束了，得了。」但是當廚子鬆開手往旁邊站開時，也許男友卻將他的臉朝上轉，再次將他拉向他。

此時我向後退到客廳去，因為，不好了，我心想。我知道接下來會如何，而那不是我應該看到或聽到的。等一下，我又想。妳說不是妳應該看到或聽到的是什麼意思？這是妳的也許男友，而也許男友最近才說過：「也許女友，妳讓我困惑，很難猜透妳，很難與妳有連結。」可是多久了？他們兩個這樣多久了……？我似乎陷入一種難以理解的狀態中，但同時卻又完全了解。現在他們已經停止低喃了，雖然我不敢看，我猜測當晚的第二個男男之吻正在進行中。接下來，低喃聲又開始了。也許男友說：「弄錯人了。」他應該又是指我而言。但廚子說：「……為了你，都是為了你，我都是為了你，因為……」「害怕。冒險。太冒險……真是白癡！一個膽小的白癡！……萬一他們把你殺了！萬一那些人……你可能被殺死的，到時我就萬劫不——」這最後一句有可能是廚子或也許男友說的。我思忖著我的雙腿是否可以幫我跑到大門去。同時我卻繼續站在這，癱在也許男友大門已被轟爛的客廳這一側的廚房門口邊。大門為何被轟爛，他囤積的零件為何被亂翻，我已經不知道也不在乎了。至於電話上的爭吵，我們最近的吵架——現在他和廚子……他和他……他們……電話上的爭吵到底是為了什麼？我本以為也許男友單純、自然、不會欺騙、一片真心，結果他卻對廚子，和我，表明了，他也是一個「穩定安居者」，他選擇了某個錯誤但能給他安全的人，而不是對的人。我真是個白癡，我心想，竟會以為我可以自保，並相信自己只要待在也許的範圍內就不屬於結錯婚的人的範圍內，結果是一個人在也許範圍內也可能面對死路一條。我開始意識到沒有麻木不仁、有知覺意識、有事實、保留事實、身歷其境、當一個大人——是件多恐怖的事！就在也許男友持續說他是個白癡和我痛斥自己是個白癡時，廚子再一次要求到醫院去，把我們帶回現實。

他的口氣變了。尖銳、嚴厲、命令。即使當也許男友說：「差不多快好了，快正常了。看，我的視力回來了，我可以看到一點了。」廚子還是說：「我們要去，不過等我一下，我去穿件衣服。」我慌了，因為廚子就要進到客廳來上樓去——他把衣服放在這裡？當然他會把衣服放在這兒！——他會發現我，這讓我驚恐，因為現在廚子已經不再是我先前想像中的人了，所以他讓我感到害怕。不過，我以前是怎麼看他的？我沒把他放在眼裡。我不覺得他特別友善，但卻不以為意，因為在重要性的位階上，他根本不在其中。但也並非完全無害。我現在明白了，此人並非完全無害。想想他對食物的執著，對於一個人的權利他會像什麼樣子？接著我想到那把刀，血淋淋的，在水槽裡，還是血淋淋的。我也想到我可能會昏倒，雖然我這輩子從未昏倒過。但我覺得頭重腳輕，全身發熱。在我的四周，或在我的體內，好像有一群嗡嗡作響的飛蟲，而且，我全身從頭到腳不斷地打哆嗦。接著從廚房傳來更多聲音，親密的，還有呻吟聲，表示又有更多男男之舉。然後其中一人說：「丈夫」接著：「我們離開這裡吧。我們到底為什麼要在這裡？我們到南美洲去吧。我們到布宜諾斯艾利斯去——古巴！我們到古巴去。我喜歡古巴。你會喜歡古巴的。」而我只是一逕想著：丈夫！古巴！我們！——而我和他卻無法超越也許的關係或甚至走向紅燈街。

我在他們看到我之前離開了，越過亂七八糟的客廳，走出被轟爛的大門，走到街上，沿著曲折迂迴的路離開。他們根本不知道我到過那兒，雖說我在離開時想像著「如果」的場景。如果，為了假裝正常且什麼事也沒發生過，我偷溜出前門但立刻轉回去發出響聲呢？他們會以為我剛剛到。我會注意到那轟爛的大門，立刻大喊也許男友。那樣也許男友和廚子在廚房裡會有時間離開對方的身體。他們會保持鎮定，在我進入之前快速展開指導和修飾。前也許男友會大叫：「在這裡面，也許女友，在廚房裡。」我會走進去，而他們兩個，兩個朋友，刀在水槽裡，我看不到，不需要再進一步解釋。不過前也許男友的眼睛和血仍會像先前一樣。廚子會要求到醫院去，而前也許男友會拒絕去醫院。沒有親密的話語，溫柔相待，或深情的目光和撫摸。我會發出一聲驚喘，或許尖叫出聲，衝過去，抱住前也許男友。「發生什麼事了，也許男友？天啊！發生什麼事了？」然後他們會解釋，或讓我推測，而廚子的同性戀氣氛又一次開始滲透，那表示我們會穿越，我們會演戲，我們會讓它保持隱晦不明。不會有互相衝突的情感或不協調。只有廚子會受到攻擊，接著像平日一樣抗議。他們兩人都不會說，而我當然也不會說且更不曾說過的是：「也許我們三個人應該好好談一談。」

所以那並不是吵架，沒有另一場拖拉或算計，抱怨彼此的付出不夠，互相指責。沒有吼叫，沒有生悶氣。可是我知道，我不會再見前也許男友或再踏入他家一步了。當我在黑夜中前行，似乎是前往計程車招呼站時，就像我之前離開炸魚店時一樣，我感覺不到我的雙腿。我可以看到我的腿和地面，但卻無法與它們有任何連結。我把雙手伸向大腿，故意觸摸並用力按它們，因為就像平常一樣，我感覺有人在觀察我。

但我不覺得生氣。不過我知道，在我的麻痺之下，怒氣必然存在。對前也許男友，對廚子，對大姊夫：他開始編造故事，又散播他的故事，包括最新的我如何愚蠢到欺騙牛奶工，大白天跟和我年紀相似的另一區的男孩在一起。我也氣那些謠言，將大姊夫的故事添油加醋，杜撰它們自己的故事。我也氣那些怨恨我的哈巴狗和炸魚店老闆和所有的店家，因為他們很快會感受到被迫給我他們認為我可能會想要的東西。這個怒氣表面上並不存在，消失了，就像我看得見卻感受不到的雙腿以及我知道存在但卻似乎漂浮在上方的地面一樣，彷彿我沒有權利生氣，因為如果我一開始就採取不同的應對方法，現在那就不會是我的錯。假如我曾經那樣那樣做，而不是這樣這樣做，去那裡而不是這裡，說那句話而不是這句話，或表現出不同的樣子，或那天沒有出門邊走邊讀著《劫後英雄傳》，或那晚或那個星期或前兩個月的任何時間裡，讓他看到我而想要我。此刻就在我步履維艱時，那輛白色箱型車駛到我的身邊。乘客座的門開了，我又再次感受到「不要活生生地進入那個恐怖的地方」。

我卻好像理所當然地上了車，彷彿這不是第一次那輛沒有特色、平凡卻最重要的箱型車。在我自己可以關上車門之前，他彎過身，以幾厘米之差未碰觸或看我，將車門拉上。先前他已經把一部長鏡頭的相機從乘客座上移到我們兩人之間很寬廣的儲物匣內。在這個儲物匣裡還有幾個小藥瓶，裡面裝著許多中間有白點的黑色小藥丸，其中一個還在我的手提袋內。為我關上門後，他坐回自己的位子上，發動引擎。接著，我們這一對就向前行駛。但是奇怪的是，經過整起事件的營造，經過「絕不可以上他的車」的最後防禦，被警告：不只是我自己，還有從小學就認識的最久的朋友：「無論妳做什麼，無論如何，朋友，千萬不要上他的車」，我一跨過門檻，我想像——兩個月前我當然會想像——這麼做一定會讓我感到無比震撼和激動才對。沒有震撼，也沒有激動。這件事發生了，因為我知道這一定會發生，因為不知多久以來我就被告知這會發生。現在開始了。所以，有什麼好感到震撼和激動的呢？剩下的就只有上車，讓它一了百了。而且我想也不是很有意識的：他一直都知道他一定會擁有我，而我也無法制止，無法制止他擁有我，所以不如就讓他擁有我算了。或者是我現在要踏上我早就該接受一定會發生在我身上的歷程。實際上是，這次當這輛箱型車出現時，我已經習慣陷入某種被催眠且虛弱的狀態中。前也許男友自己也說過：「我不知道，也許女友，可是……看著妳的臉，感覺妳的七情六慾正在慢慢消失，或好像已經消失了。」有些事你就是忘不了。像他說的這句話。我倒希望他不曾對我的臉部表情說過這句評語。

牛奶工照常望著前方，說：「那已經解決了。」他的聲音沉著、不慌不忙、不好聽。接著，他的下一句話聽起來卻似乎有點讚賞，甚至驚訝。「那是一次突襲。只是他們沒料到還有一個帶刀的武士在。不過，就那樣了。他們不會再去找他了。至於另外一個，修車的那一個——那個舊愛——他不會有事的。國旗或告密者都不會對他造成衝擊。是妳錯估了他，對吧？他是個也許男友，對吧？不用擔心，公主。我們不必再為他操心了。」

之後他一語不發，開車載我回家，還是不看我一眼，直到抵達媽的前門。他整趟車程都不說話，算他聰明；不過牛奶工一直很聰明。他完美地建構一切，創造出樂觀的好氣氛，讓我聽到並記住他之前說的話。我們駛出前也許男友所住的區域，進入市區，繼續往前，經過我個人的每一個地標。接著是一條條邊界的路，然後進入我的地區。我們成為名正言順的一對，把車停在媽的大門前。我知道我應該感到震驚，應該反抗，對於我坐在這輛惡名昭彰的車裡，離這個惡名昭彰的男人只有幾吋遠，至少應該錯愕而不是毫不驚訝。但我別無選擇。我已經沒有別的選擇了。我能力不足，無法接受其他人打一開始就輕易接受的事：我一直都是牛奶工的「既成事實」。

我仍然在他的車裡，在黑暗中，他關掉引擎，並轉身面對我。我終於感覺到他的凝視，那漫長的凝視，因為現在他可以看了，可以允許自己看了。他成功了，完成了，得到了財產。他脫下手套，說：「很好。好極了。」雖說我覺得他比較像是說給自己聽，而不是要說給我聽。接著他傾身對著我的臉豎起手指。他的手指停在半空中，完全不動，十分靠近。然後他改變心意，把手指縮回。他坐回駕駛座上，說出最後幾句話。他說我很美，我知不知道自己很美，我必須相信我很美。他說他會做一些安排，說我們可以到一個很好的地方去，做一些很棒的事，說我們第一次約會時他會帶我到一個會讓我驚喜的好地方去。他說我會錯過我的希臘和羅馬，但他肯定我不會介意錯過我的希臘和羅馬。再說，他說，我真的需要那麼多的希臘和羅馬嗎？他說，之後我們可以一起決定。接著他說，只要我一直住在家裡，他會上門來拜訪，但會在屋外等我走向他。然後他說他會在明晚開著他的其中一輛車來訪。「不是這一輛，」他補充道，對這輛箱型車嗤之以鼻，提到那些有字母數字的車輛。至於我呢——他指的是我可以為他做什麼，可以怎樣讓他感到快樂——我可以準時到外面來，不要讓他等。還有，我可以穿漂亮一點的衣服，他說：「不要穿長褲。漂亮一點的。比較女性化的，高雅的，漂亮的洋裝。」

7

我這輩子曾有三次想要打人耳光，有一次想要用槍狠K某人的臉。我的確用槍K了某人的臉，但我沒有打過任何人耳光。在這三次之中，一次是想打我的大姊，在她衝進來告訴我國家警察已經開槍射殺了牛奶工的那一天。對於這個她認為是我的情人的男人——她認為對我很重要的男人——已經死了這件事，她顯得很開心、很興奮。她大喇喇地打量我的臉，想看出我的反應。儘管我很固執——相對於有關我和牛奶工的謠言，這消息讓我深陷在一種我從未有過的境地中——我仍可以看出此時她幾乎完全不自覺。我想，她認為這可以給我一個教訓。不是因為政治現況或他所代表的政治立場。不是因為他的殺手們所代表的。那沒什麼。這完全是因為她不想要我擁有許久以前她就不再讓自己想要擁有的。我必須和她一樣感到滿足，必須妥協，不是像她想的那樣和我希望的男人在一起，和我曾經愛過又失去，像她一樣曾經愛過又失去的男人在一起，而是和一個我不想要的替代品在一起；而現在，在牛奶工之後，此人可能會出現。她繼續志得意滿，與她長久以來所呈現的悲痛狀態大相逕庭。但是她不能把她的快樂建築在我的痛苦上啊。我心裡想的是：不要這麼快樂！這不應該讓妳快樂——我要賞妳一個耳光！但我真正的反應是——即使她在等著我反應時——就像我現在常有的，遙遠且難以接觸。接著，以一種佯裝的情緒，足以表達一瞬間的情緒，我指出有點不相干的怪事，我說：「妳看起來好像正在性高潮。」

她得意的笑容——不太像某些人那種令人討厭的洋洋得意而很欠揍的笑，而是像某些人平常完全了無生趣但在尷尬的一瞬間發現自己竟還活著的那種笑——如我所預期的消失了，因為我正中她的要害。無論是她或任何其他人對我說那種話，我都會擊中其要害。接著她給了我一巴掌，一種畏避的反應，因為我正中她的要害，而在當下我雖認為我大有權利還她一巴掌，卻沒有也無法這麼做。雖然因讓她震驚而感到片刻的滿足，羞辱她讓她不再得意忘形，但我已經為我說的話感到後悔。所以，夠了。我現在只想要她離開，帶著她那個爛竽充數的丈夫和她開始了一切的齷齪毀謗離開。一切都那麼複雜。

她走了，再次滿懷哀慟，又一次站在十字架下面。至於那得意的笑容，我已沒有任何感覺。他的死並沒有讓我感到快樂或高興——但或許我有吧，因為我為什麼不該有呢？我只知道我這輩子從未感到這麼放鬆過。我的身體在宣告：「哈利路亞！他死了！感謝他媽的哈利路亞！」雖說我心裡想的並不是這些話。我想的是，或許我可以冷靜下來了，或許我現在會比較好了，或許以後不必再去想「不要是牛奶工，喔，不要是牛奶工」，不用再緊張兮兮，怕一個轉彎後他就會跟上來，不會再被跟蹤、監視、拍照、誤解、包圍、期望。不會再被命令。不必再像那晚當我被擊垮、對我的命運已經不再在乎後便跨上他的箱型車。最重要的，我不必再擔心前也許男友會被汽油彈炸死了。就那樣，當我站在廚房裡消化這一點點結果時，我逐漸明瞭我如何被這個男人迫入、圍困在一個細心建構起來的空無之中。還有整個社區和所有人的心態，入侵的細節。至於他的死，當他早上開著那輛白色箱型車在公園和水庫外面時，他們對他發動突擊——也就是說，在頭六次的徒勞而返之後，他們終於幹掉他們要的人了。在牛奶工之前，他們射殺了一個垃圾工人、兩個公車司機、一個馬路清潔工、一個正好是我們的也是真正的牛奶工、以及另一個與藍領或服務業沒有任何關聯的人——全都被誤以為是牛奶工。然後他們射殺了牛奶工。然後他們對殺錯人保持低調，卻高調自詡殺對了人，彷彿他們從頭到尾就只殺了牛奶工一個人。

不過某些媒體對國家也有批判，不讓他們輕鬆規避。頭條如「**牛奶工因被誤認為牛奶工**

而遭射擊」和「**屠夫、烤麵包師、蠟燭工人——當心**」都已經出現了。接著還有一些新聞短片和報紙，提醒國家所犯的錯誤、它的曲解、它的祕密軍隊制服、它的開車經過射擊、它自己格外慘白的亂七八糟狀態。最後國家的回應是承認：是的，它在追捕預設的對象時幾次意外地弄錯目標，它犯了幾個錯誤，為此感到抱歉，但過去應該讓它過去，多想無益。最重要的，儘管弄錯目標和未預見的人為因素，它再次向所有思想正確的人保證，他們現在可以安心了，因為恐怖組織反叛者的領導人已被永遠剷除了。「不是模稜兩可或修辭的伎倆，也不是狡猾的辯論者的說詞或野蠻的竊笑，」他們的發言人說：「但我們認為這次任務相當成功。」所以，不需要表現出沾沾自喜、勝人一籌、或志得意滿，因為對大眾表現志得意滿是錯誤的途徑。不只是「大眾」而已；當我聽到這個消息後，即使在四下無人而只有我可以看到自己的私密情況下，同時也因為我怕本區的人認為我是個負心又無情的壞人，我自己也盡量不表現出快樂。但我一直想著我差點沒逃過無論他那一晚為我計劃的是什麼時，我就覺得高興——而且嘲諷又揭露的媒體燈光在當時沒有投射在我的身上，也令我感到快樂。

因此他的死成為頭條新聞，不過頭條新聞不只是這一件而已。在他們射殺他以及那六個不幸的替死鬼之後，他的年紀、住處、「某人的丈夫」、「某人的父親」、以及他的真名都被揭發：而牛奶工的姓氏真的就是牛奶工。這真是令人震驚。「不可能！」人們高喊：「太誇張了。太怪了。甚至很蠢，誰會姓『牛奶工』？」但仔細想想，有什麼好奇怪的？「屠夫」（Butcher）是個姓氏。「教堂司事」（Sexton）是個姓氏。還有「織工」（Weaver）、「獵人」（Hunter）、「製繩者」（Roper）、「切肉刀」（Cleaver）、「遊戲者」（Player）、「砌石匠」（Mason）、「蓋茅草屋頂者」（Thatcher）、「雕刻者」（Carver）、「製輪者」（Wheeler）、「種植者」（（Planter）、「捕獸者」（Trapper）、「敘述者」（Teller）、「不做事」（Doolittle）、「教皇」（Pope）和「修女」（Nunn）都是*多年後我碰到一個圖書館的管理員，姓「波士曼」（Postman：郵差），所以說這些姓氏無所不在。至於「牛奶工」和「牛奶工」其姓氏是否可以接受，我們的名字守護者，奈吉爾和潔森，又會怎麼說呢？不只是我們的奈吉爾和潔森而已。禁止其他反抗者區域使用某些名字的職員們又會怎麼說呢？就連反對在「馬路那頭」反叛者主導區域被禁的名字的那些蘿依森和瑪莉們呢？同時，危言聳聽者繼續辯論「牛奶工」這個姓氏的起

＊西方姓氏的開始常代表其職業，因此「牛奶工」（Milkman）的祖先應該是以送牛奶為職業，中文翻譯常取其音而不譯其意，如 Milkman 會譯為「謬克曼」，而文中提到的「蓋茅草屋頂者」（Thatcher）就是「柴契爾」。

源。那是我們的姓氏嗎？他們的嗎？那是從馬路那頭來的嗎？還是海那邊來的？邊界那邊來的？這可以被允許嗎？被禁？被丟棄？被嘲笑？被打折扣？共識為何？經過深入的思考後，每個人都緊張地說：「一個不尋常的姓氏。」新聞說，這個姓氏打破了可信度的範圍，但生命中有許多事物都打破可信度的範圍。我逐漸理解到，打破可信度似乎就是生命的意義。然而，牛奶工這個姓氏卻令人焦慮不安；它欺騙了他們，令他們害怕，而且似乎無法躲開一種困窘的感覺。當我們想要一個匿名時，像「牛奶工」這樣的機密代號擁有神祕、陰謀、戲劇化的可能性。但是一旦解除其象徵性而成為平凡的姓氏時，如任何湯姆、迪克、和哈利一樣，它當一個準軍事組織高層激進分子的別名所蘊含的層面便立刻削減，立刻消失。人們查看電話簿、百科全書、和姓氏參考書，想看看這世上是否有任何地方有任何人姓「牛奶工」。許多人都查不出來、無法理解，無論是在媒體上或在不同的地區，只能更進一步地思考這個「牛奶工」究竟是什麼人。他真的是人人都相信他是的那個令人發毛、邪惡的準軍事組織激進分子嗎？還是那個可憐的牛奶工先生根本什麼都不是，只是被國家殺害的另一個無辜的受害者而已？

無論他曾是什麼或曾被稱為什麼，他離去了，所以我就依照平時對於死亡的做法那樣，置之不理。整場混亂——像在屠宰場、肉市場的那種混亂——又再次降臨。我決定蹺掉晚上的法文課，化好妝，準備到夜店去。我是要去我們這個小地區那間最光亮、最繁忙、最受歡迎的第十一家夜店。如果你想到任何地方去，當然就是去可以喝酒的夜店，當你很高亢又死氣沉沉又需要酒精時，那就是你要去的地方。

我抵達不久之後，便離開與我喝酒的朋友去上廁所。我並沒有對這些朋友提及射殺的事，他們也沒有對我說什麼。這很正常。有些朋友就是陪你喝酒的，也有些朋友聽你傾吐心事。我有一個可以傾吐心事的朋友，但是從小學就認識的最久的朋友並不適合這種狂飲的場面。我一如尋常的推開廁所門時，那個其實是男孩的男人，麥××，跟在我後面推門而入。在我們沒有關係的關係中，現在他已不再跟蹤我，跟本區其他相信我是情婦的馬屁精一樣，變得卑躬屈膝，唯命是從，並假裝喜歡我。不過媽對他還是繼續抱持錯誤的看法。「這麼好的一個孩子，」她說：「堅毅，可靠，又是對的宗教信仰——還有他投到我們家信箱裡給妳的那些情書，妳卻不願和他約會嗎？妳沒想過要嫁給他嗎？」但是我這個急著把我們在二十歲前都嫁出去給任何人都好的媽根本一無所知，因為她還執著於那個年代，不解現在屬於我們這些不同的人。這個好孩子，麥××，推門進入洗手間後便把我推到洗手台。他拿著手槍抵住我的胸口，這時我知道——我本來就已經疑心了——牛奶工的死對我而言並不代表牛奶工的結束。由於他們的故事，由於他們認為牛奶工贏得所有權，由於我的高傲，由於保護我的人現在已經死了，由於謠傳我想逃避因為和一個汽車技工在一起欺騙他而得到的報復，由於在一個比較屬於公共而非個人的重要死亡事件後總會出現一點無政府狀態——由於這一切的緣故，或許這適合本區的極端分子將謠言完全推翻，讓我而非國家行刑隊來主導殺死牛奶工吧。即使在荒謬和矛盾的外在限制下，人們還是可以編出任何事。然後他們會相信，並繼續編排。在當時和當地，我的確可能令人感到害怕，邊走邊讀著《伊凡．伊凡諾維奇和伊凡．倪基佛洛維奇爭吵》（*How Ivan Ivanovich Quarrelled with Ivan Nikiforovich*）＊而恐嚇著社區，但並不只有我而已。本區有很多人也以他們特別的方式令人十分害怕。

現在，回到他先前跟蹤的本性，麥××似乎藉助牛奶工已死的狀況，快速對我行動。令我驚訝的是，他現在說話混合著跟蹤之時的口氣和非跟蹤之時的口氣。或許是在被我藐視了兩次以及每次身為牛奶工所有物之一的我走過時他覺得必須對我跪拜：「殿下，這給妳，殿下」之後，他想要奪回他的自尊和掌控吧。讓我成為毫不節制、固執地追求他的那一個，他心裡會覺得好受些。「放過我們！」他吼道：「我們想要的不就是要妳放過我們。不要再跟蹤我們了。不要再陷害我們了。妳到底想對我們怎麼樣？不要糾纏我們。妳為什麼不能接受沒有人要妳，被接受並不能提升妳的地位，我們對妳敬謝不敏呢？妳對我們來說什麼都不是，我們連想都不會想到妳，妳不能自以為妳已經受到赦免，好像若無其事地依然故我，彷彿這一切不是由妳開始的，彷彿妳沒有擾亂秩序。妳是一隻貓——沒錯，妳聽見我們說的了，一隻貓——一隻雙面貓！我們甚至不覺得妳夠資格當一隻貓。但是妳不要逼人太甚，因為這根本就是嚴重的騷擾！」他說得對。這是嚴重的騷擾。在牛奶工出現之前，他曾寫過一封信給我，就是媽無知地提及他投到我們家信箱的那封情書。信中他威脅要在我家前庭花園自殺，只不過我家並沒有前庭花園。他在第二封信裡修正為「妳家大門外」。現在，在廁所相逢的這個場景下，他寫的自殺威脅似乎變成是我寫的自殺威脅了。很顯然的，在我親手遞交給他的信中，我警告他說我要在他家大門外自殺，好讓他為了不要我而感到內疚。這讓我不禁想著他的話是不是暗示他現在要在這間廁所內的洗手台邊把我殺掉。他顯然還迷戀我。同樣顯而易見的，他為此而感到憤怒。對麥××有可能的指控中，如果有一件事絕不能對他指控的，那就是他的想法不複雜。同時，我完全不知道該如何回答他的話。

他開口道：「妳這隻雙面貓，這不是對的地方……」但接著他因為太生氣而說不出話

---

* 《伊凡・伊凡諾維奇和伊凡・倪基佛洛維奇爭吵》（*How Ivan Ivanovich Quarrelled with Ivan Nikiforovich*）出版於一八三四年，中文又譯為《爭吵》，是俄羅斯作家尼古拉・果戈理（Nikolai Gogol）在《米爾戈羅德》（*Mirgorod*）短篇故事集中最後一個故事。這也是他最幽默的故事之一。

來，我想，說完他想對我表達的意思。不必要，因為從他的話中就可以猜得出來。他是要說，這個區域的這間夜店，不是妳可以不帶推薦信或許可證就能夠隨便走進來的地方；這裡也不是一個寧靜和諧之處——在為了提升個人力量的血腥衝突之後，通常回歸動物性、回歸原始的誘惑力會很強烈。他說的是這裡的一切情況，而且我是這裡的人更應該知道這裡的一切情況。當他在說話時，我的腦筋飛馳，想著這男生很笨，但也很危險；他想要和我上床，也想要揍我，而從此刻的狀況看來說不定他甚至想對我開槍。不過，他已經下定決心了。我知道他想要報復，這想法他已經醞釀了很久——甚至在牛奶工……時期之前。他已經做了決定，因為我應該是個好女孩，而且是他的好女孩，但某個錯誤發生了，讓他感到困惑、受辱，但由於牛奶工的涉入，他被迫撤退，心懷怨恨。當時他無法追求正義公理。但現在牛奶工已非障礙，人人都接受了，所以還有什麼或誰可以阻擋他呢？

「妳以為如果我們給妳一個教訓，這裡會有任何人在乎嗎……」

我不確定他接下來到底想說什麼，因為他沒說完。我從他手上奪下槍，握住槍頭或槍口，或什麼的。他沒料到，而在我奪下槍之前，我也沒料到。我又一次想到很久以前的那個句子：「我不顧一切、自暴自棄、拒斥我自己。」反正我會死，反正我活不久了，任何一天我都可能死，任何時刻都可能被殘暴地殺害——我現在明白這讓我有某種優勢。這給我一個不同的觀點，讓我從恐懼中解脫。這也是為什麼當他拿著槍抵住我時，我並不像他所想的那樣驚恐。所以我奪下槍，用槍K他的臉，包括他的巴拉克拉瓦頭套，用槍托或手把，或什麼的。金屬敲在骨頭上發出的響聲，某人被打得頭破血流，都不是我要的滿足感，但直到那一刻我都沒想過我會那麼嗜血。那是笨拙且微弱的一擊，而且在我有力氣再敲他一記之前，他先對我出拳，且用力奪過了槍。接著他用槍K我的臉。我沒有戴巴拉克拉瓦頭套。接著他把我拉到牆邊，同樣用槍抵住我的胸口。

他只能做到那個地步，因為他沒有想過也沒有事先畫好藍圖的一件事是女人，尤其是入廁的女人，這些女人，在這間廁所內。這些女人自告奮勇地跳到麥××身上，為數不少。槍立刻掉落，接著第二把槍也掉了出來。似乎沒有人對這兩把槍感到驚恐，我也不以為意，只是瞄了一眼。這兩把槍似乎又累贅又不相干，或者只是不相干吧。這引來一頓赤手空拳、高跟鞋跟、穿在腳上的靴子、肉搏戰，骨頭碰骨頭，聽到碎裂聲，造成碎裂，將被壓抑的怒氣都抒解出來。因此那兩把槍被忽視，沒人想要，在麥××被踢時遭到亂踢的命運。這時，我就靠在他推我過去的洗手台邊觀看這個新發展。我別無選擇。這堆壓在他身上的女人把唯一的出入口擋住了。

她們就那樣揍了他一頓。為了他的行為，不是為了槍枝造成困擾，為了他戴了巴拉克拉瓦頭套而明明大家都知道他是誰；也不是為了他威脅我，一個女人，她們的姊妹。不是。是為了一個大男人竟然闖入女廁所，如此不敬，如此藐視女性的細緻、脆弱、和敏感，毫無禮貌、騎士精神、英勇、和榮譽。基本上就是他不守禮儀。既然他選擇在她們塗抹唇膏、整理頭髮、分享祕密、換衛生棉時闖了進來，他就必須承擔後果。而這些後果此時就在我眼前發生。目前的後果發生之後，在她們對她們的男人說等一下她們要做什麼之後，還會有更多後果發生。正如國家警察一樣，當時沒有殺死牛奶工是要幫我一個忙，這次的救援也沒經過事先計畫。但無論來自何處，救援就是救援。這表示我又在同一天之內得到了一筆獎賞、一個補貼，以及一些剩餘但卻對我受益的副作用，而且，幸好我及時在對的時刻得到。

因此他被她們揍得很慘。接著又被她們的男友揍得很慘。後來我聽說——我沒有問，因為我從來不問，因為我只管自己的事但這些事情卻會找上我——他被押到袋鼠法庭去。這些法庭三不五時會發生，但這個一開始對於應該如何起訴他卻有點困惑。接著某人大聲說用四分之一強暴罪起訴他。

所以他們就那麼做了。他們雖然嚴格遵守吹毛求疵又如百科全書般複雜的階級制度，並把各種可能的罪行和不正當的行為，以及我們地區這些不守規矩的人、惡棍、和可鄙的壞蛋可能會犯的所有反社會行為都細分為各種名目，到頭來這只能被描述為所有人和使用者指南。由於過於挑剔和過度細分，他們就是本區的教師和小題大作者——除了碰到女性的議題外。女性議題如燙手山芋，令他們困擾、厭煩，不只是因為任何有一點常識的人都看得出有議題的女人——例如每週依然固定在後院倉庫裡聚會的試驗團體——完全是瘋了。然而在那段時代變動的日子裡，八〇年代就要來臨，他們逐漸明白女人必須被哄，必須被包括。所謂的女性取向、女性聯合，女人這個和女人那個，還有兩性平等的論述——似乎是如果你不走出門，至少對她們輕率又發狂的想法有禮的對待，你可能就會引發國際事件。這就是為什麼我們的反叛者會折磨自己並竭盡全力地嘗試討好並包容我們那些有病的女人。最後他們發明了不同等級的強暴罪——也就是說，在我們這地區可以有完全的強暴、四分之三的強暴、二分之一的強暴；和四分之一的強暴——我們的反叛者說，這比將強暴一分為二，及「強暴」和「不強暴」來得好，因為後者是多數領地和占領者的滑稽法庭裡所接受的範疇。「所以我們要有特色。」他們說，表示他們與時俱進，可以解決衝突，並且在性別上十分先進。「看看我們，」他們說：「我們不是開玩笑的。」強暴和所有的爵士樂皆然。這不是我瞎說的。是他們編造的。太棒了，他們說。那對她們來說應該可以了，表示有議題和沒有議題的女人都得到公平正義，因為並非所有的女人都有議題。因此，四分之一強暴最就成為本區默認的性犯罪。

麥××就被這樣起訴了，因為他到女廁所去偷窺，雖說廁所裡的那些女人沒有一個提到強暴或要求他承認那就是強暴。這很嚴重，反叛者說，他們想知道麥××自己有什麼話說。但那只是一場遊戲——像玩具戰場上的玩具兵，像閣樓裡的玩具火車，嚴苛的青少年，嚴酷的青年，堅硬的三十多歲和四十多歲的男人，抱持著玩玩具的心態，雖說這些男人玩的並不是玩具。於是他們就抱持這種玩玩具心態加以干涉，加上所有人都涉及的尋常的謠言，我不在乎他們對他怎麼樣，他們對彼此怎麼樣。這並不是我要的，我也沒問過任何消息或甚至想要知道。最後我並不需要出面證明，那也好，因為我也不想出面證明，不想參與——除非是被迫。最後我聽說，因為揍他的女人都不在乎，審判麥××的小團體平靜地撤銷了四分之一強暴罪的起訴，有種「喔，不然我們就說是這樣如何」的隨便。他們最後起訴他非法持有槍械並用來脅迫女生約會，他們告誡他說，那並非槍械的用途。

在袋鼠法庭對麥××做過判決後，我從未聽說他發生什麼事，也不感興趣，除了那牽涉到他又一次重申對女廁所和女人的原型觀點。至於我，我又開始走路。不是為了邊走邊看書。我也再次開始跑步。牛奶工死後的第二天，我下班回家後就換上裝備想去找三姊夫。我一打開前門就看到小妹妹們盛裝打扮，站在階梯上。她們穿著我的衣服、我的鞋子，戴了我的飾品、我的珠寶，用了我的化妝品，加上用樓下後面房間窗帘做的臨時備用服裝。她們也添了花環、菊花鍊、不專業的花邊，以及從聖誕盒裡拿出來的那些亮晶晶的金箔，我想，全都是她們的即興創作。我正想發作，因為我之前警告過她們亂翻我東西的後果。但在這時，她們三個穿戴華麗——我的衣服——小妹妹們正忙著講電話。她們一起蹲在樓梯上，共持著話筒，異口同聲地講著電話。「是的，是的，是的。」她們回答。短暫停頓後，她們又說：「她現在在這裡。我們會告訴她。」接著就是尋常的「再見」，「再見」，「回頭見」，「回頭見」，加上電話上的親吻，直到這通電話終於費力地結束，她們全都掛斷話筒。「那是媽咪。」她們說：「她說妳要先煮晚餐給我們吃才能出去玩。她沒辦法煮因為她要照顧牛奶工。」她們說的是真正的牛奶工，而且她們也沒有對牛奶工有任何影射，雖說很明顯的在真正的牛奶工家裡他們兩人之間一定有超過柏拉圖之愛的情事。在他自動出院之前——他又一次典型地反對醫院的期望——媽多半都在醫院裡陪他，現在他出院了，她就到他家裡去，送蛋糕，餵他喝湯，照顧他的傷口，檢查她在鏡子裡的影像，還有唸書和報紙給他聽，整天——還有整夜。

「再見。」最小的妹妹。我把她抱起來，說：「沒關係。電話已經講完了。」「我知道，」她說：「我只是要確定而已。」她用雙腿繞住我的腰，碰碰我的黑眼圈，說：「妳是因為跳華爾滋才有的嗎？我們跳華爾滋就會有。」接著她們全都伸長四肢，展示她們的刮傷和淤傷，非常相似的刮傷和淤傷，而且是在身體上幾乎完全相同的部位。「這些挫傷，」大妹妹解釋道：「是在玩國際雙人舞的時候留下的。」啊，我心想，她們在街上跳來跳去原來是這麼一回事。這就是我心裡的一個謎團的答案，因為所有的小女生都打扮起來到處跳躍——不只在我們的街頭，也在本區的每條街上——甚至跨越馬路中央反叛者的地區，因為有一天我邊走邊看書要到城裡去時曾經偷看到。這些小女孩——「我們這一邊的」，「他們那一邊的」——都穿著長裙和高跟鞋，所以在跳國際雙人舞時免不了跌到，證明這對夫妻——前也許男友的父母親——對本區的意義遠遠超過僅是世界國標舞冠軍而已。他們的成就跨越宗教派系，或許對不分宗教派系的地方沒有特別的意義，但在嚴守派系分區的地方卻是這世上最稀罕也最有希望的一件事。起初我並未注意到，因為小孩子會做小孩子的事不足為奇，但到後來那麼多的小孩都穿扮、配對、分散各處、跳華爾滋、擋住每個人的路、讓所有人受不了、摔倒、爬起、拍拍塵土、再繼續跳舞——這現象連最麻木不仁的人都注意到了。現在小妹妹們解釋當她們裝扮國標舞夫妻時所得到的喜悅。「很棒呢！」她們說：「不過那些小男孩最洩氣。」她們指的是本區的小男孩，因為本區的小女孩一直召集這些小男孩來扮演前也許男友的國標舞父親，而她們自己扮演主角，就是他的母親，但因為那些小男孩不想玩，所以沒有結果。小男孩想要繼續玩那種只要一有消息說有「從海那邊來的」外國士兵出現在我們的街頭上時，就把有殺傷力的東西丟到他們身上的遊戲。不管小女孩如何責罵、誘哄、哭泣，小男孩就是固執地拒絕參與。這讓小女孩別無選擇，只好自行配對，輪流當前也許男友的光彩奪目又超級美麗的母親和他那個不怎麼光彩奪目或有趣的父親——至少對必須當那個穿著無趣的知名父親的小女孩而言——直到後來沒有一個小女孩願意再當他為止。人人都要當前也許男友那個華美的冠軍母親，因此她們捨棄了父親，配對成兩個裝扮美麗的華爾滋舞女，或假裝有一個跳舞的男伴，「因為那樣，」小妹妹們解釋道：「妳就可以打扮起來，每一次都扮演她。」這解釋了那炫爛的色彩，還有布料、裝飾品、化妝、羽毛、翎毛、皇冠、珠子、亮片、流蘇、蕾絲邊、緞帶、荷葉邊、一層套一層的襯裙、唇膏、眼影、甚至毛皮——我看過毛皮邊——還有屬於小女孩大姊姊們的高跟鞋，因為不合腳，所以小女孩會時時摔倒，受傷。「但重要的是，」小妹妹們解釋道：「妳每次都可以當她！只不過，四姊，妳好像不覺得很高興。」小妹妹們不斷強調，同時也無意中讓我明白想要忘掉前也許男友將會需要漫長的時間。我好像不必走出門就要想起他。一走出門後有更多東西向我提醒他：他父母親的巨型廣告版、他父母親在每則新聞裡都被提到、在雜誌裡被稱頌、在報紙上被誇讚、在廣播裡接受採訪、被全世界的小女孩模仿，以及，在壁畫上和每個電視頻道上光彩動人地跳著舞。

這就是為什麼她們不可能脫下我的長裙，小妹妹們說，因為她們要扮演那對國標舞夫妻。只要我給她們吃過東西後，她們就要出門去跳舞了。好，我說，但是當我跑完步回家時她們最好在家並且已經把我的東西都脫下了。還有，她們不能穿我的高跟鞋。「還給我，」我說：「妳們會把鞋跟摔斷。」我從她們手上接過鞋，完全明白一等我出門她們又會把鞋穿上。然後我說：「還有，妳們最好別亂翻我的內衣褲抽屜。」「那不是我們，」小妹妹們抗議道：「那是媽咪。每天等妳出門上班後，媽咪就會去翻。」

沒錯，就是媽。我跟她說過這件事，警告她不要亂翻我的東西，尤其是我的內衣褲，也警告她不要進我的房間。自從她徹底改變——愛上真正的牛奶工——或不再假裝她一直都愛著真正的牛奶工——她一天到晚照鏡子，卻不喜歡鏡中的影像。她試過皺眉、屏息、縮腹、然後當她必須在呼吸時放棄縮腹。接著是嘆氣並查看身體的每一個細節。我心想，她已經五十歲了，不該再有這樣的舉止了。還有我的衣服。她不斷地找，小妹妹們說，雖然她先找過自己的東西，幾乎每一個縫線都細看過，她們說，翻過來翻過去。她很悲傷，她們說，因為她的衣服和飾品都很老舊，完全不時髦，所以她才會等我去上班後，突襲就開始了。真正的牛奶工剛出院時，有一天我就逮個正著。我提早下班回家，看到她在我的房間裡，試穿這個試戴那個的。我的衣櫥敞開，我的抽屜開著，我的鞋盒開著，我的化妝盒放在床上，空空如也，裡面的東西都在她的臉上。此外，她已經把我半數的東西都搬到她的房間裡了。而且不只我的東西，還有二姊的東西，因為在二姊的放逐或必須匆忙離開之際，她沒時間收拾並把她的東西帶走。不過，還不只我和二姊而已。媽也去造訪了大姊和三姊——在她明知她們都不會在家的時候。去大姊那兒她假託是要去看她的孫兒，去三姊那兒則是假裝為了還沒有孫兒去煩擾她。事實上，她的用意是要去突襲她們的東西。她們的丈夫讓她進門，根本不以為意，當她忽視他們自行上樓去時仍然不以為意，稍後她下樓時滿抱他們太太的東西腳步不穩地出了門。她帶了一堆東西回家，小妹妹們說，因此我們這些姊妹都覺得這樁與真的牛奶工的愛情真的是革命性的。至於她長期的踱步禱告，無時無刻地禱告，那些強烈道德且競爭性的教堂禱告，根據小妹妹們所說的，「她現在放唱片，播放李歐·塞爾（Leo Sayer）＊的歌，〈當我需要你〉（*When I Need You*），還有〈我不能停止愛你〉（*I Can't Stop Loving You*）還有〈你讓我想要跳我〉（*You Make Me Feel Like Dancing*）。」因此我下班回家時就撞

＊李歐·塞爾（Leo Sayer，一九四八～）是一位英裔澳大利亞籍的創作歌手。塞爾於一九七〇年代發跡於英國，其歌唱生涯已經跨越了四十年。

見她生氣地翻著皮帶、手提包、和絲巾，但多半是因為她的身體背叛了她而生氣。她被逮個正著既沒有臉紅也不顯得愧疚，只是說：「女兒，妳沒想過買一雙鞋跟不那麼高的高跟鞋嗎？」我立刻想要生氣，想要指出她不應該亂翻不屬於她的東西。我想問，如果我告訴她說當她去她的教堂禱告，或當她跑去鄰居家說長道短時，小妹妹們竟然跑進她的房間去，那她會高興嗎？她們會在她的床上，穿著她的睡衣，讀著她的書，玩禱告遊戲和八卦遊戲，假裝製造藥草護身符或其他調製品，輪流當她。不過由於她的驚惶，且因為她現在必須進入某種脆弱、倒退、奇特的轉變期，我意識到自己竟遞給她一雙低跟掛帶鞋，說：「媽，妳試穿這雙看看。」

關於真的牛奶工，整個區域似乎也有了轉變。即使當我注意聽那群虔誠的婦女——現已降級為前虔誠婦女群——最新的談話時還有那個一度最激動的舊愛情敵時。起初她們祈求上帝讓真牛奶工活下來，接著，當她們的祈求被應允後，她們又求上帝讓真牛奶工完全痊癒。其中有些婦女發現，當她們在教堂裡，閉著眼睛虔誠地跪在長凳上時，其他人趁著她們狂熱的奉獻，暫時將自己的奉獻減縮到最少，先跑到醫院去探視真牛奶工。這個發現是每個人都變得急匆匆的。禱告變得快速。前虔誠婦女群先向上帝道歉，向祂保證這當然只是臨時的，她們很快就會恢復全面性的正常且正式的禱告，但目前，只要祂不介意，她們必須縮短禱告單上所有的項目——這次不是為了要放入更多禱告，而是為了暫時刪除大部分以減縮禱告的時間。因此，並非她們遺忘了天主，而是她們也像媽一樣，在衝進和衝出醫院之間，開始烤派、裝飾蛋糕、餵湯、試穿她們女兒的衣服、試用女兒的化妝品、試戴女兒的首飾和試穿女兒的高跟鞋。後來，當真牛奶工出院後，她們仍然衝進衝出地忙碌，現在是到他家探望他，看他是否安居妥當了。

不過，媽從潔森那裡得到消息後，比她們起步得都早。多虧了潔森——她深愛她的丈夫奈吉爾，因此不是所有人對真牛奶工都有同樣的興趣——因此媽一聽說他遭到槍擊，得以第一個趕到醫院去。她立刻被警察逮住，帶到某個小醫院的儲藏室裡詢問。她為什麼要看這個人，這個恐怖分子，他們剛認為他是國家公敵而射擊他的人？當然他們是被派去試試身手，看看是否可能將這個中年的準軍事組織成員的中午女友變成為她們工作的情報員。他們可能讓她幫他們揭發隱藏的反叛者身分嗎？為他們計畫隱藏反叛者的活動？為他們幫忙移除那個惡魔般的敵人？問題是，緊跟在媽的身後，又來了同一個準軍事組織分子的三個可能的中年女友。接著第四個又出現了。警方已找不到小醫院的儲藏室去詢問這些有潛力的舉報人。這表示他們必須把她們移到警局去，而因為女友數日的增加，讓他們無法再如其所願地保持偷偷摸摸的情況。這支國家安全警力，在醫院走廊埋伏，接著又攔阻另外兩個中年女友，並將她們也帶去詢問。到這個階段，法律必定已不知所措。「他有幾個女友？他怎麼這麼風流？與這麼多情人周旋，這個大眾情人如何找到時間去進行他的恐怖活動呢？」在她們可能回答任何問題之前，又有女人出現了——根據謠傳，來自本區的中年婦女舉報人數高達十到十八位。坦白說，這次行動根本難以進行，而且不只是對警方來說而已。本區的反叛者，面對十八位以前很虔誠的婦人，知道他們必須進行心理評估才能認定這些婦女當中是否有人轉而當告密者，但那根本就不可能。不只是不可能，而是荒謬。不只是荒謬，而是擾人。而且不只是以政治情況而言不可能、荒謬、又擾人而已，更何況這些婦女私底下都是本區的賢妻良母。

據說有一位反叛者問另一位：「有點不大對。你不覺得有點不大對嗎？」整個區域變得陰森詭異，一片安靜。一種幽靈般的、蒼白的安靜，到最後所有持續不斷數念珠和禱告的低喃聲都停止了。「是那些虔誠的婦女，」另一個反叛者說：「以前虔誠的那些婦女們。她們停止了可怕的低喃聲，那些持續不斷的低聲禱告，那些日以繼夜的唸誦，未經挑唆突然唱起聖歌，這一切全都停止了，都是因為他們開槍射殺那個軟腳蝦，那個不愛任何人的男人，那個對孩童咆哮的男人，那次在他哥哥過世後從『海那邊』那個國家回來，把我們的武器全都扔到大街上。」「我們不該汙衊他和輕視他」另一個反叛者說：「我們應該神不知鬼不覺地把他帶到一個墳地上，然後再開槍射死他。」另一個說：「對啊！」另一個又說：「但是我們絕不能苛責自己。」這個反叛者提醒其他人他們剛成立的時候，也提醒他們十二年前正是這群婦女出現在他們的祕密藏身處門前紮營，以阻止他們的法庭進行審判。這是在那個不愛任何人的男人把他們的槍扔出去、對孩童咆哮、對鄰居大吼、於是反叛者們出現將他和他們迅速收好的武器一起帶到祕密藏身處之後，所發生的事。他們本來就想殺掉他，不只是因為他挖出他們藏好的槍枝，更因為他如此理所當然地迫使他們在大白天現身。要不是那個目睹此事的少年行動夠快、衝去警告他們發生了什麼事，任何一架一天到晚經常來巡視的古老軍用直升機必定會立刻看到他們的武器。所以他們都贊成要殺掉這個不愛任何人的男人，但卻因為那些愛他的婦女們而無法下手。這些婦女平常都很順從，支持反叛者的努力。她們蜂擁而至，吹著口哨，警告所有人——包括反叛者——敵人靠近了。她們也以實際行動支持反叛者：為他們通風報信、為他們停止宵禁、為他們運送武器，還有，當然，為他們調配自製草藥。任何有點常識的反叛者都會同意，當他們中槍時唯一能夠保證他們能保命逃跑的就是逃到這些婦女其中一位的家裡——讓你子彈被取出、讓你的皮膚接合、讓你的傷口縫合——或如果沒時間縫合，用夠多的安全別針先別住，讓你有時間逃過軍方挨家挨戶的搜捕——此刻必然正在進行中。這種忠誠是無法發明的。可是他扔了他們的槍，所以他們才會把他帶到祕密藏身處去。其實那不是在一間房子裡，而是禮拜堂的一間臨時營房。而且他們把他帶到那裡去不是為了要走袋鼠法庭持續已久的程序，而是要帶他到裡面去一槍斃了他。他們才剛帶他跨過門檻，那些婦女就出現了，而且沒有大聲叫嚷，只是在那間臨時營房的門外當街搭起了帳篷。她們保持靜默，面對營房。她們全都瞪著營房看，但——上帝保佑——沒有一個人指指點點的。不消多久，反抗者就明白那些婦女的用意是什麼。他們知道，那些婦女也知道他們知道，只要一架直昇機飛過，看到這群婦女指著反抗者在禮拜堂的一間臨時營房，那間營房就會被打上記號，遭到國軍的搜查。所以這是要脅，同時也是人性的善變。無可否認的，這些婦女會為反叛者忠實地行動，忠實地吹口哨，還有忠實地包紮動脈。但同樣無可否認的，她們也表明了只要那個不愛任何人的男人沒有被立刻釋放，她們便被迫要背叛反叛者。因此一切盡在不言中，但不是完全不言，因為最終婦女代表到臨時營房門前，開始用力敲門，並對著門內叫喊說，那個不愛任何人的男人必須活著出來。她喊道，不能見屍。她們的朋友必須毫髮無損，全身而退。不過到後來她們並沒有完全予取予求，因為反叛者為了面子，判決本區的這個牛奶工在另一區以反社會的行為證明他的反抗，與標準的協調性不一致。也就是說，他符合本區那些可憐的越軌之人的資格。因此，他算是心智失常的人——說到這裡，他們拍拍頭——這表示為了尊重該區精神失常的人，其死刑可免，但活罪難逃。

他必須接受輕度到中度的鞭打，然後再加上瀝青和羽毛伺候，以及一次警告：下一次他再危及他們和他們的武器，無論有多少人愛他，他都不可能像這次一樣受到如此寬容的對待。現在，這次事件相隔十二年後，他們說：「我們太過寬容了。」現在在極相似的時空下，他們將要再一次面對相同或幾乎完全相同的婦女的最後通牒。「她們不是被告知不能到醫院去嗎？」他們說：「她們受到警告、命令、規定、和監視，她們跟著他進入火坑，現在都惹上麻煩了。」「可是她們到底看中他的哪一點呢？」「對啊，而且她們都一大把年紀了，因為有些人一點也不年輕了。」「不只是有些人，她們全都不年輕了。某某人的媽一點也不年輕，把風的人告訴我們說，她剛被帶出醫院的儲藏室，現在到警局去了。」「還有某某人的媽。」「以及某某人的媽。」「還有我媽。」一個反叛者承認道：「抱歉，我之前不知道，我爸也不知道，直到今天她衝過去，結果遭到逮捕。」短暫的靜默後，其他有些人也承認他們的母親也牽涉到那個不愛任何人的男人這個可悲的狀況。

至於警察想將這些以前虔誠的婦女翻轉為告密者，或反叛者追著這些以前虔誠的婦女不放想看她們是否已被翻轉為告密者，什麼結果都沒有。到現在為止婦女的人數增加了。姊妹會的成員——「啊，千萬不要是她們！」軍方和準軍事組織所有的人員都呼叫——也出現了，因為支持真正的牛奶工衝到醫院去。她們說，在她們的地區唯有他一個人完全了解她們也尊敬她們和她們目標。接著媒體來了，包括令人討厭的敵對媒體，甚至到現在，在毫無證據之下，他們還刊登嘲諷午餐新聞頭條的：「**牛奶工真的叫牛奶工！**」宣稱國家又一次弄錯了。國家勢力在發現其報導正確，國家真的犯了錯後，決定整件事情必須有個清楚的結束，因此在第二天的電視新聞公報上宣布。同時，反叛者一直擔心他們必須坐在法庭裡對著很可能是他們母親的婦女成為可能的告密者，而做出公正無私的判決，一看到國家這則呼籲結束本案的新聞公報，有史以來第一次同意他們的仇敵，贊成他們也樂於看到本案終結。

接著媽和其他十七個婦女被警方釋放，也不再遭反叛者騷擾。她們立刻跑醫院，直接衝到加護病房去。在那裡她們被告知真正的牛奶工狀況「穩定」，但目前她們都不被允許探視他。醫院說：「抱歉，但妳們都不是家屬，」而且顯然「可能有一天會成為配偶」在此例也不算數。有些可能的配偶就回家去了，去討救兵，去催促計畫和意外事件。就是這時媽在黑暗中進門，揭露她自己、佩姬、真正的牛奶工、和其他婦女的古老戲劇；當然，還有另一個議題，就是在她和爸的婚姻生活中從未被提起過的嫁錯人的議題。

現在她在這兒，在我被下毒過了將近兩星期之後，但在我進入炸魚店之前，試穿我的露背裝，因為看得出合身而暫時平靜下來。不過她的不安全感仍然高漲，而且已經延伸到下一個部位了。就是她的「臀部」，因為這個「臀部」比她上次在全身鏡裡看到的要大得多。那已經是多年前的事了。多少年，她不肯說。但她說，她看得出臀部變大了，她說，不只因為看著鏡子裡的正面全身，看出那個部位變大，接著推測從後面看必定相稱地變大，而且她知道，她說，因為這些年來她衣服的尺寸持續增加，再說，她說，她坐在當時在前廳那張座椅的經驗也知道。我看起來一定一臉茫然，因為她又說：「說到臀部，女兒，我已經不再坐那張椅子了。呃，我的臀部是我為什麼不再坐那張椅子的原因。妳可能在想——」「沒有，媽，」我說：「我沒有想——什麼椅子？我根本沒注意到椅子。」「妳當然有。」她說：「就是前廳那張扶手椅啊。以前是妳溫倪芙瑞高祖母的。嗯，我以前會坐那張椅子。偶爾我會坐在那裡織毛線，或和潔森或別的女人聊天，或我自己或和真正的牛奶工一起喝茶——」說到這裡她看看我，但我沒有特別反應——「有時候我坐在那裡，」她說：「想事情，或聽收音機，那也很好。我會坐在那張椅子上，很單純的，甚至不會意識到我坐在這張椅子上。那就是一張椅子，不惹人注意而導致精神折磨。我會彎身坐下，然後挺身站起。一切都很正常。現在不行了，女兒。現在，只要我坐到那張椅子上做任何事情，我都會感到一陣燒灼的痛苦，因為當我彎身或挺身時我的臀部會碰到一邊的扶手，或另一邊的扶手。扶手不會說話。」她強調道：「它會敲到我的身體，因為那是一張椅子，而且椅子本身當然不會變小，那就表示我的臀部變大了，而且沒有附帶的新方式可以和家具妥協，而是從臀部保有的記憶中告訴妳它以前有多小。」我張嘴欲言，卻不知道該說什麼——或只是張嘴而已……「不過，女兒，妳要知道，」媽繼續說：「我並不是說現在我的臀部坐不下那張椅子，因為椅子變得太緊。我還坐得下。只是現在椅子多容納了幾吋，而它一直無法適應，但在以前就沒這問題。」

現在我知道她要說什麼了，雖說我還不確定應該如何回答。這似乎是媽對於她臀部增長的一個敏感、痛苦、又微觀的敘述，而且在描述中不含任何傲慢、簡化、或通俗文化。因此，我的回應應該要與她的話相符合，應該要有類似的口吻和重量，認知並尊敬她的故我，甚至於她以那張椅子仔細說明臀部狀況的深度和創意。當然我也明白她所經歷的轉變，是關於她自己和前虔誠婦女們和真正的牛奶工，以及媽在對這張椅子的枝微末節描述中有可能崩潰。至於那張椅子，小妹妹們從樓下呼叫我的聲音阻止我有任何回應。她們一聽到這段對話便立刻跑出臥室，衝下樓到前廳去把那張椅子拖到玄關裡。「姊姊，姊姊！」她們叫著。媽和我便走到樓梯口去，順著樓梯扶手看到玄關裡的那張椅子。那是放在前廳的一張舊椅子，老式、高背、有扶手的木椅，看起來無害，但顯然對心靈造成莫大的創傷。「就是這個，四姊！這張椅子！就是這張椅子！」小妹妹們吵吵鬧鬧的，同時媽避開眼光，伸出手臂抵擋，喊道：「喔！不要提醒我！小女兒們，快把它拿開！」於是她們七手八腳地把那張溫倪芙瑞高祖母惹人厭的椅子拖回前廳去，然後她們衝上樓，我們又繼續。

現在是她的臉。她的臉「衰退了」她說。臉上有線條、老人斑、和皺紋。「這一條。」她靠近我，讓我看特定的一道皺紋。我注意到了。那真的是皺紋，還有很多別的皺紋。在她的臉頰上部。在她臉上。「這一條最先出現。」她說：「本來只有一點，若有似無，是我三十多歲時有一天在市政廳樓下的公共廁所裡非常用力張大眼睛才看出來的。我當時就知道那表示什麼。但在最初的焦慮之後我就不管了，女兒，因為沒辦法，我的歲月還很長。」接著是她的大腿。「它們死了。」她說：「感覺好像它們已經死了。看起來也像它們死了。現在還是一樣，不再有任何元氣了。」接著是她的膝關節，聽起來很恐怖，還有變粗的手腕，背部同樣衰退並增加了幾吋。她背部下方的弧度，她說，因為全都向下垂，不像以前那麼曲線玲瓏。「我以前動作像羚羊一樣伶俐，就像妳三姊。我甚至還有那時候的照片。還有這個也是。妳看到了嗎？這裡的紅斑。妳看到了嗎？嗯，以前是在上面，更早之前我根本沒有。」小妹妹們低語說媽像這樣已經好幾個小時了，她們很擔心。她們要我告訴她們她到底有什麼不對勁，並讓她好起來，因此我好幾次徒勞地想要插手。我嘗試安慰媽，因為就算媽沒察覺到，我卻注意到牛奶工中槍但沒被射死的正向附加價值，那就是媽年輕了許多歲，但相關的是她似乎也失去了不少自信，變得像青春期的少女，相信她沒機會對抗那些同樣似乎也年輕了許多歲但同樣也相對失去自信的前虔誠婦女們。不過，媽不接受我的安慰。在我甚至說完第一個句子之前，她說了很多次的「是的，但是」，接著是她的腋下、手臂、手臂的抖動、上臂後側，是她這年紀的婦女若不想折磨自己就不應該做的。然後是齒縫，胸部周圍更多的衰退，關節嘎嘎作響，骨頭痠痛，消化系統不順，上大號有問題，視力變差，眼睛像老婦人般失去神采。還有，她的頭髮灰白了，她說，身體長出新毛，尤其是——她壓低聲音——臉上長出男性的毛。「我可以繼續說，」她說，而且也說了。她繼續說到最近因為她的年紀我根本不會相信她想過且我也不在乎的事情。話又說回來，就算她自己不相信，我卻感覺她變年輕了。因此我想人生就是會有這種矛盾，在她現在十六歲的心靈狀態下她會害怕變老是正常的。就是在這時，彷彿要讓我知道到目前為止我目睹的是完全的挫敗和氣餒，接下來就是完全的挫敗和氣餒。她再次注視鏡子，這次是因為她確定自己變矮了，因為她的骨頭好像散了，她發出前所未聞的一聲長嘆。這聲嘆息是給她自己聽的，不是為我和小妹妹們。她說：「有什麼用？反正根本無關緊要，現在，想到那個可憐的女人，那個死了四個兒子和一個女兒的母親，還是一個可憐的寡婦。」此時她轉移話題談原子男孩的媽。

原子男孩的媽當然也是麥××的媽，也是他們最喜愛卻被炸死的哥哥的媽，以及從窗口掉下去的小弟的媽。不過這位婦女最常被稱為原子男孩的媽，因為原子男孩那種對原子彈的誇張到令人難解的恐懼——更別說他的自殺信——深入多數人的意識中。那一家其他的人，無論死活，都比不上他得到的關注。的確，除了麥××，其他所有還活著的人都被描述為他的某某人，包括原子男孩的六個姊姊，原子男孩的許多個表兄弟姊妹、姨媽姑媽、和叔父舅父，原子男孩的等等，而此時我意識到媽所談的是原子男孩的媽。她剛開始說時我只能乾瞪眼，不知道她有什麼意圖。媽說，而且似乎已是結論，因為她已經與此搏鬥了許久：「我想我必須把他讓給她。」我請她解釋。她說前一天那些前虔誠婦女們友善地一起到我們家門前，請求她想想可憐的原子男孩的母親。她們合情合理地對她說那個「**可憐的可憐的**（加以強調）」原子男孩的母親一生所受的個人政治悲劇在數量上多過任何人一生所受的個人政治悲劇，所以站到一旁去讓她得到真正的牛奶工，無論對人對己的情操，不是都更高貴嗎？嗯，我立刻明白了，但在我能說：「老天爺，媽，妳看不出她們的伎倆嗎？再說，這種事根本不是妳們說了就算數啊」之前，媽已經開始細數事實。她以手指數著，比較種種悲劇，再次以數量為計並遵照受苦的等級制，說她自己也經歷過原子男孩的母親所受的苦。「那個**可憐的可憐的**女人。」她說：「她死了丈夫、四個兒子和一個女兒，全是為了政治，而我死了一個丈夫一個兒子，沒有女兒——我是說死了，是的——」她舉起一手阻止我——「沒錯，二兒子死於政治因素，但妳父親——好人！喔，他是那麼好的人！也是個好父親，一個好丈夫」——此時她轉向了，讚美爸而非平常的批評，我猜這是表示她因為長久壓抑她「我並沒有戀愛因為我已婚所以我怎可能戀愛」對真正的牛奶工的愛，因此她以嫁錯人的壞感覺過度補償——「妳爸爸，」她說，又轉回來：「是病死的，不是因為政治因素而死。因此我想她們說的對，我必須讓開，以高貴的情操，讓她擁有牛奶工。」

到這時我是目瞪口呆，然後我為媽對此事的愚鈍跳上跳下。她聽見自己說了什麼嗎？她為什麼看不出那些狡猾的前虔誠婦女們的意圖？如果真是如此，如果她們所謂的高貴的情操和合情合理的「只死了一個兒子和丈夫，沒有女兒，因此不夠格」——如果事情真可以如此算計的話，我們必須因政治因素而死多少人並躺在墳墓裡，她才能考慮出門約會？就算你同意那種評估——受苦的等級制，她的什麼人因為受苦而得最多分的專制範疇——就算如此，她對她所謂的「事實」卻認知錯誤。必須由我學究般地把這些錯誤認知對她一一指出來。首先，我說，可憐的原子男孩的母親因為政治因素失去的兒子只有兩個，就算本區其他人說原子男孩也該算一個——無論是怕美國或俄國。媽現在這樣已經朝向危險的自我破壞的階段，所以我不能算他。因此我說，關於那個被喜愛的兒子，在過馬路時因為炸彈爆炸，死於政治因素。我又說那個投入反叛者的長子和女兒當然也算，還有她丈夫也因政治因素而死。還有他們家那隻可憐的狗在入口處遭軍方割喉而死。其次，我說，我們可以爭辯說——就算很薄弱——媽的一個女兒因為遭到放逐而死；這代表的當然是政治問題。我們也可以爭辯說——又一次很薄弱——她失去另一個兒子，就是在逃的那個四子，雖說他不是她的親生兒子，但她非常愛他——就算他今天可能還活著，住在越過邊界的某個地方。我也指出，有鑑於原子男孩的母親那麼悲慘的狀況——那個女人不可能在尋找某種浪漫的邂逅。「媽，得了吧。」我說：「妳看過她。至少妳親眼看過在那可憐的女人停止出門之前，她如何每天惡化，沒人可以為她做任何事情，人們如何變得怕她，甚至因為害怕而考慮把她放入本區精神失常者的死亡名單中。妳上次看到她是什麼時候？」我問：「任何人上次看到她是什麼時候？她們說她不梳洗、不吃、不下床、已經放棄了其他的家人。媽，」我說：「不要再把原子男孩的母親想成是某個爭著要跟某個男人在某某地方幽會的人吧。」媽皺著臉，作勢要用手掩住耳朵。「孩子，妳好狠。」她說：「妳很嚴厲，又很冷酷。女兒，妳就是有一種可怕的冷酷。」而妳的後知後覺，媽，就是我想說卻不敢說的，因為我們又會回到那些「拜託喔」的時刻，接著又吵一架，又一次對彼此生氣。我也沒說的，至少不是直接說出來的，是「妳所有的朋友都值得信賴嗎？」就像那晚當她為我排解毒藥時責備我的話。但我用間接的方式說出同樣的話，提起其他涉及者狡猾又耍心機的手法。

「媽，妳的夥伴，」我說：「妳那些禱告的夥伴，前虔誠婦女們。妳認為她們自己也可能會說：『喔，我們一定、必須撤退，把他讓給她。』指的是原子男孩的母親？妳認為她們會為了她而放棄真正的牛奶工，把他讓出，放棄她們跟他在一起的可能性嗎？不久妳就不是絆腳石了，媽，被她們的感情勒索拋出門外，而那個可憐的女人也會被她們衝過的第一匹馬和馬車碾壓、踐踏。她們會重新集結，重新配置和計畫，這一次驅逐她們之間的其中一人，在妳之後，得到真牛奶工的情感。但是媽，妳是第一個。」我說：「妳最可能得到真牛奶工的心，所以她們才會如此靈巧地對妳玩原子男孩母親的這一張牌，而且還差點成功了。」

「少來了！」媽說：「我不可能是最有可能的一個——」她說不下去了，這次用手是比出反對。「媽，妳就是。」我說：「他感興趣的是妳。他來探望妳，一起喝茶，總是多給妳一品脫的牛奶和特別的奶製品，我確信他不會給別的人。」又是難以置信的手勢，雖說那手勢比較微弱些，比較有點相信，比較有希望。媽顯然練習不足，有待加強。那表示我必須仁慈，不對，必須實際，因為事實上我並未注意到真牛奶工對媽或原子男孩的媽或任何其他女人感興趣。她們年紀都太大，誰會注意她們。但我不要她一開始就放棄。儘管牛奶工並沒有明顯的有想要成雙成對的慾望，但他也有可能決定他不想要跟任何這些女人配對，或者一等他痊癒後他又會恢復那一視同仁的友善。這對媽，或前虔誠婦女們，或甚至對我在此刻描寫這個場景，都太洩氣了。因此我們沒有。這表示我以謊言加強；但其實當所有的事實都考慮進去時，或許也不是謊言。我說：「媽，妳是最強的競爭對手。總是向我提起他，他喜歡妳，說他問候妳。」「他有嗎？我是嗎？」「是的。」我說，雖說他只是順便問候一下。話說回來，當他帶我回家並處理那顆貓頭時，在他貨車上的那段對話顯示他對媽百分之百地關切。因此我也不算是說謊，而且我也對她說了這件事，來提升她的自信心。「沒問題的，媽，」我說：「要保持鎮定，要有信心，要有氣概。一步一步來，沉著應戰才會有所得。而且別忘了，那些女人對佩姬怎麼樣。她們對佩姬修女顯露出的慾望和貪婪。妳自己說過妳生她們的氣，然而現在她們又在做同樣的事了。」我又加了一句：「狡猾的女人。」我想著她們如何要弄媽，對她洗腦，利用她內心的衝突。我看得出，她已經很久沒有參與偷襲或側翼行動了。「真是一群精明、有控制欲、心機重的男人婆——」「女兒！」媽喊道：「這些人是妳的長輩！不可以用那種形容詞來說這些前聖女們！」

不過我已經說動她了，因為她開始變得有自尊心。某種「她們竟敢利用我的良心」開始滋長；這本來是好事，但我發現事情很快移轉到真牛奶工被射傷的另一個副作用，或許可能是他遭射傷真正的副作用，那就是挨了一槍催化他脫離長期的「無法對佩姬釋懷」的退隱狀態。他因為個人浪漫且熱情的愛而自我放逐，接受毫無條件的神聖之愛，現在似乎結束了。

甚至在他出院、暫忘遭到槍殺的不愉快之前，也儘管他嚴苛又禁慾的一面努力嘗試要恢復嚴苛和禁慾，他卻發現他享受這段好時光。媽對我說，他告訴她說，當他最初躺在醫院裡時，某種異常的叛亂感湧上他的心頭，想要別人對他好，而非他老是得對別人好。對比於十二年前，當他在自足的顛峰時，雖然他需要幫助，在他遭到痛毆並淋上瀝青和羽毛後，他所能得到並接受的所有幫助，對比他現在的心，完全沒有讓他對個人之愛或情感有任何感受。因此他現在在經歷他自己的革命，脫離所有一般的好和自我犧牲。這一次，他想要接受個人之愛，還有性愛，和情感。媽說，他坦然說出這一切，媽還說，彷彿突然覺醒，彷彿奇蹟發生，他說那些婦女幾乎同時出現，為他做了很多好事——為了個人情感歸屬的可能性。他說，她們成群出現在醫院裡，而且多半是該區那些虔誠的傳統婦女。然後姊妹會的婦女也來了。還有一些男人——他們是不怕被暗示和一個一天到晚硬要把頭探到牆外去的人在一起的鄰居——他們也到醫院去了。當然還有媽，他最久的朋友。他們都來了，他說，那真的很棒。說到這裡，他握住媽的手。他說這些為他做的善行，他新發現的平靜人格安然接受。等他出院後，人們還是去探望他，而他還是安然接受。不過，陶醉在手被握住和聽真正牛奶工的親密告白中，媽卻同時感到困擾，因為她現在了解到我一直嘗試要對她說關於其他那些婦女的事。

除了她對年華老去的抱怨之外，媽的其他怨言是關於這些前虔誠婦女的無所不在。她不再叨唸要我結婚了——這又是真牛奶工受傷的好副作用之一——也不再說我不要跟危險的已婚男子混在一起。她沒時間，就那麼簡單。「她們永遠都在，」她喊道：「在他家裡狡猾地行動，送蘿蔔去給他。我看到她們送去的胡蘿蔔和蘿蔔、她們做的湯，她們做的蛋糕、香氛玫瑰水，還有從她們的口袋裡探出頭的包紮精美的馬鈴薯。好會騙人！令人難以想像！」「我知道，媽，」我說：「真的令人難以想像。」「而且盛裝打扮，女兒，」她說：「天曉得她們都不是青春少女了——」這當然是因為藉由「是的但是」讓她想起她自己也不是青春少女了。我再次急著打岔。我強調，由於她內心生命力的逆轉，她如花般盛開，漸漸失去她通常抱持的老年人的觀感：「人生已經結束了，我對生命不再抱著期望，只是過著風燭殘年而已。」我注意到最近她已經不再有這樣的心態。相反的，她整個活了起來，冒出新綠芽以及——「競爭力和敵意……」我對「是的但是」下了如此的結論，那不是我會對自己下的結論。「我年紀一大把了，不應該嫉妒。」媽說：「不習慣。我以為那一切對我而言都已經過去了。女兒，妳知道，我覺得以前向上帝禱告讓佩姬擁有他比現在我向上帝禱告讓我擁有他還要來得容易些——我是說，因為嫉妒，別人對我的強烈反對。我也覺得，我嫉妒她們其中一人得到他會比讓我得到他而必須面對她們所有人的嫉妒要來得輕鬆。」就像溫倪芙瑞高祖母的椅子一樣，我意識到我們又要進入另一個微妙觀察與進階的討論了，這次是關於嫉妒——這主題不僅我從未聽媽說過，也是我自己不曾說過也不願承認的，主要是因為那會帶入我自己的「是的但是」和「其他人的恐懼且不是僅在日子難過時」的版本。

因此「是的但是」再次浮現，對抗我想要振奮我母親的一切嘗試。我為了鼓勵她而發出的每一句讚美，「是的但是」都會以否定阻擋，加以駁斥。當「是的但是」沒有行動時，媽會照著鏡子嘆氣。不過，她就像一道電光。前一分鐘你替她開燈，然後關燈，再開燈，再關燈，她就死氣沉沉，接著她又精神一振。這時她不知道想到什麼，我看到她皺眉，消沉，煩心。

「有些人就是可以，」她說：「逍遙自在，跳國標舞，裝扮華麗，沒有良知可言。女兒，妳可知道那個在電視上贏得所有國標舞競賽的女人年紀跟妳媽差不多嗎？真的！可是我們都可以像那樣吧？喔，要像那樣很簡單——站在世界顛峰，梳妝打扮，閃著微笑，穿著亮晶晶的衣服，甚至在他們踏上舞池之前身體就可以像冠軍一樣地扭動。女兒，只要我們照她做的一樣，我們都可以像那樣；妳知道她做了什麼嗎？她把她六個剛出世的嬰孩放在沙發椅上，丟棄在街頭，只留下幾包餅乾——只為了她想逃開去擁有全世界最熱情、最忙碌的事業。那算是什麼行為？什麼樣的母親會這樣做？即使是為了成為最最優秀者的榮譽，或者甚至成為一個無私的靈魂之一，在一個憎恨和暴力有漫長歷史的地方促進和平和團結。跳舞、稱譽、出名、特權、信用、和名聲並非一切。我就不會拋棄我的責任，丟下我的孩子。」這讓她再一次回到平日的事物和每天要做的家事上。

現在她又一次嘆氣，燈熄了，更加消沉了。接著回到：「真不相信我嘗試這麼做，我年紀都一大把了。不能穿妳的衣服了。那些是少女的服裝，不是老婦人的衣服。」然後因為做不出來而癱坐在床緣，嫉妒前也許男友的媽可以那麼義無反顧。這時我很清楚地知道我沒辦法持續下去。我沒辦法再繼續為她打氣。我內心沒有正確的打氣法。沒辦法為她加油，因為她不聽我的，不重視我的意見，對「是的但是」的意見不在乎。加上我自己也有顧慮。此時我仍受到牛奶工的跟蹤。他不僅還沒死，而且已經進一步包圍過來，進入掠食行動的前戲階段。不過就媽的情況而言，我需要救兵，那表示我必須把大姊找來。她會知道該怎麼做，我心想，該建議什麼，該如何為媽打氣，讓她脫離她的失敗主義和負面情緒。大姊也不會受到「是的但是」的想法騷擾。我一定要去接大姊來，去接大姊來就成為我最優先的想法。

因此當媽和「是的但是」抱著頭坐在床緣時，垂頭喪氣，回到必須無私且做對的事，且要把真的牛奶工讓給原子男孩的媽，而小妹妹們又英勇地想要勸服她時，我下樓去，拿起了電話。由於我們之間存在的緊張，我有點怕打電話給大姊。這種緊張已經到達臨界點，而我們兩個無疑都很清楚。我們也都清楚，除非我背棄牛奶工，放棄並停止我與牛奶工既不道德又危險的牽連，還有除非她停止錯誤地指控我和牛奶工有曖昧，不久這種張力就會在我們兩人之間爆發，不是以肢體的暴力，就是更糟的，以語言的暴力，以難以原諒的惡言相向。那表示我必須以先打電話給她。在她發動下一次的攻擊之前，我必須立刻讓她知道我打電話不是為了我，不是為了她，不是為了牛奶工，也不是為了她那個討人厭的丈夫。媽有困難。她需要幫助，大姊的幫助。我會說，她現在就需要。假如大姊真的為牛奶工攻擊我，因為這似乎是她對我最難以克制的強迫症，還有假如我憤怒地回應，因為這是我對她最難以克制的強迫症，所以我一定會的，那我們其中一個一定會掛斷電話。我不願有這種狀況。我知道我痛恨那樣。但是這感覺像是一個我在此刻必須冒的險。因此我拿起話筒，一如尋常地先檢查有沒有竊聽器，也一如尋常地不知道我在檢查的東西會是什麼。然後我撥電話給她。電話鈴響時，我想到她的丈夫會接聽電話，因此為是否要掛斷掙扎，不過他沒接聽。是大姊接的，這時我才想起他不可能接聽。大姊夫躺在床上，因最近一次被準軍事組織痛揍一頓後還在養傷。

為了防止立即的爭吵，我按照計畫立刻展開前言。「是我，大姊。我打電話是為了媽。」然後我立刻加以解釋：「……因此她需要幫助……是的，她的朋友，那個不愛任何人的男人……嗯，嗯，是的……嗯，嗯，不是……大姊，她不想只是當朋友……她認為她不能擁有他，因為前虔誠婦女們散播了愧疚的種子，說——什麼？……是的……嗯……呃，沒錯。我就是這樣對她說的……呃，是的，對，我也這麼說過，可是她不肯聽我的……我知道，大姊，但別忘了她現在緊張兮兮的，而且她沒經驗。自從爸之後，她從沒有做過這些事。」此時我沒有加以闡述結錯婚的論述，因為大姊自己對這話題可能很敏感。「所以已經很多很多年了，」我急忙接著說：「什麼？喔，我沒想到這個，但是沒有用，我根本說不動她……我一直想要告訴她這一點，可是她就是一直『是的－也許』、『是的－也許』，然後就否定她的衣服、她的身體、她再也坐不下的椅子……沒錯，椅子。不是。椅子！我說『椅子』！……我沒有在吼啊！而且，大姊，我沒有誇大其詞。妳聽。妳聽不到她的呻吟和嘆氣嗎？」說著，我把話筒舉到樓梯處，從那裡可以清楚地聽到媽心靈痛苦的表露從我的臥室傳來。傳來的還有小妹妹們勇敢的嘗試，安慰她，告訴媽說她看起來就是她應該看起來的樣子——以媽目前的心理狀態而言，這可能不是此刻該說的話。小妹妹們邊進行這些安慰的嘗試，邊忙著跑下樓聽這段電話談話在我們這端發生的事，然後又跑上去嘗試安慰，並目睹樓上最新產生的不安全感。「聽到了吧？」我把話筒放回我的耳邊，說：「所以妳會來吧，大姊？她需要幫助。她需要妳。妳是唯一一個可以扭轉這一切並讓她聽你說話的人，幫助她，讓她得到自信，幫助她的衣著。我做不到，但妳可以。所以妳會來吧？妳可以來嗎？妳可以來嗎？現在？」

那就是我說的話，而且故意說「那個不愛任何人的男人」，而不說「真正的牛奶工」。只要提到牛奶工——任何牛奶工——都會在此刻造成不愉快。大姊沒有遲疑。她說她會在「十五分鐘加十分鐘」內到達，也就是二十五分鐘，那是可以理解的，因為十分鐘地區太過陰森，沒有人喜歡把那裡算到正常的時間裡。「我會告訴她。」我說，加上一句：「謝謝，大姊。」然後我們說再見；由於牛奶工引起的緊張氣氛仍徘徊在我們之間，所以不像平時那麼冗長累人。但事實是，我們說了幾次再見，而非只有一次或沒說再見，那表示某種修補姊妹情誼的跡象發生了。所以這通電話結束了，沒有爭吵，沒有掌摑，沒有說兩人都會後悔卻無法收回的話；她要來了。謝天謝地，在十五分鐘加十分鐘內，她就會在這裡對媽說清楚。我掛回話筒，不大在乎國家那些竊聽者有沒有偷聽。我如釋重負地嘆了一口氣，然後打起精神，準備再上樓去面對媽。

大姊真的如她應允的在十五分鐘加十分鐘後到達。她帶了適合人和場所的衣服和飾品來，還有她的雙胞胎兒子和一個女兒，留下她丈夫一個人在家養傷。如我所知的，她立刻接手負責，這是她該做的，因為她和媽比較合得來，想法比較一樣，比我所能做的都更能為媽打氣。她總是知道她需要什麼，因此她立即說服我們——我、小妹妹們、和她的小孩，都只是跑腿的雜工，而她自己最能安慰媽，讓她平靜。「是的但是」被驅逐了，其實算是自行離開，沒有嘗試和大姊爭吵。我們其他人都聽命行事，而且樂於為媽這樣做。這時，媽精神一振，變得放鬆且非常非常信賴。大姊也精神抖擻，愈來愈不哀傷。既然媽很高興，大姊很高興，小妹妹們很高興，小孩子很高興，而我也很高興，過了一會兒後我說他們繼續加油，我到樓下去燒一壺水。

現在，自從藥片女孩對我下毒，和她被殺害，以及媽為了真牛奶工而產生愛情與不安全感的議題以來，已經過了整整兩星期。自從廚子和前也許男友及他們到南美探險的計畫，還有牛奶工被殺，以及麥××為了養傷而懊悔，也已經過了兩天，我現在在這兒，再次過著平常的生活。我在廚房裡，做飯給小妹妹們吃。這是在她們出去玩國標舞夫妻之前，也是在我自從被下毒之後首次換上運動服到路口三姊夫家去之前。小妹妹們說如果我快一點會很棒，她們已經準備好要出去玩了，只要她們吃過晚餐，而一如尋常的她們想要吃的是弗雷牌的罐頭肉。「還要炸薯片，」她們補充道：「或巴黎麵包（Paris buns）＊。」她們又說：「要炸

＊巴黎麵包（Paris buns），是一種類似於醋栗麵包（currant buns）的甜麵包，質地有點像蛋糕。該麵包源自於愛爾蘭和蘇德蘭。

薯片。」或「香蕉加炸薯片」，或「水煮蛋加炸薯片」，或「店家買來的派加炸薯片，她們說個不停，每樣東西都要加炸薯片，雖說我已經解釋過她們不會有炸薯片，原因之一是我不知道怎麼做，且雖未經證明，但我確信要是嘗試著做一定會把房子燒了，因此我絕不會嘗試。另一個原因是雖說牛奶工已經死了，我無法面對回到炸魚店去——可能正因為他死了我更不能去。那些被迫接受的店家現在很可能會公開表示他們的怨恨，遲早會把他們的錢要回來，並且加以報復。因此我和牛奶工這件事還沒結束。話說回來，我一直都知道那是無法結束的。這種事情你每天都要承受，一次一個人，一次報復。所以我說，除了炸薯片之外，小妹妹們吃弗雷牌罐頭肉可以加任何東西，歐寶牌罐頭水果、各種甘草糖、冰淇淋、教會聖餐的威化餅——用實用紙包住並加上在舌頭上會爆開的氣泡，我知道她們都很喜歡——和煮甜菜根。「什麼都可以，」我說：「就是沒有炸薯片。」這令她們半高興半失望，但最後她們選擇那個我中毒在床上療養時常常夢想的不同種類的嬰孩食品。因此我為她們準備茶——基本上就是從櫥櫃裡取出茶包而已。但她們不斷叫喊著：「四姊！請妳快一點。快一點好嗎？拜託，一點就好。但不能比這樣更快一些嗎？」

我讓她們吃完之後，她們便急忙跑出去玩國標舞夫妻。我上樓要去換運動服時，從窗口看出去，可以看到這個國標舞夫妻的遊戲有多受歡迎。到處都有小女孩在玩。似乎全區的小女孩都出來了，玩耍、蹦跳。乍看之下，她們看起來很像吊燈，加上像金錦緞和浮飾壁紙等的亮晶晶的裝飾。等我出門時，滿街都是：繞著緞帶、裹著絲綢、披著天鵝絨、穿著高跟鞋、添上內襯裙，成雙成對，或單獨一人但假裝成對，跳著華爾滋，且不時有人跌倒。這時，小男生不理會小女生，但暫時停止玩對抗「那邊的」軍隊的行動——可能是因為目前並沒有來自「那邊的」軍人，只好玩他們最新的因政治問題而導致烈士被殺的遊戲，輪流當好人：叛軍英雄牛奶工，在陰影中，被圍住，然後被一個恐怖國家的殺人小隊以平常懦夫的方式開槍射殺。

＊　＊　＊

「幹！」「幹！」

我知道他知道我在那兒，而且是我，但他繼續背對著我，在他的花園裡，穿著運動服，做著暖身運動，照舊喃喃自語。他沒有看我，我到達之後，彎身打開他小屋的小門時，他也沒有打招呼。還在生悶氣吧，我猜想，我指的是那通電話，就是不久前他打給媽問我沒去跑步的那一通。因為這樣，也因為他對於我之前抱怨大腿無力、身體失去協調性和平衡感、以及腳步開始不穩且凌亂有所懷疑，我想我最好保持沉默，站到他身旁去加入暖身，而不要試著再進一步解釋。所以我就是那麼做的。過了一會兒後，他說：「我以為妳放棄跑步了。」仍然沒看我。「沒有，」我說：「只是因為毒藥。」「嗯，已經過了很多天了。」他說：「我以為妳不會再來跑步了。」「姊夫，那是殺人未遂。」「他們都是這麼說的，妹子。妳可以說——」姊夫的聲音變得緊繃、受傷：「十二英里，三十英里都不行，因為那互相矛盾。但是說——或讓妳母親說——『不行，不能跑步，永遠都不能再去跑步。』那真是賤招。」

他還是不看我，從伸展進一步到屈肌。我知道我必須搶救這個狀況，認知他的傷痛，安撫他受傷的心靈。最好的方法就是讓他刺激我去威嚇他，至少在此時他就在嘗試這麼做。因此輪到我說：「對，好，我受夠了。我們今天跑二十英里。」不過我對自己的復原和耐力能否跑二十英里路大感懷疑。我不確定是否可以跑十英里，甚至五英里，也不確定我是不是已經可以跑步，雖然我的腿力已在恢復中。所以我想我大可拋出一個我們不會跑的里數。「我們今天跑十二英里。」他宣布，現在我有機會前開始討價還價。「我們不跑十二英里，」我說：「或十一英里。」這招對他有效，因為他的口氣同時變得溫柔和吃驚。他喊道：「當然不會不跑十一英里。」「沒錯。」我說：「不跑十一英里。也不跑九英里，或八英里。」「好吧。」他說：「那我們跑九英里。」「不行。」我說：「我說了不跑九英里。不跑七英里，或六英里，也許跑五英里——我們跑六英里吧。」「六英里很短啊！」他喊道：「六英里！不超過六英里嗎？妹子，六乘以二如何，或六再加三英里或……」我當然可以回答：「姊夫，你聽好。如果你高興可以多跑一點，事實上，我們何不各自想要跑多少路就跑多少呢？」因為現在牛奶工已經死了，我們並不需要一起跑。我並未公開承認這一點，我是說對我自己，以免我會覺得自己已經變成那個背叛、冷血的壞人。不過事實是，在牛奶工和他的「我是男人，妳是女人」，以及「妳不需要去跑步」，加上他心底的「我要限制妳，孤立妳，讓妳很快就什麼事都不做」之後，和長達兩個月的步履不穩且雙腿奇怪地不聽使喚但很快又可運作自如，可以自行跑步的確讓我感到安全。但是現在，或至少在姊夫因下一陣的超級癮頭而再次發狂之前，我決定繼續和他一起跑步。「只跑六英里。」我說。最後姊夫讓步了。「好吧，」他說，又說他抗議只跑六英里。他猜想這次運動的不足他稍後可以在拳擊場裡用跳躍和弓步蹲加以補強。因此他雖說：「這讓我不高興。」但他看起來不像不高興。他似乎很高興，我想這表示我們又是朋友了。這時他太太，我的三姊，出現了，和她那群朋友，全都喝過酒。她們又買了更多瓶酒，加上在服裝店和商場購買的東西，全都是整天在市區各家酒吧喝酒的結果。

「天啊！我們都喝醉了！」她們說著，都倒在裝飾的矮樹籬上，包括三姊在內。三姊暴粗口，開始問候你媽你爸你哥你姐你阿姨你叔叔你家黃狗你鄰居花貓你老師你祖宗十八代，全都是不堪入耳的咒罵。她的朋友從草地上爬起來，加上她們的酒和購買的東西，也不甘寂寞地說：「呃，我們跟妳說過了，朋友。我們警告過妳了。這根本失控了。那排樹籬很邪惡。把它剷除了吧。」「不行。」三姊說：「我想知道它會怎麼長，怎麼變得獨特。」「妳可以看得出它已經如何發展且變得獨特了。它快速蔓生，變成想要害死我們的東西。」接著她們不再貶斥樹籬，將注意力轉向我們。

姊夫率先遭殃。

「聽說你在公園裡爆打女人，而且——」三姊的這個朋友未能把話說完，因為姊夫聽到開頭的句子就已經停止伸展動作。「什麼？」他怒嗆：「誰在說我的壞話？」「停！」三姊對她的朋友們說：「對，綿羊。」她轉向姊夫。「不要理她們。她們都喝醉了，無法察覺你的敏感。」雖說將姊夫與高強度的乙醚相比很難讓人一本正經——她的朋友們全都一陣爆笑——但我心底明白三姊的意思。在場的人當中，最謙遜、最易受驚的，我敢說，三姊也敢說，甚至她出言不遜的朋友們也敢說：「喔，歸根結底，我們都認為是他了。」

「得了！」三姊說著，縱身一躍跳向她的丈夫，我注意到她的雙腳的確如媽所說的既靈巧又優雅——當她沒有倒到樹籬上的時候。三姊夫說：「妳是說那不是真的嗎？」他有點驚嚇，但仍因為那指控而迷惑。「當然不是真的。你怎麼可能去打一個——」「我不是指那個，」三姊夫說：「我是說，有人這樣說我並不是真的嗎？」「沒有人這樣說你。」說到這裡，三姊踮起腳，誇張的在他丈夫的嘴上親了一個響吻。「不要。閃一邊去。」他說著，把她擺到一邊。「我沒有心情親妳。」接著他轉向其他讓他生氣又心煩的女人說那不該被當作一個玩笑，他自己也不該必須忍受這種玩笑，尤其是從他最不認為會嘲諷這種原則的女性嘴裡說出來。「停止指控和毀謗。」他說：「那並不好玩。隨便亂說別人，破壞好人的聲譽。妳們已經不是小孩了，應該正經一點。」

沒有任何衝擊。接著，她們開始攻擊我。

「嘿，看！」其中一個喊道，雖然她們全都已經在看了。「哈哈！」另一個喊著，回頭指著三姊夫：「你們兩個是要去參加年度黑眼圈大會嗎？」這時三姊夫轉過頭來，看到我的黑眼圈，而我也看到他的。

三姊夫並不常有黑眼圈，但比起我的也不算稀奇了。那天早上當我在鏡子裡看到我的黑眼圈時，我能接受的唯一方式就是想起麥××自己下場也很慘。我告訴自己，他要數至少二十個黑眼圈吧——那些女人，然後是她們的男人，然後是叛軍，送給他的——而且無疑都比我的要黑得多。「那給他一個教訓。」我告訴鏡中的自己。接著我想到要不要去工作。後來我去了，在我用好幾層化妝品把它遮掩起來之後。不過——我一出門碰到別人就發現了——並沒有我最初想像的成功。

「所以那是真的了。」三姊夫說：「我聽到一個謠言，是妳大姊夫說的，所以我不大理會。但那個狗屎麥××真的對妳下手嗎？」我聳聳肩，那表示：是的，不過那已經是舊事了，而且他自己也吃足了苦頭。但我說的是：「嗯。」依情況而定，那可能有不同的意思。但在這個情況下，那表示：姊夫，你不要管。這事已經擺平了。再說，我心想，比起最近發生的每件事情——尤其是比起如果前一晚牛奶工沒有被殺可能會發生在我身上的事，他要我去見他，因為他要玩他的前戲——麥××和他持槍敲擊我幾乎沒什麼後果。我說：「不重要。」「對我來說很重要，妹子。」他說：「還有原則呢？妳是個女人。他是個男人。妳是我的妹子。我不管他家有幾個人被殺害，他是個畜生，而且就算他們沒被殺害他仍會是個畜生。」他們沒有全被殺害。只有四個被殺。另外兩個是自殺，一個死於意外。

現在姊夫真的很生氣，而我被他的生氣感動。麥××錯了。此處的人們是會在乎的。不過三姊夫有點奇怪，與社區診斷的他和女人在一起時就精神異常有關。儘管他崇拜女性，相信女性的聖潔，認為女人比男人高貴，具有神祕性等等，除了他定義的「強暴」之外，他無法了解任何對女人的虐待。對三姊夫而言，強暴是無法分類的。那不可能模稜兩可、含糊其詞，或是四分之一這個加二分之一那個或四分之三某個。那不是簡報的包裝。強暴就是強暴。也是黑眼圈。那是用槍抵住胸口。男性使用雙手、拳頭、武器、雙腳，故意或意外但有目的地針對女性。如果三姊夫的運動衫上可能印任何文字的話，那一定是「絕不對女人動一根手指」——讓每個人都感到困窘。根據他的規則手冊——以及我的，至少在社區和牛奶工掠食我之前——身體和語言的層面是唯二層面。那表示只要不是逾越這兩者——跟蹤但不觸摸，包圍、強占、不以肉體控制一個人，因而沒有骨頭碰骨頭——那就不可能發生。因此所有聽說過我被牛奶工追求的人，毫無疑問的，三姊夫是唯一一個認為並沒有這回事的人。

所以他的缺點似乎是看不出心靈的損害。至於黑眼圈，他看得出來。「姊夫，我們就不要提這件事了好嗎？」我說：「他被很多人教訓了——真的——幾百幾千個人。」我又補充說而且那是同時發生的，一種天譴，一種巧合，可以輕易被描述為純煉金術過程的喜劇。「因此不需要進一步採取行動了。」我說，盡力想讓他明白這一點。我已經對黑眼圈、對麥××、對規則和本區的法規感到厭煩。至於原則，有時候你必須說「去他的原則」，例如現在當我對原則的力氣已經用盡的時候。「所以你不需要採取行動。」我說，補充說他打算回去或帶我回去，就會讓下一件事延遲——我們的跑步就是下一件事。「但是謝了，姊夫。」我說：「不要以為我不感激，因為我很感激。」姊夫頓了一下後，說他還是要去揍他一頓。

我說：「沒必要。」他說：「然而。」我說：「呃。」他說：「沒什麼好呃的。」我說：「呃，當然。」他說：「呃，當然什麼？」我說：「呃，當然，如果你那麼覺得的話。」他說：「呃，當然，那當然是我的感覺。」「呃，好吧。」他說：「呃。」我說：「呃。」他說：「呃。」我說：「呃。」

這件事就這麼說定了。我們又回到伸展運動，直到其他原本對我們的小對話感到有趣的人，最後覺得我們的小對話很無聊而催促我們不要再做伸展運動。三姊出來說：「喔，妹妹，妳過的生活還真刺激呢。」我不以為忤，甚至還覺得好笑，然後她們所有人都轉身進入三姊和三姊夫的小屋去。沒過多久，透過客廳的窗子傳來袋子拆開的聲音，對購買物品的驚呼聲，以及喝酒、酒杯、菸灰缸、和貓王的歌聲。這時，我們兩個回到伸展動作，然後姊夫說：「對吧？妳說的對嗎？」我說：「是的，走吧，我們辦得到。」我們因為不想去開小門，所以跳過樹籬，開始跑步。我吸入傍晚的霞光，意識到光芒漸消，其他人可能會說是變得柔和了。接著，踏上通往公園和水庫的馬路，我呼出那霞光；有一瞬間，僅有一瞬間，我差一點笑出聲來。

譯後記

謝瑤玲

《牛奶工》是一部成長小說，也是一部政治小說。

「成長小說」源自德文的 Bildungsroman，又稱為教育小說或教養小說，描述一個中心人物（通常是青少年）對周遭事物的深入觀察。因此，在形式上，成長小說既像描寫人物的小說，又像描寫環境的小說。書中的主人翁經歷了一段成長及發展的歷程；這段歷程取決於他個人與世上種種事物——即他周圍環境和人的關係。所有的事件多發生在主人翁青少年的階段，而敘述時間可能延伸數年，甚至長達數十年。

如同許多成長小說，本書以第一人稱敘事者描述她在十八歲時的一段經歷；也如同多數的成長小說，敘事者是在經過二十年後以回顧的方式說出她的故事。但本書之所以常贏得「有獨創性」、「不同凡響」的讚譽，因為作者不是「娓娓道來」，而是以「令人屏息、急速、璀璨如急流的步調」展開敘述。故事如荷馬的史詩般從中間（in media res）切入，第一個句子便告訴我們此時出現在她生命中的兩個男人，一個是「麥××」，另一個是「牛奶工」，雖說讀者很快就會發現其實第三個男人才是此刻她生命中最重要的一個異性，她稱為「也許男友」。敘事者選擇描寫這三個男人和她的關係，表面上是說明她十八歲時的一段成長歷程，但更藉此引出青少年在一九七〇年代北愛爾蘭貝爾法斯特（Belfast）的特定時空下，對她周遭的世界伸出探索的觸角時，所面臨的矛盾和衝突。

本書另一個特殊之處是書中人物都沒有完整的姓名，國名地名也都未被點出。但讀者可以很快就從故事的脈絡（以及作者的背景）猜出地點是北愛爾蘭的貝爾法斯特。所以「麥××」雖然從頭到尾都叫「麥××」，但他的姓氏（McSombody）隱約透露出他是愛爾蘭人。敘事者也沒有姓名，雖說我們也能漸漸得知她上有三個姊姊和四個哥哥，下有三個「小妹妹」。「牛奶工」（Milkman）並非送牛奶的人，而是一個情報員的匿名；他是北愛爾蘭共和軍的成員，而且還是地區重要的領導人之一。

讀到這裡，我們推敲出這部小說基本上是討論七〇年代北愛爾蘭問題（The Troubles）的政治小說。鑑於多數讀者——尤其是當代年輕的讀者——對於這個議題可能比較陌生，我在讀過一些資料後簡述如下：

北愛爾蘭問題（The Troubles）簡稱為北愛問題，是在一九六〇代末期至一九九〇代末期時，在北愛爾蘭的長期暴力活動，這些暴力活動是在北愛爾蘭持續不斷發生的週期性暴力衝突。英國和愛爾蘭政府於一九九八年四月十日簽訂北愛和平協議*後，衝突才暫時中止。

對北愛問題的觀點繁雜不一。有人認為這是一場多方衝突（牽涉天主教愛國者、新教政府、和英國政府），也有人稱它為游擊戰（書中稱為「反叛者」〔renouncers〕的天主教愛國者）或低強度戰爭或一場內戰（愛爾蘭天主教徒與新教徒的對抗）。參與者包括共和派的新教政府與保皇派的準軍事組織，以及皇家阿爾斯特警隊、英國陸軍等，在這段期間內超過三千五百人因衝突而喪生性命。

簡而言之，北愛問題是指在上述三十年間在北愛爾蘭的民族主義者（主要是羅馬天主教徒）社區和聯合主義者（主要是新教徒）社區的成員之間不斷重複發生的激烈暴力衝突。衝突源於北愛爾蘭在聯合王國內的地位爭議、英國與對少數民族派社區實施的統治，以及聯合派多數對愛爾蘭民族派的歧視所導致。準軍事集團之間進行的武裝戰鬥是這場衝突的特徵，其中包括愛爾蘭共和軍（IRA）臨時派在一九六九年～一九九七年間的戰鬥活動，其目標

* 又稱《貝爾法斯特協議》（*Belfast Agreement*）。

是終結英國在北愛的統治，建立一個新的、「全愛爾蘭的」（all-Ireland）愛爾蘭共和國。

在北愛爾蘭，宗教和階級是區分政治陣營的主要的決定因素。幾乎所有的新教徒都是聯合派，而絕大多數天主教徒都是民族派，也有許多人是共和派。天主教和新教工人階級更傾向於支持本方的準軍事組織和激進派政黨。而且，城市工人階級聚居地區是準軍事組織的大本營，他們是教派隔閡最為嚴重的社會階層。

此外，自從北愛爾蘭在一九二一年成立以來，由於其建立初衷受到某些人懷疑，高壓手段和警察部隊也理所當然地成為眾矢之的。特別是圍繞北愛爾蘭的警察事務問題不斷，主要集中在警察部隊的組成——北愛爾蘭的警察部隊，皇家阿爾斯特警隊，從創立之初就由於種種原因大部分由新教徒組成。它是否代表作為權力來源的民眾，是否偏袒聯合派而打壓民族派，主要是維持法治的服務機構，還是以保衛北愛爾蘭政體為宗旨的武裝部隊，都受到質疑。

北愛問題的錯綜複雜可見一斑，絕非三言兩語可以說得清楚的。但從以上的簡介，我們就可以明白敘事者說的「我們這一邊」是指人數占共和國百分之三十五的天主教徒所住的社區，所以多數家庭都有眾多兄弟姊妹（天主教徒不能節育）。他們支持終結英國統治、建立新愛爾蘭共和國的愛爾蘭共和軍，因此常幫助發動游擊戰的準軍事組織成員。但就像所有的革命組織一樣，從一九二〇年代就成立的爾蘭共和軍內部也有許多問題，加上不成規章地自訂規則和法律，要求居民遵守，使得許多原本支持他們的人最後也因其壓迫手段而半信半疑或敢怒不敢言。所以我們看到敘事者的兄弟和鄰人有不少人為了理想而加入共和軍，但也有不少人受到共和軍的迫害，例如她的二姊和二哥。有不少人選擇逃避，例如她的三哥選擇權宜的婚姻，以免他所愛的人感受到失去的痛苦；她的四哥選擇落跑。「馬路那一邊」指的是新教徒的社區，而「海那邊」的國家指的是英國。有不少人堅持理想和善良的人性，例如真正的牛奶工，也是敘事者母親所愛的「那個不愛任何人的男人」，以及溫柔美麗、似乎全身發光的「閃亮女孩」，但他們卻被社區歸屬為「心智嚴重失常」的一群人，與恐懼核子彈隨時會落下而精神失常的「原子男孩」和人格分裂而到處下毒的「藥片女孩」歸為同一類。人性的光明面是否最終會戰勝醜陋的鬥爭？這似乎不是作者觀察的重點；她要告訴我們的，比較可能是衝突和矛盾無所不在，有時非常的複雜，對一個十八歲的少女來說，幾乎難以承受，但她生於此時此地，只能從這個獨特的經歷中成長。

如同布克獎評審所言，「（這）是一部成長小說，點綴著黑色幽默，但有時也強烈譴責強暴的文化和女人在像這樣的社區裡如何被看待。因此《牛奶工》是一本有力且迫切的書，滿含難以隱藏的憤怒。」站在已經進入二〇二〇年代的現在看六、七〇年代，會覺得那是一個古老、民智未開、充滿暴戾的世界。但這只是後見之明，因為跟任何時代一樣，都有當代的問題和當代的風采。但以女性的地位而言，當時少數地區的女性主義剛剛萌芽，多數地區根本還沒想到這麼多。作者選擇讓身於貝爾法斯特的十八歲敘事者以其特有的敏感度去認知和感受傳統男性暴力文化的事實，也以婦女組織的出現說明時代的改變。

另外，有一點必須加以說明的是，翻譯策略的選擇。由於作者選擇以少女自述的口吻來呈現她的心境。因此小說的文字時常是破碎的意識流，有時絮絮叨叨，有時不免重複或來回擺盪，因此多數評論會說作者「有原創性，滑稽，隱晦卻解人疑慮，且獨特不凡。」、「貝克特（Beckett）*如果寫過一篇關於北愛爾蘭反抗時期的散文詩，會與本書極為類似。」以及「安娜·伯恩斯在《牛奶工》一書中，巧妙地挖掘語言的空隙去解說偏見和脅迫的狡猾詭計。」有鑑於此，譯者與編輯在多方溝通與默契下，一致同意本書的翻譯必須遵循作者所選擇的寫作策略，忠於作者讓敘事者說故事的文字策略，才可能盡量完整地呈現原著文字「既隱晦又解人疑慮」的特點。在此我要特別感謝編輯對譯者的信賴，也希望讀者能從這樣的譯文中欣賞到原著最為精巧的語言。畢竟，「佳釀即使僅剩糟粕，也仍有其特殊的芳香」啊！

我們當然可以把本書讀成一本政治小說，不過，如果這部作品只是一本政治小說，可能就不那麼容易得到布克獎眾評審的青睞了。就因為它也是一部成長小說，敘事者具有所有青少年的特質——特立獨行（在此例是她「邊走邊看書」）、叛逆（與大姊和母親吵架頂嘴）、追求自主（與也許男友交往）、迷惘（無法脫離也許關係）、有時不知所措（不知如何應對牛奶工的搭訕）、有時過於自信（不理會社區的謠言和八卦）。但最終她的成長表現在對母親的諒解，與大姊的妥協，以及恢復日常生活和三姊夫去跑步。當她看著傍晚的霞光呼吸，「差點笑出聲來」時，我們也忍不住微笑，因為她的成長，儘管在特殊的時空下，終究與你、我的成長之路似乎也沒有太大的不同。誰都有過少年輕狂時，但最終會體會到家庭之愛，從自我和莽撞走到沉穩和悲憫；我們不都是這樣長大的嗎？

二〇二〇年寫於台北木柵

* 指的是二十世紀的法國作家薩繆爾·貝克特（Samuel Beckett）。他的創作領域包含了戲劇、小說和詩歌。貝克特是荒誕派戲劇（Absurdism）的代表人物。

牛奶工 / 安娜．伯恩斯 (Anna Burns)著；
謝瑤玲譯. -- 初版. -- 新北市：臺灣商務,
2020.05
408 面；14.8×21公分. -- (Muses)

ISBN 978-957-05-3263-0 (平裝)

873.57 109003418

Muses

牛奶工

作　　者—安娜．伯恩斯（Anna Burns）
譯　　者—謝瑤玲
發 行 人—王春申
總 編 輯—張曉蕊
責任編輯—鄭莛
校　　對—陳雪
封面設計—謝捲子
內頁排版—張靜怡

業務組長—何思頓
行銷組長—張家舜
出版發行—臺灣商務印書館股份有限公司
23141 新北市新店區民權路 108-3 號 5 樓（同門市地址）
電話◎(02) 8667-3712　傳真◎(02) 8667-3709
讀者服務專線◎0800056196
郵撥◎0000165-1
E-mail◎ecptw@cptw.com.tw
網路書店網址◎www.cptw.com.tw
Facebook◎facebook.com.tw/ecptw

局版北市業字第 993 號
初　　版：2020 年 5 月
印 刷 廠：沈氏藝術印刷股份有限公司
定　　價：新台幣 450 元
法律顧問：何一芃律師事務所

臺灣商務官方網站　臺灣商務臉書專頁